中國古典文學基本叢書

劉禹錫全集編年校注

第二册

〔唐〕劉禹錫 撰

陶敏
陶紅雨 校注

中華書局

劉禹錫全集編年校注卷四　詩　元和下

元和甲午歲詔書盡徵江湘逐客余自武陵赴京宿於都亭有懷續來諸君子〔一〕

雲雨江湘起臥龍，〔二〕武陵樵客躡仙蹤。〔三〕十年楚水楓林下，〔四〕今夜初聞長樂鐘。〔五〕

【校注】

〔一〕詩元和十年正月，自朗州承詔歸京初至長安時作。甲午歲：元和十年。劉禹錫《問大鈞賦》：「俟罪朗州，三見閏月……因作《謫九年賦》以自廣。是歲臘月，詔追。」蓋元和九年臘月詔追，十年正月至京師。江湘逐客：指永貞元年同被貶的「八司馬」中幸存者劉禹錫、柳宗元、韓曄、韓泰、陳諫等。據元稹《留呈夢得子厚致用》詩，元和中被貶的元稹、李景儉亦在詔徵之列。都亭：京師驛亭。

〔二〕雲雨：《全唐詩》作「雷雨」，用《易·解》卦中語，指赦宥的詔令，義似較長，參見卷三《游桃源一百韻》注。江湘：泛指長江及其以南地區。時禹錫在朗州（今湖南常德），柳宗元在永州（今湖南零陵），韓曄在饒州（今江西波陽），韓泰在虔州（今江西贛州），陳諫在台州（今屬浙江）。湘，劉本、《文苑英華》作「湖」。卧龍：潛蟄之龍。《三國志·蜀書·諸葛亮傳》載徐庶謂劉備語：「諸葛孔明者，卧龍也，將軍豈願見之乎？」同書《吴書·周瑜傳》：「劉備……必非久屈爲人用者……恐蛟龍得雲雨，終非池中物也。」

〔三〕武陵樵客：禹錫自謂，蓋用武陵漁人入桃花源事。躡：追蹤，追隨。躡仙蹤，謂追隨被徵回朝的衆逐客之後。

〔四〕十年：禹錫永貞元年被貶，至此已十年。楓林：楚地多楓。《楚辭·招魂》：「湛湛江水兮上有楓。」

〔五〕長樂：漢宫名。《三輔黄圖》卷二：「長樂宫，本秦之興樂宫也。高皇帝始居櫟陽，七年，長樂宫成，徙居長安城。」韋應物《相逢行》：「忽聞長樂鐘，走馬東西去。」

【集評】

陳巖肖曰：梅和勝……責守滁……靖康初，以翰林學士召，其謝表有曰：「喜照壁間而見蝎，乍離楓下而聞鐘。」……「離楓下聞鐘」事偶不記。後數年，因閱劉禹錫《自武陵例召趣京》詩……蓋用禹錫詩語也。（《庚溪詩話》卷下）

唐汝詢曰：夢得與子厚輩同謫江湘，謂之八司馬，時皆被召，故云「起卧龍」。己亦得相從而逝矣。因傷十年放逐，深以得聞長樂鐘聲爲幸耳。（《唐詩解》卷二九）

傷獨孤舍人〔一〕并引

貞元中，余以御史監祠事，河南獨孤生始仕爲奉禮郎，有事宗廟郊畤，必與之俱，繇是甚孰。〔二〕及余謫武陵九年間，獨孤生仕至中書舍人，視草禁中，〔三〕上方許以宰相。元和十年春，余祗召抵京師，次都亭日，舍人疾不起。〔四〕余聞，因作傷詞以爲弔。

昔別一年少，〔五〕今悲喪國華。〔六〕遠來同社燕，〔七〕不見早梅花。〔八〕

【校注】

〔一〕詩元和十年正月在長安作。舍人：中書舍人。獨孤舍人：獨孤郁。《舊唐書》本傳：「（元和）五年，兼史館修撰，尋召充翰林學士，遷起居郎。權德輿作相，郁以婦公辭内職……七年，以本官復知制誥。八年，轉駕部郎中。其年十月，復召爲翰林學士。九年，以疾辭内職。十一月，改秘書少監，卒。」唐制，以他官知制誥者亦可稱舍人。劉禹錫甚得權德輿賞識，獨孤郁爲權德輿女婿，故有深誼。

〔二〕監祠：見卷一《監祠夕月壇書事》注。河南：今河南洛陽。奉禮郎：太常寺官員。《新唐書·百官志三》太常寺：「奉禮郎二人，從九品上，掌君臣版位，以奉朝會祭祀之禮。」韓愈《唐故秘書少監贈絳州刺史獨孤府君墓誌銘》：「君諱郁，字古風，河南人……年二十四，登進士第……

選授奉禮郎。」宗廟：祭祖處。郊時：祭天處。孰：同熟。

〔三〕視草禁中：指爲翰林學士，參見卷一《逢王二十學士入翰林因以詩贈》注。

〔四〕疾不起：死亡。韓愈《獨孤郁墓誌》：「十年正月，病遂殆。甲午，輿歸，卒於其家。」元和十年正月癸酉朔，甲午爲二十二日。

〔五〕一：劉本、《全唐詩》作「矜」。永貞元年二人分别時，獨孤郁年僅三十。故矜年少。

〔六〕國華：一國中杰出人才。梁武帝《賜謝覽王暕詩》：「豈伊爾棟隆，信乃俱國華。」

〔七〕社燕：即燕，古人以燕於二月春社時來，八月秋社時去，故呼爲社燕。

〔八〕早梅，喻獨孤郁。何遜《詠早梅》（一作《揚州法曹梅花盛開》）：「應知早飄落，故逐上春來。」

酬楊侍郎憑見寄二首〔一〕

翔鸞闕底謝皇恩，〔二〕纓上滄浪舊水痕。〔三〕疏傅揮金忽相憶，〔四〕遠擎長句與招魂。〔五〕

【校注】

〔一〕詩元和十年春在長安作。楊憑：柳宗元岳父，曾官刑部侍郎，時在洛陽。《舊唐書》本傳：憑字虚受，舉進士，累遷河南、江西觀察使。入爲散騎常侍，遷刑部侍郎。元和四年，拜京兆尹，爲御史中丞李夷簡奏其前爲江西觀察使時贓罪，貶賀州臨賀尉。《新唐書》本傳：「貶臨賀尉……俄徙杭州長史，以太子詹事卒。」按：柳宗元《弘農公以碩德偉材屈於誣枉左官三歲復爲大僚（略）》詩述憑仕歷云：「遠遷逾桂嶺，中徙滯餘杭……高居遷鼎邑，遥傳好書王。」知楊憑在爲杭州長史後曾以王傅分司洛陽（鼎邑）。楊憑曾爲恭王傅，見《竇氏聯珠集》。柳宗元又有《奉酬楊侍郎丈因送八叔拾遺戲贈詔追南來諸賓》詩云：「貞一來時送彩箋，一行歸雁慰驚弦。」拾遺即楊歸厚，字貞一，元和七年被貶爲國子主簿分司洛陽，見卷二《寄楊八拾遺》注。楊侍郎則楊憑，《柳河東集》舊注及陳景雲《柳集點勘》均以楊侍郎爲楊於陵，誤。蓋元和十年春，楊歸厚亦奉詔歸朝，故楊憑因送歸厚而寄詩劉、柳諸人。楊憑原詩已佚。

〔二〕翔鸞闕：唐長安大明宫含元殿前二闕之一，含元殿爲皇帝常朝之所。李華《含元殿賦》：「左翔鸞而右棲鳳。」

〔三〕滄浪：水名。參見卷二《覽董評事思歸之什因以詩贈》注。

〔四〕疏傅：漢疏廣，爲太子太傅，此借指楊憑。柳宗元《祭楊憑詹事文》：「顛沛三載，……入傅王國。」揮金：用二疏事，參見卷一《許給事見示哭工部劉尚書詩因命同作》注。

〔五〕長句：七言詩。招魂：《楚辭》篇名。王逸注：「《招魂》者，宋玉之所作也。宋玉憐哀屈原忠而斥棄，愁懣山澤，魂魄放佚，厥命將落，故作《招魂》。」

二

十年毛羽摧頽，一旦天書召回。〔一〕看看瓜時欲到，故侯也好歸來。〔二〕

【校注】

〔一〕天書：詔書。

〔二〕瓜：劉本作「花」。故侯：失去封爵的侯。此指楊憑。《三輔黄圖》卷一：「長安城東出南頭第一門曰霸城門……或曰青門。門外舊出佳瓜。廣陵人邵平，爲秦東陵侯，秦破爲布衣，種瓜青門外。瓜美，故時人謂之東陵瓜。」

【附録】

奉酬楊侍郎丈因送八叔拾遺戲贈詔追南來諸賓二首　柳宗元

貞一來時送彩箋，一行歸雁慰驚弦。翰林寂寞誰爲主？鳴鳳應須早上天。（《柳河東集》卷四二）

一生判卻歸休，謂著南冠到頭。冶長雖解縲紲，無由得見東周。（同上）

徵還京師見舊番官馮叔達〔一〕

前者忽忽襆被行，〔二〕十年顦顇到京城。南宫舊吏來相問，〔三〕何處淹留白髮生？

【校注】

〔一〕詩元和十年春在長安作。番官：尚書省掌倉庫及廳事鋪設的小吏。《唐六典》卷一：尚書省有亭長六人，掌固十四人，無品級，注云：「《隋令》稱掌事，皇朝稱掌固，主守當倉庫及廳事鋪設，職與古殊，與亭長皆爲番上下，通謂之番官。」番：《叢刊》本作「曹」。馮叔達：《册府元龜》卷一五三：「（大和）四年三月，御史臺奏：據京兆府狀稱，於馮叔達邊卜射武昭錢五十貫文，準去年十一月十八日赦文節目，合得洗雪。」當即其人。

〔二〕襆被：以包袱裹被。《晉書·魏舒傳》：「入爲尚書郎。時欲沙汰郎官，非其才者罷之。舒曰：『吾即其人也。』襆被而出。」此指己永貞元年自屯田員外郎貶朗州司馬事，至此已十年。

〔三〕南宫：尚書省别稱。宫：《叢刊》本作「曹」。

元和十年自朗州承召至京戲贈看花諸君子〔一〕

紫陌紅塵拂面來，無人不道看花回。玄都觀裏桃千樹，〔二〕盡是劉郎去後栽。〔三〕

【校注】

〔一〕諸君子：指同時被召回京的柳宗元、韓曄、韓泰、陳諫等「江湘逐客」。《舊唐書·劉禹錫傳》：「元和十年，自武陵召還，宰相復欲置之郎署。時禹錫作《游玄都觀詠看花君子》詩，語涉譏刺，執政不悦，復出爲播州刺史。詔下，御史中丞裴度奏曰：『劉禹錫有母，年八十餘。今播州西南極遠，猿狖所居，人跡罕至。禹錫誠合得罪，然其老母必去不得……伏請屈法，稍移近處。』……乃改授連州刺史。」《資治通鑑考異》卷二〇：「按當時叔文之黨，一切除遠州刺史，不止禹錫一人，豈緣此詩？蓋以此得播州惡處耳。」餘參見卷七《再游玄都觀絶句》注。《寶刻叢編》卷七長安縣引《京兆金石録》：「唐《游玄都觀詩》，唐劉禹錫撰並書。大和十年。」按：「大和」當爲「元和」之誤。

〔二〕玄都觀：《唐會要》卷五〇：「玄都觀，本名通達觀，周大象三年，於故城中置。隋開皇二年，移至安善坊。」《唐兩京城坊考》卷四：朱雀門街街西從北第五坊崇業坊，「玄都觀，隋開皇二年，自長安故城徙通達觀於此，改名玄都觀，東與大興善寺相比」。

〔三〕劉郎：禹錫自謂，兼用劉、阮入天台事以寓恍如隔世的感慨。《法苑珠林》卷二三引《幽明録》：「漢永平五年，剡縣劉晨、阮肇共入天台山，迷不得返。經十三日，糧乏盡，飢餒殆死。遥望山上有一桃樹，大有子實……上，各啗數枚，而飢止體充。復下山持杯取水……出一大溪邊，有二女子，姿質妙絶。見二人持杯出，便笑曰：『劉、阮二郎，捉向所失流杯來。』……乃相見，而悉問來何晚，因邀還家。遂停半年……求歸……既出，親舊零落，邑屋改異，無復相識，問訊得七世孫。」

【集評】

孟棨曰：劉尚書（禹錫）自屯田員外左遷郎（朗）州司馬，凡十年始徵還，方春，作《贈看花諸君子》詩曰：「紫陌紅塵拂面來……」其詩一出，傳於都下。有素嫉其名者，白於執政，又誣其有怨憤。他日見時宰，與坐，慰問甚厚。既辭，即曰：「近有新詩，未免爲累，奈何？」不數日，出爲連州刺史。其自叙云：「貞元二十一年春……」詩曰：「百畝庭中半是苔……」（《本事詩·事感》）。按：所引自叙及後

「百畝庭中」詩乃禹錫大和二年所作《再游玄都觀絶句》及引。）

謝枋得曰：奔趨富貴者汨没塵埃，自謂得志，如春日看花，紅塵滿面也。玄都觀喻朝廷，桃千樹喻富貴無能者……皆劉郎去國後宰相所栽培也。（《注解章泉澗泉二先生選唐詩》卷一）

敖英曰：風刺時事，全用比體。（《唐詩選脈會通評林》）

唐汝詢曰：首句便見氣焰，次見附勢者衆，三以桃喻新貴，末太露，安免再謫！（《唐詩選脈會通評林》）

何焯曰：《詩》：「維塵冥冥。」箋謂「猶進舉小人，蔽傷己之功德」，不但用玄觀塵也。（卞孝萱《劉禹錫詩何焯批語考訂》）

王壽昌曰：何謂志向？曰：在心爲志，發言爲詩……劉夢得志在尤人，乃作看花之句……故學者欲詩體之正，必自正其志向始。（《小清華園詩談》卷上）

題淳于髡墓〔一〕

生爲齊贅婿，〔二〕死作楚先賢。〔三〕應以客卿葬，〔四〕故臨官道邊。寓言本多興，〔五〕放意能合權。〔六〕我有一石酒，〔七〕置君墳樹前。

【校注】

〔一〕詩元和十年春末夏初自京赴連州道中作。淳于髡：戰國齊人，與齊威王同時，能以滑稽隱語進諫，事具見《史記·滑稽列傳》。《輿地紀勝》卷八二「襄州」：「淳于髡墓，在宜城縣北善謔驛中。」《舊唐書·憲宗紀下》：元和十年三月「乙酉，以虔州司馬韓泰爲漳州刺史，以永州司馬柳宗元爲柳州刺史，饒州司馬韓曄爲汀州刺史，朗州司馬劉禹錫爲播州刺史，台州司馬陳諫爲封州刺史。御史中丞裴度以禹錫母老，請移近處，乃改授連州刺史」。此及後十三詩均赴連州道中作。

〔二〕贅婿：就婚於女家的男子。《史記·滑稽列傳》：「淳于髡者，齊之贅婿也。」

〔三〕先賢：前代賢人。《史記·滑稽列傳》：「齊王使淳于髡獻鵠於楚，出邑門，道飛其鵠……往見楚王曰：『齊王使臣來獻鵠，過於水上，不忍鵠之渴，出而飲之，去我飛亡。吾欲刺腹絞頸而死，恐人之議吾王以鳥獸之故令士自傷殺也……吾欲買而代之，是不信而欺吾王也。欲赴他國奔亡，痛吾兩主使者不通。故來服過，叩頭受罪大王。』楚王曰：『善，齊王有信士若此哉！』厚賜之，財倍鵠在也。」《韓詩外傳》卷一〇載「齊使使獻鴻於楚」事，與此相類，未云使者姓名，並云：「楚王賢其言，辯其詞，因留而賜之，終身以爲上客。」當即淳于髡事，故髡死於楚，爲「楚先賢」。

〔四〕客卿：戰國時以他國人爲卿，待以客禮，稱爲客卿。

〔五〕寓言：有所寄託之言。《史記·老莊列傳》：莊周「著書十餘萬言，大抵率寓言也。」多興：多託物諷喻。《文心雕龍·比興》：「興者，起也……興之託喻，婉而成章，稱名也小，取類也大。」

〔六〕放意：放縱其意，猶恣意。合權：合於道。古人以至當不移之道爲經，反經而合於道者爲權。《公羊傳·桓公十一年》：「權者何？權者反於經，然後有善者也。」

〔七〕石：古代容積單位，十斗爲一石。《史記·滑稽列傳》：「（齊威王）好爲淫樂長夜之飲……左右莫敢諫……置酒後宫，召髡賜之酒，問曰：『先生能飲幾何而醉？』對曰：『臣飲一斗亦醉，一石亦醉。』威王曰：『先生飲一斗而醉，惡能飲一石哉！其説可得聞乎？』髡曰：『賜酒大王之前，執法在傍，御史在後，髡恐懼俯伏而飲，不過一斗徑醉矣。若親有嚴客，髡帣韝鞠跽，侍酒於前，時賜餘瀝，奉觴上壽，數起，飲不過二斗徑醉矣。若朋友交游，久不相見，卒然相覩，歡然道故，私情相語，飲可五六斗徑醉矣。若乃州閭之會，男女雜坐，行酒稽留，六博投壺，相引爲曹，握手無罰，目眙不禁，前有墮珥，後有遺簪，髡竊樂此，飲可八斗而醉二參。日暮酒闌，合尊促坐，男女同席，履舄交錯，杯盤狼藉，堂上燭滅，主人留髡而送客，羅襦襟解，微聞薌澤，當此之時，髡心最歡，能飲一石。故曰，酒極則亂，樂極則悲，萬事盡然。』言不可極，極之而衰。以諷諫焉。齊王曰：『善。』乃罷長夜之飲，以髡爲諸侯主客。」

【附録】

善謔驛和劉夢得酹淳于先生　　柳宗元

水上鵠已去，亭中鳥又鳴。辭因使楚重，名爲救齊成。荒壠遽千古，羽觴難再傾。劉伶今日意，異代是同聲。（《柳河東集》卷四二）

荆門道懷古〔一〕

南國山川舊帝畿，〔二〕宋臺梁館尚依稀。〔三〕馬嘶古樹行人歇，〔四〕麥秀空城澤雉飛。〔五〕風

吹落葉填宮井，火入荒陵化寶衣。〔六〕徒使詞臣庾開府，〔七〕咸陽終日苦思歸。〔八〕

【校注】

〔一〕詩元和十年春末夏初赴連州途中作。荆門：江陵府屬縣名，今屬湖北省，見卷一《紀南歌》注。禹錫數度經荆門，但詩云「麥秀」、「雉飛」，爲夏日景象，故詩當元和十年夏赴連州途中作。門：明本作「州」。

〔二〕帝畿：猶帝京。京師所在地區爲畿。梁元帝曾都江陵。《梁書·元帝紀》：「承聖元年冬十一月丙子，世祖即皇帝位於江陵。」

〔三〕宋臺梁館：東晉以後建都建業，荆州爲上流重鎮，比周之分陝，宋文帝、梁元帝即位前都曾以藩王鎮荆州。《渚宫舊事·補遺》：「湘東王於子城中造湘東苑，穿池構山。」苑中有通波閣、芙蓉堂等建築。湘東王即梁元帝。

〔四〕樹：《全唐詩》作「道」。

〔五〕麥秀：小麥抽穗揚花。《史記·宋微子世家》：「其後箕子朝周，過故殷墟，感宫室毁壞，生禾黍，箕子傷之……乃作《麥秀之詩》以歌詠之。其詩曰：『麥秀漸漸兮，禾黍油油，彼狡僮兮，不與我好兮。』」澤雉：野鷄。澤，《全唐詩》作「野」。《禽經》：「澤雉啼而麥齊。」張華注：「澤雉如商庚，春季之月始鳴，麥平隴也。」麥秀雉鳴，爲四月景象。潘岳《射雉賦》：「於時青陽告謝，朱明肇授……麥漸漸以擢芒，雉鷕鷕而朝鴝。」

〔六〕荒陵：指後梁宣、明二帝陵墓，均在荆州，參見下詩注。《漢書·劉向傳》：「秦始皇帝葬於驪山之阿，下錮三泉，上崇山墳，其高五十餘丈，周迴五里有餘……珍寶之臧，機械之變，棺椁之麗，宫館之盛，不可勝原……其後牧兒亡羊，羊入其鑿，牧者持火照求羊，失火燒其臧椁。」寶衣：金縷玉衣之類。《西京雜記》卷一：「漢帝送死皆珠襦玉匣，匣形如鎧甲，連以金縷。」

〔七〕開府：開府儀同三司，官名。《事物紀原》卷四：「漢制唯三公開府，至魏，以餘官其儀同三公，故以爲號，歷代以名官。」庾開府，庾信。據《周書》本傳：信初仕梁，侯景亂時，奔於江陵。梁元帝承制，除御史中丞。及元帝即位，奉命使周，屬周軍南討，遂留長安。江陵平，拜使持節、撫軍將軍、右金紫光禄大夫，尋進車騎大將軍、儀同三司。杜甫《春日憶李白》：「清新庾開府，俊逸鮑參軍。」

〔八〕咸陽：秦都，此指北周京城長安。《周書·庾信傳》：「信雖位望通顯，常有鄉關之思，乃作《哀江南賦》以致其意云。」庾信《哀江南賦》：「咸陽布衣，非獨思歸王子。」

【集評】

邢昉曰：高淡淒清，又復柔婉。（《唐風定》）

馮舒曰：自然幻秀。（《瀛奎律髓彙評》卷三）

何焯曰：三、四流水對，五、六參差對，未嘗犯四平頭及板板四實句也。（同前）

紀昀曰：五、六新警，結不入套。（同前）

金聖嘆曰：三、四承寫「依稀」，蓋馬嘶人歇，此爲欲認依稀之人，麥秀雉飛，此即所認依稀之地也。上解寫「依稀」，是行人意欲還認。此解寫實無依稀，少得認也。言睹此蒼蒼，徒有首丘在念，其餘一切雄心奢望，遂已不覺並盡也。（《貫華堂選批唐才子詩》甲集七言律卷五下）

毛張健曰：不入論斷，而徘徊瞻眺，感慨見於言外，得風人之微旨。（《唐體餘編》）

方南堂曰：所謂「語不驚人死不休」者，非奇險怪誕之謂也。或至理名言，或真情實景，應心稱手，得未曾有，便可震驚一世……劉禹錫云：「風吹落葉填宫井，火入荒陵化寶衣」，李商隱之「於今腐草無螢火，終古垂楊有暮鴉」，不過寫景句耳，而生前侈縱，死後荒涼，一一托出，又復光彩動人，非驚人語乎？（《輟鍛録》）

後梁宣明二帝碑堂下作〔一〕

玉馬朝周從此辭，〔二〕園陵寂寞對豐碑。〔三〕千行宰樹荆州道，〔四〕暮雨蕭蕭聞子規。〔五〕

【校注】

〔一〕詩元和十年春末夏初赴連州途中作。後梁：梁朝滅亡後，北周扶持蕭詧父子在江陵建立的小朝廷。宣明二帝：後梁宣帝蕭詧及其子明帝蕭巋。據《北史·僭僞附庸傳》：蕭詧，梁武帝孫，昭明太子蕭統第三子。大同元年，除西中郎將、雍州刺史、都督五州諸軍事、寧蠻校尉。大統十年，詧以襄陽形勝之地，遣使求附庸於西魏；十六年，策爲梁王。乃於襄陽置百官，承制封拜。魏恭帝元年，周命于謹伐江陵，詧以兵助之。會江陵平，周文命詧主梁嗣，居江陵東城，資以江陵一州之地。詧乃稱皇帝於江陵，年號大定。及卒，葬於平陵，謚曰宣皇帝。其子巋嗣位。巋卒，葬於顯陵，謚曰孝明皇帝。《輿地紀勝》卷六五「江陵府」：「梁宣、明二帝陵，在府西北六十里，紀山即宣帝陵，西即明帝陵。」

〔二〕玉馬：古代禮器。《初學記》卷九引《瑞應圖》：「玉馬者，瑞器也，王者清明篤賢則至。」朝周：用微子開事。《史記・宋微子世家》：「微子開者，殷帝乙之首子而帝紂之庶兄也……周武王伐紂克殷，微子乃持其祭器，造於軍門，肉袒面縛，左牽羊，右把茅，膝行而前以告。」陳子昂《感遇》：「昔日殷王子，玉馬遂朝周。」此喻指蕭詧父子朝北周。據《北史・僭僞附庸傳》載，周平齊後，蕭巋朝於鄴，宴上，帝自彈琵琶，巋請起舞。帝曰：「王乃能爲朕舞乎？」巋曰：「陛下既親撫五絃，臣何敢不同百獸？」極盡諂媚逢迎之能事。

〔三〕豐碑：紀功頌德的高大石碑。《金石録》卷二六：「唐立《梁宣帝明帝二陵碑》……開元二十一年，其裔孫嵩追建。」

〔四〕宰樹：墓園中樹。

〔五〕子規：即杜鵑鳥。《禽經》張華注：「江介曰子規，蜀右曰杜宇。望帝修道，處西山而隱，化爲杜鵑鳥，亦曰子規鳥，至春則啼，聞者淒惻。」瀟瀟：亦作蕭蕭，風雨聲。白居易《寄殷協律》：「吴娘暮雨蕭蕭曲，自别江南更不聞。」自注：「江南吴二娘曲詞云：『暮雨蕭蕭郎不歸。』」

荆州歌二首〔一〕

渚宫楊柳暗，〔二〕麥城朝雉飛。〔三〕可憐踏青伴，〔四〕乘暖著輕衣。〔五〕

【校注】

〔一〕詩元和十年春末夏初赴連州途中作。荆州：即江陵府，今屬湖北省。《舊唐書·地理志二》：「荆州江陵府，隋爲南郡。武德初，蕭銑所據，四年，平銑，改爲荆州……上元元年九月，置南都，以荆州爲江陵府。」《樂府詩集》卷七二：「《荆州樂》，蓋出於清商曲《江陵樂》。荆州即江陵也。有紀南城，在江陵縣東。梁簡文帝《荆州歌》云『紀城南里望朝雲，雉飛麥熟妾思君』是也。」劉詩祖其意而變化之。詩寫夏日景象，故亦元和十年南來時作。

〔二〕渚宫：楚宫名，在江陵，見卷二《酬竇員外郡齋宴客（略）》注。暗：謂枝葉繁茂。

〔三〕麥城：古城名，在今湖北省當陽縣南。《輿城紀勝》卷六四「荆門軍當陽縣」：「麥城，在縣東五十里。」朝雉飛：古有琴曲《雉朝飛》。《古今注》卷中：「《雉朝飛》者，牧犢子所作也。齊處士，湣、宣時人，年五十無妻，出薪於野，見雉雄雌相隨而飛，意動心悲，乃作《朝飛》之操，將以自傷。」參見前《荆門道懷古》注。

〔四〕踏青：春日郊游。《歲時廣記》卷一八引《輦下歲時記》：「三月上巳，有賜宴群臣，即在曲江，傾都人物，於江頭禊飲踏青。」

〔五〕輕衣：薄紗衣。王維《長樂宮》：「入春輕衣好，半夜薄妝成。」

二

今日好南風，商旅相催發。沙頭檣竿上，〔一〕始見春江闊。

【校注】

〔一〕沙頭：江陵所屬小鎮，今湖北省荆州市沙市区。《輿地紀勝》卷六四「江陵府」：……「沙頭市，去城五十里，四方之商賈輻輳，舟車駢集，謂之沙頭市。」陸游《入蜀記》：「泊沙市，……自此至荆南陸行十里，舟不復進矣。老杜詩云：『買薪猶白帝，鳴櫓已沙頭。』劉夢得云：『沙頭檣干上，始見春江闊。』皆謂此也。」

【集評】

葛立方曰：荆州者，上流之重鎮，詩人賦詠多矣。韓退之云：「窮冬或摇扇，盛夏或重裘。」言氣候之不正。劉夢得云：「渚宫楊柳暗，麥城朝雉飛。」言城郭之荒涼。張説云：「旃裘吴地盡，髻鬌楚言多。」言蠻夷之與鄰。張九齡云：「枕席夷三峽，關梁豁五湖。」言道路之四達。若其邑屋之繁富，山川之秀美，則罕有言之者。蓋自秦併楚之後，宫室盡爲禾黍，未易興復，而況秦、楚之後，代代爲百戰争奪之場邪！（《韻語陽秋》卷一三）

碧澗寺見元九侍御如展上人詩有三生之句因以和〔一〕

廊下題詩滿壁塵，塔前松樹已鱗皴。〔二〕古來唯有王文度，〔三〕重見平生竺道人。〔四〕

【校注】

〔一〕詩元和十年春末夏初自京赴連州道中作。碧澗寺：在江陵松滋縣。《輿地紀勝》卷六四「江陵府」：「碧澗溪，在松滋縣西六十里，有碧澗寺。」元九侍御：元稹，已見卷二《酬元九院長自江陵見寄》等詩注。如展：當是碧澗寺僧；明本、劉本、《叢刊》本、《全唐詩》作「和展」，按：元稹詩中無「三生之句」，知作「和」誤。三生：見卷一《答張侍御賈喜再登科後自洛赴上都贈别》注。如展詩已佚，元稹在江陵時與如展唱和詩見附録。

〔二〕塔：僧人墳塔，此指如展埋骨之塔。鱗皴：皺折如鱗甲。王維《春日與裴迪過新昌里訪吕逸人不遇》：「閉户著書多歲月，種松皆老作龍鱗。」

〔三〕王文度：晉王坦之字，《晉書》有傳。

〔四〕道人：僧。竺道人，指竺法印。《法苑珠林》卷七六：晉沙門竺法印者，太原王文度友而親之，嘗共説生死報應，茫昧難明，因爲約誓，死而有知見罪惡者，當相報告也。印後居會稽，經年而卒。王在都，忽見印來，云：「貧道以某時病死，罪福不虚。……既有前約，故詣相報。」

【集評】

李慈銘曰：[末聯]此即古今第一可感事。(《越縵堂讀書簡端記》)

【附録】

八月六日與僧如展前松滋主簿韋戴同游碧澗寺賦得扉字韻寺臨蜀江内有碧澗穿注 元稹

空闊長江礙鐵圍，高低行樹倚巖扉。穿廊玉澗噴紅旭，踴塔金輪拆翠微。草引風輕馴虎睡，洞驅雲入毒龍歸。他生莫忘靈山别，滿壁人名後會稀。(《元稹集》卷一八)

僧如展及韋載同游碧澗寺各賦詩予落句云他生莫忘靈山别滿壁人名後會稀展共吟他生之句因話釋氏緣會所以莫不悽然久之不十日而展公長逝驚悼返覆則他生豈有兆耶其間展公仍賦黄字五十韻飛札相示予方屬和未畢自此不復撰成徒以四韻爲識 元稹

重吟前日他生句，豈料踰旬便隔生！會擬一來身塔下，無因共繞寺廊行。紫毫飛札看猶濕，黄字新詩和未成。縱使得如羊叔子，不聞兼記舊交情。(《元稹集》卷八)

公安縣遠安寺水亭見展公題壁漂然淚流因書四韻 元稹

碧澗去年會，與師三兩人。今來見題壁，師已是前身。芰葉迎僧夏，楊花度俗春。空將數行淚，灑遍塔中塵。(同前)

松滋渡望硤中〔一〕

渡頭輕雨灑寒梅，〔二〕雲際溶溶雪水來。〔三〕夢渚草長迷楚望，〔四〕夷陵土黑有秦灰。〔五〕巴人淚應猿聲落，〔六〕蜀客船從鳥道回。〔七〕十二碧峰何處所？〔八〕永安宫外是荒臺。〔九〕

【校注】

〔一〕詩云「輕雨灑寒梅」，當元和十年夏自京赴連州道中作。松滋渡：見卷二《酬竇員外使君寒食日途次松滋渡先寄示四韻》注。硤：通峽，指三峽，《叢刊》本、《全唐詩》作「峽」。《雲溪友議》卷中：「中山劉公曰：『頃在夔州，少逢賓客，縱有停舟相訪，不可久留，而獨吟曰：巴人淚逐猿聲落，蜀客舟從鳥道來。』」蓋自吟其得意之句，非謂詩在夔州作。

〔二〕寒梅：指梅雨。《太平御覽》卷九七〇引《風俗通》：「五月有落梅風，江淮以爲信風，又有霖霪，號爲梅雨。」

〔三〕雪水：雪山積雪融化之水，參見卷一《韓十八侍御見示岳陽樓别竇司直詩（略）》注。

〔四〕夢渚：即雲夢澤。見卷一《韓十八侍御見示岳陽樓别竇司直詩（略）》注。楚望：古楚國疆域。《左傳·哀公六年》：「三代命祀，祭不越望。江、漢、雎、章，楚之望也。」注：「諸侯望祀竟内山川星辰。四水在楚界。」

〔五〕夷陵：楚邑名，唐置縣，在今湖北省宜昌市西北。秦灰：秦代劫灰。《史記·白起列傳》：「白起攻楚……拔郢，燒夷陵。」《三輔黄圖》卷四：「武帝初，穿（昆明）池得黑土，帝問東方朔。東方朔曰：『西域胡人知。』乃問胡人。胡人曰：『劫燒之餘灰也。』」

〔六〕猿聲：《水經注·江水》：「自三峽七百里中，兩岸連山，略無闕處……每至晴初霜旦，林寒澗肅，常有高猿長嘯，屬引淒異，空谷傳響，哀囀久絶。故漁者歌曰：巴東三峽巫峽長，猿鳴三聲淚沾裳。」

〔七〕鳥道：鳥飛的道路。李白《蜀道難》：「西當太白有鳥道，可以横絶峨眉巔。」

〔八〕十二碧峰：指巫山，有十二峰。《蜀中名勝記》卷二二「夔州府巫山縣」：「峽中有十二峰，曰望霞、翠屏、朝雲、松巒、集仙、聚鶴、浄壇、上昇、起雲、棲鳳、登龍、聖泉。」

〔九〕永安宫：故址在今重慶市奉節縣。荒臺：指陽雲臺，在今重慶市巫山縣，其地别有楚宫。《太平寰宇記》卷一四八「夔州奉節縣」：「永安宫，漢末公孫述所築，蜀先主崩於此城中，故曰永安宫。」又「巫山縣」：「楚宫，在縣西北二百步，在陽臺古城内，即襄王所游之地。陽雲臺，高一百二十丈，南枕長江。」陽臺神女故事，見後《寶夔州見寄寒食日憶故姬小紅吹笙因和之》詩注。

【集評】

顧璘曰：此篇尚存中唐氣調。（《批點唐音》）

桂天祥曰：韻格落盛唐諸公後，然所得亦自深渾。（《批點唐詩正聲》）

謝榛曰：詩中淚字若「沾衣」、「沾裳」，通用不爲剽竊，多有出奇者。潘岳曰：「涕淚應情隕。」

子美曰：「近淚無乾土。」太白曰：「淚盡日南珠。」劉禹錫曰：「巴人淚應猿聲落。」賈島曰：「淚落故山遠。」孟雲卿曰：「至哀反無淚。」……李獻吉曰：「萬古關山淚。」盧仝曰：「黄金礦裏鑄出相思淚。」此太涉險怪矣。（《四溟詩話》卷二）

馮舒曰：秀便工緻。（《瀛奎律髓彙評》卷三）

何焯曰：量移夔州詩，妙在渾然不露。後四句言觸目險艱，求若宋玉之遇襄王，亦不可再，所謂「一生不得文章力」耳。（同上）

紀昀曰：中唐本色，惟結二句不免窠臼。（同上）

無名氏曰：劉中山律詩雖不及柳州之鑱刻，然自然有華氣。（同上）

王夫之曰：自然感慨，盡從景得，所謂景中藏情。七言以句長得敗者，率用單字雙字，堆砌如累卵。字字有意，則蹇吃不了；有無意之字，則是五言而故續鳬項也。不知者偏於此著力，謂之句眼，如蚓已斷而黏以膠，兩頭自活，著力處即死。故七言之聖證，惟有字欲長行，意欲一色。錢、劉以下，以此律之，都不入耳。惟杜襄陽能用四字，亦解一意。要惟筆力高秀，卓絶古今，故能爾爾。夢得多用三字，韓信之餘，定推曹參野戰，餘子碌碌，何足道哉！（《唐詩評選》卷四）

金聖嘆曰：五、六言但見人哭、猿啼、客歸、船下，若夫十二碧峰，則我竟知其安在乎？末欲寫無碧峰，卻偏寫有荒臺，最爲盡意之筆。（《貫華堂選批唐才子詩》甲集七言律卷五下）

朱三錫曰：題是「望峽中」，只寫「望」字意。輕雨灑梅，必是交春時候；雪消水來，必是臘盡春初時候，唐人寫景，各有分寸，不輕下筆可知……三、四皆望中可見之景，有無限感觸意。五、六皆望中可想之事，有無限低徊意。「碧峰」、「永安」一聯最爲盡致，欲寫無「碧峰」，偏寫「有荒臺」，令人悠然神遠矣。（《東巖草堂評訂唐詩鼓吹》卷一）

沈德潛曰：（巴人句）正寫望峽，警拔。（《唐詩别裁》卷十五）

方東樹曰：起句松滋渡，以下七句，皆峽中景，皆有「望」字意，一直説去，大氣直噴。（《昭昧詹言》卷十八）

王壽昌曰：唐人之詩，有清和純粹可誦而可法者，如……劉禹錫之「渡頭輕雨灑寒梅」……（《小清華園詩談》卷下）

贈長沙贊頭陀〔一〕

外道邪山千萬重，〔二〕真言一發盡摧峰。〔三〕有時明月無人夜，獨向昭潭制惡龍。〔四〕

【校注】

〔一〕詩元和十年南赴連州時經長沙作。長沙：郡名，即潭州，今湖南省長沙市。頭陀：梵語的音譯，佛教的苦行之一，多以稱游方行脚僧人。《翻譯名義集》卷四：「頭陀，此云抖擻，亦云修治。……抖擻煩惱故也。……《大品》云：『須菩提説法者，受十二頭陀：一作阿蘭若，二常乞食，三納衣，四一坐食，五節量食，六中後不飲漿，七冢間住，八樹下住，九露地住，十常坐不卧，十一次第乞食，十二但三衣。』」贊頭陀：未詳。

〔二〕外道：佛教徒稱佛教以外的宗教或思想爲外道，如六師外道等。邪山：喻外道，多如山峰。

〔三〕真言：梵語陀羅尼的意譯，即咒語。摧峰：摧折鋒芒，挫敗。《隋書·經籍志四》：「初，天竺中多諸外道，並事水火毒龍，而善諸變幻。釋迦之苦行也，是諸邪道，並來嬲惱，以亂其心，而不能得。及佛道成，盡皆摧伏，並爲弟子。」

〔四〕昭潭：在今湖南省湘潭市北湘江中。制惡龍：《水經注·湘水》：「湘水又北逕昭山西，山下有旋淵，深不可測，故曰昭潭無底也。」《法苑珠林》卷一〇四：「昔有尊者阿羅漢，字祇夜多……出罽賓國。時罽賓國有一惡龍，名阿利那，數作災害。時有二千羅漢，各盡神力，驅遣此龍，令出國界……不能使動。時尊者祇夜多最後往到龍池所，三彈指言：龍！汝今出去，不得住此。龍即出去，不敢停住。」王維《過香積寺》：「薄暮空潭曲，安禪制毒龍。」

望衡山〔一〕

東南倚蓋卑，〔二〕維岳資柱石。〔三〕前當祝融居，〔四〕上拂朱鳥翮。〔五〕青冥結精氣，〔六〕磅礴宣地脈。〔七〕還聞膚寸陰，〔八〕能致彌天澤。〔九〕

【校注】

〔一〕詩元和十年自長安赴連州時途經衡山作。衡山：在今湖南省衡山縣。《元和郡縣圖志》卷二九「衡山縣」：「衡山，南岳也，一名岣嶁山，在縣西三十里。《南岳記》曰：『衡山者，朱陽之靈臺，太虚之寶洞。』又云：『赤帝館其嶺，祝融託其陽。以其宿當翼、軫，度應機衡，故爲名。』又曰：『上如車蓋及衡軛之形，山高四千一十丈。』」

〔二〕倚蓋：指天，見卷一《奉和中書崔舍人八月十五日夜玩月二十韻》注。

〔三〕岳：山之高而尊者，指南岳衡山。柱石：柱子和承柱的石礎，相傳天有八柱以承之。南岳有天柱峰。《楚辭·天問》：「八柱何當？東南何虧？」

〔四〕祝融：南方之神，亦火神。參見卷二《武陵觀火詩》注。《水經注·湘水》：「（衡山）南有祝融冢。楚靈王之世，山崩毁其墳，得《營丘九頭圖》。」

〔五〕朱鳥翮：指南方七宿中的翼宿。《史記·天官書》：「南宫朱鳥……翼爲羽翮。」

〔六〕青冥：天空。

〔七〕磅礴：氣勢浩大貌。地脈：大地脈理，指山川河流。

〔八〕膚寸陰：小片陰雲。《公羊傳·僖公三十年》：「觸石而出，膚寸而合，不崇朝而遍雨乎天下者，惟泰山爾。」何休注：「側手爲膚，案指爲寸。」

〔九〕彌天澤：大雨，喻指大赦的恩澤。《説苑·辨物》：「五岳何以視三公？能大布雲雨焉，能大斂雲雨焉。雲觸石而出，膚寸而合，不崇朝而雨天下，施德博大，故視三公焉。」陸機《演連珠》：「谷風乘條，必降彌天之潤。」

【集評】

何焯曰：落句似泛。（卞孝萱《劉禹錫詩何焯批語考訂》）

送僧仲剬東游兼寄呈靈澈上人〔一〕

釋子道成神氣閑，住持曾上清涼山。〔二〕晴空禮拜見真像，〔三〕金毛五髻卿雲間。〔四〕西游長安隸僧籍，本寺門前曲江碧。〔五〕松間白月照寶書，〔六〕竹下香泉灑瑶席。前時學得經論成，〔七〕奔馳象馬開禪扃。〔八〕高筵談柄一麈拂，〔九〕講下聽徒如醉醒。舊聞南方多長老，〔一〇〕次第來入荆門道。荆州本自重彌天，〔一一〕南朝塔廟猶依然。宴坐東陽枯樹下，〔一二〕經行居止故臺邊。〔一三〕忽憶遺民社中客，〔一四〕爲我衡陽駐飛錫。〔一五〕講罷同尋《相鶴經》，〔一六〕閑來共蠟登山屐。〔一七〕一旦揚眉望沃洲，〔一八〕自言王謝許同游。〔一九〕憑將《雜擬》三十首，〔二〇〕寄與江南湯慧休。〔二一〕

【校注】

〔一〕詩云「爲我衡陽駐飛錫」，當元和十年赴連州途經衡陽時作。仲剬：五臺山僧人，後居長安。剬，同制。靈澈：詩僧，參見卷二《敬酬徹公見寄》詩注。

〔二〕住持：主持寺院事務。清涼山：佛經中山名，此指五臺山。《華嚴經·諸菩薩住處品》：「東北方有處名清涼山，現有菩薩，名文殊師利，與其眷屬，諸菩薩衆一萬人俱常在其中。」《元和郡縣圖志》卷一四「代州五臺縣」：「五臺山，在縣東北百四十里，道經以爲紫府山，内經以爲清涼山。」

〔三〕真像：菩薩真實形象。

〔四〕金毛：金毛獅子，即狻猊，文殊師利菩薩的坐騎。髻：髮髻，佛經言菩薩頭頂有五髻。卿雲：吉祥的雲氣。《史記·天官書》：「若煙非煙，若雲非雲，鬱鬱紛紛，蕭索輪囷，是謂卿雲。卿雲，喜氣也。」《古今圖書集成·山川典》卷三一引僧延一《五臺山志》：「五臺山本名清涼山……五峰聳出，頂無林木，有如壘土之臺，故曰五臺。《海東文殊傳》云：『五臺即是五方如來之座也，亦象菩薩頂有五髻。』」《邵氏聞見後録》卷二八：「五臺山佛光，其傳舊矣。唐《穆宗實録》：『元和十五年四月四日，河東節度使裴度奏：五臺山佛光寺側，慶雲現，若金仙乘狻猊，領其徒千萬，自巳至申乃滅。』」詩所云即類似現象。五：劉本、《文苑英華》作「玉」。

〔五〕曲江：唐代長安名勝，在城東南隅。《唐兩京城坊考》卷三：「龍華寺之南有流水屈曲，謂之曲江，其深處下不見底。司馬相如賦曰：『臨曲江之隑州。』蓋其所也。……《劇談録》曰：曲江池，本秦時隑洲，唐開元中疏鑿爲勝障（境）。南即紫雲樓、芙蓉苑，西即杏園、慈恩寺，花卉周環，煙水明媚，都人游賞，盛於中和、上巳節。即錫臣僚會於山亭，賜太常教坊樂，池備綵舟，惟宰相、三使、北省官、翰林學士登焉。傾動皇州，以爲盛觀。」曲江西有慈恩寺，南有貞元普濟寺，未詳仲澍籍隸何寺。

〔六〕寶書：指佛經。

〔七〕經論：泛指佛教典籍，有經有論。

〔八〕象馬：見卷三《送慧則法師歸上都因呈廣宣上人》注。

〔九〕筵：講席。談柄：即拂塵，講論時執於手中，指揮以爲談助。

〔一〇〕長老：年老有德的僧人。

〔一一〕彌天：此指高僧，參見卷二《送如智法師游辰州兼寄許評事》注。

〔一二〕宴坐：安坐。東陽：郡名，治所在今浙江省金華市。《晉書·殷仲文傳》：「仲文因月朔與衆至大司馬府，府中有老槐樹，顧之良久而嘆曰：『此樹婆娑，無復生意！』……忽遷爲東陽太守，意彌不平。」庾信《枯樹賦》：「殷仲文……出爲東陽太守，常忽忽不樂，顧庭槐而嘆曰：『此樹婆娑，生意盡矣！』」均與荆州無涉。《太平寰宇記》卷一四六「荆州江陵縣」：「子晉廟。有枯樹，庾子山感而成賦。」蓋亦後人附會。又晉人殷仲堪，孝武帝時爲荆州刺史，鎮江陵，《世説新語》呼爲「殷荆州」，但又無「枯樹」之事。

〔一三〕經行：見卷二《送如智法師游辰州兼寄許評事》注。居止：何焯曰：「（止）疑作『士』。」故臺：未詳。

〔一四〕遺民社中客：禹錫自謂。遺民：劉程之字，與釋慧遠等結白蓮社，見卷一《廣宣上人寄在蜀與韋令公唱和詩卷（略）》注。

〔一五〕飛錫：僧人游行四方。錫：僧人所持錫杖。孫綽《游天台山賦》：「應真飛錫以躡虚。」

〔一六〕尋：翻檢。《相鶴經》：《舊唐書·經籍志下》：「《相鶴經》一卷，浮丘公撰。」

〔一七〕蠟屐：以蠟塗登山木屐。《晉書·阮孚傳》：「祖約性好財，孚性好屐，同是累而未判其得失。有詣約，見正料財物，客至，屏當不盡，餘兩小簏，以著背後，傾身障之，意未能平。或有詣阮，正見自蠟屐，因自嘆曰：『未知一生當著幾量屐！』神色甚閑暢，於是勝負始分。」

〔一八〕揚眉：舉目。《列子·湯問》：「揚眉而望之，弗見其形。」沃洲：山名，在越州剡縣南，東晉釋支遁、名士王羲之、謝萬石等游止於此，詳見卷二《敬酬徹公見寄》注。

〔一九〕王、謝：王羲之等，此當指孟簡。《舊唐書·孟簡傳》：「（元和）九年，出爲越州刺史，兼御史中丞、浙東觀察使。……溺於浮圖之教，爲儒曹所誚。」

〔二〇〕馮，憑本字。《雜擬》三十首：江淹所作，中有擬湯慧休《别怨》詩，見卷一《韓十八侍御見示岳陽樓别竇司直詩（略）》注。此借指己之詩作。

〔二一〕湯慧休：劉宋時詩僧，借喻靈澈，參見卷三《送慧則法師歸上都因呈廣宣上人（略）》注。

再授連州至衡陽酬柳柳州贈别〔一〕

去國十年同赴召，〔二〕渡湘千里又分岐。〔三〕重臨事異黄丞相，〔四〕三黜名慚柳士師。〔五〕歸

目並隨回雁盡，〔六〕愁腸正遇斷猿時。桂江東過連山下，〔七〕相望長吟有所思。〔八〕

【校注】

〔一〕詩元和十年赴連州途經衡陽作。衡陽：郡名，即衡州，今湖南衡陽。柳州：今屬廣西自治區。柳柳州：柳宗元，其授柳州刺史及以柳州易劉禹錫播州事，已見前《元和十年自朗州承召至京戲贈看花諸君子》注。劉禹錫永貞元年曾貶連州刺史，故爲「再授」。

〔二〕國：指京師。赴召：見前《元和甲午歲詔書盡徵江湘逐客（略）》注。

〔三〕湘：湘江。《元和郡縣圖志》卷二九「衡州衡陽縣」：「縣城東傍湘江，北背蒸水。」

〔四〕黄丞相：黄霸，兩爲潁川太守，五鳳三年爲丞相。此以自喻。《漢書》本傳：「爲潁川太守……以外寬内明得吏民心，户口歲增，治爲天下第一。徵守京兆尹，秩二千石。坐發民治馳道不先以聞……連貶秩，有詔歸潁川太守官，以八百石居治如其前。前後八年，郡中愈治。」

〔五〕三黜：三遭貶黜。士師：周代官名，主察獄訟。柳士師：柳下惠，此借指柳宗元。《論語·微子》：「柳下惠爲士師，三黜。」

〔六〕回雁：北歸的大雁。衡陽有回雁峰。劉禹錫故鄉在北方，故云「歸目」。《方輿勝覽》卷二四「衡州」：「回雁峰，在衡陽之南，雁至此不過，遇春而回，故名。或曰，峰勢如雁之回。」

〔七〕桂江：灕江别名。見卷二《和竇中丞晚入容江作》注。連山：在連州，州即以山名。高步瀛《唐宋詩舉要》卷五此詩注：「桂江本不經連州，此特因桂江爲湘江分流，由此可至連州，子厚柳州復屬桂管，故綰合言之耳。」

〔八〕有所思：亦樂府名。古辭曰：「有所思，乃在大海南。」張衡《四愁詩》：「我所思兮在桂林，欲往從之湘水深，側身西望涕沾襟。」

【集評】

方回曰：柳士師事甚切。（《瀛奎律髓》卷四三）

王夫之：字皆如濯，句皆如拔，何必出沈、宋下？「長吟有所思」五字一氣。「有所思」，樂府篇名，言相望而吟此曲也。於此可得七言命句之法。（《唐詩評選》卷四）

金聖嘆曰：一解四句，凡寫四事：一寫十年重貶，是傷仕宦顛躓；二寫千里又分，是悲知己隔絕；三寫坐事重大，未如潁川小過；四寫不曾自失，無異柳下不浼，最爲曲折詳至也。五、六爲衡陽寫景，此是二人分路處。七爲桂江寫景，此是二人相望處也。（《貫華堂選批唐才子詩》甲集七言律卷五下）

紀昀曰：此酬柳子厚詩，筆筆老健而深警，更勝子厚原唱。七句綰合得有情。（《瀛奎律髓彙評》卷四三）

【附録】

衡陽與夢得分路贈別　　柳宗元

十年憔悴到秦京，誰料翻爲嶺外行。伏波故道風煙在，翁仲遺墟草樹平。直以慵疏招物議，休

將文字占時名。今朝不用臨河别，垂淚千行便濯纓。（《柳河東集》卷四二）

重答柳柳州〔一〕

弱冠同懷長者憂，臨岐回想盡悠悠。〔二〕耦耕若便遺身世，〔三〕黄髮相看萬事休。〔四〕

【校注】

〔一〕詩元和十年赴連州途經衡陽作。柳柳州：柳宗元，見前詩注。此詩及下詩，劉集各本均未載。外集則載有《重别》及《三贈》二詩，據宋敏求《後序》，乃宋氏自《柳柳州集》中裒出者。然外集中二詩實爲柳宗元之原唱。蓋柳集中，劉詩附於柳詩之後，抄者誤録柳詩入劉集。《全唐詩》不誤。今據柳集及《全唐詩》補入劉作二詩，而將柳詩移爲附録。

〔二〕弱冠：謂年少時。《禮記·曲禮上》：「二十曰弱，冠。」臨岐：面臨岐路，此指人生面臨重大轉變或挫折時。悠悠：無聊，荒謬。

〔三〕耦耕：二人並耕，指隱居。《論語·微子》：「長沮、桀溺耦而耕，孔子過之，使子路問津焉……問於桀溺。桀溺曰：『子爲誰？』曰：『爲仲由。』曰：『是魯孔丘之徒與？』對曰：『然。』曰：『滔滔者天下皆是也，而誰以易之？且而與其從辟人之士也，豈若從辟世之士哉？』耰而不輟。」遺身世：即棄世。《文選》鮑照《詠史》：「君平獨寂寞，身世兩相棄。」李善注：「言身棄世而不仕，世棄身而不任。」

〔四〕黄髪：老年，白髪轉黄。

【附録】

重别夢得　柳宗元

二十年來萬事同，今朝岐路忽西東。皇恩若許歸田去，晚歲當爲鄰舍翁。（《柳河東集》卷四二）

答柳子厚〔一〕

年方伯玉早，〔二〕恨比《四愁》多。〔三〕會待休車騎，〔四〕相隨出罻羅。〔五〕

【校注】

〔一〕《劉禹錫集》外集卷七誤將柳宗元原詩作爲劉詩輯入，今正之。參見前詩題注。

〔二〕伯玉：蘧瑗字，春秋衛大夫。《淮南子·原道》：「故蘧伯玉年五十而有四十九年非。」元和十年，劉禹錫年四十四，柳宗元年四十三，故知非之年早於蘧伯玉。

〔三〕《四愁》：張衡所作詩名，見《文選》。其序云：「張衡不樂久處機密，陽嘉中，出爲河間相……郡中大治，争訟息，獄無繫囚。時天下漸弊，鬱鬱不得志，爲《四愁詩》。效屈原以美人爲君子，珍寶爲仁義，以水深雪雰爲小人，思以道術相報，貽於時君，而懼讒邪不得以通。」陳景雲《柳集點勘》：「案張衡《四愁詩》中有『我所思兮在桂林，欲往從之湘水深』語，時劉、柳皆渡湘而南，故云『多』也。」

〔四〕休車騎：即休官。謝朓《休沐重還道中》：「還邛歌賦似，休汝車騎非。」

〔五〕罻羅：網羅。罻，小網。謝朓《暫使下都夜發新林至京邑贈西府同僚》：「寄言罻羅者，寥廓已高翔。」

【附録】

三贈劉員外　柳宗元

信書成自誤，經事漸知非。今日臨岐别，何年待汝歸？（《柳河東集》卷四三）

度桂嶺歌〔一〕

桂陽嶺，〔二〕下下復高高。人稀鳥獸駭，地遠草木豪。〔三〕寄言千金子，〔四〕知余歌者勞。〔五〕

【校注】

〔一〕詩元和十年初至連州作。桂嶺：在連州。《太平寰宇記》卷一一七「連州桂陽縣」：「桂嶺，五嶺之一也，山上多桂，因以爲名。」

〔二〕桂陽嶺：即桂嶺。《後漢書·吴祐傳》李賢注引《廣州記》：「大庾、始安、臨賀、桂陽、揭陽，是爲五嶺。」

〔三〕豪：意謂草木生長蓬勃茂盛。

〔四〕千金子：富家子。《漢書·爰盎傳》：「千金之子不垂堂。」師古曰：「言富人之子則自愛也。垂堂，謂坐堂外邊，恐墜墮也。」

〔五〕歌者勞：《公羊傳·宣公十三年》何休注：「飢者歌其食，勞者歌其事。」

代靖安佳人怨二首〔一〕并引

靖安，丞相武公居里名也。元和十年六月，公將朝，夜漏未盡三刻，騎出里門，遇盜，薨于牆下。〔二〕初，公爲郎，余爲御史，繇是有舊故。〔三〕今守于遠服，賤不可以誄，又不得爲歌詩聲于楚挽，故代作《佳人怨》，以裨于樂府云。〔四〕

寶馬鳴珂踏曉塵，〔五〕魚文匕首犯車茵。〔六〕適來行哭里門外，〔七〕昨夜華堂歌舞人。

【校注】

〔一〕詩元和十年六月在連州作。靖安：長安中坊名。《唐兩京城坊考》卷二朱雀門街東第二街，從北第五坊靖安坊，有「門下侍郎、同中書門下平章事武元衡宅」。《舊唐書·憲宗紀下》：元和十年六月「癸卯，鎮州節度使王承宗遣盜夜伏於靖安坊，刺宰相武元衡，死之」。禹錫至連州後尚有《謝門下武相公啟》，蓋時尚未獲武元衡死訊，故此詩當作於連州。

〔二〕十年：原作「十一年」，據《舊唐書·憲宗紀下》删「一」字。盜：實乃淄青節度使李師道所遣刺客，見《舊唐書·吕元膺傳》。

〔三〕爲郎：爲尚書省郎官。《舊唐書·武元衡傳》：「德宗知其才，召授比部員外郎。一歲，遷左司郎中，時以詳整稱重。貞元二十年，遷御史中丞。」按：貞元十九年閏十月，劉禹錫初爲監察御史，武元衡在左司郎中任。

〔四〕誄：作文哀悼表彰死者。《禮記·曾子問》：「賤不誄貴，幼不誄長，禮也。」聲於楚挽：作爲送柩挽歌歌唱。楚挽：見卷一《德宗神武孝文皇帝挽歌二首》注。裨：補，原作「埤」，據《叢刊》本、劉本改。

〔五〕珂：馬勒上飾物，行則有聲。《重修政和證類本草》卷二二：「珂，貝類也，大如鰒，黄黑而骨白，以爲飾，生南海。」《新唐書·車服志》：「三品以上珂九子，四品七子，五品五子，六品以下去通幰及珂。」

〔六〕魚文：魚形花紋。車茵：車上座褥。《舊唐書·武元衡傳》：「元衡宅在静安里。九（當爲十之誤）年六月三日，將朝，出里東門，有暗中叱使滅燭者，導騎訶之，賊射之中肩。又有匿樹陰突出者，以棓擊元衡左股。其徒馭已爲賊所格奔逸，賊乃持元衡馬，東南行十餘步害之，批其顱骨懷去。及衆呼偕至，持火照之，見元衡已踣於血中，即元衡宅東北隅牆之外，時夜漏未盡。」

〔七〕行哭：《禮記·檀弓下》：「文伯之喪，敬姜據其牀而不哭，曰：『昔者吾有斯子也，吾以將爲賢人也，吾未嘗以就公室。今及其死也，朋友諸臣未有出涕者，而內人皆行哭失聲。斯子也，必多曠於禮矣夫！』」參見集評。

二

秉燭朝天遂不回，路人彈指望高臺。〔一〕牆東便是傷心地，夜夜秋螢飛去來。

【校注】

〔一〕彈指：言時間短暫。高臺：桓譚《新論·琴道》：「雍門周以琴見孟嘗君，曰：『……千秋萬歲之後，宗廟必不血食，高臺既已傾，曲池又已平，墳墓生荆棘，狐狸穴其中。』」丘遲《與陳伯之書》：「高臺未傾，愛妾尚在。」

【集評】

葛立方曰：劉夢得有《代靖安佳人怨》詩云……余考夢得爲司馬時，朝廷欲澡濯補郡，而元衡執政，乃格不行，夢得作詩傷之，而託於靖安佳人，其傷之也，乃所以快之歟！（《韻語陽秋》卷三）

蔡居厚曰：劉禹錫、柳子厚與武元衡素不叶。二人之貶，元衡爲相時也。禹錫爲《靖安佳人怨》以悼元衡之死，其實蓋快之。子厚《古東門行》云：「赤丸夜語飛電光，徼巡司隸眠如羊。當街一叱百吏走，馮敬胸中函匕首。」雖不著所以，當亦與禹錫同意。《古東門》用袁盎事也。樂天江州之謫，王涯實爲之，故甘露之禍，樂天亦有「當君白首同歸日，是我青山獨往時」之句。（《苕溪漁隱叢話》前集卷二一引《蔡寬夫詩話》）

朱熹曰：唐文人皆不可曉。如劉夢得作詩説張曲江無後，即武元衡被刺，亦作詩快之。（《朱子語類》卷一四〇）

劉克莊曰：子厚《古東門行》、夢得《靖安佳人怨》恐皆爲武相元衡所作也。柳云「當街一叱百吏走，馮敬胸中函匕首。兇徒側耳潛愜心，悍臣破膽皆杜口」，猶有嫉惡憫忠之意。夢得「昨夜晝堂歌舞人」之句，似傷乎薄。世言柳、劉爲御史，元衡爲中丞，待二人滅裂。果然，則柳賢於劉矣。（《後村先生大全集》卷一七六）

魏了翁曰：劉禹錫詩：「向來行哭里門道，昨夜華堂歌舞人。」白樂天《燕子樓》詩亦此意。陳後山：「起舞爲主壽，相送南陽阡。忍著主衣裳，爲人作春妍！」又云：「向來歌舞地，夜雨鳴寒蛩。」（《鶴山渠陽經外雜抄》卷一）

瞿佑曰：甘露之禍，王涯、賈餗、舒元輿輩皆預焉，樂天有詩云：「當君白首同歸日，是我青山獨往時。」或謂樂天幸之，非也。樂天豈幸人之禍者哉？蓋悲之也……彼劉夢得之《靖安佳人怨》、柳子厚之《古東門行》，其於武元衡，則真幸之矣。（《歸田詩話》卷上）

胡震亨曰：夢得《靖安佳人怨》及白氏大和九年某月日《感事》詩爲武相伯蒼、王相廣津作者，實並銜宿怨故。劉先於叔文時斥武，宜武有補郡見格之報。白嘗因覆策事救王，王固不應下石訐白母大不幸事，令白有江州謫也。事各有曲直，而怨之淺深亦分。在風人忠厚之教，總不宜有詩。然欲爲兩人曲諱，如坡公之説，則政自不必耳。（《唐音癸籤》卷二五。按：蘇軾論白居易《感事》詩，見《苕溪漁隱叢話》前集卷二一。）

喬億曰：盜殺武元衡，與韓相俠累何異？非國家細故也。柳子厚《古東門行》，直指其事，其義正，其詞危，可使當日君相動色。而劉夢得置國事勿論，乃爲《靖安佳人怨》詩，觀其小引，似與武有不相能者。顧夢得左官遠服，當不以私廢公，爲國惜相臣，又況其死以國事，胡託爲女子淒斷之詞，而猶以爲「裨於樂府」，過矣！（《劍溪説詩又編》）

按：關於劉禹錫與武元衡的關係，舊史及此詩評者所云多有不合事實處。蔡居厚云劉、柳之貶在武元衡爲相，然二人之貶在永貞元年，元衡爲相則在元和二年正月。葛立方等「補郡見格」之語本於《舊唐書・劉禹錫傳》：「會程异復掌轉運，有詔以韓皋（按：韓皋非永貞中被貶者，當爲八司馬中韓曄或韓泰之誤）及禹錫等爲遠郡刺史，屬武元衡在中書，諫官十餘人論列，言不可復用而止。」按：程异復掌轉運在元和四年（見卷二《詠古二首有所寄》注），執政欲序用禹錫等而「命行中止」事在元和六年（見卷二《哭吕衡州時予方謫居》注及卷十四《上門下武相公啟》），然元衡元和二年十月至八年三月爲劍南西川節度使，並未在朝，舊史實誤。元衡爲御史中丞時，禹錫有《和武中丞秋日寄懷簡諸僚故》詩，頌其「感時江海思，報國松筠心」；貶朗州後，有《奉和淮南李相公早秋即事寄成都武相公》、《江陵嚴司空見示與成都武相公唱和因命同作》等詩；元和七年，武元衡自成都命人問候禹錫，並贈以「衣服繒彩」，次年，元衡復入相，禹錫作《上門下武相公啟》致元衡，申述得罪之由及目前處境，望其援手。元和十年，禹錫承召還京，時元衡爲相，但禹錫授播州後，武元衡亦曾爲之緩頰，方得改授連州，故禹錫至連州任後所作《謝門下武相公啟》云：「昨蒙徵還，重罹不幸。詔命始下，周章失圖，吞聲咋舌，顯白無路。豈謂烏鳥微志，惻於深仁……重言一發，叡聽克從……俾移善地，獲奉安輿。」啟幾與詩爲同時作。蓋詩不過如《傷龐京兆》「今朝繐帳哭君處，前日見鋪歌舞筵」，《再傷龐尹》「可憐鸞鏡下，哭殺畫眉人」，借佳人怨寓傷悼之意，非必快其死也。

沓潮歌〔一〕并引

元和十年夏五月，終風駕濤，〔二〕南海羡溢。南人曰：沓潮也，率三更歲一有之。余爲連州，客或爲予言其狀，因歌之，附於《南越志》。〔三〕

屯門積日無回飆，〔四〕滄波不歸成沓潮。轟如鞭石矻且搖，〔五〕亘空欲駕黿鼉橋。〔六〕驚湍蹙縮悍而驕，〔七〕大陵高岸失岧嶢。〔八〕四邊無阻音響調，背負元氣掀重霄。介鯨得性方逍遥，〔九〕仰鼻噓吸揚朱翹。〔一〇〕海人狂顧迭相招，〔一一〕罽衣髽首聲嘵嘵。〔一二〕征南將軍登麗譙，〔一三〕赤旗指麾不敢囂。翌日風回沴氣消，〔一四〕歸濤納納景昭昭。〔一五〕烏泥白沙復滿海，海色不動如青瑶。〔一六〕

【校注】

〔一〕詩約元和十年秋在連州作。沓潮：熱帶風暴或台風帶來的海潮。沓：複沓，重疊，謂前潮未退，後潮又至。《嶺表録異》卷上：「沓潮者，廣州去大海不遠二百里，每年八月，潮水最大，秋中復多颶風。當潮水退之間，颶風作而潮又至，遂至波濤溢岸，淹没人廬舍，盪失苗稼，沉溺舟船，南中謂之沓潮。或十數年一有之……俗呼爲『海翻』，爲『漫天』。」

〔二〕終風：《初學記》卷一：「終日風謂之終風。」

〔三〕《南越志》：《舊唐書·經籍志上》：「《南越志》五卷，沈懷遠撰。」此泛指嶺南地方志。

〔四〕屯門：山名。《韓昌黎集》卷六《贈别元十八協律》：「屯門雖云高，亦映波浪没。」舊注：「屯門，山名，在廣州。」回飆：回風，此指陸地吹向海洋的風。

〔五〕鞭石：《述異記》卷上：「秦始皇作石橋於海上，欲過海觀日出處。有神人驅石，去不速，神人鞭之，皆流血，今石橋其色猶赤。」矻：石堅貌。

〔六〕黿：緑團魚。鼉：鰐魚。《文選》郭璞《江賦》：「想周穆之濟師，驅八駿於黿鼉。」李善注引《紀年》：「周穆王三十七年，征伐，大起九師，東至於九江，叱黿鼉以爲梁。」

〔七〕蹙縮：聚積收縮。

〔八〕岧嶢：高峻貌。失岧嶢，謂陸地山陵海堤不再顯得高峻。

〔九〕介鯨：大鯨。《文選》郭璞《江賦》：「介鯨乘濤以出入。」李善注：「《爾雅》曰：介，大也。」

〔一〇〕朱翹：紅色鳥尾，此指魚尾。

〔一一〕狂顧：倉皇回顧。

〔一二〕罽衣髽首：嶺南人的服飾打扮。罽：一種粗毛織物。髽：髮髻。嘵嘵：焦急驚叫聲。《詩·

豳風・鴟鴞》：「予室翹翹，風雨所漂搖，予維音嘵嘵。」

〔三〕征南將軍：東漢岑彭、晉羊祜均曾官征南大將軍，此當指馬總，時爲廣州刺史、嶺南節度使。參見後《南海馬大夫見惠著述兼酬拙詩（略）》注。麗譙：城上樓。

〔四〕沴氣：惡氣。

〔五〕納納：水流平和貌。景：日光。昭昭：光明貌。

〔六〕青瑶：青色美玉。

答楊八敬之絶句〔一〕

楊生時亦謫居。

飽霜孤竹聲偏切，〔二〕帶火焦桐韻本悲。〔三〕今日知音一留聽，是君心事不平時。〔四〕

【校注】

〔一〕詩元和十年末在連州作。楊敬之：字茂孝，元和初，擢進士第，平判入等，遷右衛胄曹參軍。累遷屯田、户部二郎中。大和九年，坐黨李宗閔貶連州刺史。召爲太常少卿，遷大理卿、國子祭酒，官終同州刺史。見《新唐書》本傳、《千唐誌齋藏誌・孫備妻于氏墓誌》。《册府元龜》卷九二五：「蘇表元和中以《討淮西策》干宰相武元衡，元衡不見，以監察御史宇文籍舊從事，使召表而訊之。因與表狎。後捕駙馬王承系，並窮按其門客，而表在焉。表被鞫，因言籍與往來，故籍坐貶江陵府士曹參軍，又貶左衛騎曹參軍楊敬之爲吉州司户參軍，右神武倉曹韋衍爲温州司倉參軍，秘書省正字薛庶回爲郴州司兵參軍，太子正字王參元爲遂州司倉參軍，鄉貢進士楊處厚爲邛州太邑尉，並坐與表交游故也。」按：王承系坐王承宗遠郡安置，事在元和十年七月，見《舊唐書·憲宗紀下》。故詩當本年七月後作，時劉在連州，故云「楊生時亦謫居」。

〔二〕竹：指簫笛一類管樂器。《周禮·春官·大司樂》：「孤竹之管。」注：「孤竹，竹特生者。」切：悲涼。古人謂孤生於高山大壑的竹子，「固危殆險巇之所迫也，衆哀集悲之所積也」，取以爲笛，音色最美。見馬融《長笛賦》。

〔三〕焦桐：指琴。《後漢書·蔡邕傳》：「吴人有燒桐以爨者，邕聞火烈之聲，知其良木，因請而裁爲琴，果有美音，而其尾猶焦，故時人名曰『焦尾琴』焉。」

〔四〕事：劉本作「手」。

南海馬大夫見惠著述三通勒成四帙上自遂古達于國朝采其菁華至簡而富欽受嘉貺詩以謝之〔一〕

紅旗閱五兵，〔二〕絳帳領諸生。〔三〕味道輕鼎食，〔四〕退公猶筆耕。〔五〕青箱傳學遠，〔六〕金匱紬書成。〔七〕一瞬見前事，〔八〕九流當抗行。〔九〕編蒲曾苦思，〔一〇〕垂竹愧無名。〔一一〕今日承芳訊，〔一二〕誰言贈衮榮〔一三〕！

【校注】

〔一〕詩元和十年末或十一年在連州作。南海：郡名，即廣州，時爲嶺南節度使治所，今屬廣東省。馬大夫：馬總，字會元。貞元中，屢爲江西、嶺南、滑州幕府從事；元和初，歷泉、虔二州刺史、安南都護、嶺南節度使，徵爲刑部侍郎，官至户部尚書。事見兩《唐書》本傳。三通：三種。《古今韻會舉要·東韻》：「書首末全曰通。」《世説新語·文學》：「裴郎作《語林》，始出，大爲遠近所傳，時流年少，無不傳寫，各有一通。」帙：包書布套，唐時例以十卷爲一帙，如陸德明《經典釋文序》：「合爲三帙，三十卷。」遂古：遠古。《楚辭·天問》：「遂古之初，誰傳道之？」遂，劉本、《全唐詩》作「邃」。國朝：指唐朝。菁華：精華。《舊唐書·馬總傳》：「總理道素優，軍政多暇，公務之餘，手不釋卷。所著《奏議集》、《年曆》、《通歷》、《子鈔》等書百餘卷，行於世。」據《新唐書·藝文志》，馬總有《奏議集》三十卷，《唐年小録》（即《年曆》）八卷，《通歷》十卷，《意林》（即《子鈔》）三卷。其贈劉禹錫之著述爲何種，未詳。《舊唐書·憲宗紀下》：「（元和八年十二月）丙戌，以桂管觀察使馬總爲廣州刺史、嶺南節度使。」總於元和十二年初入朝爲刑部侍郎，見後《酬馬大夫以愚獻通草茇葜酒（略）》注，故此詩當作於元和十一年。

〔二〕五兵：五種兵器，此代指軍隊。《周禮·夏官·司兵》鄭玄注：「五兵者，戈、殳、戟、酋矛、夷矛也。」

〔三〕絳帳：用馬融事，見卷二《秋日過鴻舉法師寺院便送歸江陵》注。

〔四〕味道：猶樂道。《後漢書·申屠蟠傳》：「安貧樂潛，味道守真。」鼎食：達官貴人之家列鼎而食，此代指富貴。

〔五〕退公：自公署歸家。筆耕：謂寫作。

〔六〕青箱：見卷二《衢州徐員外使君遺以縞紵兼竹書箱（略）》注。

〔七〕金匱：金屬製藏書櫃。紬：綴集，劉本、《叢刊》本、《全唐詩》作「紬」。《史記·太史公自序》：「爲太史令，紬史記石室金匱之書。」索隱：「石室、金匱，皆國家藏書之處。」

〔八〕前事：指歷代史事。馬總今存《通歷》十卷，記上古帝王及自秦至隋興亡大略，故上下數千年事可於一瞬間見之。

〔九〕九流：戰國時九種學術流派，語出《漢書·藝文志》。抗行：即抗衡。句謂馬總著作可與諸子抗衡，成一家之言。戴叔倫《意林序》：「有梁潁川庾仲容……爲《子書鈔》三十卷，將以廣搜採異，而立言之本，或不求全。大理評事扶風馬總元會（當作會元），家有子史，幼而集録，探其旨趣，意必有歸。遂增損庾書，詳擇前體，裁成三軸，目曰《意林》。」柳并《意林序》：「又因庾仲容之《鈔略》，存爲六卷，題曰《意林》。聖賢則糟粕靡遺，流略則精華盡在……編録所取，先務於經濟，次存作者之意，罔失篇目，如面古人。予懿馬氏之作，文約趣深，誠可謂懷袖百家，掌握千卷。之子用心也，遠乎哉！」其書今存。

〔一〇〕編蒲：編蒲葦以寫書。《漢書·路温舒傳》：「父爲里監門，使温舒牧羊。温舒取澤中蒲，截以爲牒，編以寫書。」

〔二〕垂竹：謂建立功業，書於竹帛，傳於後世。「編蒲」二句乃禹錫自謂。

〔三〕芳訊：對馬總書信的美稱。

〔三〕衮：衮衣，古代國君及上公禮服。范寧《春秋穀梁傳序》：「一字之褒，寵踰華衮之贈。」

南海馬大夫遠示著述兼酬拙詩輒著微誠再有長句時蔡戎未殄故見於篇末〔一〕

漢家旄節付雄才，〔二〕百越南溟統外臺。〔三〕身在絳紗傳六藝，〔四〕腰懸青綬亞三台。〔五〕連天浪静長鯨息，〔六〕映日帆多寶舶來。〔七〕聞道楚氛猶未滅，〔八〕終須旌旆掃雲雷。〔九〕

【校注】

〔一〕詩元和十一年在連州作。馬大夫：馬總，見前詩注。長句：七言詩。蔡戎：指淮西吴元濟，時據蔡州叛。蔡州州治在今河南省汝陽縣，時爲淮西節度使治所。元和九年，淮西節度使吴少陽卒，其子元濟匿喪，自總兵柄，焚劫舞陽等四縣；九月，以山南東道節度使嚴綬兼充申光蔡等州招撫使，討之，見《舊唐書·憲宗紀下》。殄：盡滅，劉本作「弭」。篇末：原作「末篇」，據劉本改。馬總酬劉禹錫詩已佚。

〔二〕旄節：節爲節度使的信物，上以旄牛尾爲飾。《新唐書·百官志四》：節度使「辭日，賜雙旌雙節。」同書《楊汝士傳》：「爲東川節度使。時嗣復鎮西川，乃族昆弟，對擁旄節，世榮其門。」旄節，原作「旌旆」，與末句重，據《全唐詩》改。

〔三〕百越：古代對居於江、浙、閩、粤的越族的總稱。南溟：南海。《元和郡縣圖志》卷三四「嶺南道廣州」：「春秋時百越之地。秦併天下，置南海郡。」外臺：中央尚書省派駐地方的機構，此借指嶺南節度使府。《舊唐書·地理志四》：「永徽後，以廣、桂、容、邕、安南府，皆隸廣府都督統攝，謂之五府節度使，名嶺南五管。」

〔四〕絳紗：用馬融事，見卷二《秋日過鴻舉法師寺院便送歸江陵》詩注。六藝：禮、樂、射、御、書、數六種科目，漢以後指儒家經典。《史記·滑稽列傳》：「孔子曰：『六藝於治一也：《禮》以節人，《樂》以發和，《書》以道事，《詩》以達意，《易》以神化，《春秋》以義。』」

〔五〕青綬：繫於印上的青色絲帶。亞：次於。三台：星座名，代指宰相。亞三台，指御史大夫，漢爲亞相。《晉書·天文志上》：「三台六星，兩兩而居……三公之位也。在人曰三公，在天曰三台。」《漢書·百官公卿表上》：「御史大夫，秦官，位上卿，銀印青綬，掌副丞相。」時馬總兼御史大夫，故云。

〔六〕鯨：海中大魚，古代以之喻指惡人。見《左傳·宣公十二年》。

〔七〕賨舶：指外國商船。《唐國史補》卷下：「南海舶，外國船也，每歲至安南、廣州。師子國舶最大，梯而上下數丈，皆積寶貨。」柳宗元《嶺南節度饗軍堂記》：「唐制，嶺南爲五府，府部州以十數，其大小之戎，號令之用，則聽於節度使焉。其外大海多蠻夷，由流求、訶陵，西抵大夏、康居，環水而國以百數，則統於押蕃舶使……今御史大夫扶風公廉廣州，且專二使。」扶風公即指馬總，時以節度使兼押蕃舶使。

〔八〕楚氛：楚地惡氣，指淮西叛軍。《左傳·襄公二十七年》：「楚氛甚惡。」

〔九〕雲雷：喻險難。《易·屯》：「雲雷，屯，君子以經綸。」疏：「屯，難也。」

馬大夫見示浙西王侍御贈答詩因命同作〔一〕

大夫榮踐舊府，又歷交趾、桂林，南人歌之，列在風什。王侍御公易，一别歲餘，寄詞末篇以代札。

憶逐羊車凡幾時？〔二〕今來舊府統成師。〔三〕象筵照室會詞客，〔四〕銅鼓臨軒舞海夷。〔五〕百越酋豪稱故吏，〔六〕十洲風景助新詩。〔七〕秣陵從事何年别？〔八〕一見瓊章如素期。〔九〕

【校注】

〔一〕詩元和十一年在連州作。馬大夫：馬總，見前二詩。浙西：浙江西道，唐方鎮名，治所在潤州，今江蘇省鎮江市。王公易：當是在浙西觀察使薛苹幕中，時兼御史，疑即王師簡。《全唐文》卷七一六王師簡《下泊宫三茅君素像記》：「元和甲午歲十二月二日，新宫始成……請介於戎政者撰而刊之，師簡諗於良畫，故不敢没其美云。」《寶刻叢編》卷一五：「《唐修下泊宫記》，唐浙西觀察判官王師簡撰，道士任參元書。下泊，故茅君宅也，在三茅山下，元和中浙西觀察使薛苹修以爲宫，並立三茅君像，以元和九年立此碑。」《六朝事跡編類》卷下：「《大唐下泊宫記》，觀察判官、監察御史裏行王師簡文……」知王師簡時在薛苹幕，官「侍御」。公易當是師簡之字。簡、易，意義相應。馬、王贈答詩已佚。

〔二〕羊車：原作「年車」，據劉本、《全唐詩》改。《晉書·衛玠傳》：「年五歲，風神秀異。……總角乘羊車入市，見者皆以爲玉人，觀之者傾都。」武元衡《至櫟陽崇道寺聞嚴十少府趨侍》：「聞説羊車趨盛府。」何焯云：「羊車，謂計車也。」未詳何據。

〔三〕舊府：指嶺南節度使府。馬總貞元中曾參嶺南李復幕，今鎮嶺南，故有「舊府」、「成師」之語。《全唐文》卷六二〇周愿《牧守竟陵因游西塔著三感説》：「愿與百越節度使扶風馬公曩時俱爲南海連率隴西李公復從事……今扶風公……續鎮南海。」

〔四〕象筵：象牙席。

〔五〕銅鼓：西南少數民族的一種樂器。《嶺表録異》卷上：「蠻夷之樂有銅鼓焉，形如腰鼓而一頭有面，鼓面圓二尺許，面與身連，全用銅鑄。其身遍有蟲魚花鳥之狀……擊之響亮，不下鳴鼉……南方蠻夷酋首之家皆有此鼓也。」

〔六〕酋豪：酋長、首領。徐陵有《爲陳武帝作相時與嶺南酋豪書》。故吏：老下屬。《舊唐書·憲宗紀》：「（元和五年七月）庚申，以虔州刺史馬總爲安南都護、本管經略使……（八年七月）以安南都護馬總爲桂管觀察使。」安南、桂管，皆爲嶺南五管之一，故百越酋豪爲馬總「故吏」。

〔七〕十洲：東方朔《十洲記》：「八方巨海之中，有祖洲、瀛洲、玄洲、炎洲、長洲、元洲、流洲、生洲、鳳麟洲、聚窟洲。有此十洲，乃人跡所稀絶處。」

〔八〕秣陵：指潤州，時爲浙西觀察使治所。《元和郡縣圖志》卷二五「潤州上元縣」：「本金陵地，秦始皇時……改其地曰秣陵。」秣陵從事，指王公易。

〔九〕瓊章：對王公易詩的美稱。素期：平日所期待。

和楊侍郎初至郴州紀事書情題郡齋八韻〔一〕

旌節下朝臺，〔二〕分圭從北回。〔三〕城頭鶴立處，〔四〕驛樹鳳棲來。《蘇耽傳》云：「後化爲仙鶴，止城東北隅樓上。」又州北棲鳳驛，《圖經》云：「常有威鳳降于庭梧也。」舊路芳塵在，〔五〕新恩駟騎催。〔六〕里閭風偃草，〔七〕鼓舞抃成雷。〔八〕吏散山禽囀，庭香夏蕊開。郡齋堪四望，壁記有三台。〔九〕人訝徵黄晚，〔一〇〕文非弔屈哀。〔一一〕一吟《梁甫曲》，〔一二〕知是卧龍才。〔一三〕

【校注】

〔一〕詩元和十一年夏在連州作。郴州：今屬湖南省。楊侍郎：楊於陵，字達夫，大曆六年進士，累更臺省。貞元末，出爲華州刺史，遷浙東觀察使，拜户部侍郎。元和初，爲嶺南節度使。復爲户部侍郎，以供軍有闕貶郴州刺史。復召爲户部侍郎，遷户部尚書，以左僕射致仕。《舊唐書》本傳：「時淮西用兵，於陵用所親爲唐鄧供軍使。節度使高霞寓以供軍有闕，移牒度支，於陵不爲之易，其闕如舊。霞寓軍屢有摧敗，詔書督責之，乃奏以度支饋運不繼，憲宗怒，十一年，貶於陵爲桂陽郡守。」桂陽郡即郴州。同書《憲宗紀下》：「（元和十一年四月）庚戌，貶户部侍郎、判度支楊於陵爲郴州刺史，坐供軍有闕也。」故詩當作於十一年夏。楊於陵原詩已佚。

〔二〕旌節：節度使的儀仗信物。《新唐書·百官志四》：節度使「辭日，賜雙旌雙節。」朝臺：在廣州。《元和郡縣圖志》卷三四「廣州南海縣」：「朝臺，在縣東北二十里，昔尉佗初遇陸賈之處也，後歲時於此望漢朝拜，故曰朝臺。」此句指楊於陵爲嶺南節度使事。《舊唐書·憲宗紀上》：元和三年四月「以户部侍郎楊於陵爲廣州刺史、嶺南節度使」。

〔三〕分圭：受封爲諸侯。《文選》左思《詠史》：「臨組不能緤，對圭不肯分。」李善注：「《禮稽命徵》曰：諸侯執圭。」此指楊於陵自嶺南入朝後復南來爲郴州刺史事。

〔四〕鶴立：用蘇耽事。《神仙傳》：「蘇仙公者，桂陽人也，漢文帝時得道。後有鶴來止郡東北城樓上，人或挾彈彈之。鶴以爪攫樓板，似漆書云：『城郭是，人民非，三百甲子一來歸，吾是蘇君彈何爲？』」《萬曆郴州志》卷九：「來鶴樓，即東門月城樓，蘇仙嘗化鶴來止……故名之。」

〔五〕舊路：楊於陵前爲嶺南節度使，往來經郴州，故云「舊路」。

〔六〕新恩：謂朝廷即將詔楊於陵歸朝的恩命。　駟騎：驛馬。

〔七〕風偃草：草隨風倒伏，喻百姓被其德化。見卷二《元和癸巳歲仲秋詔發江陵偏師（略）》注。

〔八〕抃：鼓掌。

〔九〕壁記：文體的一種。《封氏聞見記》卷五：「朝廷百司諸廳皆有壁記，叙官秩創置及遷授始末。」三台：星名，代指宰相，參見前《南海馬大夫遠示著述（略）》注。此指李吉甫，相憲宗，貞元中曾爲郴州刺史，有《夏日登北樓》詩，楊於陵來郴州後曾追和之，見柳宗元《奉和楊尚書郴州追和故李中書夏日登北樓十韻》詩。李吉甫在郴州或曾題名於廳壁，或作過「郴州刺史廳壁記」之類文字，故詩云。

〔一〇〕徵黄：漢黄霸由潁川太守徵還長安，後爲相，事見前《再授連州至衡陽酬柳柳州贈别》注。

〔一一〕弔屈：《漢書·賈誼傳》：「以誼爲長沙王太傅。誼既以適去，意不自得，及度湘水，爲賦以弔屈原。屈原，楚賢臣也，被讒放逐……遂自投江而死。誼追傷之，因以自諭。」

〔一二〕《梁甫曲》：即《梁父吟》，樂府楚調曲名。此指楊於陵《題郡齋八韻》詩。

〔一三〕卧龍：《三國志·蜀書·諸葛亮傳》載徐庶語：「諸葛孔明者，卧龍也。」又云：「亮躬耕隴畝，好爲《梁父吟》。」

和南海馬大夫聞楊侍郎出守郴州因有寄上之作〔一〕

忽驚金印駕朱轓，〔二〕遂別鳴珂聽曉猿。〔三〕碧落仙來雖暫謫，〔四〕赤泉侯在是深恩。〔五〕玉環慶遠瞻台坐，〔六〕銅柱勛高壓海門。〔七〕一詠瓊瑶百憂散，〔八〕何勞更樹北堂萱？〔九〕

【校注】

〔一〕詩元和十一年夏在連州作。馬大夫：馬總。楊侍郎：楊於陵。均見前詩。馬總原詩已佚。

〔二〕金印：漢制，丞相、相國、徹侯等金印紫綬。朱轓：指刺史車駕，參見卷二《武陵書懷五十韻》注。句指楊於陵自高官出爲郴州刺史。

〔三〕鳴珂：官員馬勒上的裝飾品，馬行則有聲。此指騎馬上朝。參見前《代靖安佳人怨》注。

〔四〕碧落：天空，喻指朝廷。暫謫：魏顥《李翰林集序》：「故賓客賀公奇白風骨，呼爲謫仙子。」

〔五〕赤泉侯：漢初楊喜封爵。《後漢書·楊震傳》：「弘農華陰人也。八世祖喜，高祖時有功，封赤泉侯。」據《舊唐書》本傳，楊於陵乃漢楊震第五子楊奉之後，其被貶來郴州時，封爵當未削奪，故云。

〔六〕台坐：謂宰相、三公之位。《後漢書·楊震傳》：「父寶。」注引《續齊諧記》：「寶年九歲時，至華陰山北，見一黄雀爲鴟梟所搏，墜於樹下，爲螻蟻所困。寶取之以歸，置巾箱中，唯食黄花。百餘日，毛羽成，乃飛去。其夜有黄衣童子向寶再拜曰：『我西王母使者。君仁愛救拯，實感成濟。』以白環四枚與寶，曰：『令君子孫潔白，位登三事，當如此環矣。』」此句屬楊於陵。

〔七〕銅柱：東漢馬援南征時所立，爲漢之疆界。《水經注·温水》：「建武十九年，馬援樹兩銅柱於象林南界，與西屠國分，漢之南疆也。」《新唐書·馬總傳》：「元和中，以虔州刺史遷安南都護，廉清不撓，用儒術教其俗，政事嘉美，獠夷安之。建二銅柱於漢故處，鑱著唐德，以明伏波之裔。」

〔八〕瓊瑶：美玉，喻馬總原詩。

〔九〕萱：萱草，一作諼草。《詩·衛風·伯兮》：「焉得諼草，言樹之背。」傳：「諼草令人忘憂。背，北堂也。」

送僧方及南謁柳員外〔一〕并引

九江僧方及既出家，依匡山，一時中頗屬詩以攄思。〔二〕古詩人曁今號爲能賦，有輒求其詞吟呻之，拳拳然多多益嗜，影不出山者十年。〔三〕嘗登最高峰，四望天海，沖然有遠游之志。頓錫而言曰：「神馳而形閡者，方内之徒。及吾無方，閡於何者？」〔四〕繇是耳得必目探之，意行必身隨之，雲游鳥㣊虚筵反，無跡而遠。〔五〕予爲連州，居無何而方及至，出裓中詩一篇以貺予，其詞甚富。留一歲，觀其行，結矩如教，益多之。〔六〕一旦以行日來告，且曰：「雅聞鳥味之下有賢諸侯，願躋其門，如蹈十地，敢乞詞以抵之。」〔七〕予唯而賦，顧其有重請之色起於顔間耳。

昔事廬山遠，〔八〕精舍虎溪東。〔九〕朝陽照瀑水，〔一〇〕樓閣虹霓中。騁望羨游雲，振衣若秋蓬。〔一一〕舊房閉松月，遠思吟江風。〔一二〕古寺歷頭陀，奇峰攀祝融。〔一三〕南登小桂嶺，〔一四〕卻望歸塞鴻。衣裓貯文章，自言學雕蟲。〔一五〕搶榆念陵厲，〔一六〕覆簣圖穹崇。〔一七〕遠郡多暇日，有時訪禪宫。〔一八〕石門聳峭絶，〔一九〕竹院含空濛。幽響滴巖溜，晴芳飄野叢。海雲懸颶母，〔二〇〕山果屬狙公。〔二一〕按，狙公宜斥賦芧者，而《越絶書》有猿公，左思賦《吴都》，有「猿父哀吟」之句，古文士又云「權父」，繇是而言，謂猿爲「父」舊矣。忽憶吴興郡，白蘋正葱蘢。〔二二〕願言挹風采，〔二三〕邈若窺華嵩。〔二四〕桂水夏瀾急，火山宵焰紅。〔二五〕三衣濡菌露，〔二六〕一錫飛煙空。勿謂翻譯徒，不爲文雅雄。〔二七〕古來賞音者，樵爨得孤桐。〔二八〕

【校注】

〔一〕詩元和十一年夏在連州作。柳員外：柳宗元，其《送方及師序》云：「今有方及師者……薛道州、劉連州，文儒之擇也，館焉而備其敬，歌焉而致其辭。」

〔二〕九江：郡名，即江州，州治在今江西省九江市。匡山：廬山別名。《元和郡縣圖志》卷二八「江州潯陽縣」：「廬山，在縣東三十二里。本名鄣山。昔匡俗字子孝，隱淪潛景，廬於此山，漢武帝拜爲大明公，俗號廬君，故山取號。」攄：抒發。

〔三〕吟呻：吟哦諷誦。拳拳然：緊握不捨貌。劉本「賦」下有「詩」字，疑文當作「古詩人曁今號爲能賦詩者，輒求其詞吟呻之」。

〔四〕錫：錫杖。閡：阻隔。方内之徒：謂世俗之人。《莊子·大宗師》：「子桑戶、孟子反、子琴張三人相與友……子桑戶死，未葬，孔子聞之，使子貢往侍事焉。或編曲，或鼓琴，相和而歌……子貢趨而進曰：『敢問臨尸而歌，禮乎？』二人相視而笑曰：『是惡知禮意？』子貢反，以告孔子……孔子曰：『彼游方之外者也，而丘游方之内者也。』」

〔五〕佡：輕舉貌。

〔六〕裓：長衣下襟，此指僧袍。結矩如教：嚴格遵守佛教戒律。《禮記·大學》：「是以君子有絜矩之道也。」注：「絜，猶結也，挈也。矩，法也。君子有挈法之道，謂常持而行之，動作不失之。」柳宗元《送方及師序》：「今有方及師者……行其法，不以自怠。至於踐青折萌，泛席灌手，雖小教戒，未嘗肆其心。」

〔七〕鳥咮：鳥嘴，指二十八宿中的柳宿。鳥咮之下指柳州。《史記·天官書》：「南宫朱鳥……柳爲鳥注。」索隱：「《漢書·天文志》『注』作『喙』。」賢諸侯：指柳宗元。十地：佛教稱菩薩修行漸近於佛的十種境界，即歡喜地、離垢地、發光地、焰慧地、難勝地、現前地、遠行地、不動地、善慧地、法雲地。

〔八〕廬山遠：東晉廬山東林寺高僧慧遠，慧皎《高僧傳》卷六有傳。此藉以指廬山寺僧。

〔九〕虎溪：在廬山。陳舜俞《廬山記》卷二：「流泉匝寺，下入虎溪。昔遠師送客過此，虎輒號鳴，故名焉。」

〔一〇〕瀑水：《水經注・廬江水》：「廬山之北有石門水……水導雙石之中，懸流飛瀑，近三百許步，下散漫十許步，上望之連天，若曳飛練於霄中矣。」

〔一一〕秋蓬：秋日蓬草乾枯後隨風飄轉，喻人之行蹤無定。曹植《雜詩》：「轉蓬離本根，飄颻隨長風。」

〔一二〕風：何焯曰：「疑作『楓』，乃借對。」

〔一三〕頭陀：寺名，故址在今湖北省武漢市武昌區。《元和郡縣圖志》卷二七「鄂州江夏縣」：「頭陀寺，在縣東南二里。」《文選》王簡棲《頭陀寺碑文》：「頭陀寺者，沙門釋慧宗之所立也……宋大明五年，始立方丈茅茨，以庇經像。」祝融：衡山主峰，參見卷二《送李策秀才(略)》注。

〔一四〕桂嶺：桂陽嶺，見前《度桂嶺歌》。

〔一五〕雕蟲：雕蟲篆刻，西漢學童學習秦書中蟲書、刻符兩體，纖巧難工，故以喻雕琢爲文的小技。《法言・吾子》：「或問：『吾子少而好賦？』曰：『然。童子雕蟲篆刻。』俄而，曰：『壯夫不爲也。』」

〔一六〕搶榆：撞觸榆樹，指小鳥的低飛。參見卷二《武陵書懷五十韻》注。陵厲：同凌厲，迅猛前進，指大鳥的高翔。陶潛《詠荆軻》：「凌厲越萬里，逶迤過千城。」

〔一七〕簣：同簣，盛土器。覆簣，謂傾倒在地上的一筐土，言其少。穹崇：高貌，此指高山。《論語·子罕》：「譬如平地，雖覆一簣，進，吾往也。」何晏集解：「譬如平地，雖始覆一簣，我不以其功少而薄之。」

〔一八〕禪宫：寺院。時：原作「詩」，據《叢刊》本改。

〔一九〕石門：江西廬山、浙江嵊縣等地均有石門。慧遠《廬山記略》：「西南有石門山，其狀似闕，壁立千餘仞，而瀑布流焉。」謝靈運有《夜宿石門詩》，此但作爲山水勝地的代稱。

〔二〇〕颶母：熱帶風暴形成時的一種雲氣，爲颶風將至的徵兆。《嶺表録異》卷上：「南海秋夏間，或雲物慘然，則其暈如虹，長六七丈，比候則颶風必發，故呼爲颶母……舟人常以爲候，豫爲備之。」《國史補》卷上：「南海人言，海風四面而至，名曰颶風。颶風將至，則多虹蜺，名曰颶母。然三五十年始一見。」

〔二一〕狙公：老獼猴。《莊子·齊物論》：「狙公賦芧，曰：『朝三而暮四。』衆狙皆怒。曰：『然則朝四而暮三。』衆狙皆悦。」此句下注原在詩末，今移於此。注中「左思」原作「張衡」，「吴都」原作「南都」，「哀吟」原作「長嘯」。《叢刊》本注則作「張衡賦《吴都》有『猿父哀吟』之句」。按：張衡《南都賦》無「猿父」語，左思《吴都賦》有「猿父哀吟」之句，故據《叢刊》本改，並改「張衡」爲「左思」。

〔二二〕吴興郡：即湖州，今浙江吴興，此以借指柳州。梁詩人柳惲曾爲吴興太守，其《江南曲》云：

「汀洲採白蘋，日暮江南春。」柳宗元與惲同姓，故劉詩曾稱之爲「吴興守」，見後《贈別約師》。

〔二三〕挹：通揖，古人見面時禮節，猶言見。

〔二四〕華嵩：五岳中西岳華山與中岳嵩山。

〔二五〕桂水、火山：均廣西景物，見卷二《和竇中丞晚入容江作》注。宵焰：夜火。宵，原作「消」，據明本、劉本、《叢刊》本、《全唐詩》改。

〔二六〕三衣：僧徒三種僧衣的合稱，即大衣僧迦梨、上衣鬱多羅僧、下衣安陀會。菵露：《文選》鮑照《代苦熱行》：「鄣氣晝熏體，菵露夜沾衣。」李善注：「宋《永初山川記》曰：『寧州鄣氣菵露，四時不絶。』菵，草名，有毒，其上露，觸之肉即潰爛。菵，音罔。」

〔二七〕翻譯徒：指僧徒，多懂梵文，能翻譯佛經。文雅雄：指詩人。

〔二八〕樵爨：燒火做飯。此用蔡邕事，見前《答楊八敬之絶句》注。

和郴州楊侍郎玩郡齋紫薇花十四韻〔一〕

幾年丹霄上，〔二〕出入金華省。〔三〕暫別萬年枝，〔四〕看花桂陽嶺。〔五〕南方足奇樹，公府成佳境。緑陰交廣除，〔六〕明艷透蕭屏。〔七〕雨餘人吏散，燕語簾櫳静。懿此含晚芳，〔八〕翛然忘簿領。〔九〕紫茸垂組綬，〔一〇〕金縷攢鋒穎。露溽暗傳香，風輕徐就影。苒弱多意思，〔一一〕從容占光景。得地在侯家，〔一二〕移根近仙井。〔一三〕開樽好凝睇，倚瑟仍回頸。〔一四〕游蜂駐綵冠，

舞鶴迷煙頂。興生紅藥後，愛與甘棠並。〔一五〕不學夭桃姿，〔一六〕浮榮在俄頃。〔一七〕

【校注】

〔一〕詩元和十一年秋在連州作。和郴州楊侍郎，《文苑英華》作「奉和侍郎二丈」。楊侍郎：楊於陵，已見前《和楊侍郎初至郴州（略）》注。紫薇花：又名百日紅，落葉亞喬木，高丈餘，花紅色、白色或紫色。《黔書》卷四：「紫薇，俗呼爲怕癢花。……赤莖，光膩無皮，葉對生，花瓣紫皺，蠟跗茸萼。仲夏始華，開落相續，至深秋乃罷。」

〔二〕丹霄：天空，代指朝廷。

〔三〕金華省：指尚書省。李白《朝下過盧郎中敘舊游》：「君登金華省，我入銀臺門。」楊於陵前此爲尚書省户部侍郎，故云。

〔四〕萬年枝：宮禁中樹木。《文選》謝朓《直中書省》：「風動萬年枝，日華承露掌。」李善注：「《晉宮闕名》曰：華林園有萬年樹十四株。」《演繁露》卷一一：「謝詩有『風動萬年枝』之句，……莫知其爲何種木也。或云冬青木長不凋謝，即萬年之謂，亦無明據。」

〔五〕桂陽嶺：在郴、連二州境。《新唐書·地理志五》：「郴州桂陽郡。」

〔六〕除：臺階。

〔七〕蕭屏：屏風。

〔八〕懿：美。晚：劉本作「曉」。

〔九〕倏然：自得無拘束貌。簿領：官府簿籍文書。

〔一〇〕茸：柔軟細毛。組綬：繫印絲帶。

〔一一〕苒弱：柔弱。意思：情思。

〔一二〕侯家：當指楊於陵居所。

〔一三〕仙井：即橘井。《方輿勝覽》卷二五郴州：「橘井，在蘇仙故宅，即今開利寺。《傳》云：仙君將去世，謂母潘曰：明年郡有災，民大疫，母取橘葉、井水飲之。如期，疫果作，郡人臆前言，競詣飲，飲下咽而愈。」蘇仙事見前《和楊侍郎初至郴州（略）》注。

〔一四〕開樽：舉杯（飲酒）。凝睇：注視。倚瑟：《史記·張釋之傳》：「使慎夫人鼓瑟，上自倚瑟而歌。」索隱：「案謂歌聲合於瑟聲，相依倚也。」

〔一五〕紅藥：芍藥，初夏開花，早於紫薇。甘棠：棠梨別名，喻指官吏遺愛，參見卷一《途次敷水驛（略）》注。

〔一六〕夭桃：桃花。《詩·周南·桃夭》：「桃之夭夭，灼灼其華。」傳：「夭夭，其少壯也。」

〔一七〕俄頃：時間短暫。《韻語陽秋》卷一六：「紫薇花……自五月開，至九月尚爛漫，俗又謂之百日紅。」

【附録】

郡齋有紫薇雙本自朱明接於徂暑其花芳馥數旬猶茂庭宇之内迴無其倫予嘉其美而能久因詩

紀述　楊於陵

晏朝受明命，繼夏走天衢。逮茲三伏候，息駕萬里途。省躬既跼蹐，結思多煩紆。簿領幸無事，宴休誰與娱？內齋有嘉樹，雙植分庭隅。緑葉下成幄，紫花紛若鋪。摛霞晚舒艷，凝露朝垂珠。炎沴晝方鑠，幽姿閑且都。夭桃固難匹，芍藥寧爲徒。懿此時節久，詎同光景驅。陶甄試一致，品彙乃散殊。濯質非受彩，無心那奪朱。粤予負羈縶，留賞益踟躕。通夕靡云倦，西南山月孤。（《全唐詩》卷三三〇）

送曹璩歸越中舊隱〔一〕并引

余爲連州，諸生以進士書刺者，浩不可紀，獨曹生崖然自稱爲山夫。〔二〕及與語以徵其實，則曰：「所嗜者名，嘗遠游以索之，抗喉舌，胝敏拇，〔三〕以干東諸侯。見之曰，率莞然曰：『秀才者，天下是，不禮庸何傷！』〔四〕今方依名山以揚其聲，將掛幘於南岳。」〔五〕生之言未及休，余遽曰：「在己不在山。若子之言，依山而爲高，是練神叩寂，捐日月而不顧，名聞而老至，持是焉用乎？」〔六〕生聞言，愀然如悔，色見於眉睫。〔七〕因留止道士院，從余求書以觀，居三時而功倍一歲。〔八〕讀史書，自黃帝至吴、魏間，斑斑能言之，然而絶口不敢言衡山，知山夫不販而羸也。〔九〕十一月，告余歸隱於會稽，〔一〇〕且曰：「知求名之自矣，乞詞以發之。」遂賦七言詩以鑒其志。詩曰：

行盡瀟湘萬里餘，少逢知己憶吾廬。數間茅屋閑臨水，一盞秋燈夜讀書。地遠何當隨計吏，〔一一〕策成終自詣公車。〔一二〕剡中若問連州事，〔一三〕唯有千山畫不如。

【校注】

〔一〕詩元和十一年秋在連州作。曹璩：未詳。越中：指越州，今浙江省紹興市。

〔二〕刺：名刺，類今之名片。以進士書刺，即在名刺上寫上「鄉貢進士」之類的頭銜。崖然：傲然與衆不同貌。山夫：山野之人。

〔三〕胝敏拇：胼手胝足。胝，生繭子。敏，足大趾。拇，手大指。

〔四〕莞爾：笑貌。天下是：天下皆是，言其多。庸何傷：有什麽關係。

〔五〕幘：包髮頭巾。掛幘，猶掛巾，縱情山水，不拘形跡之意。《北齊書·祖鴻勳傳》：「把臂入林，掛巾垂枝。」

〔六〕爲：原作「易」，據劉本、《全唐詩》改。練神：勞心苦神。叩寂：叩擊虛無空寂，意謂没有效果。陸機《文賦》：「課虛無以責有，叩寂寞而求音。」

〔七〕愀然：容色改變貌。見：通現。

〔八〕三時：三季。

〔九〕販而贏：買賣求利。

〔一〇〕會稽：郡名，即越州。

〔一一〕何當：何妨。計吏：州府每年十月赴京師上計簿的官吏。隨計吏即入京應試。參見卷二《送李策秀才（略）》注。

〔一二〕策：古代書寫用的竹片，漢代考試時將政事、經義方面的問題書於簡策，稱爲策問。公車：漢官署名，設令一人，掌臣民上書及徵召之事。《史記·滑稽列傳》：「齊人有東方生名朔，以好古傳書，愛經術，多所博觀外家之語。朔初入長安，至公車上書，凡用三千奏牘。」

〔一三〕剡中：指越州，其地有剡溪，即曹娥江。《元和郡縣圖志》卷二六「越州剡縣」：「剡溪，出縣西南，北流入上虞縣界爲上虞江。」

夔州竇員外使君見示悼妓詩顧余嘗識之因命同作〔一〕

前年曾見兩鬟時，〔二〕今日驚吟悼妓詩。鳳管學成知有籍，〔三〕龍媒欲换嘆無期。〔四〕空廊月照常行地，後院花開舊折枝。寂寞魚山青草裏，〔五〕何人更立智瓊祠。〔六〕

【校注】

〔一〕詩元和十一年在連州作。夔州：州治在今四川省奉節縣。竇員外：竇常。《新唐書》本傳：「歷朗、夔、江、撫四州刺史。」元和八年，竇常爲朗州刺史，見卷二《酬竇員外使君寒食日（略）》注。妓：當指小紅，見後《竇夔州見寄寒食日憶故姬小紅吹笙因和之》詩。竇常悼妓原詩已佚。

〔二〕前年：指元和九年，時劉、竇同在朗州。《劉賓客嘉話録》：「予與竇丈及王承弁同在朗州，日共歡宴。後三人相代爲夔州，亦異矣。」兩鬟：少女的髮飾。辛延年《羽林郎》：「胡姬年十五，春日獨當壚。……兩鬟何窈窕，一世良所無。」

〔三〕鳳管：笙。《風俗通·聲音》：「笙長四寸，十二簧，像鳳之身。」有籍：名在仙籍，婉言其死。此暗用弄玉吹簫事，參見卷三《團扇歌》注。

〔四〕龍媒：駿馬。《漢書·禮樂志二》：「天馬徠，龍之媒。」《獨異志》卷中：「後魏曹彰性倜儻，偶逢駿馬，愛之，其主所惜也。彰曰：『予有美妾可换，唯君所選。』馬主因指一妓，彰遂换之。」

〔五〕魚山：在今山東省東阿縣西南。《元和郡縣圖志》卷一〇「鄆州東阿縣」：「魚山，一名吾山，在縣東南二十里。」夔州春秋時爲魚邑，秦爲魚腹，此雙關。

〔六〕智瓊：神女名。《搜神記》卷一載，魏濟北從事掾弦超，夢有神女來從之，自稱天上玉女，東郡人，姓成公，名智瓊。如此三四夕。一旦顯然來游，遂爲夫婦。經七八年，後人怪問，漏泄其事，玉女遂求去。後五年，弦超奉使至洛，到濟北魚山下，陌上西行，遥望曲道頭有一車馬，似智瓊，驅馳前至，果是也。後人爲立祠魚山。王維有《魚山神女祠歌》。

【集評】

紀昀曰：殊爲平淺。（《瀛奎律髓彙評》卷七）

酬馬大夫以愚獻通草茇葀酒感通拔二字因而寄別之作〔一〕

泥沙難振拔，〔二〕誰復問窮通？〔三〕莫訝提壺贈，〔四〕家傳枕麴風。〔五〕成謠獨酌後，〔六〕深意片言中。不進終無已，應須荀令公。〔七〕

【校注】

〔一〕詩元和十二年初在連州作。馬大夫：馬總，屢見前注。通草茇葀酒：以通草、菝葀兩種藥草泡成的酒。茇葀，一作菝葀。《神農本草經》卷二：「通草味辛平，主去惡蟲，除脾胃寒熱，利通九竅、血脈、關節。」輯復本《唐新修本草》：「菝葀，主腰背寒痛、風痹，益血氣。」《新唐書·馬摠傳》：「入爲刑部侍郎。（元和）十二年，兼御史大夫，副裴度宣慰淮西。」按，《舊唐書·憲宗紀下》：元和十二年七月「甲辰，……嶺南節度使崔詠卒」。《千唐誌齋藏誌·唐故處士太原王府君（翺）墓誌銘》：「外王父博陵崔公諱詠，元和年中……由桂林領番禺。」知崔詠自桂管遷嶺南，爲馬總繼任。柳宗元《桂州裴中丞作訾家洲亭記》：「元和十二年，御史中丞裴公來莅兹邦。」則裴行立代崔詠爲桂管，崔詠代馬總爲嶺南，馬總被代入朝均當在元和十二年初。本詩及後詩，均作於馬總北返之時。馬總原詩已佚。

〔二〕泥沙：喻困境。虞世南《門有車馬客》：「逢恩借羽翼，失路委泥沙。」振拔：自拔而出，脱離困境。《南史·劉敬宣傳》：「咸能振拔塵滓，自致封侯。」

〔三〕窮通：困厄與通顯，此偏指困厄。此因通拔與通芨諧音，故云。

〔四〕提壺：指酒。劉伶《酒德頌》：「有大人先生……止則操巵執觚，動則挈榼提壺，唯酒是務，焉知其餘。」

〔五〕枕麯風：嗜酒之風。麯，酒糟。劉伶《酒德頌》：「先生於是方捧甖承槽，銜杯漱醪，奮髯箕踞，枕麯藉糟，無思無慮，其樂陶陶。」禹錫與劉伶同姓，故云「家傳」。

〔六〕成謡：陳後主有《獨酌謡》，沈迴《獨酌謡》：「獨酌謡，獨酌謡，獨酌獨長謡。智者不我顧，愚夫余未要。不愚復不智，誰當余見招。所以成獨酌，一酌傾一瓢。」

〔七〕荀令公：三國魏荀彧，官至尚書令。此以祝馬總昇遷。

酬馬大夫登洭口戍見寄〔一〕

新辭將印拂朝纓，〔二〕臨水登山四體輕。〔三〕猶念天涯未歸客〔四〕，瘴雲深處守孤城。〔五〕

【校注】

〔一〕詩元和十二年初在連州作。馬大夫：馬總。參見前詩。洭口：洭水（連江）與溱水（北江）匯合處，在今廣東省英德縣，馬總自廣州北返經此。《水經注·洭水》：「南出洭浦關……合溱水，謂之洭口。」馬總原詩佚。

〔二〕將印：指節度使印，《叢刊》本、劉本作「金印」。

〔三〕四體：四肢。

〔四〕天涯未歸客：劉禹錫自謂。

〔五〕瘴雲：《嶺表録異》卷上：「嶺表山川，盤鬱結聚，不易疏泄，故多嵐霧作瘴，人感之多病，腹脹成蠱。」孤城：指連州。

竇夔州見寄寒食日憶故姬小紅吹笙因和之〔一〕

鸞聲窈眇管參差，〔二〕清韻初調衆樂隨。幽院妝成花下弄，高樓月好夜深吹。〔三〕忽驚暮槿飄零盡，〔四〕唯有朝雲夢想期。〔五〕聞道今年寒食日，東山舊路獨行遲。〔六〕

【校注】

〔一〕詩元和十二年在連州作。竇夔州：竇常，見前《夔州竇員外使君見示悼妓詩（略）》注。竇常原詩已佚。小紅：當即前《夔州竇員外使君見示悼妓詩（略）》中之亡妓。

〔二〕鸞聲：鸞鳳和鳴之聲，指笙吹奏的樂曲。窈眇：同要妙，美好貌。潘岳《笙賦》：「摹鸞音以厲聲。」又：「音要妙而含清。」參差：長短不齊貌。

〔三〕深吹：劉本作「吹時」。

〔四〕槿：木槿，一作木堇，即蕣。此喻小紅。《説文解字》一：「蕣，木堇，朝開暮落者。」

〔五〕朝雲：宋玉《高唐賦》：「昔者，楚襄王與宋玉游於雲夢之臺，望高唐之觀，其上獨有雲氣，崒兮直上，忽兮改容，須臾之間，變化無窮。王問玉曰：『此何氣也？』玉對曰：『所謂朝雲者也。』王曰：『何謂朝雲？』玉曰：『昔者先王嘗游高唐，怠而晝寢，夢見一婦人，曰：妾巫山之女也，爲高唐之客。聞君游高唐，願薦枕蓆。王因幸之。去而辭曰：妾在巫山之陽，高丘之阻，旦爲朝雲，暮爲行雨，朝朝暮暮，陽臺之下。旦朝視之，如言，故爲立廟，號曰朝雲。』」夔州有陽雲臺，見前《松滋渡望硤中》注。

〔六〕東山：用謝安攜妓游東山事，見卷二《傷秦姝行》注。

【集評】

馮舒曰：秀貼道地。（《瀛奎律髓彙評》卷七）

何焯曰：結有不盡之味。（同前）

紀昀曰：亦非高格。（同前）

贈劉景擢第〔一〕

湘中才子是劉郎，望在長沙住桂陽。〔二〕昨日鴻都新上第，〔三〕五陵年少讓清光。〔四〕

【校注】

〔一〕詩約元和十二年在連州作。劉景：《舊唐書·劉瞻傳》：「祖昇，父景。」《北夢瑣言》卷三：「唐相國劉公瞻，其先人諱景，本連州人，少爲漢南鄭司徒掌箋劄。因題商山驛側泉石，滎陽奇之，勉以進修，俾前驛換麻衣。執贄之後致解薦，擢進士第，歷臺省。」按：據《唐刺史考》，貞元至開成中山南西道（漢南）節度使鄭姓者，唯有鄭權，元和十一年爲襄州刺史、山南東道節度使，十二年轉華州刺史（按：傳未及其加司徒事），故劉景及第當在本年左右，時禹錫在連州刺史任，景爲連州人，故以詩贈。

〔二〕望：郡望。《雲麓漫鈔》卷三：「唐人尚氏族，推姓顯於一郡者，謂之望姓，如清河張、天水趙之類。」桂陽：漢郡名，此指連州。《元和郡縣圖志》卷二九「連州」：「秦爲長沙郡之南境，漢置桂陽郡，至陳爲桂陽縣，隋文帝開皇十年置連州。」《新唐書·劉瞻傳》：「其先出彭城，後徙桂陽。」按：長沙、彭城，均指劉景郡望而言，猶劉禹錫「籍占洛陽」，而或稱「彭城劉禹錫」，或稱「中山劉禹錫」，而《元和姓纂》卷五稱其望出廬陵也。

〔三〕鴻都：東漢洛陽門名，於此置學，此指禮部進士考試。《後漢書·靈帝紀》：「光和元年，……始置鴻都門學生。」注：「鴻都，門名也，於内置學。時其中諸生，皆敕州、郡、三公舉召能爲尺牘辭賦及工書鳥篆者，相課試，至千人焉。」

〔四〕五陵：指長安附近的西漢帝王陵墓。西漢時，徙豪貴之家以實陵寢，故五陵年少多貴游子弟。《文選》班固《西都賦》：「北眺五陵。」又：「冠蓋如雲，七相五公，與乎州郡之豪杰，五都之貨殖，三選七遷，充奉陵邑。」李善注：「宣帝葬杜陵，文帝葬霸陵，高帝葬長陵，惠帝葬安陵，景帝葬陽陵，武帝葬茂陵，昭帝葬平陵。」時丞相韋賢、黄霸、平當、魏相徙平陵，丞相車千秋徙長陵，御史大夫張湯、前將軍蕭望之、右將軍馮奉世、大將軍史丹徙杜陵，御史大夫杜周徙茂陵，均見李善注。清光：美好的風采。《漢書・晁錯傳》：「今執事之臣皆天下之選已，然莫能望陛下清光。」

酬柳柳州家鷄之贈〔一〕

日日臨池弄小雛，〔二〕還思寫論付官奴。〔三〕柳家新樣元和腳，〔四〕且盡薑芽斂手徒。〔五〕

【校注】

〔一〕柳柳州：柳宗元，時爲柳州刺史。家鷄之贈：指柳宗元贈詩，中有「臨池尋已厭家鷄」之句。《法書要録》卷三王僧虔《論書》：「庾征西翼書少時與右軍齊名。右軍後進，庾猶不忿，在荆州與都下書云：『小兒輩乃賤家鷄，皆學逸少書，須吾還，當比之。』」此詩及後二詩當元和十至十二年間在連州作。《答前篇》云「聞彼夢熊猶未兆，女中誰是衛夫人」，蓋柳宗元時尚無子。《柳河東集》卷四二此詩舊注引韓曰：「按公墓誌云：子男二人，長曰周六，始四歲。蓋生於元和十一年。此詩作於周六未生時，柳未有子，故夢得又戲之以衛夫人也。」故年譜繫此次唱和於元和十年。按：《柳河東集》卷一三《朗州員外司户薛君妻崔氏墓誌》：「妻之子，女子曰陀羅尼，丈夫子曰某，實後子。」舊注：「按公作此誌，元和十二年丁酉。十四年己亥卒，退之作墓誌云：『二子：長周六，始四歲；季周七，子厚卒乃生。』以年考之，四歲者正崔氏出後子也。」崔氏乃宗元長姊之女，宗元無子，遂取崔氏子周六以爲後。又《新唐書·吴武陵傳》：「初，柳宗元謫永州，而武陵亦坐事流永州，宗元賢其人。及爲柳州刺史，武陵北還，大爲裴度器遇，每言宗元無子。……又遺工部侍郎孟簡書曰：『古稱一世三十年，子厚之斥十二年，殆半世矣。……誠恐霧露所嬰，則柳氏無後矣。』」據《舊唐書·憲宗紀下》，孟簡於元和十二年八月方自浙東入爲户部侍郎，吴武陵書作於此後，知元和十二年柳宗元仍無子。

〔二〕臨池：臨池學書。《晉書·王羲之傳》：「張芝臨池學書，池水盡黑。」小雛：喻己之子，即柳詩所云孟、侖二童。劉禹錫《名子説》：「長子曰咸允，字信臣。次曰同廙，字敬臣。」孟、侖或是二人小名。

〔三〕官奴：王羲之女。《法書要録》卷三褚遂良《晉右軍王羲之書目》：「正書都五卷，第一《樂毅論》，四十四行，書付官奴。」又草書五十八卷，第七、第十九均有「官奴小女」字樣。《宣和書譜》卷一六謂「官奴即獻之小字」，恐誤。

〔四〕元和：唐憲宗年號（八〇六—八二〇）。元和腳：指柳宗元書體。《因話録》卷三：「元和中，柳柳州書，後生多師效。就中尤長於章草，爲時所寶。湖湘以南童稚悉學其書，頗有能者。」

〔五〕蕫芽：蕫的嫩芽，比喻兒童細嫩的手指。

【集評】

蔡啟曰：柳子厚書跡，湖湘間多有其碑刻，而體不一，或疑有假託其名者。惟南岳《彌陀和尚

碑》最善，大抵規模虞永興矣。然不知所謂「柳家新樣元和脚」者如何也。（《苕溪漁隱叢話》前集卷一八引《蔡寬夫詩話》）

《復齋漫録》：「柳家新樣元和脚」，人竟不曉。高子勉舉以問山谷，山谷云：「取其字制之新。昔元豐中，晁无咎作詩文極有聲，陳無己戲之曰：『聞道新詞能入樣，湘州紅纈鄂州花。』蓋湘州纈、鄂州花也。則『柳家新樣元和脚』者，其亦此類歟。」余頃見徐仙者效山谷書，而無己以詩寄之曰：「蓬萊仙子補天手，筆妙詩清萬世功。肯學黄家元祐脚，信知人厄匪天窮。」則知山谷之言無可疑。最後見東坡《柳氏求筆跡》詩：「君家自有元和手，莫厭家鷄更問人。」其理雖同，但「手」字爲異。（《苕溪漁隱叢話》後集卷一一）

楊慎曰：柳宗元詩「柳家新樣」（按：當爲劉禹錫詩，楊慎誤記），言字變新樣而脚則元和也。脚蓋懸針垂露之體耳。（《藝林伐山》卷一九）

【附録】

殷賢戲批書後寄劉連州並示孟侖二童　柳宗元

書成欲寄庾安西，紙背應勞手自題。聞道近來諸子弟，臨池尋已厭家鷄。（《柳河東集》卷四二）

答前篇〔一〕

小兒弄筆不能嗔，〔二〕涴壁書窗且賞勤。〔三〕聞彼夢熊猶未兆，〔四〕女中誰是衛夫人？〔五〕

【校注】

〔一〕前篇：謂柳宗元《重贈二首》其一，見後詩附録。

〔二〕小兒：劉禹錫指己二子，即柳詩題中之「孟侖二童」，亦即劉禹錫《名子説》中之咸允、同廙。白居易《劉白唱和集解》：「仍寫二本，一付龜兒，一授夢得小兒侖郎，各令收藏，附兩家集。」孟童即長子咸允，侖童當即侖郎，亦次子同廙或承雍。參見卷十二《名子説》注。嗔：嗔喝。

〔三〕涴：弄髒。《晉書·王獻之傳》：「七八歲時學書，羲之密從後掣其筆不得，嘆曰：『此兒後當復有大名。』嘗書壁爲方丈大字，羲之甚以爲能，觀者數百人。」賞：原作「當」，據《柳河東集》改。

〔四〕夢熊：生男預兆。《詩·小雅·斯干》：「乃占我夢，吉夢維何？維熊維羆，維虺維蛇。大人占之，維熊維羆，男子之祥。」夢熊未兆，指柳宗元尚未得子。

〔五〕衛夫人：晉女書法家衛鑠。《法書要録》卷一叙書法源流：「蔡邕傳之崔瑗及女文姬，文姬傳之鍾繇，鍾繇傳之衛夫人，衛夫人傳之王羲之。」《書史會要》卷三：「衛夫人鑠，字茂猗，廷尉展之女，恒之從妹，汝陰太守李矩之妻，中書郎充之母。受法於蔡琰，善正行篆隸，撰《筆陣圖》行於世。評其書者謂如插花舞女，低昂芙蓉。」

答後篇〔一〕

昔日慵工記姓名，〔二〕遠勞辛苦寫西京。〔三〕近來漸有臨池興，〔四〕爲報元常欲抗行。〔五〕

【校注】

〔一〕後篇：即柳宗元《重贈二首》其二。見附録。

〔二〕慵：憊懶。記姓名：即學書。《史記·項羽本紀》：「項籍少時，學書不成，去；學劍，又不成。項梁怒之。籍曰：『書足以記名姓而已，劍一人敵，不足學，學萬人敵。』」

〔三〕西京：當指張衡《西京賦》。《衍極·至樸篇·書法傳流》：「皇甫閲傳柳宗元、劉禹錫、楊歸厚。」《義門讀書記·河東集》卷三七：「盧攜言：劉、柳並學書於皇甫閲，柳爲昇堂，劉爲及門。」蓋劉曾求柳爲書《西京賦》，故柳詩有「若道柳家無子弟，往年何事乞西賓」語。

〔四〕臨池：學書，已見前《酬柳柳州家鷄之贈》注。

〔五〕元常：三國書法家鍾繇字，此借指柳宗元。抗行：即抗衡。《晉書·王羲之傳》：「（羲之）書爲世所重……每自稱：『我書比鍾繇，當抗行；比張芝草，猶當雁行也。』」

【附録】

重贈二首　　柳宗元

聞道將雛向墨池，劉家還有異同詞。如今試遣隈牆問，已道世人那得知。

世上悠悠不識真，薑芽盡是捧心人。若道柳家無子弟，往年何事乞西賓？（《柳河東集》卷四二）

疊前　　柳宗元

小學新翻墨沼波，羨君瓊樹散枝柯。在家弄土（《全唐詩》作左家弄玉）唯嬌女，空覺庭前鳥跡多。

（同前）

疊後　柳宗元

事業無成恥藝成，南宮起草舊連名。勸君火急添功用，趁取當時二妙聲。（同前）

平蔡州三首〔一〕

蔡州城中衆心死，〔二〕妖星夜落照壕水。〔三〕漢家飛將下天來，〔四〕馬箠一揮門洞開。〔五〕賊徒崩騰望旗拜，有若群蟄驚春雷。〔六〕狂童面縛登檻車，〔七〕大帛夭矯垂捷書。〔八〕相公從容來鎮撫，〔九〕常侍郊迎負文弩。〔一〇〕四人歸業閭里閑，〔一一〕小兒跳踉健兒舞。〔一二〕

【校注】

〔一〕詩元和十二年冬在連州作。蔡州：指時據蔡州叛亂的吴元濟，參見前《南海馬大夫遠示著述（略）》注。《舊唐書·憲宗紀下》：「（元和十二年七月）丙辰，制以中書侍郎、平章事裴度守門下侍郎、同平章事，使持節蔡州諸軍事、蔡州刺史，充彰義軍節度使、申光蔡觀察處置等使，仍充淮西宣慰處置使……（八月）庚申，裴度發赴行營……（十月）己卯，隨唐節度使李愬率師入蔡州，執吴元濟以獻，淮西平。」平蔡州，《文苑英華》作「平蔡行」。

〔二〕衆心死：謂人心絶望攜貳。《莊子·田子方》：「哀莫大於心死。」《資治通鑑》卷二四〇記述當時蔡州情勢云：「淮西被兵數年，竭倉廩以奉戰士，民多無食，采菱芡魚鱉鳥獸食之，亦盡，相帥歸官軍者前後五千餘户。」

〔三〕祅星：即妖星，彗星等妖異之星，古人認爲其墜落主惡人的覆亡。

〔四〕漢家飛將：李廣，此借指李愬。《史記·李將軍列傳》：「廣居右北平，匈奴聞之，號曰『漢之飛將軍』，避之數歲，不敢入右北平。」

〔五〕馬箠：馬鞭。《資治通鑑》卷二四〇記李愬雪夜入蔡州事：「自吴少誠拒命，官軍不至蔡州城下三十餘年，故蔡人不爲備。壬申，四鼓，愬至城下，無一人知者。李祐、李忠義钁其城，爲坎以先登，壯士從之。守門卒方熟寐，盡殺之，而留擊柝者，使擊柝如故。遂開門納衆，及裏城亦然，城中皆不之覺。鷄鳴，雪止，愬入居元濟外宅。」

〔六〕崩騰：紛亂貌。群蟄：各種冬眠動物。《禮記·月令·仲春之月》：「雷乃發聲，始電，蟄蟲咸動，啟户始出。」《舊唐書·李愬傳》：愬入蔡州，「其申、光二州及諸鎮兵尚二萬餘人，相次來降」。

〔七〕狂童：狂悖昏愚之人，指吴元濟。面縛：縛手於背而面向前。檻車：囚車。《舊唐書·李愬傳》：「（李愬部將）田進誠焚子城南門，元濟城上請罪，進誠梯而下之，乃檻送京師。」

〔八〕大帛：指露布，捷書之别名。夭矯：蜿蜒飄動貌。《封氏聞見記》卷四：「露布，捷書之别名也。諸軍破賊，則以帛書，建諸竿上，兵部謂之露布。……謂不封檢而宣布，欲四方速知。」

〔九〕相公：裴度。鎮撫：鎮壓叛逆，撫慰百姓。

〔一〇〕常侍：左、右散騎常侍之省稱，指李愬。文弩：弓弩之有文飾者。《史記·司馬相如列傳》：「（相如）至蜀，蜀太守以下郊迎，縣令負弩矢先驅。」《舊唐書·李愬傳》：「元和十一年，用兵討蔡州吴元濟……愬抗表自陳，願於軍前自效……遂檢校左散騎常侍，兼鄧州刺史、御史大夫，充隨唐鄧節度使。……元濟就擒，……愬乃屯兵鞠場以待裴度。翌日，度至，愬具櫜鞬候度馬首。度將避之，愬曰：『此方不識上下等威之分久矣，請公因以示之。』度以宰相禮受愬迎謁，衆皆聳觀。」

〔一一〕四人：即四民，避唐太宗李世民諱改。《漢書·食貨志》：「士農工商，四民有業。」陳琳《檄吴部曲將校文》：「百姓安堵，四民反業。」《舊唐書·李愬傳》：「自元濟就擒，愬不戮一人，其爲元濟執事帳下厨廄之間者，皆復其職，使人不疑。」

〔一二〕跳踉：跳躍，此指歡慶。健兒：士卒。

二

汝南晨鷄喔喔鳴，〔一〕城頭鼓角音和平。路傍老人憶舊事，相與感激皆涕零。老人收泣前致辭，〔二〕：官軍入城人不知，忽驚元和十二載，重見天寶承平時。〔三〕

【校注】

〔一〕汝南：郡名，即蔡州。《元和郡縣圖志》卷九「河南道蔡州」：「大業二年改蔡州，三年罷州爲汝南郡。武德四年，復置豫州，寶應元年以避代宗廟諱，復改爲蔡州。」古樂府《鷄鳴歌》：「東方欲明星爛爛，汝南晨鷄登壇唤。」

〔二〕泣：《文苑英華》校「集作淚」。

〔三〕天寶：唐玄宗第三個年號（七四二—七五六）。玄宗開元、天寶間承平無事，天寶末安史亂起，此後藩鎮割據，戰亂頻仍。《資治通鑑》卷二四〇載平蔡州後事云：「裴度以蔡卒爲牙兵，或諫曰：『蔡人反仄者尚多，不可不備。』度笑曰：『吾爲彰義節度使，元惡既擒，蔡人則吾人也，又何疑焉。』蔡人聞之感泣。先是，吴氏父子阻兵，禁人偶語於途，夜不燃燭，有以酒食相過從者罪死。度既視事，下令惟禁盜賊，餘皆不問，往來者不限晝夜，蔡人始知有生民之樂。」

三

九衢車馬渾渾流，〔一〕使臣來獻淮西囚。四夷聞風失匕筯，〔二〕天子受賀登高樓。〔三〕妖童擢髮不足數，〔四〕血污城西一抔土。〔五〕南峰無火楚澤閑，〔六〕夜行不鎖穆陵關。〔七〕策勛禮畢天下泰，〔八〕猛士按劍看常山。〔九〕時唯常山不庭。

【校注】

〔一〕九衢：京師四通八達的街道。渾渾：水流盛大貌。

〔二〕四夷：四方少數民族，此指抗命的藩鎮。匕筯：湯匙和筷子。失匕筯，驚恐震懾貌。筯，同箸。《三國志·蜀書·先主傳》：「曹公從容謂先主曰：『今天下英雄，惟使君與操耳！本初之徒，不足數也。』先主方食，失匕箸。」失匕箸，《文苑英華》作「皆失據」。

〔三〕高樓：指長安大明宫南面五門中之最西門興安門樓。《舊唐書·憲宗紀下》：「（元和十二年）十一月，丙戌朔，御興安門受淮西之俘。」

〔四〕妖童：指吴元濟。《舊唐書》本傳：「元濟至京，憲宗御興安門受俘，百僚樓前稱賀，乃獻廟社，徇於兩市，斬之於獨柳，時年三十五。」擢：拔。《史記·范雎列傳》載，范雎問須賈「汝罪有幾」，賈答曰：「擢賈之髮以續賈之罪，尚未足。」

〔五〕城西：指長安城西獨柳樹下，爲行刑之所。一抔土：一捧土。《舊唐書·憲宗紀下》：「以吴元濟徇兩市，斬於獨柳樹。」

〔六〕峰：疑當作「烽」。無火：無烽火之警。

〔七〕穆陵關：在與淮西道申州相鄰的黄州。《元和郡縣圖志》卷二七「黄州麻城縣」：穆陵關「在縣西北一百里，在州北二百里」。與淮西作戰時，鄂岳觀察使李道古曾領兵出穆陵關，攻申州，見《資治通鑑》卷二四〇。

〔八〕策勛：書功勛於簡策。《舊唐書·憲宗紀下》：「（元和十二年十一月）録平淮西功，隨唐節度使、檢校左散騎常侍李愬檢校尚書左僕射、襄州刺史，充山南東道節度、襄鄧隨唐復郢均房等州觀察等使；加宣武軍節度使韓弘兼侍中，忠武軍節度使李光顔、河陽節度使烏重胤並檢校司空；以宣武軍都虞候韓公武檢校左散騎常侍、鄜州刺史、鄜坊丹延節度使，以魏博行營兵馬使田布爲右金吾衛將軍，皆賞破賊功也……十二月壬戌，以彰義軍節度、淮西宣慰處置使、門下侍郎、同平章事裴度守本官，賜上柱國、晉國公，食邑三千户；以蔡州留後馬總檢校工部尚書、蔡州刺史、彰義軍節度使、溵州潁陳許節度使。丙子，以右庶子韓愈爲刑部侍郎。」禮：劉本作「祀」。

〔九〕猛士：劉邦《大風歌》：「安得猛士兮守四方。」按劍：以手撫持劍柄，爲有所戒備或即將行動的姿態。江淹《恨賦》：「至如秦帝按劍，諸侯西馳。」常山：郡名，即恒州，參見卷二《卧病聞常山旋師（略）》注。時成德軍節度使王承宗據恒州反。《資治通鑑》卷二四〇：「（元和十二年五月）六鎮討王承宗者兵十餘萬，回環數千里，既無統帥，又相去遠，期約難壹，由是歷二年無功，千里饋運，牛驢死者什四五。……朝士多言：『宜併力先取淮西，俟淮西平，乘其勝勢，回取恒冀，如拾芥耳。』上猶豫，久乃從之。丙子，罷河北行營，各使還鎮。」瞿蜕園《劉禹錫集箋證》謂詩稱吴元濟爲「狂童」，爲「惡憲宗之淫刑」，又謂末句云「猛士按劍看常山」，指「武人狃於平蔡之功，又欲南征北伐，騷然無已」，蓋「於憲宗之窮兵黷武，深所不取」。按：此詩慶幸淮西之平，切望王朝乘勢掃平河北，正反映了禹錫反對藩鎮割據的一貫立場。瞿氏所云，求之過深，反失其旨矣。

【集評】

《唐詩紀事》曰：夢得曰：「柳八駁韓十八《平淮西碑》文云：『左餐右粥，何如我《平淮西雅》云仰父俯子。』韓《碑》兼有帽子，使我爲之，便説用兵伐叛矣。」夢得曰：「韓《碑》柳《雅》。余爲詩云：『城中晨鷄喔喔鳴，城中鼓角聲和平。』美愬之入蔡城也，須臾之間，賊無覺者。又落句云：『始於元和十二載，重見天寶昇平時。』以見平淮之年。」（卷三九，《全唐詩話》卷三同，又見《唐語林》卷二。按：此條當出《劉賓客嘉話録》。）

魏泰曰：人豈不自知耶？及自愛其文章，乃更大繆，何也？劉禹錫詩固有好處，及其自稱《平淮西》詩，云「城中晨鷄喔喔鳴，城頭鼓角聲和平」爲盡李愬之美，又云「始知元和十二載，四海重見昇平年」爲盡憲宗之美，吾不知此兩聯爲何等語也！（《臨漢隱居詩話》）

王楙曰：僕謂詩人意到，自有所喜，禹錫之意，隱居自不解耳，豈可以目前之語疵之哉！……禹錫所謂「州中喔喔晨鷄鳴，譙樓鼓角聲和平」，所以見李愬不動風塵，曉入蔡州。擒捕醜虜如此。「始知元和十四載，四海重見昇平年」，所以見憲宗當德宗姑息藩鎮之後，能毅然削平禍亂，使人復見太平官府如此。……此兩聯正得當時之意，隱居以爲「何等語」，是不思之過也。（《野客叢書》卷九）

李因培曰：「漢家飛將下天來，馬棰一揮門洞開。賊徒崩騰望旗拜，有若群蟄驚春雷。」雲垂海立，筆勢峥嶸。（《唐詩觀瀾集》）

翁方綱曰：劉賓客自稱其《平蔡州》詩「城中晨鷄喔喔鳴，城頭鼓角聲和平」云云，意欲駕於韓《碑》柳《雅》。此詩誠集中高作也。首句「城中」一作「汝南」。古《鷄鳴歌》云：「東方欲明星爛爛，汝南晨鷄登壇唤。」蔡州，即汝南地。但曰「晨鷄」，自是用樂府語，而「城中」、「城頭」兩兩唱起，不但於官軍入城事醒切，抑且深合樂府神理，似不必明出「汝南」而後覺其用事也。末句「忽驚元和十二載」更妙，此以《竹枝》歌謡之調，而造老杜「詩史」之地位，正與「大曆三年調玉燭」二句近似。此由神到，不可强也。其第二首「漢家飛將下天來，馬箠一揮門洞開」，亦確是李愬夜半入蔡真情事。下轉入「從容鎮撫」，歸到相公，正復得體。叙淮西事，當以夢得此詩爲第一。（《石洲詩話》卷二）

賀裳曰：「汝南晨鷄喔喔鳴……」前二句言兵不血刃、兇渠就縛之易，末見蔡人慶幸之意。雖高文典册不及柳州二《雅》，徑浄流動則過之，夢得自負亦不謬。《隱居詩話》乃云：『起結兩聯，不知爲何説』，何異盲者照鏡耶？（《載酒園詩話》卷一）

沈德潛曰：《紀事》語不足憑，究之，柳《雅》、劉詩遠遜韓《碑》，李義山詩可取而證也。（《唐詩别裁》卷七）

《網師園唐詩箋》：（其一首四句）突兀，亦似從天外飛來。（其二首二句）倒從亂平後説入，章法句法，無不警拔。

城西行〔一〕

城西簇簇三叛族，〔二〕叛者爲誰蔡吴蜀。中使提刀出禁來，〔三〕九衢車馬轟成雷。臨刑與酒杯未覆，讎家白官先請肉。〔四〕守吏能然董卓臍，〔五〕飢烏來覘桓玄目。〔六〕城西人散泰街平，〔七〕雨洗血痕春草生。

【校注】

〔一〕詩元和十二年在連州作。城西：指長安城西獨柳樹下，爲行刑之所。詩亦爲平淮西斬吴元濟作。

〔二〕簇簇：攢集貌。三叛族：指吴元濟、李錡、劉闢及其家族。元和元年，成都尹、劍南西川節度使劉闢據蜀地反；九月，高崇文收成都，擒劉闢以獻；十月，斬劉闢並子超郎等九人於獨柳樹下。元和二年，潤州刺史、鎮海軍節度使李錡據吴地反，潤州大將張子良等執李錡以獻；十一月，斬李錡於獨柳樹下，均見《舊唐書·憲宗紀上》。吴元濟亦被斬於獨柳樹下，見前《平蔡州三首》注。

〔三〕中使：此指奉命監督行刑的宦官。

〔四〕請肉：請食其肉。《左傳·襄公二十年》：「然二子者，譬如禽獸，臣食其肉而寢處其皮矣。」

〔五〕然：同燃。董卓：東漢末人，曾廢少帝，殺之，立獻帝，後爲王允、吕布等所殺。《三國志·魏書·董卓傳》：「遂殺卓，夷三族……長安士庶咸相慶賀。」裴松之注引《英雄記》：「卓既死……暴卓屍於市。卓素肥，膏流浸地，草爲之丹。守屍吏瞑以爲大炷，置卓臍中以爲燈，光明達旦，如是積日。」

〔六〕桓玄：晉人，曾廢晉安帝自立，建號楚，後爲劉裕擊敗，被殺，《晉書》有傳。覘：窺伺。《晉書·五行志》：「桓玄既篡，童謡曰：『草生及馬腹，烏啄桓玄目。』及玄敗，走至江陵，時正五月中，誅如其期焉。」

〔七〕泰街：大街，亦諧音雙關「泰階」。《文選》左思《魏都賦》：「故令斯民睹泰階之平，可比屋而爲一。」張載注：「泰階者，天之三階也……三階平則陰陽和，風雨時，歲大登，民人息，天下平，是謂太平。」

崔元受少府自貶所還遺山薑花以詩答之〔一〕

故人博羅尉，〔二〕遺我山薑花。採從碧海上，〔三〕來自謫仙家。〔四〕雲濤潤孤根，陰火照晨葩。浄搖扶桑日，〔五〕艷對瀛洲霞。〔六〕世人愛芳辛，搴擷忘幽遐。傳名入帝里，飛馹辭天涯。〔七〕王濟本尚味，〔八〕石崇方鬥奢。〔九〕雕盤多不識，〔一〇〕綺席乃增華。〔一一〕驛馬損筋骨，貴人滋齒牙。顧予藜藿士，〔一二〕持此空嘆嗟。

【校注】

〔一〕詩元和十三年春在連州作。崔元受：崔元略弟。《舊唐書·崔元略傳》：「弟元受……登進士第，高陵尉，直史館。元和初，于皋謨爲河北行營糧料使，元受與韋岵、薛巽、王湘等皆爲皋謨判官，分督供饋。既罷兵，或以皋謨隱没贓罪，除名賜死。元受從坐，皆逐嶺表，竟坎壈不達而卒。」少府：唐人對縣尉的稱謂。據詩，崔元受乃貶爲博羅尉。山薑：薑科常緑草本植物。

《嶺表録異》卷中：「山薑花，莖葉即薑也。根不堪食，而於葉間吐花穗如麥粒，嫩紅色。南人選未開拆者，以鹽腌，藏入甜糟中，經冬如琥珀，香辛，可重用爲膾，無加也。」柳宗元《朗州員外司户薛君（巽）妻崔氏墓誌》：「巽始佐河北軍食有勞，未及録。會其長以罪聞，因從貶。更大赦，方北遷。而其室已禍。」舊注：「元和十三年正月，以平淮西大赦天下。」薛巽妻崔氏卒於元和十二年五月，故在薛巽遇赦之前。崔元受與薛巽同貶，故其遇赦自貶所還當亦在十三年正月。《新唐書·崔元略傳》云「元受逐死嶺表」，實誤。

〔二〕博羅：循州屬縣名，今屬廣東省。

〔三〕碧海：指南海。《元和郡縣圖志》卷三四「循州」：「南至海一百一十里。」

〔四〕謫仙：此指崔元受。《資治通鑑》卷二三八：元和六年，「五月，前行營糧料使于皐謨、董溪坐贜數千緡，敕貸其死，皐謨流春州，溪流封州，行至潭州，並追遣中使賜死」。崔元受爲同案犯，當亦同時被貶。

〔五〕扶桑：傳説中樹名。《十洲記》：「扶桑，在東海之東岸……有椹樹，長者數千丈，大二千餘圍，樹兩兩同根偶生，更相依倚，是以名爲扶桑。」《淮南子·天文》：「日出於暘谷，浴於咸池，拂於扶桑，是謂晨明。」

〔六〕瀛洲：傳説中東海中三神山之一。

〔七〕駟：驛馬。傳驛貢山薑花事未詳，當與進貢荔枝事相類。

〔八〕王濟：晉人，字武子，性奢侈，此借指達官貴人。《世説新語・汰侈》：「武帝嘗降王武子家，武子供饌，並用琉璃器，婢子百餘人，皆綾羅絝襬，以手擎飲食。烝豚肥美，異於常味。帝怪而問之，答曰：『以人乳飲豚。』帝甚不平，食未畢便去。」

〔九〕石崇：晉人，字季倫，《晉書》有傳。鬥奢：比富。《世説新語・汰侈》：「王君夫（愷）以飴糒澳釜，石季倫用蠟燭作炊。君夫作紫絲布步障碧綾裏四十里，石崇作錦步障五十里以敵之。石以椒爲泥，王以赤石脂泥壁……武帝，愷之甥也，每助愷。嘗以一珊瑚樹高二尺許賜愷，枝柯扶疏，世罕其比。愷以示崇，崇視訖，以鐵如意擊之，應手而碎。愷既惋惜，又以爲疾己之寶，聲色甚厲。崇曰：『不足恨，今還卿。』乃命左右悉取珊瑚樹，有三尺、四尺，條幹絶世，光彩溢目者六七枚，如愷許比者甚衆。愷惘然自失。」

〔一〇〕雕盤：精美的食具，此謂陳於雕盤中。

〔一一〕綺席：鋪錦緞的筵席。增華：增光。

〔一二〕藜藿：野菜。藜藿士，貧士。《漢書・司馬遷傳》：「糲粱之食，藜藿之羹。」顔師古注：「藜，草似蓬也。藿，豆葉也。」王褒《聖主得賢臣頌》：「羹藜含糗者，不足與論太牢之滋味。」

【集評】

何焯曰：（雲濤聯）蘇詩「陽侯殺廉角，陰火發光彩」，句法本此。（卞孝萱《劉禹錫詩何焯批語考訂》）

傷循州渾尚書〔一〕

貴人淪落路人哀，碧海連天丹旐回。〔二〕遥想長安此時節，朱門深巷百花開。〔三〕

【校注】

〔一〕詩元和十三年春在連州作。循州：州治在今廣東省惠州市東。渾尚書：渾鎬，渾瑊之子。《舊唐書》本傳：「元和中，諸道出師討王承宗，屬義武軍節度使任迪簡病不能軍，以鎬藉父威名，足以鎮定，乃以鎬……充義武軍節度副使。九月六日（按：當爲九年六月之誤），加檢校工部尚書，代迪簡爲節度使。鎬治兵練卒，頗有威望，然不能觀釁養鋭，以期必勝。鎮、定相去九十里，元和十一年冬，鎬率全師壓賊境而軍，距賊壘三十里。鎬謀慮不周，但耀兵鋒，無所控制，賊乃分兵潛入定州界焚燒驅掠。鎬怒，進攻賊壘，交鋒而敗，師徒殆喪其半，餘衆還定州，亂不可遏，朝廷乃除陳楚代之。楚聞亂，馳入定州。鎬爲亂兵所劫，以至裸露……坐貶韶州刺史。後代州刺史韓重華奏收得鎬供軍錢絹十餘萬貫匹，再貶循州刺史，歲餘卒。」同書《憲宗紀下》：「（元和十二年正月）貶義武軍節度使渾鎬爲循州刺史，坐討賊失律也。」故渾鎬之卒當在十三年春。

〔二〕丹旐：書寫死者姓名官位的銘旌。天：劉本作「翩」。

〔三〕朱門：高官貴族家的大門漆成朱紅色。渾鎬爲渾瑊之子，宅在長安大寧坊，貞元中禹錫曾往看牡丹花，見卷一《渾侍中宅牡丹》注。

湖南觀察使故相國袁公挽歌三首〔一〕

五驅龍虎節，〔二〕一入鳳凰池。〔三〕令尹自無喜，〔四〕羊公人不疑。〔五〕天歸京兆日，〔六〕葉下洞庭時。〔七〕湘水秋風至，淒涼吹素旗。

【校注】

〔一〕詩元和十三年七月在連州作。湖南：唐方鎮名，設觀察使，治潭州（今湖南省長沙市），轄潭、衡、郴、永、連、道、邵等州。袁公：袁滋，字德深，蔡州朗山人，兩《唐書》有傳。《舊唐書·憲宗紀下》：元和十三年六月，「湖南觀察使袁滋卒」。餘詳詩注。《文苑英華》卷三一〇録此詩之前二首爲權德輿詩，《全唐詩》卷三二九因之，誤。此詩見劉禹錫集未曾散佚的正集；而據《舊唐書》本紀、《權德輿傳》及韓愈《唐故相權公墓碑》，元和十三年，權德輿爲山南西道節度使，道路懸隔，且被病卒於同年八月，無作詩悼袁滋之可能；而劉禹錫則時正在連州刺史任，連州屬湖南觀察使管轄，故作詩悼之。

〔二〕五驅句：謂袁滋曾五爲節度使。節：符節。《周禮·秋官》：「山國用虎節，……澤國用龍節。」袁滋曾爲劍南西川、義成、荆南、山南東道、彰義五節度使。《舊唐書》本傳：「會韋臯歿，劉闢擁兵擅命，滋持節安撫，行及中路，拜檢校吏部尚書、平章事、劍南西川節度使。賊兵方熾，滋懼而不進，貶吉州刺史。俄拜義成軍節度使……連爲荆、襄二帥，改彰義軍節度、隨唐鄧申光等州觀察使……竟以淹留無功，貶撫州刺史。未幾，遷湖南觀察使，卒，年七十，贈太子少保。」

〔三〕鳳凰池：指中書省，見卷一《奉和中書崔舍人八月十五日夜玩月二十韻》注。此指袁滋爲相事。《舊唐書》本傳：「上（憲宗）始監國，與杜黄裳俱爲相，拜中書侍郎、平章事。」《新唐書・宰相表中》：永貞元年七月，「太常卿杜黄裳爲門下侍郎，左金吾衛大將軍袁滋爲中書侍郎，並同中書門下平章事」。

〔四〕令尹：春秋時楚國官名，相當於他國之相。《論語・公冶長》：「令尹子文，三仕爲令尹，無喜色；三已之，無愠色。」袁滋多次被貶，復多次被起用，故云。

〔五〕羊公：西晉羊祜。《晉書》本傳：「帝將有滅吴之志，以祜爲都督荆州諸軍事。……乃進據險要，開建五城，收膏腴之地，奪吴人之資，石城以西，盡爲晉有，自是前後降者不絶。……吴人翕然悦服，稱爲羊公，不之名也。祜與陸抗相對，使命交通。抗稱祜之德量，雖樂毅、諸葛孔明，不能過也。抗嘗病，祜饋之藥，抗服之，無疑心。」此言袁滋能安撫敵國，取信於人。《新唐書・袁滋傳》：「韋皋始招來西南夷，南詔畢（當作異）牟尋内屬，德宗選郎吏可撫循者，皆憚行。至滋，不辭。……持節往，踰年還，使有指。」

〔六〕京兆：京兆府，此指天上官署。《晉書・王機傳》：「機兄矩……遷廣州刺史，將赴職，忽見一人持奏謁矩，自云京兆杜靈之。矩問之，答稱：『天上京兆，被使召君爲主簿。』矩意甚惡之，至州月餘，卒。」

〔七〕洞庭：湖名。《楚辭・九歌・湘夫人》：「嫋嫋兮秋風，洞庭波兮木葉下。」

二

丹旐發江皋，〔一〕人悲雁亦號。湘南罷亥市，〔二〕漢上改詞曹。〔三〕表墓雙碑立，〔四〕尊名一字褒。〔五〕常聞平楚獄，〔六〕爲報里門高。〔七〕

【校注】

〔一〕丹旐：見前詩注。江皋：江邊。《楚辭・九歌・湘君》：「鼂騁騖兮江皋。」王逸注：「澤曲曰皋。」

〔二〕亥市：亥日的集市。張籍《江南行》：「江村亥日長爲市。」一説爲間日一集的集市。亥，《叢刊》本作「痎」。《青箱雜記》卷二：「蜀有痎市，而間日一集。」《通雅・天文》：「痎，音皆，言如痎瘧，間日一發也。諱痎，故曰亥市。」罷市，表示哀悼。《晉書・羊祜傳》：「南州人徵市日聞祜喪，莫不號慟，罷市，巷哭者聲相接。」

〔三〕漢上：漢水流域。《晉書・羊祜傳》：「荊州人爲祜諱名，屋室皆以門爲稱，改户曹爲辭曹焉。」户曹，官名。户、祜同音，故諱改之。

〔四〕表：立爲標志。蔡邕《郭有道碑文》：「於是樹碑表墓，昭銘景行，俾芳烈奮於百世，令問顯於無窮。」

〔五〕一字：指賜謚。《禮記・表記》：「先王謚以尊名。」注：「先王論行以爲謚，以尊名者使聲譽可得而尊信也。」范寧《春秋穀梁傳序》：「一字之褒，寵踰華衮之贈。」

〔六〕平楚獄：用袁安事，見卷三《讀張曲江集作》注。

〔七〕里門：所居閭里之門。《漢書・于定國傳》：「定國父于公，其閭門壞，父老方共治之。于公謂曰：『少高大閭門，令容駟馬高蓋車。我治獄多陰德，未嘗有所冤，子孫必有興者。』至定國爲丞相，永爲御史大夫，封侯傳世云。」《新唐書・袁滋傳》：「累辟張伯儀、何士幹幕府，進詹事府司直。部官以盜金下獄，滋直其冤。御史中丞韋貞伯聞之，表爲侍御史。刑部、大理覆罪人，失其平，憚滋守法，因權勢以請，滋終不署奏。」

三

返葬三千里，〔一〕荆衡達帝畿。〔二〕逢人即故吏，〔三〕拜奠盡沾衣。〔四〕地得青烏相，〔五〕賓驚白鶴飛。〔六〕五公碑尚在，〔七〕今日亦同歸。

【校注】

〔一〕三千里：《元和郡縣圖志》卷二九「潭州」：「西北至上都二千四百四十五里。」此舉成數而言。

〔二〕荆衡：指今湖南，古荆州之地，衡山爲荆州之鎮。帝畿：京師。

〔三〕故吏：老部屬。袁滋靈柩北返途經江陵、襄陽等地，都是他曾任節度使的地方。

〔四〕沾衣：流淚。袁滋爲官甚有政績，《舊唐書》入《良吏傳》。據《新唐書》本傳記載，袁滋離華州刺史任，「耆老遮道，不得去」；爲義成軍節度使，居滑州七年，鄰鎮畏服，「百姓立祠祭」。

〔五〕青烏：漢代相看宅基、墓地的風水先生。《抱朴子·極言》：「相地理則書青烏之説。」《舊唐書·經籍志》子録五行類：「《青烏子》三卷。」

〔六〕白鶴：《晉書·陶侃傳》：「後以母憂去職，嘗有二客來弔，不哭而退，化爲雙鶴，沖天而去，時人異之。」王維《能禪師碑》：「擇吉祥之地，不待青烏；變功德之林，皆成白鶴。」

〔七〕五公：五人爲三公。五公碑，當指韓愈爲袁滋作《袁氏先廟碑》，見《韓昌黎集》卷一七，碑云：「至司徒安，懷德於身，袁氏遂大顯……收功厥後，五公重尊。」舊注：「安，章帝時爲司徒。二子京、敞。京子湯，字仲河，桓帝時太尉。湯子逢，字周陽，靈帝時司空。逢弟隗，字次陽，獻帝時太傅。京弟敞，字叔平，安帝時司空。凡四世五公焉。」

故相國燕國公于司空挽歌二首〔一〕

彤弓封舊國，〔二〕黑矟繼前功。〔三〕十年鎮南雍，〔四〕九命作司空。〔五〕池臺樂事盡，簫鼓葬儀雄。一代英豪氣，曉散白楊風。〔六〕

【校注】

〔一〕詩元和十三年秋在連州作。于司空：于頔，字允元，河南人，以蔭補千牛，調授華陰尉，累遷歷司門員外郎、長安縣令、駕部郎中，出爲湖州刺史，自大理卿遷陝虢觀察使，拜襄州刺史、山南東道節度使。累遷至左僕射、平章事、燕國公，元和中入覲，册司空，兩《唐書》有傳。《舊唐書・憲宗紀上》：元和三年九月，「以山南東道節度使于頔守司空，同平章事」。同書本傳：「(元和)十三年，頔表求致仕……其年八月卒，贈太保，謚曰厲。」

〔二〕彤弓：紅色的弓。《書・文侯之命》：「用賚爾彤弓一，彤矢百，玈弓一，玈矢百。」傳：「彤，赤；盧，黑也。諸侯有大功，賜弓矢，然後專征伐。」舊國：指燕國。《舊唐書・于頔傳》：「周太師燕文公謹之後也。」于頔與其先人同封燕國，故云「舊國」。

〔三〕矟：長一丈八尺的矛。《魏書・于栗磾傳》：「劉裕之伐姚泓也，栗磾慮其北擾，遂築壘於河上，親自守焉。禁防嚴密，斥候不通。裕甚憚之，不敢前進。裕遺栗磾書，遠引孫權求討關羽之事，假道西上，題書曰『黑矟公麾下』。栗磾以狀表聞，太宗許之，因授黑矟將軍。栗磾好持黑矟以自標，裕望而異之，故有是語。」據《元和姓纂》卷二「河南洛陽于氏」，勿紐氏改姓于氏，于頔爲于栗磾及于謹後人，出鮮卑族，故云「繼前功」。

〔四〕南雍：南雍州，即襄州。《晉書・地理志》：「秦雍流人，多南出樊沔，孝武始於襄陽僑立雍州。」于頔自貞元十四年九月爲襄州刺史、山南東道節度使，至元和三年九月罷任，在襄陽整十年。

〔五〕司空：唐代爲三公之一。《舊唐書・職官志二》：「三公，論道之官也，蓋以佐天子理陰陽，平邦國，無所不統，故不以一職名其官。」《禮記・王制》：「三公……不過九命。」疏：「三公位尊，又加一命，其事極重。」

〔六〕白楊：墓地所植。《古詩十九首》：「驅車上東門，遥望郭北墓。白楊何蕭蕭，松柏夾廣路。」

二

陰山貴公子，〔一〕來葬五陵西。〔二〕前馬悲無主，猶帶朔風嘶。漢水青山郭，〔三〕襄陽白銅蹄。〔四〕至今有遺愛，〔五〕日暮人悽悽。

【校注】

〔一〕陰山：在今内蒙古自治區中部。于頔先人鮮卑族，故云。參見其一注。

〔二〕五陵：指漢高帝長陵等西漢帝王陵墓，均在長安附近。劉禹錫《爲京兆李尹答于襄州（頔）第一書》：「閣下……世雄朔、易，四姓之冠，……因都入雒，錫之土田，自生齒已上，列於侯籍。」又云：「閣下以大墓世在三原。」唐三原縣（今屬陝西）屬京兆府，故云「五陵西」。

〔三〕青山郭：指襄陽城。《元和郡縣圖志》卷二一「襄州襄陽縣」：「峴山，在縣東南九里，山東臨漢水。」孟浩然隱居襄陽作《過故人莊》云：「緑樹村邊合，青山郭外斜。」

〔四〕白銅蹄：襄陽民謡。《隋書・音樂志》：「初，（梁）武帝之在雍鎮，有童謡云：『襄陽白銅蹄，反縛揚州兒。』識者言：『白銅蹄，謂馬也；白，金色也。』及義師之興，實以鐵騎，揚州之士，皆面縛，果如謡言。故即位之後，更造新聲，……以被絃管。」後人改蹄爲鞮。李白《襄陽曲》：「襄陽行樂處，歌舞白銅鞮。」

〔五〕遺愛：官吏遺下的德政美譽。據《舊唐書・于頔傳》，頔在襄陽十年雖爲政有績，然横暴不堪，

「公然聚斂，恣意虐殺，專以凌上威下爲務」，至「不奉詔旨，擅總兵據南陽，朝廷幾爲之旰食」。禹錫此詩隱其惡跡，詞多溢美。

【集評】

何焯曰：風格近小庾。（卞孝萱《劉禹錫詩何焯批語考訂》）

平齊行二首〔一〕

胡塵昔起薊北門，〔二〕河南地屬平盧軍。〔三〕貂裘代馬繞東岳，〔四〕嶧陽孤桐削爲角。〔五〕地形十二虜意驕，〔六〕恩澤含容歷四朝。〔七〕魯人皆科帶弓箭，〔八〕齊人不復聞簫韶。〔九〕今朝天子聖神武，〔一〇〕手握玄符平九土。〔一一〕初哀狂童襲故事，〔一二〕文告不來方震怒。去秋詔下誅東平，〔一三〕官軍四合猶嬰城。〔一四〕春來群鳥噪且驚，〔一五〕氣如壞山墮其庭。〔一六〕牙門大將有劉生，〔一七〕夜半射落欃槍星。〔一八〕帳中虜血流滿地，門外三軍舞連臂。馹騎函首過黃河，〔一九〕城中無賊天氣和。朝廷侍郎來慰撫，〔二〇〕耕夫滿野行人歌。

【校注】

〔一〕詩元和十四年作。詩有「今朝天子聖神武」語，當作於此年七月上憲宗「元和聖文神武法天應道皇帝」尊號之後。齊：指淄青，所轄青、齊、曹、濮諸州均古齊地。時淄青節度使爲李師道。

《舊唐書·憲宗紀下》："元和十四年二月，「田弘正奏，今月九日，淄青都知兵馬使劉悟斬李師道並男二人首請降，師道所管十二州平」。

〔二〕薊：縣名，在今北京市西南，唐時爲幽州治所。天寶末，安祿山據幽州反，參見卷二《和董庶中古散調詞（略）》注。

〔三〕河南：道名，唐初十道之一，轄今河南、山東等省黄河以南、淮河以北地區，淄、青等州原屬河南道。平盧軍：唐初邊境所設節度使之一，原治營州（今遼寧錦州市西北），與河南道淄、青等州了不相涉。安史亂後，藩鎮跋扈，肅宗上元二年，「平盧軍節度使侯希逸引兵保青州，授青密節度使，遂廢淄沂節度，並所管五州，號淄青平盧節度」（《新唐書·方鎮表》二），河南地遂屬平盧軍。

〔四〕代馬：代郡（在今山西北部）的馬。貂裘代馬，指北方軍人，安史餘黨。東岳：泰山，在淄青節度使所轄兖州乾封縣。

〔五〕嶧陽：嶧山之南。《書·禹貢》："「嶧陽孤桐。」傳："「嶧山之陽，特生桐，中琴瑟。」《元和郡縣圖志》卷一〇「兖州鄒縣」："「嶧山，一名鄒山，在縣南二十二里。《禹貢》曰『嶧陽孤桐』，即此也。」角：軍中樂器，以司昏曉。《晉書·樂志下》："「蚩尤氏帥魑魅與黄帝戰於涿鹿，帝乃始命吹角爲龍鳴以禦之。」

〔六〕地形十二：謂齊地國險軍强。《史記·高祖本紀》載田肯語曰："「秦，形勝之國，帶河山之險，縣（懸）隔千里，持戟百萬，秦得百二焉。……夫齊，東有琅邪、即墨之饒，南有泰山之固，西有濁河之限，北有勃海之利，地方二千里，持戟百萬，縣隔千里之外，齊得十二焉，故此東西秦也。」索隱引虞喜曰：「言諸侯持戟百萬，秦地險固，一倍於天下，故云得百二焉，言倍之也，蓋言秦兵當二百萬也。齊得十二，亦如之，故爲東西秦，言勢相敵，但立文相避，故云十二。」

〔七〕含容：姑息寬容。四朝：謂代、德、順、憲四朝。《資治通鑑》卷二二三，永泰元年五月，淄青軍士不納朝廷所授平盧軍節度使侯希逸，奉兵馬使李懷玉爲帥；七月，以懷玉知留後，賜名正己，「時成德節度使李寶臣、魏博節度使田承嗣、相衛節度使薛嵩、盧龍節度使李懷仙，收安史餘黨，各擁勁卒數萬，治兵完城，自署文武將吏，不供貢賦，與山南東道節度使梁崇義及（李）正己皆結爲婚姻，互相表裏。朝廷專事姑息，不能復制，雖名藩臣，羈縻而已」。後李正己子李納、孫師古相繼盤踞淄青，至元和時已歷四朝。

〔八〕魯人：淄青節度使所轄兖、鄆、海、密諸州，春秋魯地，魯國相傳爲詩書禮樂之邦。科：分派，明本、劉本作「解」。

〔九〕簫韶：相傳爲舜樂。《書·益稷》：「簫韶九成，鳳凰來儀。」《隋書·音樂志》：「帝舜（樂）曰簫韶。」《論語·述而》：「子在齊聞《韶》，三月不知肉味。」

〔一〇〕今朝天子：指憲宗。《舊唐書·憲宗紀》：元和十四年七月，「群臣上尊號曰元和聖文神武法天應道皇帝」。柳宗元《賀册尊號表》：「理歷凝命，實曰聖文；和衆定功，時惟神武。」

〔一一〕玄符：玄女符，兵符。參見卷二《和董庶中古散調詞贈尹果毅》注。九土：九州。

〔一二〕狂童：指李師道。故事：相沿成文或不成文的制度，此指安史亂後山東、河北藩鎮父死子襲或兄死弟襲的慣例。《通鑑紀事本末》卷三四，元和元年閏六月，淄青李師古薨，高沐、李公度秘不發喪，潛逆師道於密州，奉以爲節度副使。杜黄裳請乘其未定而分之，上以劉闢未平，以師道爲平盧留後，知鄆州事。及淮西平，師道憂懼，不知所爲，遣使奉表，請使長子入侍，並獻沂、密、海三州，上許之。既而師道表言軍情不聽納質割地，上怒，決意討之。

〔一三〕東平：郡名，即鄆州。《舊唐書·憲宗紀下》：元和十三年七月「乙酉，詔削奪淄青節度使李師道在身官爵，仍令宣武、魏博、義成、武寧、横海五鎮之師，分路進討」。

〔一四〕嬰：纏繞。嬰城，以兵環城固守。《漢書·蒯通傳》：「必將嬰城固守。」

〔一五〕烏噪：烏鴉叫噪，凶兆。《新唐書·五行志一》：元和十三年春，「淄青府署及城中烏、鵲互取其雛，各以哺子，更相搏擊，不能禁」。

〔一六〕壞山：山崩。《後漢書·光武紀》載，王尋昆陽大敗前夕，「夜有流星墜營中，晝有雲如壞山，當營而隕」。壞，原作「懷」，據明本、《叢刊》本、劉本改。

〔一七〕牙門：軍營之門。劉生：指劉悟，時爲淄青都兵馬使。

〔一八〕攙槍星：彗星，喻指李師道。《資治通鑑》卷二四一，李師道使劉悟將兵萬餘人屯陽穀以拒官軍，悟務爲寬惠，軍中號爲「劉父」，師道遣二使令兵馬副使斬悟首以獻。悟遣人先執二使，殺之。時已向暮，悟使士卒飽食執兵，夜半聽鼓三聲絶即行。比至，牙城拒守，尋縱火斧其門而入。悟勒兵升聽事，使捕索師道。師道與二子伏廁牀下，索得，皆斬之。

〔一九〕馹騎：驛馬。馹，驛車。函首：以木匣盛首級。劉悟殺李師道父子後，以木函盛三人首級，遣使送魏博田弘正營。魏博在黄河北，故「過黄河」。

〔二〇〕廷：原作「庭」，據《叢刊》本、劉本、《文苑英華》改。侍郎：謂楊於陵。《資治通鑑》卷二四一：「（元和十四年二月）命户部侍郎楊於陵爲淄青宣撫使……於陵按圖籍，視土地遠邇，計士馬衆寡，校倉庫虚實，分（淄青）爲三道，使之適均。」

二

泰山沈寇六十年，旅祭不饗生愁煙。〔一〕今逢聖君欲封禪，〔二〕神使陰兵來助戰。〔三〕祅氛掃盡河水清，〔四〕日觀杲杲卿雲見。〔五〕開元皇帝東封時，〔六〕百神受職争奔馳。千鈞猛簴順流下，〔七〕洪波涵淡浮熊羆。〔八〕侍臣燕公秉文筆，〔九〕玉檢告天無愧詞。〔一〇〕當今叡孫承聖祖，〔一一〕岳神望幸河宗舞。〔一二〕青門大道屬車塵，〔一三〕共待葳蕤翠華舉。〔一四〕

【校注】

〔一〕旅：祭山。饗：通享。自代宗廣德元年（七六三）至元和十四年（八一九），已五十六年。《資治通鑑》卷二四一：「（元和十四年二月）己巳，李師道首函至。自廣德以來，垂六十年，藩鎮跋扈河南、北三十餘州，自除官吏，不供貢賦，至是盡遵朝廷約束。」

〔二〕封禪：古代祭天地的大典。《史記·封禪書》正義：「此泰山上築土爲壇以祭天，報天之功，故曰封；此泰山下小山上除地，報地之功，故曰禪。」淄青平後，朝廷有封禪之議，鮑溶有《聞國家將行封禪聊抒臣情》詩。

〔三〕陰兵：神兵。

〔四〕河水清：天下太平的徵兆。《初學記》卷六引《拾遺記》：「黄河千年一清，皆至聖之君，以爲大瑞。」

〔五〕日觀：泰山峰名。《初學記》卷五：泰山「東南巖名日觀。日觀者，鷄一鳴時，見日始欲出，長三丈所。」杲杲：日出貌。卿雲：即慶雲，喜氣。

〔六〕開元皇帝：唐玄宗。《舊唐書·玄宗紀》，開元十三年十月「辛酉，東封泰山，發自東都」。

〔七〕簴：同虡，傳説中猛獸，鹿頭龍身。古代懸鐘鼓的木架，兩側立柱雕刻猛虡，故亦稱簴。《文選》張衡《西京賦》：「洪鐘萬鈞，猛虡趪趪。」薛綜注：「洪，大也。猛，怒也。三十斤曰鈞。縣鐘格曰筍，植曰虡。趪趪，張設貌。言大鐘乃重三十萬斤，虡力猛怒，故能勝之焉。」

〔八〕熊羆：猛獸，喻勇猛有力的武士。

〔九〕燕公：張説。《舊唐書》本傳：「徵拜中書令，封燕國公……説又首建封禪之議。十三年，受詔與右散騎常侍徐堅、太常少卿韋縚等撰東封儀注。舊儀不便者，説多所裁正。」

〔一〇〕玉檢：玉牒，封禪時祭天的文書。《舊唐書·禮儀志》：「玉牒本是通於神明之意。……玉牒、玉册，……刻玉填金爲字。」

〔二〕叡孫：指唐憲宗李純，乃玄宗李隆基玄孫。叡，聖明。

〔三〕岳神：泰山山神。河宗：河神。《穆天子傳》卷一：「天子祭於河宗。」

〔三〕青門：漢長安東門。屬車：皇帝出行隨從車輛。參見卷一《馬嵬行》注。

〔四〕葳蕤：盛貌。翠華：裝飾在帝王車駕儀仗上的鳥羽，代指皇帝車駕。《漢書·司馬相如傳》：「建翠華之旗。」師古曰：「以翠羽爲旗上葆也。」

【集評】

葛立方曰：唐淄青李師道，倚蔡爲重，稱兵不軌。洎蔡平，師道乃始震悸。憲宗命削其官，詔諸軍進討，於是六節度之兵興矣。故劉夢得嘗爲《天齊行》二篇，以快李師道之死。夫師道猖獗狂悖，反噬其主，人怨神憤，豈能居覆載之中乎？故夢得云：「牙門大將有劉生，夜半射落欃槍星。」又云：「泰山沉寇六十年，旅祭不饗生愁煙。今逢聖君欲封禪，神使陰兵來助戰。」夫劉悟，本軍之將也，方爲師道屯陽穀以當魏將，乃倒戈以攻其主；泰山，本土之神也，宜神其地，而乃以陰兵助敵，則人怨神怒可知矣。將叛其君，神叛其主，豈非以此始以此終乎！天之所報速矣。（《韻語陽秋》卷八）

海陽湖别浩初師〔一〕并引

瀟湘間無土山，無濁水，民乘是氣，往往清慧而文。長沙人浩初，生既因地而清矣，故去葷洗慮，剔顛毛而壞其衣。〔二〕居一都之殿，易與士會，得執外教，盡捐苛禮。〔三〕自公侯守相，必賜其清問，〔四〕耳目灌注，習浮於性。而里中兒賢適與浩初比者，嬰冠帶，豢妻子，吏得以乘陵之，汩没天慧，不得自奮，莫可望浩初之清光於侯門上坐，第自吟羨而已。〔五〕浩初益自多其術，尤勇於近達者而歸之。〔六〕往年，之臨賀，唁侍郎楊公，留歲餘，公遺以七言詩，手筆于素。〔七〕前年，省柳儀曹于龍城，又爲賦三篇，皆章書。〔八〕今復來連山，以前所得雙南金出於褓，亟請余賡之。〔九〕按師爲詩頗清，而奕棋至第三品，二道皆足以取幸於士大夫，宜薰餘習以深入也。〔一〇〕會吾郡以山水冠世，海陽又以奇甲一州，師慕道，於泉石宜篤，故攜之以嬉。〔一一〕及言旋，復引與共載於湖上，奕於樹石間，以植沃洲之因緣，〔一二〕且賦詩，具道其事。

近郭有殊境，獨游常鮮歡。逢君駐緇錫，〔一三〕觀貌稱林巒。〔一四〕湖滿景方霽，野香春未闌。愛泉移席近，聞石輟棋看。風止松猶韻，〔一五〕花繁露晚乾。〔一六〕橋形出樹曲，巖影落池寒。湖東架險凡四橋，山下出泉，逗巖爲池，泓澄可愛者不可遍舉。故狀其境以貽好事。〔一七〕別路千嶂裏，詩情暮雲端。〔一八〕它年買山處，〔一九〕似此得隳官。〔二〇〕

【校注】

〔一〕詩元和十三四年在連州作。海陽湖：在連州，參見後《海陽十詠》注。浩初：長沙僧，長沙寶應寺龍安海禪師弟子，見柳宗元《龍安海禪師碑》。

〔二〕去葷：素食，佛教徒禁食肉食及葱、蒜等五辛。洗慮：屏除世俗牽纏。顛毛：頭髮。

〔三〕都：都會，指潭州。殷：富足。外教：佛教，因其來自印度，故稱。苛禮：煩瑣的禮法。

〔四〕清問：即問候。問，原作「間」，據《叢刊》本、《全唐詩》改。

〔五〕嬰：纏繫。豢：畜養。乘陵：凌駕欺辱。汩没：淹没。第：但。

〔六〕近：接近。達者：通達事理者，也指爲官者。

〔七〕臨賀：嶺南道賀州屬縣名，今廣西賀縣。楊公：楊憑，曾官刑部侍郎。《舊唐書·憲宗紀上》：「（元和四年七月）御史中丞李夷簡彈京兆尹楊憑前爲江西觀察使時贓罪，貶憑臨賀尉。」筆：書寫。素：白絹。楊憑贈浩初詩已佚。

〔八〕柳儀曹：柳宗元，參見卷一《闕下口號呈柳儀曹》注。龍城：即柳州。《新唐書·地理志七上》嶺南道，有「柳州龍城郡」。三篇：指柳宗元所作《與浩初上人同看山寄京華親故》、《浩初上人見貽絶句欲登仙人山因以酬之》、《送僧浩初序》詩文三篇，見《柳河東集》。章書：即章草。柳宗元長於章草，參見前《酬柳柳州》注。

〔九〕雙南金：見卷二《酬元九侍御贈壁州鞭長句》注，此指楊、柳贈浩初詩文。亟：多次。賡：續，和。

〔一〇〕品：等級。古代圍棋分入神、坐照、具體、通幽、用智、小巧、鬥力、若愚、守拙九品。薫：熏陶培養。餘習：見卷二《秋日過鴻舉法師寺院便送歸江陵》注。

〔一一〕吾郡：謂連州。吾，原作「吴」，吴郡即蘇州，然詩與蘇州無涉，當「吾」之音訛，今徑改。泉石：指山水。篤：情感深厚。

〔一二〕沃洲：山名，見卷二《敬酬徹公見寄》注。因緣：佛教謂産生某種結果的原因與條件，此言今日之游爲他日與浩初重聚作支遁、王謝沃洲之游創造條件。

〔一三〕緇錫：緇衣錫杖，僧人所穿所執。

〔一四〕貌：原作「白」，乃「皃」之殘訛，據劉本、《叢刊》本改。

〔一五〕韻：發出聲響。

〔一六〕晚：《叢刊》本、《全唐詩》作「未」。

〔一七〕原注中「湖東」原作「湘東」，據《叢刊》本改。

〔一八〕暮雲：江淹《雜體詩·擬休上人》：「日暮碧雲合，佳人殊未來。」

〔一九〕買山：用支遁事，見卷三《游桃源一百韻》注。

〔二〇〕得：原作「則」，據劉本、《全唐詩》改。隳官：休官，謂棄官相從。

【集評】

何焯曰：「愛泉句」生動。（卞孝萱《劉禹錫詩何焯批語考訂》）

莫徭歌〔一〕

莫徭自生長，名字無符籍。〔二〕市易雜鮫人，〔三〕婚姻通木客。〔四〕星居占泉眼，〔五〕火種開山脊。〔六〕夜渡千仞溪，含沙不能射。〔七〕

【校注】

〔一〕詩連州作，參後詩。以下諸詩均作於連州，作年不可確考。莫徭：又作莫傜、莫猺，古瑶族的一支。《隋書·地理志下》：「長沙郡又雜有夷蜒，名曰莫徭。自云其先祖有功，常免徭役，故以爲名。其男子但著白布褌衫，更無巾袴。其女子青布衫，班布裙，通無鞋屩。婚嫁用鐵鈷鏻爲聘財。武陵、巴陵、零陵、桂陽、澧陽、衡山、熙平皆同焉。」

〔二〕符籍：官府簿籍。籍上無名，即可免賦稅徭役。

〔三〕市易：買賣交易。鮫人：即泉客，見卷一《韓十八侍御見示岳陽樓别寶司直詩（略）》注。

〔四〕木客：傳説中的野人。《太平廣記》卷四八二引《南康記》：「山間有木客，形骸皆人也，但鳥爪耳。巢於高樹，一名山精。」

〔五〕星居：分散居住。《釋名》卷一：「星，散也，列位布散也。」

〔六〕火種：燒山而種，即畬田，詳卷五《畬田行》。

〔七〕含沙：即蜮，傳説水中能含沙射人、使人致病的動物。《詩·小雅·何人斯》：「爲鬼爲蜮。」

疏：「《洪範五行傳》云：『蜮，如鱉，三足，生於南越。』陸機疏云：『一名射影，江淮水皆有之，人在岸上，影見水中，投人影則殺之。』……或曰，含沙射人皮肌，其瘡如疥是也。」

連州臘日觀莫徭獵西山〔一〕

海天殺氣薄，〔二〕蠻軍部伍囂。〔三〕林紅葉盡變，原黑草初燒。圍合繁鉦息，〔四〕禽興大旆搖。張羅依道口，嗾犬上山腰。猜鷹屢奮迅，〔五〕驚麏時蹋跳。〔六〕瘴雲四面起，臘雪半空銷。箭頭餘鵠血，〔七〕鞍傍見雉翹。〔八〕日暮還城邑，金笳發麗譙。〔九〕

【校注】

〔一〕詩元和中連州作。臘日：《史記·秦本紀》：「十二年，初臘。」正義：「十二月臘日也。……獵禽獸以歲終祭先祖，因立此日也。」漢以前以冬至後第三戌日爲臘日，後固定於十二月初八。《荆楚歲時記》：「十二月八日爲臘日。」莫徭：見前詩注。

〔二〕殺氣：寒氣。薄：逼迫。

〔三〕部伍：軍隊行列。囂：喧嘩，不整飭。

〔四〕鉦：樂器名，形似鐘而狹長，口向上，下有柄可執，以物敲擊而鳴。軍中用以指揮進退。《詩·小雅·采芑》：「鉦人伐鼓。」傳：「鉦以静之。」

〔五〕猜鷹：鷹性多疑，故稱。屢：原作「慮」，馮浩云「當是『屢』字之誤」，此據《叢刊》本改。奮迅：奮飛（以搏擊）。

〔六〕驚麏：麏性易駭，故稱。跼跳：畏縮跳躍。

〔七〕鵠：天鵝。

〔八〕雉翹：野鷄長尾。此指獵物。

〔九〕麗譙：城門上樓。

【集評】

何焯曰：「瘴雲」句點染連州，「臘雪」句點染臘日作。中間界畫頓挫，並暗起「日暮」，妙法。（下孝萱《劉禹錫詩何焯批語考訂》）

插田歌〔一〕并引

連州城下，俯接村墟，偶登郡樓，適有所感，遂書其事爲俚歌，以俟采詩者。〔二〕

岡頭花草齊，燕子東西飛。田塍望如綫，白水光參差。〔三〕農婦白紵裙，〔四〕農夫綠蓑衣。齊唱田中歌，嚶儜如竹枝。〔五〕但聞怨響音，不辨俚語詞。時時一大笑，此必相嘲嗤。水平苗漠漠，〔六〕煙火生墟落。黄犬往復還，赤鷄鳴且啄。路傍誰家郎，烏帽衫袖長。自言上計吏，〔七〕年初離帝鄉。田夫語計吏：〔八〕君家儂定諳，〔九〕一來長安罷，〔一〇〕眼大不相參。〔一一〕計吏笑致辭：長安真大處，省門高軻峨，〔一二〕儂入無度數〔一三〕；昨來補衛士，唯用筒竹布，〔一四〕君看二三年，我作官人去。

【校注】

〔一〕詩元和中在連州作。插田歌：禹錫自創新題樂府。

〔二〕俚歌：通俗歌謡。采詩：收集民歌。《漢書·藝文志》：「古有采詩之官，王者所以觀風俗，知得失，自考正也。」

〔三〕塍：田間界路。參差：光浮動不定貌。

〔四〕紵：苧麻布，夏布。

〔五〕嚶儜：語音奇特難懂。竹枝：巴渝間（今重慶市及其周邊地區）民歌，參見卷五《竹枝詞九首》注。

〔六〕漠漠：廣布貌。王維《積雨輞川莊作》：「漠漠水田飛白鷺，陰陰夏木囀黄鸝。」

〔七〕上計吏：參見前《送曹璩歸越中舊隱》詩注。

〔八〕語：劉本作「詰」。

〔九〕儂：你。諳：熟悉。

〔一〇〕罷：《全唐詩》作「道」。

〔一一〕眼大：猶今言眼眶高。相參：相涉，猶言相認。

〔二〕省：唐代中央機構，有中書、尚書、門下三省，此泛指官署。軻峨：高貌。

〔三〕儂：我。無度數：無數次。

〔四〕筒竹布：一種細布。《文選》左思《蜀都賦》：「黃潤比筒。」劉逵注：「黃潤，謂筒中細布也。揚雄《蜀都賦》曰：『筒中黃潤，一端數金。』」張載《擬四愁詩》：「佳人遺我筒中布，何以贈之流黃素。」

【集評】

鍾惺曰：風土詩必身至其地，始知其妙，然使未至者讀之，茫然不曉何語，亦是口頭筆下不能運用之過。〔末七句〕誇得俚，誇得妙。（《唐詩歸》）

譚元春曰：〔末六句〕極直，極象。（同前）

邢昉曰：音節已入變風。〔末四句〕諷刺淡然，可謂怨而不怒。（《唐風定》卷三）

何焯曰：自「計吏」以下，皆以嘲蚩時政，而借歌者點出。（卞孝萱《劉禹錫詩何焯批語考訂》）

沈德潛曰：前狀插田唱歌，如聞其聲；後狀計吏問答，如繪其形。（《唐詩別裁》卷三）

賀裳曰：五古自是劉詩勝場。然其可喜處，多在新聲變調，尖警不含蓄者。……《插田歌》敘述田夫計吏問答，如：「田夫語計吏：君家儂定記，一來長安道，眼大不相覷。計吏笑致辭：長安真大處，省門高軻峨，儂入無度數；昨來補衛士，唯用筒竹布，君看二三年，我作官人去。」匪徒言動如生，言外感傷時事，使千載後人猶爲之欲哭欲泣。（《載酒園詩話又編》）

余成教曰：夢得《插田歌》云：「水平苗漠漠，煙火生墟落。黄犬往復還，赤鷄鳴且啄。」四句有畫意。（《石園詩話》卷一）

海陽十詠〔一〕并引

元次山始作海陽湖，〔二〕後之人或立亭榭，率無指名，及余而大備。每疏鑿構置，必揣稱以標之，人咸曰有旨。〔三〕異日，遷客裴侍御爲十詠以示余，頗明麗而不虚美，因捃拾裴詩所未道者，從而和之。〔四〕一云：「余爲《吏隱亭述》，言海陽之所從來詳矣。」「異日」下與此同。

吏隱亭〔五〕

結構得奇勢，朱門交碧潯。外來始一望，寫盡平生心。〔六〕日軒漾波影，月砌鏤松陰。幾度欲歸去，回眸情更深。

【校注】

〔一〕詩元和中在連州作。海陽：湖名，在連州。《方輿勝覽》卷三七「連州」：「海陽湖，在桂陽東北二里。唐大曆間，元結到此，創湖，通小舟游泛。」

〔二〕元次山：元結，字次山。劉禹錫《吏隱亭述》：「海陽之名，自元先生。先生元結，有銘其碣。元維假符，予維左遷。其間相距，五十餘年。」《新唐書·元結傳》謂結拜道州刺史，進授容管經略使，罷還京師，卒，未及其假攝連州事。道州與連州相鄰，元結當是廣德、永泰間爲道州刺史時曾兼攝連州刺史，舊史失載。

〔三〕疏鑿構置：疏水鑿山，構築亭榭。揣稱：揣摩以命名。有旨：（命名）旨意深遠。

〔四〕裴侍御：亦見後《送周魯儒赴舉》詩，名未詳，當是自侍御貶來連州者。其《海陽十韻》詩已佚。捃拾：拾取。

〔五〕吏隱：隱於下僚。杜甫《院中晚晴懷西郭茅舍》：「浣花溪裏花饒笑，肯信吾兼吏隱名。」吏隱亭在連州海陽湖畔，爲劉禹錫所建造。劉禹錫《吏隱亭述》：「元和十五（五字衍文）年，再牧於連州，作吏隱亭海陽湖壖。」

〔六〕寫：通瀉，宣泄。《詩·小雅·蓼蕭》：「既見君子，我心寫兮。」箋：「舒其情意，無留恨也。」

切雲亭〔一〕

迥破林煙出，俯窺石潭空。波摇杏梁日，〔二〕松韻碧窗風。〔三〕隔水生別島，帶橋如斷虹。九疑南面事，〔四〕盡入寸眸中。

【校注】

〔一〕切雲：高聳入雲。《楚辭·九章·涉江》：「帶長鋏之陸離兮，冠切雲之崔嵬。」

〔二〕杏梁：杏木製屋梁。司馬相如《長門賦》：「飾文杏以爲梁。」宋玉《神女賦》：「其始來也，耀乎若白日初出照屋梁。」

〔三〕松韻句：暗用陶弘景松風事，參見卷一《謝柳子厚寄疊石硯》注。

〔四〕九疑：山名，在連州西北道州境内，參見卷三《瀟湘神》注。

雲英潭〔一〕

芳幄覆雲屏，〔二〕石奩開碧鏡。〔三〕支流日飛灑，深處自凝瑩。〔四〕潛去不見跡，清音常滿聽。〔五〕有時病朝酲，〔六〕來此心神醒。

【校注】

〔一〕雲英：雲母別名。

〔二〕幄：帳幕，喻叢生濃密的樹木。雲屏：雲母屏風，指石屏。

〔三〕奩：梳妝匣。碧鏡：喻水潭。

〔四〕自凝：《叢刊》本、《全唐詩》作「自疑」，劉本作「身疑」。

〔五〕清音：左思《招隱詩》：「何必絲與竹，山水有清音。」

〔六〕朝酲：宿酒未醒。酲，病酒。《漢書·禮樂志》：「泰尊柘漿析朝酲。」

玄覽亭〔一〕

蕭灑青林際，寅緣碧潭隈。〔二〕淙流冒石下，輕波觸砌回。香風逼人度，幽花覆水開。故令無四壁，晴夜月光來。〔三〕

【校注】

〔一〕玄覽：《老子》：「滌除玄覽，能無疵乎？」河上公注：「心居玄冥之處，覽知萬事，故謂之玄覽也。」

〔二〕寅緣：同夤緣，曲折行走。劉本、《全唐詩》作「夤緣」。孟浩然《峴潭作》：「石潭傍隈隩，沙岸曉夤緣。」

〔三〕晴：劉本作「清」。

裴溪〔一〕　時御史已遇新恩。

楚客憶關中，〔二〕疏溪想汾水。〔三〕縈紆非一曲，意態如千里。倒影羅文動，微波笑顏起。君今賜環歸，〔四〕何人承玉趾？〔五〕

【校注】

〔一〕裴溪：溪蓋以遷客裴侍御之姓命名。

〔二〕楚客：禹錫自謂。關中：此指京師長安，在關中平原。

〔三〕疏溪：疑爲裴溪原名。汾水，在今山西境。《元和郡縣圖志》卷一二「絳州稷山縣」：「本漢聞喜縣地，屬河東郡……汾水在縣南五十里。」裴氏爲河東郡望族。

〔四〕賜環：謂奉詔歸朝。參見卷三《游桃源一百韻》注。

〔五〕承玉趾：承繼其足蹟。玉趾，對人腳步的敬稱。

飛練瀑〔一〕

晶晶擲巖端，〔二〕潔光如可把。〔三〕瓊枝曲不折，〔四〕雪片晴猶下。石堅激清響，葉動承餘灑。前時明月中，見是銀河瀉。〔五〕

【校注】

〔一〕練：白色熟絹。《水經注·廬江水》：「水導雙石之中，懸流飛瀑，……望之連天，若曳飛練於霄中矣。」

〔二〕晶晶：晶瑩閃光貌，此指瀑流。

〔三〕把：把玩。

〔四〕瓊枝：玉樹枝。句狀彎曲的瀑流。

〔五〕銀河：天河。李白《望廬山瀑布》：「飛流直下三千尺，疑是銀河落九天。」

蒙池

瀠渟幽壁下，〔一〕深净如無力。風起不成文，月來同一色。地靈草木瘦，〔二〕人遠煙霞逼。往往疑列仙，圍棋在巖側。

【校注】

〔一〕瀠渟：水聚積貌。

〔二〕瘦：劉本作「腴」。

棼絲瀑〔一〕

飛流透嵌隙，噴灑如絲棼。含暈迎初旭，翻光破夕曛。〔二〕餘波遶石去，碎響隔溪聞。卻望瓊沙際，〔三〕逶迤見脈分。〔四〕

【校注】

〔一〕棼：紛亂。《左傳·隱公四年》：「臣聞以德和民，不聞以亂。以亂，猶治絲而棼之也。」

〔二〕曛：落日餘光。

〔三〕瓊沙：晶瑩如玉的白沙。

〔四〕逶迤：曲折綿延貌。脈：水流。

雙溪

流水遶雙島，碧溪相並深。浮花擁曲處，遠影落中心。閑鷺久獨立，曝龜驚復沈。〔一〕蘋風有時起，〔二〕滿谷簫韶音。〔三〕

【校注】

〔一〕曝龜：浮出水面曝曬的烏龜。韓愈《南山》：「或覆若曝鱉，或頹若寢獸。」

〔二〕蘋風：即風。宋玉《風賦》：「夫風起於青蘋之末。」故稱。

〔三〕簫韶：相傳爲舜樂名，參見前《平齊行》注。

月窟〔一〕

濺濺漱幽石，注入團圓處。有如常滿杯，承彼清夜露。巖曲月斜照，林寒春晚煦。游人不敢觸，恐有蛟龍護。

【校注】

〔一〕月窟：西方月落處，見卷一《送工部張侍郎入蕃弔祭》注。此潭當因圓而幽深，且方位在西得名。

酬國子崔博士立之見寄〔一〕

健筆高科早絶倫，〔二〕後來無不揖芳塵。〔三〕遍看今日乘軒客，〔四〕多是昔年呈卷人。〔五〕胄子執經瞻講座，〔六〕郎官共食接華茵。〔七〕煩君遠寄相思曲，慰問天南一逐臣。〔八〕

【校注】

〔一〕詩元和十四年在連州作。國子：國子監，唐代掌管教育的機構，下設國子學等七學，國子學有博士五人，正五品上，見《新唐書·百官志三》。崔立之：崔斯立，字立之，博陵人。貞元四年劉太真放第六名進士，六年，登宏詞科，授秘書省校書郎。元和初，以言事見黜，轉西城縣丞。

十年，再轉藍田縣丞。見《韓昌黎集・藍田縣丞廳壁記》等詩文及舊注。其爲國子博士，當在元和末年。崔斯立原詩已佚。

〔二〕絶倫：超絶同輩。韓愈《贈崔立之評事》：「崔侯文章苦敏捷……朝爲百賦猶鬱怒，暮作千詩轉遒緊。」又《藍田縣丞廳壁記》：「博陵崔斯立，種學績文，以蓄其有，泓涵演迤，日以大肆。貞元初，挾其能戰藝于京師，再進，再屈于人。」《容齋續筆》卷一二：「再進，再屈于人」，「予按杭本韓文作『再屈千人』，蜀本作『再進屈千人』，《文苑》亦然，蓋他本誤以『千』字爲『于』也。」

〔三〕芳塵：猶清塵，代指尊者。參見卷一《許給事見示哭工部劉尚書因命同作》注。

〔四〕軒：一種曲轅有轓的車，爲卿大夫及諸侯夫人所乘。《左傳・閔公二年》：「衛懿公好鶴，鶴有乘軒者。」注：「軒，大夫車。」乘軒客，此指達官貴人。

〔五〕呈卷：即行卷。科舉考試前，舉子將己之詩文卷軸投獻於主司或其他名人，以求汲引，謂之行卷。

〔六〕胄子：古帝王與貴族的長子，此指高官子孫。《新唐書・百官志三》國子監國子學：「博士五人，正五品上，掌教三品以上及國公子孫、從二品以上曾孫爲生者。五分其經以爲業：《周禮》、《儀禮》、《禮記》、《毛詩》、《春秋左氏傳》各六十人，暇則習隷書、《國語》、《説文》、《字林》、《三倉》、《爾雅》，每歲通兩經。」

〔七〕郎官：尚書省郎中、員外郎的總稱。共食：謂退朝後共同進餐。《春明退朝録》卷中：「唐在京文武官職，事九品以上，朔望日朝，其文官五品以上及監察御史、員外郎、太常博士，每日朝參。……其弘文館、崇文館及國子監博士、學生，每季參……唐室承平時，常參官每日朝退賜食，謂之廊餐，自乾符亂離罷之。」

〔八〕逐臣：禹錫自謂。連州在嶺南，故自稱「天南一逐臣」。

送周魯儒赴舉〔一〕并引

晝居外次，晨門曰：「有九疑生持一刺來謁，立西階以須。」〔二〕生危冠方袂，淺拱舒拜，且前致詞稱贄，其文頗涉獵前言。〔三〕居五六日，復袖來，益引古事以相劘切。〔四〕與之言，能言其得姓因家之所自，暨縣道鄉亭之風俗，望山名水之概狀，羅含所未記，朱贛之未條，咸得之於生。〔五〕由是，始列於賓籍，臨觴而司斟，觀博而竄言，有日矣。〔六〕初，邑中人聞有生來而二千石客之，駢然來觀。〔七〕遷客裴御史遇生於坐，抵掌曰：「人固有貌類而族殊者。周生，疑羅玠也。」〔八〕衆咸驩然，〔九〕而熟視生，疑也愈甚。夫形似，古所有也。優孟似蔿敖，而楚君欲以爲相。〔一〇〕人殊而貌肖，猶或欲用之。玠生於衡山，而生生於九疑，其似誠匹也，無乃躡其武，昇俊造，仕甸服，佐君藩，爲御史乎？〔一一〕古文人無避事，即有而書之，尚實也。行李之旣，則徵夫詩曰：

宋日營陽内史孫，〔一二〕因家占得九疑村。童心便有愛書癖，手指今餘把筆痕。自握蛇珠辭白屋，〔一三〕欲憑鷄卜謁金門。〔一四〕若逢廣坐問羊酪，〔一五〕從此知名在一言。

【校注】

〔一〕詩元和中在連州作。周魯儒：道州延唐人。《湖南通志》卷二六七引《嘉慶通志》：「《道州新志》云：『周魯儒，延唐人，文宗時進士。』寧遠縣《曾志》載周魯儒於人物，云：『明月山人，大和間進士，歷官員外郎、知制誥，博學工文，通達治體。』」《輿地碑記目》卷二「道州碑記」：「唐《周魯儒碑》，在江華薦福寺，唐太（大）和六年立。」按：周魯儒既於大和中方舉進士，不得復於大和中仕至員外郎，疑《輿地碑記目》所記立碑年月有誤。

〔二〕外次：外舍。晨門：此指門吏。九疑生：指周魯儒。《太平寰宇記》卷一一六「道州寧遠縣」：「九疑山，在縣南六十里。」宋寧遠縣，唐延唐縣改。刺：名帖。須：等待。

〔三〕危冠：高冠。方袂：大袖。贄：初次見面時所獻禮物，此指投獻詩文。

〔四〕劘切：切磋琢磨。

〔五〕羅含：晉人，曾著《湘中山水記》，見卷一《韓十八侍御見示岳陽樓別竇司直詩（略）》注。朱贛：未詳，亦當是曾著書記九疑風物者。條：條列。

〔六〕觴：酒杯，代指飲宴。博：博弈，此指弈棋。竄言：插話。

〔七〕二千石：漢太守禄二千石，此借指刺史。駢然：排列比並貌，言其多。

〔八〕裴御史：當即《海陽十詠》中提及之裴侍御，名未詳。羅玠：按《唐摭言》卷三：「羅玠，貞元五年及第。關宴，曲江泛舟，舟沉，玠以溺死。」但據詩引，羅玠後曾「仕甸服，佐君藩，爲御史」，若是一人，則《唐摭言》溺死之説蓋傳聞之誤。

〔九〕囅然：笑貌。

〔一〇〕優孟：春秋時楚國伶人。蔿敖：即孫叔敖，春秋時楚令尹，見《左傳·宣公十二年》杜預注。蔿，劉本作「叔」。《史記·滑稽列傳》：優孟，故楚之樂人也，常以談笑諷諫。楚相孫叔敖死，其子窮困負薪，優孟「即爲孫叔敖衣冠，抵掌談語，歲餘，像孫叔敖，楚王及左右不能別也。莊王置酒，優孟前爲壽，莊王大驚，以爲孫叔敖復生也，欲以爲相」。

〔一一〕武：足蹟。俊造：學識造詣很深的人，此指入學校爲生徒，應科舉。曹操《修學令》：「其令郡國各修文學，縣滿五百户置校官，選其鄉之俊造者而教學之。」仕甸服：任京畿地方官吏。《國語·周語》：「先王之制，邦内甸服。」韋昭注：「邦内，謂天子畿内千里之地。」佐君藩：指被藩鎮辟爲幕僚。

〔一二〕宋日：《叢刊》本作「當日」。營陽：郡名，即唐之道州，見卷二《送李策秀才（略）》注。内史：州郡刺史，參見卷一《韓十八侍御見示岳陽樓别竇司直詩（略）》注。按：檢《湖南通志》卷一一〇職官：，自晉及陳，營陽内史無周姓者。

〔一三〕蛇珠：即隋侯珠，喻美好才能。《搜神記》卷二〇：「隋侯出行，見大蛇被傷中斷，疑其靈異，使人以藥封之，蛇乃能走，因號其處斷蛇丘。歲餘，蛇銜明珠以報之。珠盈徑寸，純白而夜有光明，如月之照，可以燭室，故謂之隋侯珠，亦曰靈蛇珠。」曹植《與楊德祖書》：「人人自謂握靈蛇之珠，家家自謂抱荆山之玉。」白屋：不施綵繪的房屋，平民所居。

〔四〕馮：通憑。鷄卜：古代占卜方法的一種。《史記·孝武本紀》：「乃令越巫立越祝祠……而以鷄卜。」正義：「鷄卜法，用鷄一狗一，生，祝願訖，即殺鷄狗煮熟，又祭，獨取鷄兩眼，骨上自有孔裂，似人物形則吉，不足則凶。今嶺南猶此法也。」金門：金馬門，代指朝廷。屢見前注。

〔五〕廣坐：大庭廣坐，賓客衆多的場合。羊酪：羊奶製成的奶酪。《世説新語·言語》：「陸機詣王武子，武子前置數斛羊酪，指以示陸曰：『卿江東何以敵此？』陸云：『有千里蓴羹，但未下鹽豉耳。』」機由是知名。

元日感懷〔一〕

振蟄春潛至，〔二〕湘南人未歸。身加一日長，心覺去年非。燎火委虛燼，〔三〕兒童銜綵衣。

異鄉無舊識，車馬到門稀。

【校注】

〔一〕詩云「湘南」，當元和中在連州作。元日：正月初一。

〔二〕蟄：蟄伏冬眠的昆蟲。《禮記·月令·孟春之月》：「東風解凍，蟄蟲始振。」注：「振，動也。」

〔三〕燎火：指除夜所燃火炬，今江南農村尚有除夕燃火以守歲的習俗。白居易《三年除夜》：「晰晰燎火光，氲氲臘酒香。」元稹《除夜》：「傷心小男女，撩亂火堆邊。」虚燼：燒餘的灰燼。

南中書來〔一〕

君書問風俗，此地接炎洲。〔二〕淫祀多青鬼，〔三〕居人少白頭。旅情偏在夜，鄉思豈唯秋！每羨朝宗水，〔四〕門前日夕流。

【校注】

〔一〕詩云「接炎洲」，當元和中在連州作。

〔二〕炎洲：傳説南海中洲名。《十洲記》：「炎洲在南海中，地方二千里。」

〔三〕淫祀：不合禮制的祭祀。《禮記·曲禮下》：「非其所祭而祭之，名曰淫祀。」青鬼：《野客叢書》卷二六：「老杜詩『家家養烏鬼』，説者不一。《嬾真子》以爲猪，蔡寬夫以爲烏野七神，《冷齋夜話》以爲烏蠻鬼，沈存中《筆談》、《緗素雜記》、《漁隱叢話》、陸農師《埤雅》以爲鸕鷀。四説不同，惟冷齋之説爲有據。觀《唐書·南蠻傳》，俗尚巫鬼，大部落有大鬼主，百家則置小鬼主，一姓白蠻，五姓烏蠻。所謂烏蠻，則婦人衣黑繒，白蠻，則婦人衣白繒……劉禹錫《南中》詩亦曰『淫祀多青鬼，居人少白頭』，又有所謂青鬼之説，蓋廣南川峽諸蠻之流風，故當時有青鬼、烏鬼等名。」

〔四〕朝宗：諸侯朝見天子。《書·禹貢》：「江、漢朝宗於海。」

觀棋歌送儇師西游〔一〕

長沙男子東林師，〔二〕閑讀藝經工弈棋。〔三〕有時凝思如入定，〔四〕暗覆一局誰能知？〔五〕今年訪余來小桂，〔六〕方袍袖中貯新勢。〔七〕山城無事愁日長，〔八〕白晝懵懵眠匡牀。〔九〕因君臨局看鬥智，不覺遲景沈西牆。自從仙人遇樵子，〔一〇〕直到開元王長史。〔一一〕前身後身付餘習，〔一二〕百變千化無窮已。初疑磊落曙天星，〔一三〕次見搏擊三秋兵。雁行布陣衆未曉，〔一四〕虎穴得子人皆驚。〔一五〕行盡三湘不逢敵，終日饒人損機格。〔一六〕自言臺閣有知音，〔一七〕悠然遠起西游心。商山夏木陰寂寂，〔一八〕好處裴回駐飛錫。〔一九〕忽思争道畫平沙，〔二〇〕獨笑無言心有適。藹藹京城在九天，〔二一〕貴游豪士足華筵。此時一行出人意，〔二二〕賭取聲名不要錢。

【校注】

〔一〕詩云「小桂」、「山城」，當元和中在連州作。儇師：據詩，爲長沙僧人，工弈棋，餘未詳。西游：西游長安。

〔二〕東林：廬山寺名，此泛指寺院。

〔三〕藝經：此指棋經。

〔四〕入定：僧人静坐，屏息凝神，入於心神專一的狀態。

〔五〕暗覆：將下過的棋局重新擺一遍以推究其得失稱覆局，暗覆則不用棋子，心中默記。《三國志·魏書·王粲傳》：「觀人圍棋，局壞，粲爲覆之。棋者不信，以帊蓋局，使更以他局爲之，用相比較，不誤一道。」

〔六〕小桂：小桂嶺，在連州，見前《送僧方及南謁柳員外》注。

〔七〕方袍：僧袍。新勢：新棋勢。

〔八〕山城：指連州。劉禹錫《連州刺史廳壁記》：「邑東之望曰順山，由順以降，無名而相歆者以萬數，迴環鬱繞，迭高争秀，西北朝拱於九疑。」愁：《叢刊》本、《文苑英華》、《全唐詩》作「秋」。

〔九〕懵懵：昏沉貌。匡牀：方正之牀。

〔一〇〕仙人：原作「山人」，據《文苑英華》改。世傳樵子入山見仙人弈棋事甚多，如《述異記》卷下載晉王質入山伐木見童子弈棋等。《釋常談》卷中引《遇真傳》：「昔有樵人入終南山采薪，見一石室中有二老人棋。樵人迷路，問棋者曰：『此是何處？』棋者不應。樵者拱立移時，候畢局，又問之。老人曰：『向來吾方手談，不暇對汝。』乃指樵人出路。」

〔一一〕開元王長史：王積薪。《新唐書·藝文志三》：「王積薪《金谷園九局圖》一卷，開元待詔。」孫遜《授王積薪慶王友制》：「朝散大夫、前行右領軍衛長史王積薪，博藝多能……」《集異記》卷一載：玄宗南狩，翰林善圍棋者王積薪從焉。寓宿於山中孤姥之家，但有婦姑。積薪棲於檐下，夜闌不寐，忽聞堂内姑謂婦曰：「良宵無以爲適，與子圍棋一賭可乎？」婦曰：「諾。」積薪私心奇之，乃附耳門扉。俄聞婦曰：「起，東五南九置子矣。」姑應曰：「東五南十二置子矣。」積薪一一密記。其下止三十六，忽聞姑曰：「子已敗矣，吾止勝九枰耳。」積薪遲明，具衣冠請問，孤姥顧謂婦曰：「是子可教以常勢耳。」婦乃指示攻守殺奪救應防拒之法，其意甚略，積薪即更求其説，孤姥笑曰：「止此已無敵於人間矣。」積薪虔謝而別。行數十步，再詣，則已失向之室閭矣。自是積薪之藝，絶無其倫。

〔一二〕前身後身：猶言屢世，參見卷一《答張侍御賈喜再登科後自洛赴上都贈别》注。餘習：此指弈棋，參見卷二《秋日過鴻舉法師寺院便送歸江陵》注。

〔一三〕磊落：多而錯雜貌。蔡洪《圍棋賦》：「翻翻馬合，落落星敷。」

〔一四〕雁行：謂落子排列有序。馬融《圍棋賦》：「離離馬首兮，連連雁行。」陳：通陣。

〔一五〕虎穴：喻險處。《後漢書·班超傳》：「不入虎穴，焉得虎子。」

〔一六〕饒：對弈時讓先或讓子。機格：規格。

〔一七〕臺閣：指中央官署。

〔一八〕商山：在今陝西商縣東南，自湖南泝漢水入長安經此。

〔一九〕裴回：同徘徊。

〔二〇〕道：棋盤上格子。争道，謂搶佔有利地位。《晉書·賈謐傳》：「共愍懷太子游處，無屈降心。

常與太子弈棋争道。成都王穎在坐，正色曰：『皇太子，國之儲君，賈謐何得無禮！』」晝平沙：謂於平坦沙地演繹棋勢。

〔二〕藹藹：盛貌。九天：天最高處。

〔三〕出人意：出人意料。

【集評】

葛立方曰：古今人賦棋詩多矣。「幾局賭山果，一先饒海僧」者，鄭谷之詩也。「雁行布陣衆未曉，虎穴得子人皆驚」者，劉夢得之詩也。「古人重到今人愛，萬局都無一局同」者，歐陽炯之詩也。觀諸人語意，皆無足取，獨愛荆公《贈葉致遠》之作，其略云：「或撞關以攻，或覰眼而擪。或羸形伺擊，或猛出追躡。垂成忽破壞，中斷俄連接。或外示閒暇，或事先和燮。或冒突超越，鼓行令震疊。或粗見形勢，驅除令遠蹀。或開拓疆境，欲并包總攝。或慚如告亡，或喜如獻捷。諱輸寧斷頭，悔誤乃披頰。」可謂曲盡圍棋之態。（《韻語陽秋》卷一七）

胡仔曰：夢得觀棋歌云：「初疑磊落曙天星，次見搏擊三秋兵。雁行布陣衆未曉，虎穴得子人皆驚。」予嘗愛此數語能模寫弈棋之趣，夢得必高於手談也。至東坡《觀棋》，則云：「勝固欣然，敗亦可喜，優哉游哉，聊復爾耳。」蓋東坡不解棋，不究此味也。（《苕溪漁隱叢話》後集卷一二）

袁文曰：棋，至難事也，而詠棋爲尤難。嘗觀杜牧之詩云：「羸形暗去春泉長，猛勢横來野火燒。」劉夢得詩云：「雁行布陣衆未曉，虎穴得子人皆驚。」黄太史詩曰：「心似蛛絲游碧落，身如蜩甲化枯枝。」觀此三詩，皆道盡棋中妙處，殆不容優劣矣。至王荆公、蘇東坡則不然。荆公之詩云：「戰罷兩奩收黑白，一枰何處有虧盈。」東坡之詩云：「勝固欣然，敗亦可喜，優哉游哉，聊復爾爾。」二詩理趣尤奇，其見又高於前三公也。（《甕牖閑評》卷六）

賀裳曰：夢得最長於刻劃……觀棋歌：「初疑磊落曙天星，次見搏擊三秋兵。雁行布陣衆未曉，虎穴得子人皆驚。」儼然兩人對弈於旁也。（《載酒園詩話又編》）

何焯曰：「商山四句」頓挫，即是結句「出人意」三字之根也。（卞孝萱《劉禹錫詩何焯批語考訂》）

贈別約師〔一〕并引

荆州人文約，市井生而雲鶴性，故去葷爲浮圖，生瘖而證入與！〔二〕南抵六祖始生之墟，〔三〕得遺教甚悉。今年訪余于連州，且曰：「貧道昔浮湘川，會柳儀曹謫零陵，宅于佛寺，幸聯棟而居者有年。〔四〕繇是，時人大士，得落耳界。〔五〕夫聞爲見因，今日之來，曩時之因耳。」時儀曹牧柳州，與八句贈別。

師逢吳興守，〔六〕相伴住禪扃。春雨同栽樹，秋燈對講經。廬山曾結社，〔七〕桂水遠揚舲。〔八〕話舊還惆悵，天南望柳星。〔九〕

【校注】

〔一〕詩云柳宗元「時牧柳州」，當元和中在連州作。約師：文約，《文苑英華》作「約法師」。

〔二〕荊州：州治在今湖北江陵市。市井：買賣交易的場所。雲鶴性：性格恬淡，不喜拘束，不慕榮利，如閑雲野鶴。爲浮圖：爲僧。浮圖，梵語 Buddha 的音譯，即佛。寤：通悟，穎悟。與：同歟。

〔三〕六祖：指禪宗南宗六祖慧能，新州新興縣（今屬廣東）人。《壇經·悟法傳衣門》：「惠能嚴父，本貫范陽，左降流於嶺南，作新州百姓。」

〔四〕柳儀曹：柳宗元，參見卷一《闕下口號呈柳儀曹》注。零陵：郡名，即永州。佛寺：指龍興寺。柳宗元《永州龍興寺西軒記》：「永貞年，余名在黨人，不容於尚書省，出爲邵州，道貶永州司馬。至則無以爲居，居龍興寺西序之下。」

〔五〕耳界：聽力所及的範圍。

〔六〕吴興守：用柳惲事，指柳宗元，參見前《送僧方及南謁柳員外》注。

〔七〕結社：用東晉廬山僧慧遠與劉程之等結白蓮社事，參見卷一《廣宣上人寄在蜀與韋令公唱和詩卷（略）》注。

〔八〕桂水：即瀧江。舲：有窗户的小船。

〔九〕柳星：南宫七宿之一，此代指柳州。

重至衡陽傷柳儀曹〔一〕并引

元和乙未歲，與故人柳子厚臨湘水爲别，柳浮舟適柳州，余登陸赴連州。〔二〕後五年，余從故道出桂嶺，至前别處，而君没於南中，因賦詩以投弔。

憶昨與故人，湘江岸頭别。我馬映林嘶，君帆轉山滅。馬嘶循故道，帆滅如流電。〔三〕千里江蘺春，〔四〕故人今不見。

【校注】

〔一〕詩元和十五年春丁母憂北返途次衡陽作。柳儀曹：柳宗元，元和十四年十一月十八日卒，但劉禹錫於十五年春在衡陽時方獲訃書，參見卷十五《爲鄂州李大夫祭柳員外文》及注。

〔二〕乙未歲：元和十年，時劉、柳同道南來，參見前《再授連州至衡陽酬柳柳州贈别》等詩注。

〔三〕帆滅：敘别時實景，雙關柳宗元之死。

〔四〕江蘺：一種香草。《楚辭·離騷》：「扈江蘺與薜芷兮，紉秋蘭以爲佩。」《楚辭·招魂》：「目極千里兮傷春心。」

【集評】

何焯曰：何必沈、謝！（卞孝萱《劉禹錫詩何焯批語考訂》）

劉禹錫全集編年校注卷五　詩　長慶

鄂渚留别李二十六表臣大夫〔一〕

高檣起行色，〔二〕促柱動離聲。〔三〕欲問江深淺，應如遠别情。

【校注】

〔一〕詩長慶元年冬自洛陽赴夔州刺史任，途經鄂州作。鄂渚：相傳在今湖北武漢市附近長江中。《楚辭·九章·涉江》：「乘鄂渚而反顧兮。」洪興祖補注：「楚子熊渠，封中子紅於鄂，鄂州，武昌縣地是也。隋以鄂渚爲名。」《元和郡縣圖志》卷二七「鄂州武昌縣」：「舊名鄂，本楚熊渠封中子紅於此稱王，至今武昌人事鄂王神是也。」表臣：李程，字表臣。貞元十二年進士，登宏詞科，累辟使府。二十年，入爲監察御史。其年秋，召充翰林學士。元和十三年四月，拜禮部侍郎。六月，出爲鄂州刺史、鄂岳觀察使。見兩《唐書》本傳。大夫：御史大夫，李程在鄂岳任上所帶憲銜。李程行二十六，劉本、《叢刊》本、《全唐詩》作「二十一」，誤，參見岑仲勉《唐人行第録》。長慶元年末，劉禹錫免喪起復任夔州刺史，二年正月到任，見其《夔州謝上表》。此詩及後數詩均赴夔州道中作。

〔二〕檣：桅杆，原作「牆」，據劉本、《叢刊》本、《全唐詩》改。

〔三〕促柱：急絃。左思《蜀都賦》：「巴姬彈絃，漢女擊節。起西音於促柱，歌江上之飉厲。」

【集評】

謝榛曰：詩有簡而妙者……亦有簡而弗佳者……劉禹錫「欲問江深淺，應如遠別情」，不如太白「請君試問東流水，别意與之誰短長」。（《四溟詩話》卷二）

唐汝詢曰：檣樹則行將發，柱促則聲將離，其音悲也。李時浮江而逝，故以别情擬之，亦「桃花流水」之餘波也。（《唐詩解》卷二三）

答表臣贈别二首〔一〕

昔爲瑶池侣，〔二〕飛舞集蓬萊。〔三〕今作江漢别，〔四〕風雪一裴回。〔五〕

【校注】

〔一〕此及後六詩均長慶元年冬途經鄂州與李程唱答之作。表臣：李程字，見前詩。李程原詩已佚。

〔二〕瑶池：神話中神仙所居。《穆天子傳》卷三：「天子觴西王母於瑶池之上。」瑶池侣，猶仙侣，指同在朝爲官者。

〔三〕蓬萊：傳説中東海中三仙山之一，此雙關唐代長安的大明宫，曾名蓬萊宫，爲朝會之所。《新唐書・地理志一》：「大明宮在禁苑東南……龍朔二年，始大興葺，曰蓬萊宮。」貞元二十年，劉禹錫與李程曾同在朝爲監察御史。柳宗元《祭李中丞文》：「維貞元二十年……故吏……文林郎、守監察御史劉禹錫……承務郎、監察御史李程等……」

〔四〕江漢：長江與漢水，交匯於鄂州。蘇武《别李陵詩》：「俯觀江漢流，仰視浮雲翔。」

〔五〕裴回：同徘徊。

二

嘶馬立未還，行舟路將轉。江頭暝色深，揮袖依稀見。

始發鄂渚寄表臣二首

祖帳管絃絶，〔一〕客帆淒風生。回車已不見，猶聽馬嘶聲。

【校注】

〔一〕祖帳：餞行所設帳幕。祖，古代祭名。《左傳・昭公七年》：「公將往，夢襄公祖。」注：「祖，祭道神。」

二

曉發柳林戍，〔一〕遥城聞五鼓。〔二〕憶與故人眠，此時猶晤語。

【校注】

〔一〕柳林戍：當是武昌長江邊戍名，其地不詳。

〔二〕五鼓：五更，此指第五更，即夜漏將盡，天將曉時。

出鄂州界懷表臣二首

離席一揮杯，别愁今尚醉。遲遲有情處，卻恨江帆駛。

二

夢覺疑連榻，舟行忽千里。不見黄鶴樓，〔一〕寒沙雪相似。

【校注】

〔一〕黄鶴樓：在今湖北武漢市武昌區。《元和郡縣圖志》卷二七「鄂州」：「州城本夏口城……城西臨大江，西南角因磯爲樓，名黄鶴樓。」《太平寰宇記》卷一一二「鄂州江夏縣」：「黄鶴樓，在縣西二百八十步。昔費禕登仙，每乘黄鶴於此憩駕，故號爲黄鶴樓。」

重寄表臣二首

對酒臨流奈别何，君今已醉我蹉跎。〔一〕分明記取星星鬢，〔二〕它日相逢應更多。

【校注】

〔一〕醉：《全唐詩》校「一作貴」。蹉跎：失足跌倒，喻挫折失意。

〔二〕星星：狀白髮。謝靈運《游南亭》：「戚戚感物嘆，星星白髮垂。」

二

世間人事有何窮？過後思量盡是空。早晚同歸洛陽陌，卜鄰須近祝鷄翁。〔一〕

【校注】

〔一〕卜鄰：選擇好的鄰居。《左傳·昭公三年》：「諺曰：『非宅是卜，唯鄰是卜。』二三子先卜鄰矣。」注：「卜良鄰。」祝鷄翁：傳説中仙人。《列仙傳》卷上：「祝鷄翁者，洛人也。居尸鄉北山下，養鷄百餘年。鷄有千餘頭，皆立名字，暮棲樹上，晝放散之。欲引，呼名，即依呼而至。」

【集評】

何焯曰：「分明記取」從「已醉」生，下「貴」字，便無味。只怕「已醉」便不復記省也。（卞孝萱《劉禹錫詩何焯批語考訂》）

始至雲安寄兵部韓侍郎中書白舍人二公近曾遠守故有屬焉〔一〕

天外巴子國，〔二〕山頭白帝城。〔三〕波清蜀柝盡，〔四〕雲散楚臺傾。〔五〕迅瀨下哮吼，〔六〕兩岸勢争衡。〔七〕陰風鬼神過，暴雨蛟龍生。硤斷見孤邑，〔八〕江流照飛甍。〔九〕蠻軍擊嚴鼓，〔一〇〕筰馬引雙旌。〔一一〕望闕遥拜舞，〔一二〕分庭備將迎。〔一三〕銅符一以合，〔一四〕文墨紛來縈。〔一五〕暮色四山起，愁猿數處聲。重關群吏散，静室寒燈明。故人青霞意，〔一六〕飛舞集蓬瀛。〔一七〕昔曾在池籞，〔一八〕應知魚鳥情。〔一九〕

【校注】

〔一〕詩長慶二年正月在夔州作。雲安：郡名，即夔州，州治在今重慶市奉節縣。《新唐書·地理志四》：「夔州雲安郡。」劉禹錫於長慶二年正月五日到夔州任，見其《夔州謝上表》。韓侍郎：韓愈。《新唐書·百官志一》尚書省兵部：「侍郎二人，正四品下，掌武選、地圖、車馬、甲械之政。」元和十四年，韓愈上疏諫迎佛骨，貶潮州刺史，量移袁州刺史。十五年，徵爲國子祭酒，轉兵部侍郎，見《舊唐書》本傳。白舍人：白居易。元和十年，盜殺武元衡，居易上疏，急請捕賊以雪國恥，貶江州司馬。十三年冬，量移忠州刺史。召還京師，拜司門員外郎，轉主客郎中知制誥。長慶元年，轉中書舍人，見《舊唐書》本傳。

〔二〕巴子國：春秋時巴國，封子爵。劉禹錫《夔州刺史廳壁記》：「夔在春秋爲子國，楚並爲楚九縣之一。」

〔三〕白帝城：即今奉節縣治。劉禹錫《夔州刺史廳壁記》：「初城於瀼西，後周大總管龍門公拓王述登白帝，嘆曰：『此奇勢可居。』遂移府於今治所。」《太平寰宇記》卷一四八「夔州奉節縣」：

「白帝城，盛弘之《荆州記》云：『巴東郡峽上北岸，有一山孤峙甚峭，巴東郡據以爲城。』」

〔四〕柹：同柿，木片；原作「棟」，據《叢刊》本改。《晉書·王濬傳》：「武帝謀伐吴，詔濬修舟艦。……濬造船於蜀，其木柹蔽江而下。」蘇味道《九江口南濟北接蘄春南與潯陽岸》：「風摇蜀柹下，日照楚萍開。」

〔五〕雲散：用楚襄王夢神女事。楚臺：指陽雲臺。參見卷四《松滋渡望硤中》注。

〔六〕瀨：石上急流。

〔七〕争衡：争强鬥勝，競比高。

〔八〕硤：通峽，指瞿塘峽。《太平寰宇記》卷一四八「夔州」：「瞿塘峽，在州東一里，古西陵峽也。連崖千丈，奔流電激，舟人爲之恐懼。」

〔九〕甍：屋脊。鮑照《詠史詩》：「京城十二衢，飛甍各鱗次。」

〔一〇〕嚴鼓：指軍中之鼓。《三國志·吴志·朱然傳》：「雖世無事，每朝夕嚴鼓，兵在營者，咸行裝就隊。」

〔一一〕筰：古部族名，分布於今四川漢源一帶。《史記·西南夷列傳》：「自巂以東北，君長以什數，徙、筰都最大。」索隱引服虔曰：「徙、筰，二國名。」雙旌：唐刺史出行以兩面旗幡作爲前導。白居易《入峽次巴東》：「兩片紅旌數聲鼓，使君艛艓上巴東。」

〔一二〕拜舞：向闕遥拜謝恩。

〔一三〕分庭：分賓主於庭。將迎：送迎。

〔一四〕銅符：銅魚符，刺史的信物。《漢書·文帝紀》：「九月，初與郡守爲銅虎符、竹使符。」應劭曰：「國家當發兵遣使者，至郡合符，符合乃聽受之。」師古曰：「與郡守爲符者，謂各分其半，右留京師，左以與之。」唐代刺史符信作魚形，謂銅魚符。

〔一五〕文墨：文書案牘等公務。縈：纏繞。

〔一六〕青霞：猶青雲，謂韓、白二人仕宦顯達。

〔一七〕集：原作「焦」，據劉本、《叢刊》本、《全唐詩》改。蓬瀛：蓬萊、瀛洲，東海中二仙山，此代指朝廷。

〔一八〕籞：養鳥的藩落。在池籞，喻被拘囚，指韓、白二人貶遠州事。《漢書·宣帝紀》載地節三年詔：「池籞未御幸者，假與貧民。」蘇林曰：「折竹以繩綿連禁禦，使人不得往來，律名爲籞。」臣瓚曰：「籞者，所以養鳥也。設爲藩落，周覆其上，令鳥不得出。猶……池之畜魚也。」

〔一九〕魚鳥情：指被拘囚之感。潘岳《秋興賦序》：「攝官承乏，猥廁朝列……譬猶池魚籠鳥，有江湖山藪之思。」

傷愚溪三首〔一〕并引

故人柳子厚之謫永州，得勝地，結茅樹蔬，爲沼沚，爲臺榭，目曰愚溪。〔二〕柳子没三年，有僧游零陵，〔三〕告余曰：「愚溪無復曩時矣！」一聞僧言，悲不能自勝，遂以所聞爲七言以寄恨。

溪水悠悠春自來，草堂無主燕飛回。隔簾唯見中庭草，一樹山榴依舊開。〔四〕

【校注】

〔一〕柳宗元元和十四年卒，詩云「柳子没三年」，當長慶二年在夔州作。愚溪：水名，在今湖南省零陵市西南。柳宗元《愚溪詩序》：「灌水之陽有溪焉，東流入於瀟水。或曰，冉氏嘗居也，故姓是溪爲冉溪。或曰，可以染也，……故謂之染溪。余以愚觸罪，謫瀟水上，愛是溪，入二三里，得其尤絶者家焉。古有愚公谷，今予家是溪……故更之爲愚溪。」

〔二〕結茅：構築茅舍。柳宗元《愚溪詩序》：「愚溪之上，買小丘，爲愚丘。自愚丘東北行六十步，得泉焉，又買居之，爲愚泉。愚泉凡六穴……合流屈曲而南，爲愚溝。遂負土累石，塞其隘，爲愚池。愚池之東爲愚堂，其南爲愚亭，池之中爲愚島，嘉木異石錯置。」

〔三〕零陵：郡名，即永州。《新唐書·地理志五》：「永州零陵郡。」

〔四〕山榴：柳宗元所自植。柳宗元有《新植海石榴》、《始見白髮題所植海石榴樹》詩。

二

草聖數行留壞壁，〔一〕木奴千樹屬鄰家。〔二〕唯見里門通德榜，〔三〕殘陽寂寞出樵車。

【校注】

〔一〕草聖：草書極精妙者，此指柳宗元手書墨跡。宗元精擅章草，見卷四《酬柳柳州家鷄之贈》注。

〔二〕木奴：橘樹，參見卷一《韓十八侍御見示岳陽樓别竇司直詩（略）》注。柳宗元《柳州城西北隅種甘樹》：「手種黄甘二百株，春來新葉遍城隅。方同楚客憐皇樹，不學荆州利木奴。」在永州可能也種了柑橘樹。

〔三〕榜：匾額。《後漢書·鄭玄傳》：「國相孔融深敬於玄，屣履造門。告高密縣爲玄特立一鄉，曰：『……今鄭君鄉宜曰鄭公鄉。昔東海于公僅有一節，猶或戒鄉人侈其門閭，矧乃鄭公之德，而無駟牡之路？可廣開門衢，令容高車，號爲通德門。』」

三

柳門竹巷依依在，〔一〕野草青苔日日多。縱有鄰人解吹笛，山陽舊侶更誰過？〔二〕

【校注】

〔一〕竹巷：柳宗元在永州曾作《茅檐下始栽竹》詩。依依：輕柔貌。《詩·小雅·采薇》：「昔我往矣，楊柳依依。」

〔二〕山陽：漢縣名，在今河南省焦作市東。據《晉書·向秀傳》記載，向秀與嵇康、吕安爲友，嵇康善鍛，秀爲之佐，又共吕安灌園於山陽。後吕安、嵇康因事被誅，秀應計入洛，經山陽，作《思舊賦》，其序云：「余與嵇康、吕安居止接近，其人並有不羈之才……其後並以事見法。……逝將西邁，經其舊廬。於時日薄虞泉，寒冰淒然。鄰人有吹笛者，發聲寥亮。追想曩昔游宴之好，感音而嘆，故作賦曰……」

【集評】

范温曰：子厚詩尤深遠難識。……《哭吕衡州》詩足以發明吕温之俊偉；《哭凌員外》詩，書盡凌準平生；《掩役夫張進骸》，既盡役夫之事，又反覆自明其意，此一篇（按謂柳宗元《晨詣超師院讀禪經》）筆力規模，不減莊周、左丘明也。劉夢得《傷愚溪三首》，有「溪水悠悠春自來，草堂無主燕飛回」，又「殘陽寂寞出樵車」，又「柳門竹巷依依在，野草青苔日日多」，謂之佳句，正如今之海語，於子厚了無益，殆《折楊》、《皇荂》之雄，易售於流俗耳。（《苕溪漁隱叢話》前集卷一九引《詩眼》）

吴子良曰：詞人即事睹景，懷古思舊，感慨悲吟，情不能已。今舉其最工者，如……劉禹錫《愚溪詩》：「溪水悠悠春自來……」又：「草聖數行留壞壁……」……蓋人已逝而跡猶存，跡雖存而景隨變。古今詞云，語言百出，究其意趣，大概不越諸此。而近世仿傚尤多，遂成塵腐，不足貴矣。（《吴氏詩話》卷下）

賀裳曰：大抵宋人評劉詩多可笑者。如《傷愚溪》詩「溪水悠悠春自來……」，「草聖數行留壞壁……」，摹寫荒涼之概，真覺言與泗俱。《詩眼》乃譏其「於子厚了無益，殆《折楊》、《皇華（荂）》之雄，易售於流俗」。此詩自因僧言零陵來，言愚溪無曩時之觀，而述所聞以寄恨耳。非頌非誄，非誌非狀，將必欲盛揚子厚之美而後爲有益乎！（《載酒園詩話》卷一）

寄朗州温右史曹長〔一〕

暫別瑶墀鴛鷺行，〔二〕綵旗雙引到沅湘。〔三〕城邊流水桃花過，〔四〕簾外春風杜若香。〔五〕史筆枉將書紙尾，〔六〕朝纓不稱濯滄浪。〔七〕雲臺功業家聲在，〔八〕徵詔何時出建章？〔九〕

【校注】

〔一〕詩長慶二年在夔州作。朗州：州治在今湖南省常德市。右史：起居舍人。《通典》卷二一：貞觀二年，於門下省置起居郎二人，顯慶中復於中書省置起居舍人，「龍朔三年，改爲左右史，郎爲左史，舍人爲右史」。温右史：温造。造字簡輿，河内人。長慶元年，授京兆府司録參軍，拜起居舍人，「俄而坐與諫議大夫李景儉史館飲酒，景儉醉謁丞相，出造爲朗州刺史。在任開後鄉渠九十七里，溉田二千頃，郡人獲利，乃名爲右史渠」。事見《舊唐書》本傳。同書《穆宗紀》：長慶元年十二月戊寅，「貶員外郎獨孤朗韶州刺史，起居舍人温造朗州刺史，司勛員外郎李肇澧州刺史，刑部員外郎王鎰郢州刺史，坐與李景儉於史館同飲，景儉乘醉見宰相謾駡故也」。曹長：《唐國史補》卷下：「尚書丞郎、郎中相呼爲曹長。」

〔二〕瑶墀：玉階，指朝廷。鴛鷺行：朝官班行，參見卷二《朗州竇員外見示（略）》注。

〔三〕綵旗雙引：刺史出行儀仗以雙旌爲前導，見前《始至雲安（略）》注。沅湘：湘水與沅水合，稱沅湘。參見卷一《送王師魯協律赴湖南使幕》注。

〔四〕桃花：暗用武陵桃花源事，參見卷一《桃源行》注。

〔五〕杜若：香草名。《楚辭·九歌·湘君》：「採芳洲兮杜若。」庾信《詠畫屏風》：「流水桃花色，春洲杜若香。」

〔六〕史筆：指温造曾爲起居舍人事。《新唐書·百官志二》中書省：「起居舍人二人，從六品上，掌修記言之史，録制誥德音，如記事之制，季終以授國史。」書紙尾：謂在公文末尾與他人聯名署字，指不被重用，不能獨當一面。《南史·蔡廓傳》：「徵爲吏部尚書。廓因北地傅隆問（傳）亮：『選事若悉以見付，不論；不然，不能拜也。』亮以語録尚書徐羨之，羨之曰：『黄門郎以下悉以委蔡，吾徒不復厝懷。自此以上，故宜共參同異。』廓曰：『我不能爲徐干木署紙尾。』遂不拜。干木，羨之小字也。選案黄紙，録尚書與吏部尚書連名，故廓言『署紙尾』也。」

〔七〕滄浪：朗州水名，參見卷二《覽董評事思歸之什因以詩贈》注。

〔八〕雲臺：東漢洛陽宫中臺名。《後漢書·馬武傳》論曰：「中興二十八將……咸能感會風雲，奮其智勇，稱爲佐命，亦各志能之士也。……永平中，顯宗追感前世功臣，乃圖畫二十八將於南宫雲臺。」二十八將均佐漢光武帝劉秀開國功臣，以鄧禹爲首。温造先人温大雅，及大雅弟彦博、大有，均唐初開國功臣。《舊唐書·温造傳》：「德宗愛其才，召至京師，謂之曰：『卿誰家子？年復幾何？』造對曰：『臣五代祖大雅，外五代祖李勣，臣犬馬之年三十有二。』」同書《温大雅傳》：「高祖鎮太原，甚禮之。義兵起，引爲大將軍府記室參軍，專掌文翰。……武德元年，歷遷黃門侍郎，弟彦博爲中書侍郎，對居近密，議者榮之。高祖從容謂曰：『我起義晉陽，爲卿一門耳。』」

〔九〕建章：西漢長安宮名，此借指朝廷。

寄唐州楊八歸厚〔一〕

淮安古地擁州師，〔二〕畫角金鐃旦夕吹。〔三〕淺草遥迎鷫鸘馬，〔四〕春風亂颭辟邪旗。〔五〕謫仙年月今應滿，〔六〕戇諫聲名衆所知。〔七〕何況遷喬舊同伴，〔八〕一雙先入鳳凰池。〔九〕時徐晦、楊嗣復二舍人，與唐州同年及第。

【校注】

〔一〕此詩及後二詩長慶二年春在夔州作。唐州：州治在今河南省泌陽縣。楊歸厚：見卷二《寄楊八拾遺》注。楊歸厚時自萬州刺史遷唐州刺史。白居易《唐州刺史韋彪授王府長史楊歸厚授唐州刺史劉旻授雅州刺史制》：「以歸厚文行器能，辱在巴峽，勵精爲理，績茂課高。區區萬州，豈盡所用？且移大郡，稍展其才。」制爲長慶元年白居易在中書時所行。

〔二〕淮安：郡名，即唐州。《通典》卷一七七「唐州」：「後魏置東荆州，西魏改爲淮州，爲重鎮。隋改爲顯州，煬帝改爲淮安郡。大唐爲唐州，或爲淮安郡。」

〔三〕角、鐃：均軍中樂器。畫角，角上繪有花紋者。鐃，一種敲擊樂器。《周禮·地官·鼓人》：

「以金鐃止鼓。」注：「鐃，如鈴，無舌，有秉，執而鳴之。」唐州爲軍事要衝，時多戰事，故云，參見後詩。

〔四〕鷫鸘馬：即肅霜馬，純白色良馬。《左傳·定公三年》：「唐成公如楚，有兩肅爽馬，子常欲之。」疏：「爽或作霜。賈逵云，色如霜紈。」

〔五〕颭：吹動。辟邪旗：軍中繪有辟邪的旗幟。辟邪，傳説中神獸，似獅而有翼。《隋書·禮儀志三》：大業七年征遼東……「建辟邪旗」。

〔六〕謫仙：指楊歸厚，元和七年因直諫被貶謫，事見卷二《寄楊八拾遺》注。

〔七〕戇：愚直。《史記·汲鄭列傳》：「好直諫，數犯主之顏色。……天子方招文學儒者，上曰吾欲云云，黯對曰：『陛下内多慾而外施仁義，奈何欲效唐虞之治乎！』上默然，怒，變色而罷朝。……謂左右曰：『甚矣，汲黯之戇也！』」

〔八〕遷喬：指進士及第。《詩·小雅·伐木》：「伐木丁丁，鳥鳴嚶嚶。出自幽谷，遷于喬木。」《尚書故實》：「今謂進士登第爲『遷鶯』久矣，蓋自《毛詩·伐木》篇，詩並無『鶯』字。頃歲試《早鶯求友》詩，又《鶯出谷》詩，別書固無證據，豈非誤歟？」

〔九〕鳳凰池：指中書省，參見卷一《奉和中書崔舍人八月十五日夜玩月二十韻》注。《舊唐書·徐晦傳》：「進士擢第。……入拜中書舍人。寶曆元年，出爲福建觀察使。」《登科記考》卷一五據《永樂大典》引《莆陽志》：「貞元十八年，徐晦狀元。」《舊唐書·楊嗣復傳》：「年二十，進士擢第。……長慶元年十月，以庫部郎中知制誥，正拜中書舍人。」楊嗣復大中二年卒，年六十六，貞元十八年正二十歲，與楊歸厚、徐晦爲同年進士。《登科記考》貞元十八年漏列楊歸厚之名，又誤列楊嗣復爲永貞元年進士。

重寄絶句〔一〕

淮西既是平安地，〔二〕鴉路今無羽檄飛。〔三〕聞道唐州最清静，戰場耕盡野花稀。〔四〕

【校注】

〔一〕詩爲重寄楊歸厚之作。參見前詩。

〔二〕淮西：唐方鎮名，治蔡州。參見卷四《平蔡州》注。唐州與淮西鄰接。

〔三〕鴉路：自唐州經汝州至洛陽的道路。《元和郡縣圖志》卷六「汝州龍興縣」：「縣城本通鴉城……後魏太和二十三年，孝文帝親征馬圈，行至此城，昏霧，得三鴉引路，遂過南山，故號通鴉城。」鴉路當即在其地。孟郊有《鴉路溪行呈陸中丞》詩。羽檄：緊急軍事文書，上插鳥羽，以示急速。安史亂後，淮西屢經戰亂。建中三年（七八二），淮寧節度使李希烈自稱王，詔諸道兵討之。貞元二年（七八六），李希烈大將陳仙奇殺李希烈來降，旋又爲淮西兵馬使吴少誠所殺。十五年（七九九），「吴少誠遣兵襲唐州，殺監軍邵國朝、鎮遏使張嘉瑜，掠百姓千餘人而去」。此後，戰事頻仍，直至元和十四年淮西平定前，唐州一直是征討淮西的前綫。

〔四〕戰場耕盡：劉禹錫《祭虢州楊庶子文》稱楊歸厚「五剖竹符，皆有聲績」，「比陽布和，戰地盡辟」。比陽，即唐州。

春日寄楊八唐州二首〔一〕

淮西春草長，淮水逶迤光。燕入新村落，人耕舊戰場。可憐行春守，〔二〕立馬看斜桑。

【校注】

〔一〕楊八唐州：楊歸厚，參見前二詩。

〔二〕行春：刺史春日巡視屬縣。參見卷一《途次敷水驛（略）》注。

二

漠漠淮上春，莠苗生故壘。〔一〕梨花方城路，〔二〕荻筍蕭陂水。〔三〕高齋有謫仙，〔四〕坐嘯清風起。〔五〕

【校注】

〔一〕莠：惡草。

〔二〕方城：唐州屬縣名，今屬河南省。《元和郡縣圖志》卷二一「唐州方城縣」：「本漢堵陽地也。……隋改置方城縣，取方城山爲名也。」

〔三〕荻笋：蘆葦嫩芽，其狀如笋。蕭陂：地名，在唐州。朝廷討吴元濟時，唐鄧隨節度使高霞寓曾「率兵趣蕭陂，與賊決戰」，見《舊唐書·高霞寓傳》。

〔四〕高齋：指郡齋。謝朓有《郡内高齋閒坐答吕法曹》詩。謫仙：指楊歸厚。

〔五〕坐嘯：坐而長嘯，爲悠閒自得貌。《文選》謝朓《在郡卧病呈沈尚書》：「坐嘯徒可積，爲邦歲已期。」李善注引張璠《漢記》：「南陽太守弘農成瑨，任功曹岑晊，時人爲之語曰：『南陽太守岑公孝，弘農成瑨但坐嘯。』」楊歸厚亦爲弘農人，見卷十七《管城新驛記》。

和東川王相公新漲驛池八韻〔一〕

今日池塘上，初移造物權。〔二〕苞藏成别島，沿濁致清漣。〔三〕變化生言下，蓬瀛落眼前。〔四〕泛觴鷩翠羽，開幕對紅蓮。〔五〕遠寫風光入，明含氣象全。渚煙籠驛樹，波日漾賓筵。曲岸留緹騎，〔六〕中流轉綵船。無因接元禮，共載比神仙。〔七〕

【校注】

〔一〕詩長慶二年夏在夔州作。東川：劍南東川，唐方鎮名，治所在梓州，今四川省三臺縣。《新唐書·方鎮表四》：至德二載，更劍南節度號西川節度，「以梓、遂、綿、劍、龍、閬、普、陵、瀘、榮、資、簡十二州隸東川節度」。王相公：王涯。《舊唐書》本傳：「（元和）十一年十二月，加中書侍郎、同平章事。十三年八月罷相，守兵部侍郎，尋遷吏部。穆宗即位，以檢校禮部尚書、梓州刺史、劍南東川節度使。……長慶三年，入爲御史大夫。」詩云「無因接元禮」，知禹錫未至東川，詩乃遥和之作。王涯原詩佚。

〔二〕造物權：造就化育萬物之權，此指改造驛池，雙關王涯之宰相身份。

〔三〕苞藏：隱藏。清漣：清澈有微波的水。《文選》陸機《文賦》：「或沿濁而更清。」兩句謂新漲驛池因遮蔽形成新的小島，因襲原有濁水改造爲清澈的池塘。

〔四〕蓬瀛：蓬萊、瀛洲，傳説中東海上仙山。

〔五〕泛觴：流杯於水上。《荆楚歲時記》：「三月三日，士民並出江渚池沼間，爲流杯曲水之飲。」翠羽：翠鳥。紅蓮：荷花，雙關蓮幕事。《南史·庾杲之傳》：「王儉……用杲之爲衛將軍長史。安陸侯蕭緬與儉書曰：『盛府元僚，實難其選。庾景行泛渌水，依芙蓉，何其麗也。』時人以入儉府爲蓮花池，故緬書美之。」景行，庾杲之字。

〔六〕緹騎：紅衣馬隊。

〔七〕元禮：東漢李膺字。《後漢書·郭泰傳》：「游於洛陽，始見河南尹李膺，膺大奇之，遂相友善，於是名震京師。後歸鄉里，衣冠諸儒送至河上，車數千兩。林宗唯與李膺同舟而濟，衆賓望之，以爲神仙焉。」林宗，郭泰字。

酬馮十七舍人宿贈别五韻〔一〕

少年爲别日，隋宫楊柳陰。〔二〕白首相逢處，巴江煙浪深。〔三〕使星下三蜀，〔四〕酒雨沾衣襟。〔五〕王程促速意，夜語殷勤心。卻歸天上去，〔六〕遺我雲間音。〔七〕

【校注】

〔一〕詩長慶三年春在夔州作。馮宿，字拱之，婺州（今浙江省金華）人，貞元八年進士。《舊唐書》本傳：「入爲刑部郎中。（元和）十五年，權判考功。……長慶元年，以本官知制誥。二年，轉兵部郎中，依前充職。牛元翼以深州不從王庭湊，詔授襄州節度使。元翼未出深州，爲庭湊所圍。二年（當爲月之誤），以宿檢校右庶子、兼御史中丞，賜紫金魚袋，往總留務。……元翼既至，宿歸朝，拜中書舍人。」馮宿當長慶三年使蜀，返京時與劉禹錫相遇於夔州。馮宿原詩佚。「宿」下原有「衛」字，當涉「宿」字而衍，徑删。

〔二〕隋宫：指隋帝於揚州建造的宫苑。《太平寰宇記》卷一二三「揚州江都縣」：「十宫，在縣北五里長阜苑内……並隋煬帝立也，曰歸雁宫、回流宫、九里宫、松林宫、楓林宫、大雷宫、小雷宫、春草宫、九華宫、光汾宫。」王起《銀青光禄大夫檢校禮部尚書使持節梓州諸軍事兼梓州刺史御史大夫充劍南東川節度副大使……馮公（宿）神道碑銘》：「（宿）爲彭門僕射張公建封所器異，因表爲試太常寺奉禮郎，充節度巡官……迨其薨落也，武夫感義，閭里懷慕，蚩蚩洶洶，無帥乃亂，立其子愔，稱留後焉，未王命也……表公爲留後判官，試金吾衛兵曹。公以危邦是戒，倚門方切，乞歸江左，以奉色養。」張愔貞元十六年自立爲留後，馮宿自徐州棄官歸東陽（今浙江金華）當在貞元十七年，時劉禹錫在揚州杜佑幕，故二人得相遇爲别於揚州。

〔三〕巴江：指長江，流經今四川省東部、重慶市及湖北省西部，均古巴子國之地。

〔四〕使星：使者。《後漢書·李郃傳》：「善河洛風星，外質朴，人莫之識，縣召署幕門候吏。和帝即位，分遣使者，皆微服單行，各至州縣，觀採風謡。使者二人當到益部，投郃候舍。時夏夕露坐，郃因仰觀，問曰：『二君發京師時，寧知朝廷遣二使耶？』……問何以知之。郃指星示云：『有二使星向益州分野，故知之耳。』」三蜀：古蜀國之地。《文選》左思《蜀都賦》：「三蜀之豪，時來時往。」李善注：「三蜀，蜀郡、廣漢、犍爲也。本一蜀國，漢高祖分置廣漢，漢武帝分置犍爲。」下三蜀：劉本、《叢刊》本作「三蜀酒」，雍正趙駿烈刻《劉賓客詩集》作「上三蜀」，馮浩云：「似作『上三蜀』爲是。」

〔五〕酒雨：即雨。《後漢書·欒巴傳》：「巴爲尚書，正朝大會，巴獨後到，又飲酒西南噀之。有司奏巴不敬。有詔問巴。巴頓首謝曰：『臣本縣成都市失火，臣故因酒爲雨以滅火……』詔即以驛書問成都。成都答言：『正旦大失火，食時有雨從東北來，火乃息，雨皆酒臭。』」酒雨：劉本、《叢刊》本、《全唐詩》作「春雨」。

〔六〕天上：代指長安。

〔七〕雲間音：指馮宿所贈詩。

宣上人遠寄賀禮部王侍郎放牓後詩因而繼和〔一〕

禮闈新牓動長安，〔二〕九陌人人走馬看。〔三〕一日聲名遍天下，滿城桃李屬春官。〔四〕自吟白雪銓詞賦，〔五〕指示青雲惜羽翰。〔六〕借問至公誰印可，〔七〕支郎天眼定中觀。〔八〕

【校注】

〔一〕詩長慶三年春在夔州作。宣上人：廣宣，見卷一《廣宣上人寄在蜀與韋令公唱和詩卷（略）》注。禮部：尚書省六部之一。《新唐書·百官志一》「禮部」：「侍郎一人，正四品下，掌禮儀、祭享、貢舉之政。」王侍郎：王起。《舊唐書》本傳：「長慶元年，遷禮部侍郎……掌貢二年，得士尤精。先是貢舉猥濫，勢門子弟，交相酬酢；寒門俊造，十棄六七。及元稹、李紳在翰林，深怒其事，故有覆試之科。及起考貢士，奏當司所選進士，據所考雜文，先送中書，令宰臣閱視可否，然後下當司放榜。從之。議者以爲起雖避是非，失貢職也。」《唐摭言》卷三：「王起於會昌中放第二榜，内道場詩僧廣宣以詩寄賀曰……」《唐詩紀事》卷七二同。王起後於會昌三年、四年曾再度權知貢舉，但此次詩歌贈答爲長慶中事，二書所載「會昌」乃長慶之誤，參後注。

〔二〕禮闈：禮部，進士榜張貼於禮部南院。《唐摭言》卷一五：「南院放榜，張榜牆乃南院東牆也。」原注：「南院乃禮部主事受領文書於此。」《舊唐書·穆宗紀》：「（長慶三年正月）禮部侍郎王起奏：當司所試貢舉人，試訖申送中書，候覆訖下當司，然後大字放榜。從之。」即所謂「新牓」。

〔三〕九陌：泛指京師街道。《三輔黄圖》卷二：「長安城中八街九陌。」

〔四〕桃李：喻門生。《資治通鑑》卷二〇七：狄仁傑嘗薦姚元崇等數十人，率爲名臣。或謂仁傑曰：「天下桃李，悉在公門矣。」春官：禮部。《新唐書·百官志一》：「光宅元年，改禮部曰春官。」

〔五〕白雪：陽春白雪，喻高妙詩篇。參見卷二《江陵嚴司空見示（略）》注。銓：衡量品評。詞賦：指進士所試詩賦。

〔六〕青雲：喻飛黄騰達。惜：原作「借」，據劉本改。惜羽翰，謂愛惜人才。

〔七〕印可：認可，印證許可。《維摩詰所説經·弟子品》：「若能如是坐者，佛所印可。」

〔八〕支郎：三國僧人支謙，借指廣宣。《五色綫》卷下：「魏有三高僧：支謙、支諒、支讖。惟謙爲人細長黑瘦，眼多白而睛黄，復多智，時賢諺云：『支郎眼中黄。』」天眼：《翻譯名義集》五八：「眼有五種：一肉眼、二天眼、三慧眼、四法眼、五佛眼。《大論》釋曰：『得是天眼，遠近皆見，前後内外，晝夜上下，悉皆無礙。』」定中：入定時。佛教以僧人静坐斂心，屏棄雜念，心定於一爲入定。《雜寶藏經》：「羅漢道人，尋即入定，以天眼觀。」

【集評】

黄徹曰：（東坡）《寄參寥問少游失解》云：「底事秋來不得解，定中試與問諸天。」蓋劉禹錫《和宣上人賀王侍郎放榜後詩》云：「借問至公誰印可，支郎天眼定中觀。」不惟兼具儒釋，又政屬科場事。其不泛如此。（《碧溪詩話》卷八）

何孟春曰：世稱薦用人士謂之桃李，皆本唐人謂狄梁公「天下桃李悉在公門」之説。此説恐非……唐詩「滿城桃李屬春官」，豈即用當時事耶？春觀劉向《説苑》：「……夫樹桃李者，夏得其休息，秋得其實焉。樹蒺藜者，夏不得休息，秋得其刺焉。今子所樹者蒺藜也，非桃李也。自今之後，擇人而樹之，毋已樹而擇之。」乃知此其事祖也。（《餘冬詩話》卷上。按：何孟春所引見《説苑·復恩》，又見《韓詩外傳》卷七。）

【附録】

賀王侍郎典貢放榜　廣　宣

從辭鳳閣掌絲綸，便向青雲領貢賓。再辟文場無枉路，兩開金榜絶冤人。眼看龍化門前水，手放鶯飛谷口春。明日定歸台席去，鶺鴒原上共陶鈞。（《全唐詩》卷八二二）

廣宣上人以詩賀放榜和謝　王　起

延英面奉入春闈，亦選功夫亦選奇。在冶只求金不耗，用心空學秤無私。龍門變化人皆望，鶯谷飛鳴自有時。獨喜至公誰是證？彌天上人與新詩。（《全唐詩》卷三四六。按：此詩《全唐詩》原録作王涯詩，然涯未曾官禮部侍郎，亦未以他官知貢舉，《全唐詩》誤收，今據《唐摭言》卷三、《唐詩紀事》卷七二等改正。）

和王侍郎酬廣宣上人觀放榜後相賀　元稹

渥洼徒自有權奇，伯樂書名世始知。競走牆前希得俊，高懸日下表無私。都中紙貴流傳後，海外金填姓字時。珍重劉繇因首薦（原注：進士李景述以同判解頭及第），爲君送和碧雲詩。（《元稹集》卷二一）

酬楊司業巨源見寄〔一〕

壁雍流水近靈臺，〔二〕中有詩篇絶世才。渤海歸人將集去，〔三〕梨園弟子請詞來。〔四〕瓊枝未識魂空斷，〔五〕寶匣初臨手自開。〔六〕莫道專城管雲雨，〔七〕其如心似不然灰。〔八〕

【校注】

〔一〕詩長慶三年在夔州作。司業：國子司業，國子監副長官。《新唐書·百官志三》「國子監」：「司業二人，從四品下，掌儒學訓導之政，總國子、太學、廣文、四門、律、書、算凡七學。」楊巨源：字景山，河東蒲城人。貞元五年進士，歷官秘書郎、太常博士、虞部員外郎。長慶四年，自國子司業授河中少尹。參見卷六《令狐相公見示（略）》注。楊巨源寄劉禹錫詩已佚。

〔二〕壁雍：古太學，此指國子監。壁，亦作「辟」。蔡邕《明堂月令論》：「明堂者……取其四門之學，則曰太學，取其四面周水圜如璧，則曰壁雍，異名而同事，其實一也。」靈臺：占候觀象的天文臺。《三輔黃圖》卷五：「漢靈臺，在長安西北八里，漢始曰清臺，本爲候者觀陰陽天文災變，更名曰靈臺。」又云：「漢辟雍，在長安西北七里。」

〔三〕渤海：唐藩屬國名，是以靺鞨族粟末部爲主體的少數民族政權，首府上京，今黑龍江省寧安縣東京城，元和中屢遣使來朝，見《舊唐書·北狄傳》。

〔四〕梨園弟子：指宫中樂人。參見卷二《傷秦姝行》注。

〔五〕瓊枝：傳説中玉樹枝，此喻稱人物之美。江淹《雜體詩·古離别》：「願一見顔色，不異瓊樹枝。」蓋劉禹錫與楊巨源原不相識，故云「未識」。

〔六〕寶匣：美稱盛詩之匣。曹丕《與鍾大理書》：「寶玦初至，捧匣跪發，五内震駭，繩窮匣開，爛然滿目。」

〔七〕專城：指爲刺史。古樂府《陌上桑》自夸夫婿「四十專城居」，後用爲太守、刺史故事。雲雨：用巫山神女事，見卷四《竇夔州見寄寒食日憶故姬小紅吹笙因和之》注。巫山在夔州，劉禹錫時爲夔州刺史，故楊巨源贈詩以「專城管雲雨」語戲之。

〔八〕不然灰：死灰。然：燃本字。《莊子·知北游》：「心若死灰。」《史記·韓長孺傳》：「死灰獨不然乎？」

送張盥赴舉〔一〕并引

古人以偕受學爲同門友，今人以偕升名爲同年友，其語孰見，搢紳者皆道焉。〔二〕

余於張盥爲丈人，由是道也。曩吾見爾之始生，以老成爲祝〔三〕；今吾見爾之成人，以未立爲憂。吾不幸，嚮所謂同年友，當其盛時，聯袂齊鑣，亘絶九衢，若屏風然；今來落落如曙星之相望，借曰會合，不煩異席，可長太息哉〔四〕！然而尚書右丞衛大受、兵部侍郎武庭碩二君者，當時偉人，咸萬夫之望，足以訂十朋之多也。〔五〕第如京師，無騷騷爾，無恇恇爾。〔六〕時秋也，吾爲若叩商之謳，〔七〕幸有感夫二君子。

爾生始懸弧，〔八〕我作坐上賓。引箸舉湯餅，〔九〕祝詞天麒麟。〔一〇〕今成一丈夫，坎軻愁風塵。〔一一〕長裾來謁我，自號廬山人。道舊與撫孤，悄然傷我神。依依見眉睫，〔一二〕嘿嘿含悲辛。永懷同年友，追想出谷晨。〔一三〕三十二君子，齊飛陵煙旻。〔一四〕曲江一會時，後會已彫淪。〔一五〕況今三十載，閲世難重陳。〔一六〕盛時一已過，來者日日新。不如摇落樹，重有明年春。火後見琮璜，〔一七〕霜餘識松筠。〔一八〕肅機乃獨秀，〔一九〕武部亦絶倫。〔二〇〕爾今持我詩，西見二重臣。成賢必念舊，〔二一〕保貴在安貧。〔二二〕清時爲丞郎，〔二三〕氣力侔陶鈞。〔二四〕乞取斗升水，〔二五〕因之雲漢津。〔二六〕

【校注】

〔一〕詩長慶三年秋在夔州作。張盥：徐松《登科記考》卷三疑其爲貞元九年禹錫同榜進士張復元之子。盥，《文苑英華》作「輿」，下同。

〔二〕同門：同學。《漢書·孟喜傳》顔師古注：「同門，同師學者也。」同年：科舉考試同榜被録取者。《唐摭言》卷一：進士「俱捷謂之同年」。搢紳者：士大夫。搢，亦作「縉」。《史記·封禪書》：「其語不經見，縉紳者不道。」集解引李奇曰：「縉，插也，插笏於紳。紳，大帶。」

〔三〕老成：《詩·大雅·蕩》：「雖無老成人，尚有典刑。」疏：「年老成德之人。」禹錫貞元十七年左右與張復元同在揚州（見卷一《揚州春夜（略）》注），如張盥生於該年，至長慶三年已二十三歲。

〔四〕鑣：馬勒。齊鑣，謂並轡而行。亘絶：横斷。九衢：京師大道。落落：稀疏貌。陸機《嘆逝賦》：「親落落而日稀。」借：假使。不煩異席：用不着兩張坐席。

〔五〕右丞：《新唐書·百官志一》「尚書省」：「右丞一人，正四品下，掌辨六官之儀，糾正省内，劾御史舉不當者……兵部、刑部、工部，右丞總焉。」衛大受：衛中行，字大受，御史中丞衛晏之子，貞元九年進士，見《韓昌黎集》卷一七《與衛中行書》舊注。《舊唐書·穆宗紀》：「（長慶二年十二月）乙卯，以前陝虢觀察使衛中行爲尚書右丞。」武庭碩：武儒衡，字庭碩，武元衡從弟。《新唐書·武元衡傳》：「從父弟……儒衡，字庭碩。……以疾惡太分明，終不至大任，以兵部侍郎卒。」《舊唐書·敬宗紀》：「（長慶四年四月）壬辰，兵部侍郎武儒衡卒。」訂：比。十朋之多：言助力之多。《易·損》：「或益之，十朋之龜弗克違。」王弼注：「朋，黨也。龜者，決疑之物也……獲益而得十朋之龜，足以盡天人之助也。」

〔六〕第：但。騷騷：躁動不安貌。恇恇：恐懼貌。劉本、《叢刊》本、《全唐詩》作「忻忻」。《後漢書·梁鴻傳》：「口囂囂兮余訕，嗟恇恇兮誰留。」注：「鄭玄注《禮記》曰：恇恇，恐也。」

〔七〕商謳：猶商歌，見卷三《游桃源一百韻》注。

〔八〕弧：弓。《禮記·内則》：「子生，男子設弧於門左，女子設帨於門右。」注：「弧者，示有事於武也。」束據《雜詩》：「士生則懸弧，有事在四方。」

〔九〕湯餅：湯煮麵食。舊俗，生小孩三日會賓客，稱湯餅會。《猗覺寮雜記》卷上：「唐人生日多具湯餅。」

〔一〇〕天麒麟：天上麒麟。《陳書·徐陵傳》：「時寶誌上人者，世稱其有道。陵年數歲，家人攜以候之。寶誌手摩其頂曰：『天上石麒麟也。』」

〔一一〕坎軻：同坎坷。

〔一二〕見：通現。

〔一三〕出谷晨：進士及第之時。參見前《寄唐州楊八歸厚》注。

〔一四〕三十二君子：據徐松《登科記考》，貞元九年進士有苑論、穆寂、幸南容、柳宗元、劉禹錫、談元茂、張復元、馬徵、鄧文佐、武儒衡、許志雍、丘絳、穆員、盧景亮、丘穎、薛公達、衛中行、杜行方、裴杞、陳璀、吴秘、李宗何、陳佑等。但其中杜行方爲明經及第，穆員、盧景亮非本年進士，參見卞孝萱《唐代文史論叢·登科記考糾繆》。陵：通凌。旻：天空。

〔一五〕曲江：唐代長安名勝。《唐摭言》卷一：「(進士)既捷……大宴於曲江亭子，謂之曲江會。曲江大會在關試後，亦謂之關宴。宴後，同年各有所之，亦謂之離會。」彫淪：凋謝沉淪。指死亡。

〔一六〕閲世：歷經世事。難重陳：難再陳述。劉琨《扶風歌》：「棄置勿重陳，重陳令心傷。」

〔一七〕琮、璜：均玉器名。《淮南子·俶真》：「鍾山之玉，炊以爐炭，三日三夜而色澤不變。」

〔一八〕松筠：松竹，歲寒不凋，見卷一《許給事見示哭工部劉尚書詩因命同作》注。

〔一九〕肅機：即尚書左、右丞，此指衛中行。《新唐書·百官志一》：「龍朔元年，改左右丞曰左右肅機。」獨秀：獨自茂盛，特别突出。《楚辭·招魂》：「《激楚》之結，獨秀先些。」

〔二〇〕武部：即兵部，此指武儒衡。《新唐書·百官志一》：「兵部……天寶十一載曰武部。」絶倫：超邁同輩。

〔二一〕成賢：未詳，馮浩疑當作「誠賢」，曰：「《北史》，王孝籍奏記於尚書牛弘：『夫不世出者，聖明之君也；不萬一者，誠賢之臣也。』此似用『誠賢』。」

〔二二〕貴：《文苑英華》作「節」。

〔二三〕丞郎：尚書省左右丞及吏、户、禮、兵、刑、工六部侍郎的統稱。《唐國史補》卷下：「國初至天寶，常重尚書……兵興之後，官爵浸輕，八座（按：指尚書）用之酬勛不暇，故今議者以丞郎爲貴。」

〔二四〕氣力：力量，權勢。陶鈞：製作陶器的轉輪，此喻指宰相。

〔二五〕斗升水：極少量的水。《莊子·外物》：「莊周家貧，故往貸粟於監河侯。監河侯曰：『諾。我將得邑金，將貸子三百金，可乎？』莊周忿然作色曰：『周昨來，有中道而呼者，周顧視車轍中，有鮒魚焉。周問之曰：鮒魚來，子何爲者耶？對曰：我東海之波臣也，君豈有斗升之水而活我哉？周曰：諾，我且南游吴越之王，激西江之水而迎子，可乎？鮒魚忿然作色曰：吾失我常與，我無所處，吾得斗升之水然活耳。君乃言此，曾不如早索我於枯魚之肆！』」

〔二六〕雲漢津：天河。《晉書·天文志上》：「天漢起東方，經尾箕之間，謂之漢津。」

寄楊八壽州〔一〕

風獵紅旗入壽春，〔二〕滿城歌舞向朱輪。〔三〕八公山下清淮水，〔四〕千騎塵中白面人。〔五〕桂嶺雨餘多鶴跡，〔六〕茗園晴望似龍鱗。〔七〕聖朝方用敢言者，次第應須舊諫臣。〔八〕

【校注】

〔一〕詩長慶三年在夔州作。壽州：州治在今安徽省壽縣。楊八壽州：楊歸厚，曾爲唐州刺史，見前《寄唐州楊八歸厚》。劉禹錫《祭虢州楊庶子文》：「五剖竹符，皆有聲績。……壽春武斷，姦吏奪魄。」

〔二〕獵：風吹旗幡作聲。壽春：郡名，即壽州。《新唐書·地理志五》「淮南道」：「壽州壽春郡。」

〔三〕朱輪：指車輪漆成紅色的車子。漢制，太守二千石以上得乘朱輪。楊惲《報孫會宗書》：「惲家方隆盛時，乘朱輪者十人。」

〔四〕八公山：在今安徽省鳳臺縣西北。《太平寰宇記》卷一二九「壽州壽春縣」：「八公山，一名肥陵山，在縣北四里。昔淮南王與八公登山，埋金於此，白日昇天，餘藥在器，鷄犬舐之皆仙，其處石皆現人馬之跡，故其山以八公爲名。」

〔五〕白面人：樂府《陌上桑》秦羅敷自夸「東方千餘騎，夫婿居上頭……爲人潔白皙，鬑鬑頗有鬚」。故以白面人代指時爲刺史的楊歸厚。

〔六〕桂嶺：《楚辭・招隱士》：「桂樹叢生兮山之幽。」王逸注以爲淮南王門客「淮南小山之所作」，故以泛指壽州山嶺。鶴跡：猶仙跡，傳説中仙人多乘鶴。

〔七〕茗園：茶園。壽州産茶。《資治通鑑》卷二三九：（吴）少陽「時抄掠壽州茶山，以實其軍。」龍鱗：狀茶樹之多，如鱗甲之相次。班固《西都賦》：「原隰龍鱗。」

〔八〕次第：漸次。舊諫臣：指楊歸厚，元和中爲左拾遺，以「極論中人許振遂之姦」被貶，見卷二《寄楊八拾遺》注。

酬楊八副使將赴湖南途中見寄一絶〔一〕

知逐征南冠楚才，〔二〕遠勞書信到陽臺。〔三〕明朝若上君山上，〔四〕一道巴江自此來。〔五〕

【校注】

〔一〕詩長慶三年秋在夔州作。副使：此指觀察副使。《新唐書・百官志四下》：「觀察使、副使、支使、判官……各一人。」楊八副使：楊敬之，行八，見卷四《答楊八敬之絶句》。李涉《送楊敬之倅湖南》：「久嗟塵匣掩青萍，見説除書試一聽。聞君卻作長沙傅，便逐秋風過洞庭。」即送楊敬之赴湖南幕府作。楊敬之所赴當是沈傳師湖南幕，參見後《唐侍御寄游道林岳麓二寺詩（略）》注。岑仲勉《唐人行第録》據《韓昌黎集》卷二〇《送楊支使序》，以詩中之楊八爲楊儀之。然據韓集舊注，楊儀之乃於貞元十八年九月被楊憑辟爲湖南觀察支使，時在劉禹錫守夔州前二十餘年，故非是。

〔二〕征南：晉征南大將軍杜預，此借指沈傳師。杜預曾爲《春秋左氏經傳集解》，又參考衆家譜第，謂之《釋例》，又作《盟會圖》、《春秋長曆》，備成一家之學。晉武帝問預有何癖，預對曰：「臣有《左傳》癖。」卒，贈征南大將軍。見《晉書》本傳。《舊唐書·沈傳師傳》：「傳師在史館，預修《憲宗實録》未成，廉察湖南，特詔賫一分史稿，成於理所。」故比之於杜預。楚才：楚國人才。《左傳·襄公二十六年》：「雖楚有材，晉實用之。」此謂楊爲湖南幕中僚佐之冠。

〔三〕陽臺：在夔州，參見卷四《松滋渡望峽中》注。

〔四〕若上：上，《全唐詩》校「一作到」。君山上：上，《全唐詩》校「一作望」。君山：在岳陽洞庭湖中，參見卷一《君山懷古》注。

〔五〕巴江：指流經夔州的長江，夔州爲古巴子國之地，見前《始至雲安（略）》注。

【集評】

何焯曰：「逐」字醒出湖南。此篇似是夔州時詩。第四雙淚、雙魚都包藴在内，淡而有味。（卜孝

萱《劉禹錫詩何焯批語考訂》）

李賈二大諫拜命後寄楊八壽州〔一〕

諫省新登二直臣，〔二〕萬方驚喜捧絲綸。〔三〕則知天子明如日，〔四〕肯放淮陽高卧人〔五〕！

【校注】

〔一〕詩長慶三年冬在夔州作。大諫：即諫議大夫，共八人，分左右，分屬門下省和中書省。《新唐書·百官志二》「門下省」：「左諫議大夫四人，正四品下，掌諫諭得失，侍從贊相。」《容齋四筆》卷一五：「唐人好以它名標榜官稱……諫議爲大坡、大諫。」李大諫：謂李渤。《舊唐書·李渤傳》：「長慶二年，入爲職方郎中。三年，遷諫議大夫。」賈大諫：謂賈直言。《冊府元龜》卷一四〇：「（長慶）三年十月，以潞州左司馬賈直言爲諫議大夫。」《舊唐書·穆宗紀》：長慶四年正月，「澤潞判官賈直言新授諫議大夫，劉悟上表乞留，從之」。蓋賈直言實未莅諫議大夫任。拜命：拜受任命，指官員任職。楊八壽州：楊歸厚，已見前注。

〔二〕諫省：諫官官署。唐代諫官諫議大夫、補闕、拾遺，均分隸中書、門下二省。直臣：鯁直敢言之臣。《舊唐書·李渤傳》：「遷右補闕，連上章忤旨……再遷爲庫部員外郎……草疏切直，大忤宰相。乃謝病東歸。穆宗即位，召爲考功員外郎。十一月，定京官考，不避權幸，皆行升黜。」同書《賈直言傳》：「從事於李師道，師道不恭朝命，直言冒刃説者二，輿櫬説者一，師道訖不從。及劉悟斬師道，節制鄭滑，得直言於禁錮之間，又嘉其所爲，因奏置幕中。後遷於潞，亦與之俱行。悟纖微乖失，直言必盡理箴規，以是美譽日聞於朝。」

〔三〕絲綸：詔書。《禮記·緇衣》：「王言如絲，其出如綸；王言如綸，其出如綍。」綸，細繩；綍，大繩。

〔四〕則：馮浩曰：「似『須』字之誤。」

〔五〕放：捨棄，廢置。淮陽：漢郡名，今屬河南。汲黯卧理淮陽，見卷一《韓十八侍御見示岳陽樓别竇司直詩（略）》注。

【集評】

王懋曰：謝玄暉詩曰：「淮陽股肱守，高卧猶在兹。」李周翰注：「漢淮陽太守汲黯上書言病，上曰：『淮陽吾股肱郡，卿爲我卧理之。』」按《漢書》，文帝謂季布曰：「河東吾股肱郡，故特召君耳。」而武帝謂汲黯則曰：「君薄淮陽耶？吾今召君矣。」初無「淮陽吾股肱郡」之説，翰蓋誤引季布事言之耳。又按《汲黯傳》言淮陽卧治，初無高卧之説。異時劉禹錫詩亦有「肯放淮陽高卧人」，蓋祖玄暉詩也。（《野客叢書》卷二〇）

唐侍御寄游道林岳麓二寺詩并沈中丞姚員外所和見徵繼作〔一〕

湘西古刹雙蹲蹲，〔二〕群峰朝拱如駿奔。〔三〕青松步障深五里，〔四〕龍宫黯黯神爲閽。〔五〕高殿呀然壓蒼巘，〔六〕俯瞰長江疑欲吞。橘洲泛浮金實動，〔七〕水郭繚繞朱樓騫。〔八〕語餘百響入天籟，〔九〕衆奇引步輕翻翻。〔一〇〕泉清石布博棊子，蘿密鳥韻如簧言。〔一一〕回廊架險高且曲，新徑穿林明復昏。淺流忽濁山獸過，古木半空天火痕。星使雙飛出禁垣，〔一二〕元侯餞之游石門。〔一三〕紫髯翼從紅袖舞，〔一四〕竹風松雪香温黁。〔一五〕遠持青瑣照巫峽，〔一六〕一戛驚斷三聲猿。〔一七〕靈山會中身不預，〔一八〕吟想峭絶愁精魂。恨無黄金千萬餅，布地買取爲丘園。〔一九〕

【校注】

〔一〕詩長慶三年冬在夔州作。唐侍御：唐扶。《舊唐書》本傳：「扶字雲翔，元和五年進士登第，累佐使府。入朝爲監察御史。」道林岳麓二寺：在今湖南省長沙市湘江西岳麓山上。《輿地紀勝》卷二三「潭州」：「長沙西岸有麓山……岳麓寺、道林寺、岳麓書院皆在此焉。」沈中丞：沈傳師。《舊唐書》本傳：「遷中書舍人……乞以本官兼史職。俄兼御史中丞，出爲潭州刺史、湖南觀察使。」同書《穆宗紀》：長慶三年六月，「史官沈傳師除鎮湖南」。姚員外：姚向，曾官司勛員外郎，見《郎官石柱題名》。《侯鯖録》卷一：「長沙道林、岳麓寺，老杜所賦詩者，沈傳師有詩碑見於世，其序云：『奉酬唐侍御、姚員外道林寺題示。』姚員外詩不復見之，今得唐侍御詩，題云『儒林郎、守監察御史唐扶』。」據唐扶原詩，時姚向、唐扶二人出使南海，當爲嶺南選補使。《新唐書·選舉志下》：「高宗上元二年，以嶺南五管、黔中都督府得即任土人，而官或非其才，乃遣郎官、御史爲選補使，謂之『南選』。」《酉陽雜俎》前集卷一九：「嶺南茄子，宿根成樹，高五六尺，姚向曾爲南選使，亲見之。」姚向原詩已佚。

〔二〕古刹：古寺。《岳麓志》卷三「岳麓寺」：「西晉太始四年創造，歷代住持，禪燈不替，昔稱長沙第一道場。」又「道林寺」：「隋、唐爲律院，宋改禪。」蹲蹲：蹲踞。

〔三〕駿奔：駿馬奔馳。《元和郡縣圖志》卷二九「潭州長沙縣」：「岳麓山，在縣西南，隔湘江水六里，蓋衡山之足也，故以『麓』爲名。」《輿地紀勝》卷二三「潭州」：「長沙西岸有麓山……自湘西古渡登岸，夾徑喬松，泉澗盤遶，諸峰疊秀，下瞰湘江。」

〔四〕步障：出游郊野時用來遮蔽風沙的屏障，以布帛爲之。此以狀夾道青松之濃密。

〔五〕龍宫：指佛寺。《妙法蓮華經·提婆達多品》：「爾時文殊師利坐千葉蓮華……於大海娑竭羅龍宫自然涌出，住虚空中。」閽：守門人。

〔六〕呀然：高大貌。巘：山。

〔七〕橘洲：今名水陸洲，在長沙市湘江中。《太平寰宇記》卷一一四「潭州長沙縣」：「橘洲，在縣西南四里江中，時有大水，諸洲皆没，此洲獨浮，上多美橘，故以爲名。」

〔八〕水郭：指潭州城，臨湘江東岸。騫：高舉，劉本、《叢刊》本作「騫」。

〔九〕天籟：自然界的各種音響。

〔一〇〕翻翻：《全唐詩》作「翩翩」。

〔一一〕鳥韻：鳥鳴聲。簧言：指音樂。簧，管樂器中振動發聲的簧片。《詩·小雅·巧言》：「巧言如簧。」

〔一二〕星使：使者，指唐、姚二人，參見前《酬馮十七舍人宿贈別五韻》注。

〔一三〕元侯：諸侯之長，此指時任湖南觀察使的沈傳師。石門：廬山等地均有石門，謝靈運有《登石門最高頂》詩，此借指風景名勝處。

〔一四〕紫髯：指湖南幕中僚屬。《晉書·郄超傳》：「桓温辟爲征西大將軍掾。温遷大司馬，又轉爲參軍……時王珣爲温主簿，亦爲温所重。府中語曰：『髯參軍，短主簿，能令公喜，能令公怒。』超髯，珣短故也。」杜甫《送張十二參軍赴蜀州因呈楊五侍御》：「御史新驄馬，參軍舊紫髯。」

〔一五〕馨：香氣，劉本作「馨」。

〔一六〕青瑣：古代宫門裝飾，刻爲連鎖花紋，塗以青色。此代指長安官署。巫峽：指劉禹錫所在的夔州。

〔一七〕戛：擊。《書·益稷》：「戛擊鳴球。」一戛，形容詩歌音韻鏗鏘。三聲猿：巫峽猿啼聲。見卷四《松滋渡望硤中》注。

〔一八〕靈山：佛家對靈鷲山的省稱，參見卷二《送僧元暠南游》注。此以靈山會稱代唐、沈等岳麓、道林二寺之會。

〔一九〕布地：鋪於地面。《法苑珠林》卷三九：「須達請太子，欲買園（爲瞿曇沙門）造精舍，祇陀太子言：『若能以黄金布地，令間無空者，便當相與。』須達……便使人象負金出，八十頃中，須臾欲滿……祇陀念言，佛必大德，乃使斯人，輕寶乃爾。教齊且止，勿更出金，園地屬卿，樹木屬我，我自上佛，共立精舍。」丘園：丘墟園圃，猶家園，指隱居之處。

【附録】

使南海道長沙題道林岳麓寺　　唐扶

道林岳麓仲與昆，卓犖請從先後論。松根踏雲二千步，始見大屋開三門。泉清或戲蛟龍窟，殿豁數盡高帆掀。即今異鳥聲不斷，聞道看花春更繁。從容一衲分若有，蕭瑟兩鬢吾能髡。逢迎侯伯轉覺貴，膜拜佛像心加尊。稍揖皇英頮濃淚，試與屈賈招清魂。荒唐大樹悉楠桂，細碎枯草多蘭蓀。沙彌去學五印字，静女來懸千尺幡。主人念我塵眼昏，半夜號令期至暾。遲回雖得上白舫，羈泄不敢言緑尊。兩祠物色採拾盡，壁間杜甫真少恩。晚來光彩更騰射，筆鋒正健如可吞。（《全唐詩》卷四八八）

次潭州酬唐侍御姚員外游道林岳麓寺題示　　沈傳師

承明年老輒自論，乞得湘守東南奔。爲聞楚國富山水，青嶂邐迤僧家園。含香珥筆皆眷舊，謙抑自忘臺省尊。不令執簡候亭館，直許攜手游山樊。忽驚列岫曉來逼，朔雪洗盡煙嵐昏。碧波迴嶼三山轉，丹檻繚郭千艘屯。華鑣躞蹀絢砂步，大旆綵錯輝松門。樛枝競鶩龍蛇勢，折幹不滅風霆痕。相重古殿倚巖腹，別引新徑縈雲根。目傷平楚虞帝魂，情多思遠聊開樽。危弦細管逐歌飄，畫鼓繡

靴隨節翻。鏘金七言凌老杜，入木八法蟠高軒。嗟余潦倒久不利，忍復感激論元元。（《全唐詩》卷四六六）

送周使君罷渝州歸郢中別墅〔一〕

君思郢上吟歸去，〔二〕故自渝南擲郡章。〔三〕野戍岸邊留畫舸，緑蘿陰下到山莊。〔四〕池荷雨後衣香起，〔五〕庭草春深綬帶長。〔六〕只恐鳴騶催上道，〔七〕不容待得晚菘嘗。〔八〕

【校注】

〔一〕詩長慶三年在夔州作。周使君：周載。元稹《授蕭睦鳳州周載渝州刺史制》：「前知鹽鐵轉運、山南東道院事、殿中侍御史周載……可渝州刺史。」制長慶元年所行，故周載罷渝州刺史約在長慶三年。自渝赴郢途經夔州，時劉禹錫在夔州刺史任，遂有詩送。渝州：州治在今重慶市。郢中：指江陵，楚國郢都，今屬湖北。明本、劉本、《文苑英華》、《全唐詩》作「郢州」。郢州州治在今湖北省鍾祥縣。

〔二〕歸去：晉陶潛罷彭澤令，作《歸去來辭》，首云：「歸去來兮，田園將蕪胡不歸。」

〔三〕渝南：指渝州，在渝水（嘉陵江別名）南。《元和郡縣圖志》卷三三：「渝州，因渝水爲名。」

〔四〕山：《叢刊》本作「仙」。

〔五〕池荷句：屈原《離騷》：「製芰荷以爲衣兮，集芙蓉以爲裳。」後以荷衣指隱者的服裝。孔稚珪

《北山移文》：「焚芰製而裂荷衣，抗塵容而走俗狀。」此及下句寫隱居生活。

〔六〕綬帶：官印上所繫絲帶。此指草，古代用盭草染綬帶。《漢書·百官公卿表》：「諸侯王金璽盭綬。」晉灼曰：「盭，草名，出琅琊平昌縣，似艾，可染緑，因以爲綬名也。」

〔七〕鳴騶：隨從喝道的騎卒。此代指朝廷徵召的使者。上道：上路赴任。孔稚珪《北山移文》：「鳴騶入谷，鶴書赴隴。」李密《陳情表》：「郡縣逼迫，催臣上道。」

〔八〕菘：白菜。《南齊書·周顒傳》：「顒於鍾山西立隱舍，休沐則歸之……衛將軍王儉謂顒曰：『卿山中何所食？』顒曰：『赤米白鹽，緑葵紫蓼。』文惠太子問顒：『菜食何味最勝？』顒曰：『春初早韭，秋末晚菘。』」

【集評】

黄常明曰：夢得詩「只恐鳴騶催上道，不容待得晚菘嘗」，乃周彦倫答文惠太子問山中菜食云「春初早韭，秋末晚菘」。此乃兩字用事者。（《詩話總龜》後集卷二二）

金聖嘆曰：言使君由擲郡章，而留畫舸，而到山莊，直將渝南一副官腔便如蛇蜕謝之，此其輕快，便有非人所及者。看他二句、三句、四句，上從「自」字，下至「到」字，分明直作一氣一句，又爲絶奇之律格也。（《貫華堂選批唐才子詩》甲集七言律卷五下）

何焯曰：只是規避，豈有高情，發端唱破，卻仍不覺。聞「池荷」即追憶衣香，見庭草亦聯想結綬，亟亟求出，不可以卒歲，實□戲言爾家自來無真隱，勿我欺也。（卞孝萱《劉禹錫詩何焯批語考訂》）

白舍人自杭州寄新詩有柳色春藏蘇小家之句因而戲酬兼寄浙東元相公〔一〕

錢塘山水有奇聲，〔二〕暫謫仙官守百城。〔三〕女妓還聞名小小，〔四〕使君誰許喚卿卿。〔五〕鼇驚震海風雷起，〔六〕蜃鬥噓天樓閣成。〔七〕莫道騷人在三楚，〔八〕文星今向斗牛明。〔九〕

【校注】

〔一〕詩長慶三年末在夔州作。杭州：今屬浙江省。浙東：唐方鎮名，治所在越州，今浙江省紹興市。《新唐書·方鎮表五》：「乾元元年，置浙江東道節度使，領越、睦、衢、婺、台、明、處、温八州，治越州。」白舍人：白居易。元相公：元稹。《舊唐書·白居易傳》：「（長慶元年）十月，轉中書舍人。……（二年）七月，除杭州刺史，俄而元稹罷相，自馮翊轉浙東觀察使。交契素深，杭、越鄰境，篇詠往來，不間旬浹。」同書《元稹傳》：「長慶二年，拜平章事。……（與裴度有隙）乃出稹爲同州刺史，度守僕射……在郡二年，改授越州刺史、兼御史大夫、浙東觀察使。會稽山水奇秀，稹所辟幕職，皆當時文士，而鏡湖、秦望之游，月三四焉。而諷詠篇什，動盈卷帙……凡在越八年。」據《嘉泰會稽志》卷二，長慶三年八月，元稹自同州刺史授浙東觀察使，禹錫詩當作於三年末或四年初。

〔二〕錢塘：即杭州。《元和郡縣圖志》卷二五「杭州」：「其地本名錢塘，《史記》云秦始皇東游至錢塘，臨浙江，是也……陳禎明中置錢塘郡。隋平陳，廢郡爲州。」

〔三〕守：《全唐詩》作「領」。守百城，謂爲地方長官。

〔四〕小小：蘇小小，南齊時錢塘名妓。樂府《蘇小小歌》：「我乘油壁車，郎乘青驄馬。何處結同心，西陵松柏下。」《樂府詩集》卷八五引《樂府廣題》曰：「蘇小小，錢塘名倡也，蓋南齊時人。西陵在錢塘江之西。」

〔五〕使君：漢代以來對太守或刺史的稱呼。卿卿：男女間的昵稱。《世説新語·惑溺》：「王安豐(戎)婦常卿安豐。豐曰：『婦人卿婿，於禮爲不敬，後勿復爾。』婦曰：『親卿愛卿，是以卿卿。我不卿卿，誰當卿卿？』遂恒聽之。」

〔六〕鼇：傳説海中大龜，力可負山，見《列子·湯問》。

〔七〕蜃：大蛤蜊。古人以爲海市蜃樓由蜃吐氣形成。參見卷一《韓十八侍御見示岳陽樓別賓司直詩(略)》注。

〔八〕騷人：詩人。三楚：東楚、西楚、南楚的合稱。《史記·貨殖列傳》：「自淮北沛、陳、汝南、南郡，此西楚也……彭城以東，東海、吴、廣陵，此東楚也……衡山、九江、江南、豫章、長沙，是南楚也。」阮籍《詠懷》：「三楚多秀士，朝雲進荒淫。」

〔九〕文星：主文運的星宿，此指元、白。斗牛：斗宿和牛宿，吴越爲斗、牛的分野。《史記·天官書》：「斗，江、湖。牽牛、婺女，揚州。」《晉書·天文志上》：「斗、牽牛、須女，吴、越、揚州。」

【附録】

杭州春望　　白居易

望海樓明照曙霞（原注：城東樓名望海樓），護江堤白踏晴沙。濤聲夜入伍員廟，柳色春藏蘇小家。紅袖織綾夸柿蒂（原注：杭州出柿蒂花者尤佳也），青旗沽酒趁梨花（原注：其俗釀酒，趁梨花時熟，號爲「梨花春」）。誰開湖寺西南路，草緑裙腰一帶斜（原注：孤山寺路在湖洲中，草緑時望如裙腰）。（《白居易集》卷二〇）

送裴處士應制舉〔一〕并引

晉人裴昌禹讀書數千卷，於《周官》、《小戴禮》尤邃。〔二〕性是古敢言，雖侯王不能卑下，故與世相參差。〔三〕凡抵有位以索合，〔四〕行天下幾巨依反徧。常嘆諸侯莫可游，欲一見天子而未有路。會今年詔書徵賢良，昌禹大喜，以爲盡可以豁平生，搏髀爵躍曰：「一觀雲龍庭足矣。」〔五〕繇是裹三月糧而西徂，咨余以七言，爲西游之資借耳。

裴生久在風塵裏，氣勁言高少知己。注書曾學鄭司農，〔六〕歷國多於孔夫子。〔七〕往年訪我到連州，無窮絶境終日游。登山雨中試蠟屐，〔八〕入洞夏裏披貂裘。白帝城邊又相遇，〔九〕斂翼三年不飛去。〔一〇〕忽然結束如秋蓬，〔一一〕自稱對策明光宫。〔一二〕人言策中説何事，掉頭不答看飛鴻。彤庭翠松迎曉日，鳳銜金榜雲間出。中貴腰鞭立傾酒，宰臣委佩觀摇筆。古稱射策如彎弧，〔一三〕一發偶中何時無。由來草澤無忌諱，〔一四〕努力滿挽當雲衢。憶得童年識君處，嘉禾驛後聯牆住。〔一五〕垂鈎鬥得王餘魚，〔一六〕踏芳共登蘇小墓。〔一七〕此事今同夢想間，相看一笑且開顔。老大希逢舊鄰里，爲君扶病到方山。〔一八〕

【校注】

〔一〕詩長慶四年三月在夔州作。處士：有才德而隱居不仕的人。制舉：制科舉，見卷二《送韋秀才道沖赴制舉》注。《册府元龜》卷六四五：「敬宗以長慶四年正月即位。三月，詔諸色人中有賢良方正能極言直諫、經學優深可爲人師、詳閑吏理達於教化、軍謀宏達才任邊將者，委常參官及諸道節度觀察使、諸州刺史各舉所知。」亦見敬宗《御丹鳳樓大赦文》。裴昌禹當即赴此次制舉。

〔二〕晉：春秋國名，此泛指今山西省中南部。《周官》：即《周禮》。《小戴禮》：即《禮記》，因其曾爲戴德、戴聖所删定，戴德删定者稱《大戴禮記》，戴聖删定者稱《小戴禮記》，亦稱《禮記》。

邃：（鑽研）深入。

〔三〕參差：乖迕不合。

〔四〕抵：干謁。索：求。

〔五〕徵賢良：謂制科舉，有賢良方正能直言極諫等科。《新唐書·選舉志上》：「唐制，取士之科……其天子自詔者曰制舉……其爲名目，隨其人主臨時所欲。而列爲定科者，如賢良方正、直言極諫……之類，其名最著。」搏髀：拍大腿。爵躍：如雀跳躍。爵，通雀。《莊子·在宥》：「鴻蒙方將拊髀雀躍而游。」雲龍庭：朝廷，見卷二《送李策秀才（略）》注。

〔六〕鄭司農：鄭玄。《後漢書》本傳：「公車徵爲大司農……玄乃以病自乞還家……凡玄所注《周易》、《尚書》、《毛詩》、《儀禮》、《禮記》、《論語》、《孝經》、《尚書大傳》、《中候》、《乾象曆》，又著《天文七政論》、《魯禮禘祫義》、《六藝論》、《毛詩譜》、《駁許慎五經異義》、《答臨孝存周禮難》，凡百餘萬言。」

〔七〕孔夫子：孔子，歷聘各國不能用，見卷二《和李六侍御文宣王廟釋奠作》注。

〔八〕蠟屐：塗蠟的木屐，參見卷四《送僧仲剬東游兼寄呈靈澈上人》注。

〔九〕白帝城：指夔州，參見前《始至雲安（略）》注。

〔一〇〕三年：劉禹錫長慶二年來夔州，裴昌禹當亦追隨而至，至此已三年。《史記·滑稽列傳》載，淳于髡説齊王以隱語曰：「國中有大鳥，止王之庭，三年不飛不鳴，王知此鳥何也？」王曰：「此鳥不飛則已，一飛衝天；不鳴則已，一鳴驚人。」此語意雙關。

〔一一〕結束：收拾行裝。秋蓬：秋日蓬草，乾枯根斷後能被風捲起，喻行蹤無定。

〔一三〕對策：回答皇帝提出的有關政治、經濟或經義方面的問題。《文心雕龍·議對》：「對策者，應詔而陳政也。」明光宫：漢宫殿名。《三輔黄圖》卷二：「桂宫在未央北，中有明光殿。」

〔一三〕射策：漢代取士的一種形式，見卷二《武陵書懷五十韻》注。彎弧：彎弓射箭。

〔一四〕草澤：草野。忌諱：顧忌避諱。司馬相如《上林賦》：「鄙人固陋，不知忌諱。」

〔一五〕嘉禾驛：當在蘇州嘉興縣，今屬浙江省。《元和郡縣圖志》卷二五「蘇州」：「嘉興縣，本春秋時長水縣，秦爲由拳縣，漢因之。吴時有嘉禾生，改名禾興縣。後以孫皓父名，改爲嘉興縣也。」

〔一六〕鈎：原作「釣」，據明本、劉本、《全唐詩》改。王餘魚：相傳爲比目魚之半。《文選》左思《吴都賦》：「雙則比目，片則王餘。」劉逵注：「比目魚東海所出，王餘魚，其半也。俗云，越王鱠魚未盡，因以殘半棄水中爲魚，遂無其一面，故曰王餘也。」

〔一七〕蘇小：參見前詩注。《輿地紀勝》卷三「嘉興府」：「蘇小小墓在嘉興縣西南六十步，晉歌姬也，今有片石在通判廳，乃云蘇小小墓，豈非家在錢塘而墓在嘉興乎？」周煇《卮林》卷二：「《芥隱筆記》引白樂天詩：『揚州蘇小小，人道是夭斜。』……蘇小實錢塘人……『揚』州爲『杭』字之誤也。宋陳子兼《窗間紀聞》：『嘉興縣西南六十步，地記云晉歌妓蘇小小墓，今有片石在通判廳，曰蘇小小墓。』徐凝《寒食》詩：『嘉興郭里逢寒食，落日家家拜掃歸。只有縣前蘇小小，無人送與紙錢灰。』則小小墓又在嘉禾，豈麗媛妖姬兩地争以爲重乎？劉禹錫《送裴處士》詩云……夢得詠已及此，《紀聞》又非誣耳。」

〔一八〕方山：在今江蘇省南京市。謝靈運有《鄰里相送至方山》詩。此借指送别之處。

和樂天題真娘墓〔一〕

薝蔔林中黄土堆，〔二〕羅襦繡帒已成灰。〔三〕芳魂雖死人不怕，蔓草逢春花自開。〔四〕幡蓋向風疑舞袖，鏡燈臨曉似妝臺。吴王嬌女墳相近，〔五〕一片行雲應往來。〔六〕

【校注】

〔一〕詩長慶四年在夔州作。真娘墓：《吴地記》：「虎丘山寺側有貞娘墓，吴國之佳麗也。行客才子多題墓上。」《平江紀事》：「真娘，唐帝時名妓也，墓在虎丘劍池之西。」此及下詩，宋敏求哀自《杭越唱和集》者，此集所收乃白居易、元稹長慶四年在杭、越二州任上唱和詩，劉詩當與之同時作。

〔二〕薝蔔林：梔子林，此指佛寺旁樹林。《酉陽雜俎》卷一八：「諸花少六出者，唯梔子花六出。……其花香甚，相傳即西域薝蔔花也。」《維摩詰所説經·觀衆生品》：「如人入瞻蔔林，唯嗅瞻蔔，不嗅餘香。」

〔三〕繡帒：刺繡香囊。帒，同袋，劉本、《叢刊》本作「黛」。

〔四〕蔓草：江淹《恨賦》：「試望平原，蔓草縈骨，拱木斂魂。」李紳《真娘墓序》：「吴之妓人，歌舞有名者，死葬於吴武丘寺前，吴中少年從其志也。墓多花草，以滿其上。」

〔五〕吴王嬌女：《吴越春秋》卷二：「吴王有女滕玉，因謀伐楚，與夫人及女會，蒸魚，王前嘗半而與女。女怒曰：『王食魚，辱我。不忍久生。』乃自殺。闔閭痛之，葬於國西閶門外。」《吴郡志》卷一八：「吴女墓在閶門外，取土時，其地爲湖，號女墳湖。」

〔六〕行雲：用巫山神女事，此指真娘、吴王女的神靈，參見卷四《竇夔州見寄（略）》注。

【附録】

真娘墓（原注：墓在虎丘寺。） 白居易

真娘墓，虎丘道。不識真娘鏡中面，唯見真娘墓頭草。霜摧桃李風折蓮，真娘死時猶少年。脂膚荑手不牢固，世間尤物難留連。難留連，易銷歇，塞北花，江南雪。（《白居易集》卷一二）

和樂天柘枝〔一〕

柘枝本出楚王家，〔二〕玉面添驕舞態奢。〔三〕鬆鬢故梳鸞鳳髻，〔四〕新衫別織鬥鷄紗。〔五〕鼓催殘拍腰身軟，〔六〕汗透羅衣雨點花。畫筵曲罷辭歸去，〔七〕便隨王母上煙霞。〔八〕

【校注】

〔一〕此詩亦輯自《杭越唱和集》，當長慶四年在夔州作，參見前詩。柘枝：舞名。《樂府詩集》卷五六：「《樂府雜録》曰：『健舞曲有《柘枝》，軟舞曲有《屈柘》。』《樂苑》曰：『羽調有《柘枝曲》，商調有《屈柘枝》。此舞因曲爲名，用二女童，帽施金鈴，抃轉有聲。其來也，於二蓮花中藏，花拆而後見。』……一説曰：《柘枝》，本柘枝（疑爲拓拔之誤）舞也，其後字訛爲柘枝。」

〔二〕楚王家：《樂府詩集》卷五六：「沈亞之賦（《柘枝》）云：『昔神祖之克戎，賓雜舞以混會。《柘枝》信其多妍，命佳人以繼態。』然則似是戎夷之舞。按今舞人衣冠類蠻服，疑出南蠻諸國也。」

〔三〕驕：劉本、《全唐詩》作「嬌」。奢：美，出色。

〔四〕鬟：劉本、《全唐詩》作「鬆」，《叢刊》本作「雲」，《全唐詩》校「一作鬟」。故：劉本、《叢刊》本、《全唐詩》作「改」。鸞鳳：「鳳」字原闕，據劉本、《全唐詩》補，《叢刊》本作「翔風」。

〔五〕鬥鷄紗：紗上織鬥鷄圖案者。《新五代史·孫德昭傳》：「梁太祖頗德其附己，以龍鳳劍、鬥鷄紗遺之。」

〔六〕鼓催：柘枝舞伴以急促鼓點。杜牧《懷鍾陵舊游》：「柘枝蠻鼓殷晴雷。」《韻語陽秋》卷一五引鄭在德詠柘枝舞詩：「三敲畫鼓聲催急，一朵紅蓮出水遲。」軟，原作「毻」，據劉本、《叢刊》本、《全唐詩》改。

〔七〕畫：《叢刊》本作「華」。

〔八〕王母：西王母，神話中女神。句與白詩「雲飄雨送向陽臺」均形容舞妓罷舞將去時飄飄欲仙的神態。

【附録】

柘枝妓　　白居易

平鋪一合錦筵開，連擊三聲畫鼓催。紅蠟燭移桃葉起，紫羅衫動柘枝來。帶垂鈿胯花腰重，帽轉金鈴雪面回。看即曲終留不住，雲飄雨送向陽臺。（《白居易集》卷二三）

聞韓賓擢第歸覲以詩美之兼賀韓十五曹長時韓牧永州〔一〕

零陵香草滿郊坰，〔二〕丹穴雛飛入翠屏。〔三〕孝若歸來呈畫贊，〔四〕孟陽別後有山銘。〔五〕蘭陔舊地花纔結，〔六〕桂樹新枝色更青。〔七〕爲報儒林丈人道，〔八〕如今從此鬢星星。〔九〕

【校注】

〔一〕詩長慶中在夔州作。韓十五：韓曄，爲永貞時與劉禹錫同貶的八司馬之一。第，原作「弟」，據明本、劉本、《叢刊》本、《全唐詩》改。曹長：此爲對尚書省郎中的稱呼。《唐國史補》卷下：「尚書丞郎、郎中相呼曰曹長。」永州：今屬湖南省。《舊唐書·韓曄傳》：「宰相滉之族子，有俊才，依附韋執誼，累遷尚書司封郎中。叔文敗，貶池州刺史，尋改饒州司馬，量移汀州刺史，又轉永州，卒。」同書《穆宗紀》：長慶元年三月「乙丑，以……汀州刺史韓曄爲永州刺史……量移也」。韓賓爲韓曄之子。《新唐書·宰相世系二上》「韓氏」：曄子「賓，亳州刺史」。據《唐會要》卷七六，韓賓大和二年應賢良方正能極言直諫科及第，其進士擢第當在長慶中。

〔二〕零陵香草：《輿地紀勝》卷五六「永州」：「零陵香，生湘源，如羅勒，所生處香聞數十步。」郊坰：郊野。《詩·魯頌·駉》：「駉駉牡馬，在坰之野。」傳：「坰，遠野也。邑外曰郊，郊外曰野，野外曰林，林外曰坰。」

〔三〕丹穴：神話中山名。《山海經·南山經》：「丹穴之山……有鳥焉，其狀如鷄，五采而文，名曰鳳凰。」雛：此指鳳雛，美喻韓賓。翠屏：喻山，永州多山。孫綽《游天台山賦》：「搏壁立之翠屏。」

〔四〕孝若：夏侯湛字。《晉書》本傳：「夏侯湛字孝若……幼有盛才，文章宏富，善構新詞。」畫贊：指夏侯湛《東方朔畫贊》，見《文選》，其序云：「僕自京都，言歸定省，睹先生之縣邑，想先生之高風。徘徊路寢，見先生之遺像；逍遥城郭，觀先生之祠宇。慨然有懷，乃作頌焉。」

〔五〕孟陽：張載字。山銘：指張載《劍閣銘》。《晉書》本傳：「載字孟陽，安平人也。父收，蜀郡太守。載性閑雅，博學有文章。太康初，至蜀省父，道經劍閣，載以蜀人恃險好亂，因著銘以作誡曰……益州刺史張敏見而奇之，乃表上其文，武帝遣使鐫之於劍閣山焉。」孝若、孟陽，此均以喻韓賓。

〔六〕蘭陔：種蘭之階，《詩經》亡詩篇名。《文選》束皙《補亡詩》：「循彼南陔，言采其蘭。」李善注：「循陔以采香草者，將以供養其父母，喻人求珍異以歸。」結：通擷，采取。此以蘭草喻佳子弟。謝安嘗問：「子弟亦何豫人事，而正欲使其佳？」謝玄答曰：「譬如芝蘭玉樹，欲使其生於庭階耳。」見《晉書·謝安傳》。

〔七〕桂樹新枝：古人以折桂喻及第。《晉書·郤詵傳》：「武帝……問詵曰：『卿自以爲何如？』詵對曰：『臣舉賢良對策，爲天下第一，猶桂林之一枝，崑山之片玉。』」更：《叢刊》本、《文苑英華》作「尚」。

〔八〕儒林丈人：指韓曄。《晉書·王沈傳》：「少好書，善屬文……時魏高貴鄉公好學有文才，引沈及裴秀數於東堂講燕屬文，號沈爲文籍先生，秀爲儒林丈人。」

〔九〕此：《叢刊》本、《文苑英華》作「放」。鬢星星：髮白，謂己已衰老。

【集評】

何焯曰：次聯李義山偷取入四六。（卞孝萱《劉禹錫詩何焯批語考訂》）

送鴻舉師游江西〔一〕并引

始余謫朗州，爾時是師振麻衣，斐然而前，持文篇以爲僧贄，唧唧而清，如蟲吟秋，自然之響，無有假合，有足佳者，故爲賦二章以聲之。〔二〕距今年，遇於建平，赤髭益蕃，文思益深，而内外學益富。〔三〕既訊矣，探裓中出前所與詩閱之，紙勞墨瘁，與我同來。〔四〕因思夫苒苒之光，渾渾之輪，時而言，有初中後之分，日而言，有今昨明之稱，身而言，有幼壯艾之期，乃至一謦咳，一彈指，中際皆具，何必求三生以異身邪？〔五〕然而視余之文，昔與今有莛楹之別；視余之書，昔與今有鈞石之懸；視余之仕，昔與今乃唯阿之差耳。〔六〕豈有工拙之數存乎其間哉？蓋可勉而進者，與日月而至矣；彼儻來外物，〔七〕雖日月無能至焉。是歲，師告余游江西，復爲賦七言以爲游地爾。

禪客學禪兼學文，出山初似無心雲。〔八〕從風卷舒來何處？〔九〕繚繞巴山不得去。山州古寺好閒居，讀盡龍王宮裏書。〔一〇〕使君灘頭揀石硯，〔一一〕白帝城邊尋野蔬。忽然登高心瞥起，又欲浮杯信流水。〔一二〕煙波浩淼魚鳥情，東去三千三百里。〔一三〕荆門硤斷無盤渦，〔一四〕湘平漢闊清光多。〔一五〕廬山霧開見瀑布，江西月净聞漁歌。鍾陵八郡多名守，〔一六〕半是西方社中友。〔一七〕與師相見便談空，〔一八〕想得高齋師子吼。〔一九〕

【校注】

〔一〕詩長慶中在夔州作。鴻舉：荆州僧，見卷二《秋日過鴻舉法師寺院便送歸江陵·引》。江西：江南西道，唐方鎮名。西，原作「南」，據《叢刊》本及詩引改。

〔二〕二章：指《秋日過鴻舉法師寺院便送歸江陵》、《重送鴻舉赴江陵謁馬逢侍御》二詩，均見卷二。聲之：謂爲之延譽。

〔三〕距：至。建平：即夔州。《太平寰宇記》卷一四八「夔州巫山縣」：「故城在今縣北，晉移於此，立建平郡，梁武帝廢郡。」赤髭：見卷二《送僧元暠南游》注。内外學：此指佛學與詩。《佛祖統紀》卷三八：「以儒道九流爲外教，釋氏爲内教。」

〔四〕訊：問候。紙勞墨瘁：紙張磨損，墨色暗淡。來：《叢刊》本作「容」。

〔五〕苒苒：漸漸貌。渾渾：同滾滾。輪：指日月。初中後：佛教徒將時間劃分爲初中後三段。《智度論》：「苦行頭陀，初中後夜，勤心禪觀。」艾：年老。《禮記·曲禮上》：「五十曰艾。」謦咳：輕咳。《妙法蓮華經·神力品》：「一時謦咳，倶共彈指。」

〔六〕莛：屋梁。楹：廳堂前部的柱子。《莊子·齊物論》：「故爲是舉莛與楹，厲與西施，恢恑憰怪，道通爲一。」鈞石：古代重量單位。《漢書·律曆志上》：「三十斤爲鈞，四鈞爲石。」莛與楹，鈞與石有較大的差别。唯阿之差：極小的差别。《老子》上篇：「唯之與阿，相去幾何？」河上公注：「同爲應對。」

〔七〕儻來外物：指功名官職等。《莊子·繕性》：「物之儻來，寄者也。」成玄英疏：「儻者，意外忽來者耳。」

〔八〕無心雲：陶潛《歸去來辭》：「雲無心以出岫。」

〔九〕何處：原作「處處」，據劉本、《文苑英華》、《全唐詩》改。

〔一〇〕龍王宫裏書：指佛經。《法苑珠林》卷二〇：「世尊在時，我從佛聞。若結集竟，將我三藏教付囑娑竭龍王。」又卷六六《龍樹菩薩傳》：大龍菩薩「即以神力接入大海，至其宫殿，開七寶函，以示諸方等深奥經典、無量妙法，授與龍樹……龍樹既得諸經，豁然通達。」

〔一一〕使君灘：在今重慶市萬縣附近長江中。《水經注·江水》：「（江水）又東逕羊腸虎臂灘。楊亮爲益州，至此舟覆，懲其波瀾，蜀人至今猶名之爲使君灘。」《太平寰宇記》卷一四九「萬州南浦縣」：「使君灘在州東二里大江中。」

〔一二〕浮杯：用杯渡事，參見卷二《秋日過鴻舉法師寺院（略）》注。

〔一三〕三千三百里：指東去江西的水程。樂府《懊儂歌》：「江陵去揚州，三千三百里。」

〔一四〕荆門：山名，在今湖北省宜都縣西北。《水經注·江水》：「江水又東，歷荆門、虎牙之間……此二山，楚之西塞也，水勢急峻。」盤渦：急流漩渦。江水過荆門後出峽，進入江漢平原，水勢較平緩。

〔一五〕湘：湘江。漢：漢水。

〔一六〕鍾陵：縣名，指洪州，爲江西觀察使治所。八郡：江西觀察使所轄八州。《元和郡縣圖志》卷二八「江南道」：「洪州，今爲江南西道觀察使理所。管州八：洪州、饒州、虔州、吉州、江州、袁州、信州、撫州。」又「洪州南昌縣」：「寶應元年六月改爲鍾陵縣，十二月改爲南昌縣。」郡：原作「部」，據劉本、《叢刊》本、《文苑英華》、《全唐詩》改。

〔一七〕西方社中友：謂佛教徒。參見卷一《廣宣上人寄在蜀與韋令公唱和詩卷（略）》注。

〔一八〕談空：講論佛教經義。孔稚珪《北山移文》：「談空空於釋部，覈玄玄於道流。」

〔一九〕高齋：指刺史座上。謝朓爲宣城太守，有《郡内高齋閒坐答吕法曹》詩。師子：即獅子。《維摩詰所説經·佛國品》：「演法無畏，猶師子吼。」鳩摩羅什注：「能説真法，衆咸敬順，猶師子吼，威懾群獸也。」僧肇曰：「師子吼，無畏音也。凡所言説，不畏群邪異説，衆獸咸下之。」

送義舟師卻還黔南〔一〕并引

黔之鄉，在秦、楚爲爭地。〔二〕近世人多過言其幽荒以談笑，聞者又從而張皇之，猶夫束蕴逐原燎，或近乎語妖。〔三〕適有沙門義舟，道黔江而來，能畫地爲山川，及條其風俗，纖悉可信。且曰：「貧道以一錫游它方，〔四〕衆矣，至黔而不知其遠。始遇前節使而聞，〔五〕今節使益賢而文，故其佐多才士。摩圍之下，曳裾秉筆，彬然與兔園同風。〔六〕蕃僧以外學嗜篇章，時或攝衣爲末至客。〔七〕其來也，約主人乘秋風而還，今乞詞以賜之，如捧意珠，〔八〕行住坐卧，知相好耳。」余曰：「唯。」命筆爲七言以應之。

黔江秋水浸雲霓〔九〕，獨泛慈航路不迷。〔一〇〕猿狖窺齋林葉動，〔一一〕蛟龍聞咒浪花低。〔一二〕如蓮半偈心常悟，〔一三〕問菊新詩手自攜。〔一四〕常説摩圍似靈鷲，〔一五〕卻將山屐上丹梯。〔一六〕

【校注】

〔一〕詩長慶中在夔州作。義舟：自稱「蕃僧」，當爲西域少數民族或外國僧人，餘未詳。黔南：即黔州，時爲黔中觀察使治所。黔州州治在今四川彭水縣，轄黔、涪、辰、錦等十五州，即今四川南部、湖南西部及貴州之地，均在國土之南，故稱黔南。詩引云義舟「道黔江而來」，按黔江即今烏江，自黔州西北流自涪陵入長江，順流可至夔州，故詩當夔州作。

〔二〕争地：用兵争奪之地。《孫子·九地》：「我得亦利，彼得亦利者，爲争地。」《元和郡縣圖志》卷三〇「江南道黔州」：「今辰、錦、叙、獎、溪、澧、朗、施等州，實秦、漢黔中郡之地。」黔中秦、楚時爲争地，參見卷二《武陵書懷五十韻》注。

〔三〕張皇：擴大夸張。束藴：麻絮扎成的火把。藴，通緼。《漢書·蒯通傳》：「束緼請火於亡肉家。」原燎：野火。麻杆易燃，束藴逐原燎，火將愈烈。語妖：言語妖妄。

〔四〕錫：僧人所持錫杖。

〔五〕節使：持節的使者，此指黔中觀察使。而聞：疑當作「而文」。據《唐刺史考·黔州》，元和初至長慶二年，黔中觀察使有竇群、崔能、李道古、魏義通、嚴謨、崔元略，此未詳所指。

〔六〕摩圍：山名。《輿地紀勝》卷一七六「黔州」：「摩圍山，在彭水縣西，隔江四里，與州城對面。夷獠呼天曰圍，言此摩天，號曰摩圍。」彬然：盛貌。兔園：漢梁孝王園，故址在今河南商丘東。《西京雜記》卷二：「梁孝王好營宮室苑囿之樂，作曜華之宮，築兔園。園中有百靈山，山有膚寸石、落猿巖、棲龍岫。又有雁池，池間有鶴洲鳧渚。其諸宮觀相連，延亘數十里，奇果異樹，瑰禽怪獸畢備。」梁孝王好文，招延賓客，鄒陽、枚乘、司馬相如皆從之游，見《史記·梁孝王世家》。

〔七〕蕃：《叢刊》本作「貧」，劉本作「番」。攝衣：提起衣袍下襟，以示恭敬。《史記·高祖紀》：「沛公起，攝衣謝之（酈食其）。」末至客：謂爲上客。謝惠連《雪賦》：「梁王不悦，游於兔園。乃置旨酒，命賓友，召鄒生，延枚叟。相如末至，居客之右。」末至，劉本、《叢刊》本作「末坐」，疑是。

〔八〕意珠：如意珠，佛經中用以比喻智慧。《翻譯名義集》卷八：「摩尼……即珠之總名也。此名離垢，此寶光浄，不爲垢穢所染……亦云如意。」

〔九〕浸：原作「侵」，據明本、劉本、《叢刊》本改。

〔一〇〕慈航：指船，雙關義舟法名及佛法。佛教以苦海喻人世，以舟航喻佛法，謂佛以慈悲之心度人出世，脱離苦海，故曰慈航。清涼禪師《般若經序》：「般若者，苦海之慈航，昏衢之巨燭。」

〔一一〕狖：長尾猿。《法苑珠林》卷一一《千佛篇》：「祇樹精舍，有神異驗。衆集之時，獮猴飛鳥，群類數千，悉來聽法，寂寞無聲，事竟即去，各還所止。」

〔一二〕咒：咒語。《法苑珠林》卷六〇《咒術篇》：「爾時世尊告阿難言：『若有人受持此咒……一切諸天龍、鬼神、縣官、劫賊、諸毒蟲等，皆不能害，一切諸惡疾病，亦不能害。』」

〔一三〕偈：佛經中贊詞，四句爲一偈。如蓮半偈，指帝釋爲佛所説半偈。《大般涅槃經》卷一四載：佛過去作婆羅門，在雪山中修菩薩行時，天帝釋即下試之，自變其身，作羅刹像，宣過去佛所説半偈：「諸行無常，是生滅法。」佛聞是半偈，心中歡喜，謂：「説是半偈，啟悟我心，猶如半月，漸開蓮華。」並語羅刹：「大士若能爲我説是偈竟，我當終身爲汝弟子。」羅刹即爲説偈之後半：「生滅滅已，寂滅爲樂。」

〔一四〕問菊新詩：指義舟所作詩。劉宋詩僧湯惠休有菊詩《贈鮑侍郎》：「玳枝兮金英，緑葉兮紫莖，不入君玉杯，低彩還自榮。」《類文》題作《菊問贈鮑侍郎》，見《西溪叢語》卷下。

〔一五〕靈鷲：山名，見卷二《送僧元暠南游》注。

〔一六〕丹梯：見卷一《洛中送楊處厚入關便游蜀謁韋令公》注。

【集評】

賀裳曰：謝茂秦論詩，不顧性情義理，專重音響，所謂習制氏之鏗鏘，非關作樂之本意也。其糾摘細碎，誠有善者，亦多苛僻……論劉禹錫《送黔南僧》曰：「『猿狖窺齋林葉動，蛟龍聞咒浪花低。』太白《僧伽歌》『瓶裏千年舍利骨，手中萬歲猢猻藤』，詞高氣雄，遠過禹錫。」愚意太白長歌，禹錫近體，體制自各不同。且太白二語，實不見佳，徒以雄才灝氣行之，遂掩其醜。正如長江中腐胔不能爲累，非可指爲美物也。禹錫未免涉於工麗，然如澄練散綺，何遂不佳？（《載酒園詩話》卷一）

送景玄師東歸〔一〕并引

廬山僧景玄袖詩一軸來謁，往往有句輕而遒。〔二〕如鶴雛䙰褷，未有六翮，而步舒視遠，戞然一唳，乃非泥滓間物。〔三〕獻詩已，斂衲而辭，〔四〕且曰：「其來也，與故山

秋爲期。夫丐者，〔五〕僧事也。今無它請，唯文是求。」故賦一篇，以代瓔珞耳。〔六〕

東林寺裏一沙彌，〔七〕心愛當時才子詩。山下偶隨流水出，〔八〕秋來卻赴白雲期。〔九〕灘頭躡屐挑沙菜，路上停舟讀古碑。想到舊房拋錫杖，小松應有過檐枝。

【校注】

〔一〕詩稱景玄歸廬山爲「東歸」，又無遷謫意，當長慶中在夔州作。景玄：廬山僧，餘未詳。殷堯藩有《送景玄上人還山》詩，劉得仁有《題景玄禪師院》詩，恐非同一人。

〔二〕遒：遒勁有力。

〔三〕襹：同褷，疑當作「褵」。褵褷，或作「離褷」。《文選》木華《海賦》：「鳧雛離褷，鶴子淋滲。」張銑注：「離褷、淋滲，毛羽初生貌。」王維《鸕鷀堰》：「獨立何褵褷，銜魚古查上。」六翮：鳥翅大翎。泥滓：泥渣，比喻污濁的塵世。杜甫《奉先劉少府新畫山水障歌》：「若耶溪，雲門寺，吾獨胡爲在泥滓。」

〔四〕裓：長衣下襟，此指僧衣。斂其衣襟，表示敬意。

〔五〕丐：乞討。《釋氏要覽》：「乞士謂上於佛乞法，資益慧命；下於施主乞食，資益色身。」

〔六〕瓔珞：又作纓絡，以珠玉貫串而成的裝飾品，此指財物的布施。《南史·林邑國傳》：「其王者著法服，加瓔珞，如佛像之飾。」參見卷二《送僧元暠南游》注。

〔七〕東林寺：在廬山，參見卷三《送慧則法師歸上都因呈廣宣上人》注。沙彌：出家初受戒的男子。《魏書·釋老志》：「其爲沙門者，初修十誡曰沙彌。」

〔八〕隨流水出：謂無心而出。

〔九〕白雲期：即引所云與故山爲期。孔稚珪《北山移文》謂周顒離開鍾山後，遂使「青松落陰，白雲誰侶」。

【集評】

方回曰：劉禹錫詩格高，在元、白之上，長慶以後詩人皆不能及，且是句句分曉，不吃氣力，别無暗昧關鎖。（《瀛奎律髓》卷四七）

紀昀曰：論夢得是，然以論夢得此二詩（按：指此詩及《酬淮南廖參謀秋夕見過之作》）則未是。二詩乃夢得之不佳者。起二句粗鄙，通體平淺。（《瀛奎律髓彙評》卷四七）

蜀先主廟〔一〕　漢末謠：黄牛白腹，五銖當復。

天下英雄氣，千秋尚凛然。〔二〕勢分三足鼎，〔三〕業復五銖錢。〔四〕得相能開國，〔五〕生兒不象賢。〔六〕淒凉蜀故妓，〔七〕來舞魏宫前。

【校注】

〔一〕詩長慶中在夔州作。先主廟：在夔州。蜀先主劉備卒於白帝城。《三國志·蜀書·先主傳》：「（章武三年）夏四月癸巳，先主殂於永安宮。」《太平寰宇記》卷一四八「夔州奉節縣」：「永安宮，漢末公孫述所築，蜀先主崩於此城中，故曰永安宮。」《方輿勝覽》卷五七「夔州路」：「蜀先主廟，去奉節縣六里。」

〔二〕英雄：《三國志·蜀書·先主傳》：「曹公從容謂先主曰：『今天下英雄，惟使君與操耳。本初之徒，不足數也。』」凜然：嚴肅令人敬畏貌。

〔三〕三足鼎：鼎有三足，喻魏、蜀、吴三國對峙。孫楚《爲石仲容與孫皓書》：「吴之先主，起自荆州，……劉備震懼，亦逃巴岷，……互相扇動，距捍中國，自謂三分鼎足之勢，可與泰山相終始。」

〔四〕五銖錢：重五銖的錢幣。古代以二十四銖爲一兩。《漢書·食貨志下》：「自孝武元狩五年，三官初鑄五銖錢……王莽居攝，變漢制，以周錢有子母相權，於是更造大錢……又造契刀、錯刀……與五銖錢凡四品，並行。莽即真，以爲書『劉』字有金刀，乃罷錯刀、契刀及五銖錢。」《後漢書·五行志一》：「世祖建武六年，蜀童謡曰：『黄牛白腹，五銖當復。』是時公孫述僭號於蜀，時人竊言：『王莽稱黄，述欲繼之，故稱白；五銖，漢家貨，明當復也。』述遂誅滅。」

〔五〕相：丞相，指諸葛亮，佐劉備取西川，建立蜀漢政權，聯吴拒曹，定三分霸業。《三國志·蜀書·諸葛亮傳》：「與亮情好日密，關羽、張飛等不悦，先主解之曰：『孤之有孔明，猶魚之有水也。』……先主於是即帝位，策亮爲丞相。」

〔六〕兒：指後主劉禪。《三國志·蜀書·先主傳》：「（章武元年）五月，立皇后吴氏，子禪爲皇太子。」象賢：《儀禮·士冠禮》：「繼世以立諸侯，象賢也。」注：「賢者子孫，恒能法其父德行。」

〔七〕蜀故妓：蜀國原有的妓樂。蜀後主劉禪降於魏，封安樂縣公。《三國志·蜀書·後主傳》注引《漢晉春秋》：「司馬文王與禪宴，爲之作故蜀技，旁人皆爲之感愴，而禪喜笑自若。王謂賈充曰：『人之無情，乃可至於是乎！雖使諸葛亮在，不能輔之久全，而況姜維耶？』」

【集評】

范温曰：余舊日嘗愛劉夢得《先主廟》詩，山谷使余讀李義山《漢宣帝》詩，然後知夢得之淺近。（《苕溪漁隱叢話》前集卷九引《詩眼》）

方岳曰：杜牧之《赤壁》詩：「……東風不借周郎便，銅雀春深鎖二喬。」許彦周不諭此老以滑稽弄翰，每每反用其鋒，輒雌黄之，謂孫氏霸業，繫此一戰，宗廟丘墟，皆置不問，乃獨含情妖女，豈非與痴人言不應及於夢也！劉禹錫《題蜀主廟》詩云：「凄涼蜀故妓，來舞魏宫前。」亦是此意，惟增悽感，卻不主於滑稽耳。本朝諸公，喜於議論，往往不深諭。唐人主於性情，便雋永有味，然後爲勝。（《深雪偶談》）

劉克莊曰：劉夢得五言如《蜀先主廟》……皆雄渾老蒼，沈着痛快，小家數不能及也。（《後村詩話》）

方回曰：胡澹庵有詩云：「須令民去思，如思漢五銖。」自注謂：「五銖起於元狩五年，新室罷之，民思以五銖市買。莽法：復挾五銖者投四裔。光武因馬援言復之，民以爲便。董卓悉壞五銖，曹操爲相，復之。自魏至梁、陳、周、隋，皆以五銖爲便。唐武德四年，鑄開元通寶，五銖始不復見。」夢得此詩用三足鼎、五銖錢，可謂精當。然末句非事實也。蜀固亡矣，魏亦豈爲存哉？其業已屬司馬氏矣。諸葛公之子死於難，不爲先主羞。而魏之群臣舉國以授晉，則何滅蜀之有哉！（《瀛奎律髓》卷二八）

黄周星曰：「首句」五字有千鈞之力。「末句」先主有知，亦當淚下。（《唐詩快》）

馮舒曰：落句可傷。用劉禪事，何云「非事實」？方君不學乃至是！蜀亡時魏未禪位，何言之夢夢耶？「不象賢」，自謂後主，何言諸葛？方君不通如此。（《瀛奎律髓彙評》卷二八）

許印芳曰：凡祠廟墳墓等題，總宜從人著筆，不可糾纏祠墓。蓋祠墓是公共之物，略用關合足矣。人是本題正位，宜用重筆發揮，乃合體裁。如此詩全説先主，於「廟」字無一語道及，而起結皆扣住「廟」字。起語是從廟貌看出，結語則以魏宫對照蜀廟也。（同前）

何焯曰：通篇極著意「蜀」字，破題再涵蓋「魏」字，非千鈞筆力不能。二十字中，無字不典，無字不緊，老杜執筆，不過如此。（卞孝萱《劉禹錫詩何焯批語考訂》）

又曰：此篇似出於張正見《韓信詩》。（同前）

查慎行曰：中兩聯字字確切，惜結句不稱。（《初白庵詩評》）

紀昀曰：句句精拔。起二句確是先主廟，妙似不用事者。後四句沈着之至，不病其直。（同前）

余成教曰：《先主廟》云：「得相能開國，生兒不象賢。」論斷簡切。（《石園詩話》卷一）

方世舉曰：詩有似浮泛而勝精切者，如劉和州《先主廟》，精切矣；劉隨州《漂母祠》，無所爲切，而神理自不泛，是爲上乘。比之禪，和州北宗，隨州南宗。但不可驟得，宜先法精切者，理學家所謂腳踏實地。（《蘭叢詩話》）

觀八陣圖〔一〕

軒皇傳上略，〔二〕蜀相運神機。水落龍蛇出，〔三〕沙平鵝鸛飛。〔四〕波濤無動勢，鱗介避餘威。〔五〕會有知兵者，〔六〕臨流指是非。

【校注】

〔一〕詩長慶中在夔州作。八陣圖：即八陣圖，陳，通陣。相傳諸葛亮所造八陣圖有數處，此指在今重慶市奉節縣長江中者。《輿地紀勝》卷五七「夔州路」：「《成都圖經》云：『武侯之八陣凡三：在夔者六十有四，方陣法也；在牟彌者一百二十有八，當頭陣法也；其在棋盤市者二百五十有六，營法也。』《興元志》，興元西縣亦有八陣圖，則八陣九（凡）四矣。」《太平寰宇記》卷一四八「夔州奉節縣」：「八陣圖，在縣西南七里。《荆州圖副》云：『永安宫南一里，渚下平磧上，周回四百十八丈，中有諸葛武侯八陣圖，聚細石爲之。各高五尺，廣十圍，歷然棋布，縱横相當。中間相去九尺，正中間南北巷，悉廣五尺。凡六十四聚。』」《水經注・江水》：「江水又東逕諸葛亮圖壘南。石磧平曠，望兼川陸，有亮所造八陣圖，東跨故壘，皆累細石爲之。自壘西去，聚石八行，行間相去二丈……皆圖兵勢行藏之權，自後深識者所不能了。今夏水漂蕩，歲月消損，高處可二三尺，下處磨滅殆盡。」《太平廣記》卷三七四引《劉賓客嘉話録》：「夔州西市，俯臨江岸，沙石下有諸葛亮八陣圖，箕張翼舒，鵝形鸛勢，象（聚）石分布，宛然尚存。峽水大時，三蜀雪消之際，澒涌滉漾，可勝道哉。大樹十圍，枯槎百丈，破磑巨石，隨波塞川而下……及乎水落川平，萬物皆失故態，唯諸葛陣圖小石之堆，標聚行列依然。如是者僅已六七百年，年年淘灑推激，迨今不動。」《唐語林》卷二此條後續引劉禹錫云：「是諸葛公誠明，一心爲先主效死。況此法出《六韜》，是太公上智之材所構，自有此法，惟孔明行之，所以神明保持，一定而不可改也。」

〔二〕軒皇：黄帝軒轅氏。《神機制敵太白陰經》卷六：「黄帝設八陣之形：車廂洞當，金也；車工中黄，土也；烏雲鳥翔，火也；折衝，木也；龍騰卻月，水也；雁行鵝鸛，天也；車輪，地也；飛翼浮沮，巽也……其後秦由余、蜀將諸葛亮並有陣圖，以教人戰。」

〔三〕龍蛇：陣名。《神機制敵太白陰經》卷六有天、地、風、雲、龍、虎、鳥、蛇八陣。

〔四〕鵝、鸛：水鳥名，亦陣名。《左傳·昭公二十一年》：「鄭翩願爲鸛，其御願爲鵝。」注：「鵝、鸛皆陣名。」

〔五〕鱗介：指水族。鱗，魚龍之屬；介，龜鼈之屬。

〔六〕知兵者：指桓温等。《唐語林》卷二引劉禹錫語：「東晉桓温征蜀過此，曰：『此常山蛇陣，擊頭則尾應，擊尾則頭應，擊其中則頭尾皆應。』常山者，地名。其蛇兩頭，出於常山。其陣適類其蛇之兩頭，故名之也。温遂勒銘曰：『望古識其真，臨源愛往跡。恐君遺事節，聊下南山石。』」《太平寰宇記》卷一四八「夔州」：「八陣圖……桓温伐蜀經之，以爲常山蛇勢。此蓋臆言也。」

巫山神女廟〔一〕

巫山十二鬱蒼蒼，〔二〕片石亭亭號女郎。〔三〕曉霧乍開疑卷幔，山花欲謝似殘妝。〔四〕星河好夜聞清佩，〔五〕雲雨歸時帶異香。〔六〕何事神仙九天上，〔七〕人間來就楚襄王？〔八〕

【校注】

〔一〕詩長慶中在夔州作。巫山神女：見卷四《竇夔州見寄寒食日憶故姬小紅吹笙因和之》注。《太平寰宇記》卷一四八「夔州巫山縣」：「神女廟，在峽之岸。」《漁洋詩話》卷中：「巫峽中神女廟，在箜篌山麓。茅茨三間，而神像幽閒，婉孌可觀。其西即高唐觀也。」

〔二〕巫山十二：巫山有十二峰，見卷四《松滋渡望硤中》注。《吴船録》卷下：「三十五里至神女廟，廟前灘尤洶怒。十二峰俱在北岸，前後蔽虧，不能足其數。」

〔三〕亭亭：直立貌。神女峰即望霞峰，峰上有石，如人形。杜甫《大曆三年春白帝城放船出瞿塘峽（略）》：「神女峰娟妙。」

〔四〕曉霧二句：庾信《梁東宫行雨山銘》：「翠幔朝開，新妝旦起；……草緑衫同，花紅面似。」

〔五〕清佩：清越的玉佩聲。陸游《入蜀記》：「過巫山凝真觀，謁妙用真人祠，真人即世所謂巫山神女也。祠正對巫山……然十二峰者不可悉見。所見八九峰，惟神女峰最爲纖麗奇峭，宜爲仙真所託。祝史云：『每八月十五夜月明時，有絲竹之音往來峰頂。』」

〔六〕雲雨：見卷四《竇夔州見寄寒食日憶故姬小紅吹笙因和之》注。

〔七〕九天：天最高處。相傳巫山神女爲西王母之女瑶姬。《吴船録》卷下：「神女廟……今廟中石刻引《墉城記》：瑶姬，西王母之女，稱雲華夫人，助禹驅鬼神，斬石疏波，有功見紀。」

〔八〕楚襄王：戰國楚王。宋玉《神女賦序》：「楚襄王與宋玉游於雲夢之浦，使玉賦高唐之事。其夜王寢，果夢與神女遇，其狀甚麗。」沈括《夢溪筆談》以爲「王寢」當爲「玉寢」之誤，但唐人已盛傳襄王神女之事。

【集評】

方回曰：尾句譏之，良是。然本無此事也，詞人寓言耳。（《瀛奎律髓》卷二八）

馮班曰：只第六一句，餘皆常調。（《瀛奎律髓彙評》卷二八）

紀昀曰：三、四俗語，結亦平淺。五句「好夜」二字生造。馮氏賞六句，不可解，所謂不猥褻不盡興耶？尾句太直。此種已是宋詩，設題下换宋人名字，不知如何唾駡耳。（同前）

畬田行〔一〕

何處好畬田，團團縵山腹。〔二〕鑽龜得雨卦，上山燒卧木。〔三〕驚麏走且顧，群雉聲咿喔。〔三〕紅焰遠成霞，輕煤飛入郭。風引上高岑，獵獵度青林。〔四〕青林望靡靡，〔五〕赤光低復起。照潭出老蛟，爆竹驚山鬼。〔六〕夜色不見山，孤明星漢間。如星復如月，俱逐曉風滅。本從敲石光，〔七〕遂致烘天熱。下種暖灰中，乘陽坼牙孽。〔八〕蒼蒼一雨後，〔九〕苕穎如雲發。〔一〇〕巴人拱手吟，〔一一〕耕耨不關心。〔一二〕由來得地勢，徑寸有餘陰。〔一三〕

【校注】

〔一〕詩長慶中在夔州作。畬：火種，一種原始的耕作方法。范成大《勞畬耕序》：「畬田，峽中刀耕火種之地也。春初斫山，衆木盡蹶，至當種時，伺有雨候，則前一夕火之，藉其灰以糞。明日雨作，乘熱土下種，即苗盛倍收。無雨反是。」《詩話總龜》前集卷二七引《談苑》、同書後集卷二四引黄常明語，均云「劉禹錫謫連州作《畬田行》」。按：禹錫連州詩無及畬田事者。但夔州作《竹枝詞》云「長刀短笠去燒畬」，又自夔州轉和州作《歷陽書事》云：「憶昨深山裏，終朝看火耕。」知畬田是夔州百姓傳統耕作方式，此詩又云「巴人拱手吟」，故當爲夔州作無疑。

〔二〕團團：圓貌。縵：縈迴環繞。山腹：山腰。

〔三〕驚麏：驚起的獐子。咿喔：雉啼聲。儲光羲《射雉詞》：「遥聞咿喔聲，時見雙飛起。」

〔四〕岑：小而高的山。獵獵：風聲。

〔五〕靡靡：零落貌。

〔六〕爆竹：竹燃燒爆裂作聲。山鬼：山中精怪。屈原《九歌》有《山鬼》篇。

〔七〕敲石光：敲石取火的微光。

〔八〕陽：指暖氣。坼：裂開，萌發。牙：通芽。孽：通蘖。

〔九〕蒼蒼：深青色，指天。《莊子·逍遥游》：「天之蒼蒼，其正色耶？」

〔一〇〕苕穎：草花和禾穗，此指莊稼幼苗。陸機《文賦》：「苕發穎豎，離衆絶致。」如雲：形容其茂盛。李康《運命論》：「褰裳而涉汶陽之丘，則天下之稼如雲矣。」

〔一一〕巴人：巴地百姓，夔州古爲巴子國。

〔一二〕耕耨：指田間管理。耨，除草。

〔一三〕徑寸：謂小樹。左思《詠史》：「鬱鬱澗底松，離離山上苗。以彼徑寸莖，蔭此百尺條。地勢使之然，由來非一朝。」劉禹錫《楚望賦》謂畲田者「盜天和而借地勢，諒無勞而有年」，與此意同。

【集評】

黄徹曰：劉禹錫謫連州，作《畲田行》云：「何處好畲田，團團縵山腹。……下種暖灰中，乘陽坼芽蘖。」又作《竹枝詞》云：「銀釧金釵來負水，長刀短笠去燒畲。」嘗觀辰、沅亦然。瘠土之民，宜倍

其勞，而耕反鹵莽也。（《碧溪詩話》卷七）

竹枝詞九首〔一〕并引

四方之歌，異音而同樂。歲正月，余來建平，里中兒聯歌《竹枝》，吹短笛，擊鼓以赴節。〔二〕歌者揚袂睢舞，以曲多爲賢。〔三〕聆其音，中黄鍾之羽，其卒章激訐如吴聲。〔四〕雖傖儜不可分，而含思婉轉，有淇濮之艷。〔五〕昔屈原居沅湘間，其民迎神，詞多鄙陋，乃爲作《九歌》，到于今荆楚鼓舞之。〔六〕故余亦作《竹枝詞》九篇，俾善歌者颺之，附于末，後之聆巴歈，知變風之自焉。〔七〕

白帝城頭春草生，白鹽山下蜀江清。〔八〕南人上來歌一曲，北人莫上動鄉情。〔九〕

【校注】

〔一〕詩長慶中在夔州作。《竹枝》：巴渝民歌。顧況《竹枝曲》：「巴人夜唱竹枝曲，腸斷曉猿聲漸稀。」《雅論》卷一〇：「《竹枝》入絶句自劉（禹錫）始，而《竹枝》歌聲劉集未載也。《花間集》有孫光憲，《樽前集》有皇甫松，各數首，皆上四字一斷爲『竹枝』，下三字爲『女兒』，皆歌中咽斷之聲也，但其音節不傳矣。」《師友詩傳續録》：「《竹枝》詠風土，瑣細詼諧皆可入，大抵以風趣爲主，與絶句迥別。」九首：二字原無，據《叢刊》本、《全唐詩》增。《新唐書·劉禹錫傳》：「憲宗立，叔文等敗，禹錫貶連州刺史，未至，斥朗州司馬。州接夜郎諸夷，風俗陋甚，家喜巫鬼，每祠，歌《竹枝》，鼓吹裴回，其聲傖儜。禹錫謂屈原居沅湘間作《九歌》，使楚人以迎送神。乃倚其聲作《竹枝辭》十餘篇，於是武陵夷俚悉歌之。」以詩爲朗州作。《樂府詩集》卷八一：「唐貞元中，劉禹錫在沅湘……《竹枝》新辭九章。」則更以詩作於貞元中。葛立方《韻語陽秋》卷一五：「劉夢得《竹枝》九篇，其一云：『白帝城頭春草生，白鹽山下蜀江清。』其一云：『瞿塘嘈嘈十二灘，此中道路古來難。』其一云：『城西門前灧澦堆，年年波浪不能摧。』又言『昭君坊』、『瀼西春』之類，皆夔州事，乃夢得爲夔州刺史時所作。而史稱夢得爲武陵司馬，作《竹枝詞》，誤矣。郭茂倩《樂府詩集》……亦以爲武陵所作，當是從史所書也。」葛説甚是。近人高步瀛《唐宋詩舉要》卷八以王莽時曾改武陵爲建平，力主朗州説，斥葛説爲大謬。按：今劉集中無稱朗州爲建平之例，而《送鴻舉師游江西》引中稱夔州爲建平，禹錫《夔州謝上表》自言於長慶二年正月二日抵夔州任，亦與此詩引中「歲正月，余來建平」之語合。禹錫《別夔州官吏》：「唯有《九歌》詞數首，里中留與賽蠻神。」即指其《竹枝詞》而言，故詩爲長慶中夔州作無疑。

〔二〕建平：即夔州，見前《送鴻舉師游江西》注。

〔三〕揚袂睢舞：舉臂揮袖，縱情舞蹈。睢，仰目視貌。

〔四〕黃鍾：古代十二樂律之一。羽：古代五音之一。黃鍾之羽，即以黃鍾律所定的羽調曲。《禮記·月令·仲冬之月》：「其音羽，律中黃鍾。」激訐：激越。吴聲：吴地民歌。白居易《憶夢得》自注：「夢得能唱《竹枝》，聽者愁絶。」

〔五〕傖儜：語音村鄙難懂。淇濮：二水名，均在春秋衛國境内。淇濮之艷，謂多涉男女愛情。《詩·衛風》多男女相悦的情歌，多次提到淇水，如「瞻彼淇奥」（《淇奥》）、「淇水湯湯」（《氓》）、「以釣于淇」（《竹竿》）等。《漢書·地理志第八下》：「衛地有桑間、濮上之阻，男女亦亟聚會，聲色生焉，故俗稱鄭衛之音。」濮：劉本、《全唐詩》作「澳」。

〔六〕《九歌》：《楚辭》篇名，包括《東皇太一》等十一篇。王逸云：「《九歌》者，屈原之所作也。昔楚國南郢之邑，沅、湘之間，其俗信鬼而好祠，其祠必作歌樂鼓舞，……因爲作《九歌》之曲，……託之以諷諫也。」

〔七〕巴歈：巴地民歌。變風：指《詩經》中除《二南》之外的十三國風。《詩·大序》：「王道衰，禮義廢，政教失，國異政，家殊俗，而變風變雅作矣。」

〔八〕白帝城：即夔州奉節縣城，見前《始至雲安（略）》注。白鹽山：在夔州奉節東。《水經注·江水》：「江水又東逕廣溪峽……北岸山上有神淵，淵北有白鹽崖，高可千餘丈，俯臨神淵。土人見其高白，故因名之。」《太平寰宇記》卷一四八「夔州奉節縣」：「白鹽山，在州城澗東。」蜀江：長江流經蜀地的一段。

〔九〕莫：劉本作「陌」。

二

山桃紅花滿上頭，蜀江春水拍山流。花紅易衰似郎意，水流無限似儂愁。

【集評】

王楙曰：《後山詩話》載，王平甫子斿謂秦少游「愁如海」之句，出於江南李後主「問君能有幾多愁，恰似一江春水向東流」之意。僕謂李後主之意，又有所自。樂天詩曰，「欲識愁多少，高於灧澦堆」，劉禹錫詩曰，「蜀江春水拍山流」，「水流無限似儂愁」，得非祖此乎？則知好處前人皆已道過，後人但翻而用之耳。（《野客叢書》卷二〇）

三

江上朱樓新雨晴，〔一〕瀼西春水縠文生。〔二〕橋東橋西好楊柳，人來人去唱歌行。

【校注】

〔一〕朱樓：《叢刊》本作「春來」。

〔二〕瀼西：瀼溪之西。《水經注·江水》：「巴東郡，治白帝山城……東傍東瀼溪，即以爲隍。」陸游《入蜀記》：「夔州……在瀼之西，故一曰瀼西。土人謂山澗之流通江者曰『瀼』云。」縠：縐紗。

【集評】

宋祁曰：晏丞相嘗問曾明仲云：「劉禹錫詩有『瀼西春水縠文生』，『生』作何意？」明仲曰：「作生育之生。」丞相曰：「非也。作生熟之生，語乃健。《莊子》曰：『生熟不盡於前。』王建詩：『自別城中禮數生。』」（《宋景文公筆記》卷上）

潘德輿曰：劉夢得「瀼西春水縠紋生」句，晏同叔謂作生熟之「生」解乃健。予思之，不得其義。殆宋人煉字之法，力求峭健，多拗曲而不明，並以此忖度唐賢歟？（《養一齋詩話》卷一）

四

日出三竿春霧消，〔一〕江頭蜀客駐蘭橈。〔二〕馮寄狂夫書一紙，〔三〕住在成都萬里橋。〔四〕

【校注】

〔一〕「日出」句：《歲華紀麗》卷一引《古詩》：「日上三竿風露消。」

〔二〕蘭橈：木蘭樹木製的槳，此代指舟。

〔三〕馮：古憑字。狂夫：婦女對丈夫的謙稱。《玉臺新詠》卷六何思澄《南苑逢美人》：「自有狂夫在，空持勞使君。」

〔四〕萬里橋：《元和郡縣圖志》卷三一「成都府成都縣」：「萬里橋，架大江水，在縣南八里。蜀使費禕聘吳，諸葛亮祖之，禕嘆曰：『萬里之路，始於此橋。』因以爲名。」

五

兩岸山花似雪開，家家春酒滿銀杯。昭君坊中多女伴，〔一〕永安宫外踏青來。〔二〕

【校注】

〔一〕昭君坊：相傳在今湖北秭歸縣。《太平寰宇記》卷一四八「歸州興山縣」：「王昭君宅，漢王嬙即此邑之人，故云昭君之縣，村連巫峽，是此地。」《後漢書・南匈奴傳》：「昭君字嫱，南郡人也。初，元帝時，以良家子選入掖庭。時呼韓邪來朝，帝敕以宮女五人賜之。昭君入宮數歲，不得見御，積悲怨，乃請掖庭令求行。呼韓邪臨辭大會，帝召五女以示之。昭君豐容靚飾，光明漢宮，顧景裴回，竦動左右。帝見大驚，意欲留之，而難於失信，遂與匈奴，生二子。」

〔三〕永安宮：見卷四《松滋渡望硤中》注。踏青：春日郊游。

六

城西門前灔澦堆，〔一〕年年波浪不能摧。懊惱人心不如石，〔二〕少時東去復西來。

【校注】

〔一〕灔澦堆：在夔州西南長江中，今已炸去。《太平寰宇記》卷一四八「夔州奉節縣」：「灔澦堆，周回二十丈，在州西南二百步，蜀江中心，瞿塘峽口。冬水淺，屹然露百餘尺。夏水漲，没數十丈，其狀如馬，舟人不敢進……諺曰：『灔澦大如樸，瞿塘不可觸。灔澦大如馬，瞿塘不可下。灔澦大如鱉，瞿塘行舟絶。灔澦大如龜，瞿塘不可窺。』」

〔二〕不如石：《詩・邶風・柏舟》：「我心匪石，不可轉也。」

七

瞿唐嘈嘈十二灘，〔一〕此中道路古來難。長恨人心不如水，等閑平地起波瀾。

【校注】

〔一〕瞿唐：廣溪峽中灘名，峽亦因以爲名。《水經注·江水》：「江水又東逕廣溪峽……峽中有瞿塘、黄龕二灘，夏水迴復，沿溯所忌。瞿塘灘上有神廟，尤至靈驗。刺史二千石徑過，皆不得鳴角伐鼓，商旅上水，恐觸石有聲，乃以布裹篙足。」《太平寰宇記》卷一四八「夔州奉節縣」：「瞿塘峽，在州東一里，古西陵峽也。連崖千丈，奔流電激，舟人爲之恐懼。」

八

巫峽蒼蒼煙雨時，清猿啼在最高枝。個裏愁人腸自斷，〔一〕由來不是此聲悲。

【校注】

〔一〕腸自斷：《世説新語·黜免》：「桓公入蜀，至三峽中，部伍中有得猿子者，其母緣岸哀號，行百餘里不去，遂跳上船，至便即絶。破視其腹中，腸皆寸寸斷。」《水經注·江水》載漁者歌：「巴東三峽巫峽長，猿鳴三聲泪沾裳。」

九

山上層層桃李花，雲間煙火是人家。銀釧金釵來負水，〔一〕長刀短笠去燒畬。〔二〕

【校注】

〔一〕銀釧金釵：指婦女。陸游《入蜀記》：「婦人汲水，皆背負一全木盎，長二尺，下有三足。至泉旁，以杓挹水，及八分，即倒坐旁石，束盎背上而去。大抵峽中負物率著背，又多婦人，不獨水也。……未嫁者，率爲同心髻，高二尺，插銀釵至六隻，後插大象牙梳，如手大。」

〔二〕長刀短笠：指男子。燒畬：參見前《畬田行》注。

【集評】

黄庭堅曰：劉夢得《竹枝》九章，詞意高妙，元和間誠可以獨步。道風俗而不俚，追古昔而不愧，比之杜子美《夔州歌》，所謂同工而異曲也。昔蘇子瞻嘗聞余詠第一篇，嘆曰：『此奔軼絶塵，不可追也。』……大概夢得樂府小章優於大篇，詩優於它文耳。（《苕溪漁隱叢話》前集卷二〇引）

又曰：劉夢得作《竹枝歌》九章，余從容夔州，歌之，風聲氣俗皆可想見。（《山谷外集》卷一二《跋竹枝歌》）

又曰：劉夢得《竹枝》九篇，蓋詩人中工道人意中事者，使白居易、張籍爲之，未必能也。（同上《又書自草〈竹枝歌〉後》）

邵博曰：夔州營妓爲喻迪孺扣銅盤，歌劉尚書《竹枝詞》九解，尚有當時含思婉轉之艷，他妓者皆不能也。……妓家夔州，其先必事劉尚書者，故獨能傳當時之聲也。（《邵氏聞見後録》卷一九）

謝榛曰：劉禹錫曰：「建安（當作平）里中兒聯歌《竹枝》……有淇澳之艷音也。」唐去漢魏樂府爲近，故歌詩尚論律吕。夢得亦審音者，不獨工於辭藻而已。（《四溟詩話》卷二）

陸時雍曰：竹枝詞俚而雅。（《唐詩鏡》卷三六）

許學夷曰：夢得七言絶有《竹枝詞》，其源出於六朝《子夜》等歌，而格與調則子美也……按，今之吴歌，又是竹枝之流。（《詩源辯體》卷二九）

宋長白曰：竹枝爲巴渝之曲，劉賓客特擅其長，以俚詞而入雅調，别有一種風格。自唐以來，未易枚舉。元則楊鐵崖鬖鬖然有積薪之嘆矣。柳枝亦竹枝之類，但竹枝人多作拗體。（《柳亭詩話》卷三）又：退之《琴操》、夢得《竹枝》、仲初《宫詞》、文昌樂府，皆以古調而運新聲，脱盡尋常蹊徑……雖非堂堂正正之師，而偏鋒取勝，亦足稱一時之傑矣。（同前卷二八）

何焯曰：山谷最愛《竹枝九首》，當是各得其性之所近。〔第一首〕始作正郎，便逢遠貶，雖所交不慎，有以取之，亦可閔也。〔第三首〕居者自樂，來者自然，味在言外。〔第四首〕杜拾遺《狂夫》詩云：「萬里橋西一草堂。」落句云：「自笑狂夫老更狂。」夢得自比身世飄零如拾遺之在遠。寄書之語，猶賈生之弔屈也。〔第六首〕萬物皆流，金石獨止。〔第七首〕人言□險於□門。（卞孝萱《劉禹錫詩何焯批語考訂》）

毛先舒曰：詩有近俚，不必其詞之閭巷也。劉夢得《竹枝》，所寫皆兒女子口中語，然頗有雅味。元次山《欸乃曲》云：「好是雲山韶濩音。」非不典切蒼梧事，傖父之狀，使人嘔矣。（《詩辯坻》卷三）

田雯曰：山谷自荆州上峽入黔，備嘗山川險阻，因作二疊，傳與巴人，令以《竹枝》歌之云：「鬼門關外莫言遠，五十三驛是皇州。」又：「鬼門關外莫惆悵，四海一家皆弟兄。」自云可入《陽關》、《小秦王》。余只覺其調俚，其言淺，不及劉夢得《竹枝詞》多矣。（《古歡堂集雜著》卷三）

《師友詩傳録》：問：「《竹枝》、《柳枝》自與絶句不同，而《竹枝》、《柳枝》亦有分別，請問其詳。」阮亭答：「《竹枝》泛詠風土，《柳枝》專詠楊柳，此其異也。」歴友答：「《竹枝》本出巴渝。唐貞元中，劉夢得在沅湘，以其地俚歌鄙陋，乃作新詞九章，教里中兒歌之。其詞稍以文語緣諸俚俗，若太加文藻，則非本色矣。世所传『白帝城頭』以下九章是也。……後之一切譜風土者，皆沿其體。若《柳枝》詞，始於白香山《楊柳枝》一曲，蓋本六朝之《折楊柳》歌辭也。其聲情之儇利輕隽，與《竹枝》大同小異，與七絶微分，亦歌謠之一體也。」蕭亭答：「《竹枝》、《柳枝》，其語度與絶句無異，但於末句隨加「柳枝、竹枝」等語，因即語以名其詞，音節無分別也。」

翁方綱曰：《竹枝》泛詠風土，《柳枝》則詠柳，其大較也。（《石洲詩話》卷二）

又曰：劉賓客之能事，全在《竹枝詞》，至於鋪陳排比，輒有傖俗之氣。山谷云：「夢得《竹枝》九章，詞意高妙……」又云：「夢得樂府小章優於大篇。」極爲確論。（同前）

又曰：《竹枝》本近鄙俚。杜公雖無《竹枝》，而《夔州歌》之類，即開其端，然其吞吐之大，則非但語《竹枝》者所敢望也。劉夢得風力遠不能躋杜、韓，而惟《竹枝》最工，可見其另屬一調矣。虞伯生竟以清遒得之，楊廉夫乃以浮艷得之，非可以一概與杜論也。編録《竹枝》，竟須以劉、虞、楊三家爲主……郭義仲《欸乃歌》詞，頗有風調，其序亦援杜之《夔州歌》、劉夢得之《竹枝》，蓋《竹枝》、《欸乃》，音節相同也。（同前卷五）

管世銘曰：《竹枝》始於劉夢得，《宫詞》始於王仲初，後人仿爲之者，總無能掩出其上也。（《讀

雪山房唐詩序例》）

楊際昌曰：《竹枝》體宜拗中順，淺中深，俚中雅，太刻劃則失之，入科諢更謬矣。劉夢得創調可按也。（《國朝詩話》卷二）

陳僅曰：此體本起於巴、濮間男女相悦之詞，劉禹錫始取以入詠，詼諧嘲謔，是其本體。楊升庵引王彪之《竹賦》，謂《防露》爲《竹枝》所緣起，亦屬有見。（《竹林答問》）

竹枝詞二首〔一〕

楊柳青青江水平，聞郎江上唱歌聲。東邊日出西邊雨，道是無晴還有晴。〔二〕

【校注】

〔二〕無晴：劉本作「無情」。馮浩云：「以『晴』影『情』，極妙。或竟作『情』，大減味。」

【集評】

胡仔曰：《竹枝歌》云：「楊柳青青江水平……」予嘗行舟苕溪，夜聞舟人唱吴歌，歌中有此後兩句，餘皆雜以俚語，豈非夢得之歌自巴渝流傳至此乎？（《苕溪漁隱叢話》後集卷一二）

洪邁曰：自齊、梁以來，詩人作樂府《子夜四時歌》之類，每以前句比興引喻，而後句實言以證之，至唐……亦多此體，或四句皆然。……七言亦間有之，如「東邊日出西邊雨，道是無情又有情」……是也。（《容齋三筆》卷一六）

潘子真曰：（張）文潛次張遠韻，有……「東邊日下終無雨，闕下題詩合有碑」。……或問：「無雨有碑，何等語也？」予答以「『東邊日出西邊雨，道是無情卻有情』，劉夢得《竹枝歌》也」。（《苕溪漁隱叢話》前集卷五〇引《潘子真詩話》。按：碑亦相關悲。）

張表臣曰：古今詩體不一。太師之職，掌教六詩，風、賦、比、興、雅、頌備焉……古有採詩官，命曰「風人」，以見風俗喜怒好惡……劉禹錫曰：「東邊日出西邊雨，道是無晴卻有晴。」杜詩曰：「俱飛蛺蝶元相逐，並蒂芙蓉本自雙。」又曰：「滿目飛明鏡，歸心折大刀。」此皆風言。（《珊瑚鈎詩話》卷三）

邢昉曰：六朝《讀曲歌》體，如此則妙。「長恨人心不如水」，淺而俚矣。（《唐風定》卷二二）

謝榛曰：詩有簡而妙者……亦有簡而弗佳者。若……李義山「江上晴雲雜雨雲」，不如劉夢得「東邊日出西邊雨，道是無情還有情」。（《四溟詩話》卷二）

又曰：古辭曰：「黃蘗向春生，苦心隨日長。」又曰：「霧露隱芙蓉，見蓮不分明。」又曰：「石闕生口中，銜碑不得語。」……此皆吴格，指物借意……劉禹錫曰：「東邊日出西邊雨，道是無情還有情。」措辭流麗，酷似六朝。（同前）

陸時雍曰：《子夜》遺情。（《唐詩鏡》卷三六）

周珽曰：起興於楊柳、江水，而借景於東日西雨，隱然見唱歌、聞歌無非情之所流注也。（《唐詩選脈會通評林》）

管世銘曰：詩中諧隱，始於古「稾砧」詩，唐賢絶句，間師此意。劉夢得「東邊日出西邊雨，道是

無晴卻有晴」，温飛卿「玲瓏骰子安紅豆，入骨相思知不知」，古趣盎然，勿病其俚與纖也。（《讀雪山房唐詩序例》）

方南堂曰：作詩者無學問理解，終是俗人之談，不足供士大夫之一笑，然正有無理而妙者。如……劉夢得「東邊日出西邊雨，道是無晴卻有晴」……語圓意足，信手拈來，無非妙趣。可知詩之天地，廣大含宏，包羅萬有，持一論以説詩，皆井蛙之見也。（《輟鍛録》）

二

楚水巴山江雨多，巴人能唱本鄉歌。今朝北客思歸去，回入紇那披緑羅。〔一〕

【校注】

〔一〕紇那：曲名。劉禹錫有《紇那曲詞》。楊慎《藝林伐山》卷二〇：「李郢《上元日寄胡（湖）杭二從事》詩曰：『戀別山登（燈）憶水登（燈），山光水焰百千層。謝公留賞山公喚，知入笙歌阿那朋。』劉禹錫夔州《竹枝詞》云：『……回入紇那披緑蘿。』阿那、紇那，皆當時曲名。李郢詩言變梵唄爲艷歌，劉禹錫詩言翻南調爲北曲也。『阿那』皆叶上聲，『紇那』皆叶平聲，此又隨方音而轉也。」緑羅：即緑蘿。

別夔州官吏〔一〕

三年楚國巴城守，一去揚州揚子津。〔二〕青帳聯延喧驛步，〔三〕白頭俯傴到江濱。〔四〕巫山暮色常含雨，峽水秋來不恐人。唯有《九歌》詞數首，〔五〕里中留與賽蠻神。

【校注】

〔一〕詩長慶四年秋作，時劉禹錫自夔州刺史改授和州刺史。參見卷六《歷陽書事七十四韻》。

〔二〕三年：禹錫長慶二年正月來夔州，至此已三年。揚子津：渡口名，在揚州揚子縣長江北岸，由此北經運河至河南、關中，南渡江至京口（今鎮江市），爲南北交通要津。其地在今江蘇省邗江縣南，去長江已遠。揚州爲淮南節度使治所，和州屬淮南節度使轄，故詩云。

〔三〕青帳：送行祖餞者所設青色帳幕。步：即泊船碼頭。柳宗元《永州鐵爐步志》：「江之滸，凡舟可縻而上下者曰步。」

〔四〕白頭：禹錫自謂。俯傴：彎腰。

〔五〕《九歌》：屈原所作詩篇，此指在夔州所作《竹枝詞》。參見前《竹枝詞九首》注。

魚復江中〔一〕

扁舟盡室貧相逐，〔二〕白髮藏冠鑷更加。〔三〕遠水自澄終日緑，晴林長落過春花。客情浩盪逢鄉語，詩意留連重物華。風檣好住貪程去，〔四〕斜日青帘背酒家。〔五〕

【校注】

〔一〕劉禹錫《歷陽書事七十四韻·引》自述云：「長慶四年八月，余自夔州轉歷陽，浮岷江，觀洞庭，歷夏口，涉潯陽而東。友人崔敦詩罷丞相，鎮宛陵，緘書來抵……故余自池州道宛陵，如其素。……由姑孰西渡江，乃吾圉也。」此及下十一詩均長慶元年秋自夔州赴和州道中作。魚復：漢縣名，即夔州州治所在的奉節縣。魚復江，指夔州附近的長江。《舊唐書·地理志二》「夔州」：「奉節，漢魚復縣，屬巴郡，今縣北三里赤甲城是也。」

〔二〕扁舟盡室：謂一家人全在小舟中。

〔三〕鑷：以鑷子拔去。孟郊《達士》：「青春去不還，白髮鑷更多。」

〔四〕貪程：貪着趕路。

〔五〕青帘：酒店門口懸掛的幌子，多以青布爲之。鄭谷《旅寓洛南村舍》：「白鳥窺漁網，青帘認酒家。」

自江陵沿流道中〔一〕　陸遜、甘寧，皆有祠宇。

三千三百西江水，〔二〕自古如今要路津。〔三〕月夜歌謡有漁父，風天氣色屬商人。沙村好處多逢寺，山葉紅時覺勝春。行到南朝征戰地，〔四〕古來名將盡爲神。〔五〕

【校注】

〔一〕詩長慶四年秋赴和州道中作。江陵：今屬湖北省。《舊唐書·地理志二》：荆州江陵府，領江陵等七縣。

〔二〕西江：指長江出峽後流經鄂、皖二省的一段。樂府《懊儂歌》：「江陵去揚州，三千三百里。」

〔三〕要路津：交通要道。

〔四〕南朝：指吴、東晉、宋、齊、梁、陳六朝。曹孫劉赤壁之戰、濡須之戰，吴蜀彝陵之戰，均以長江兩岸爲戰場。

〔五〕名將：指題注所言陸遜、甘寧等。陸游《入蜀記》卷二：「至富池昭勇廟……謁昭毅武惠遺愛靈顯王神。神，吴大帝時折衝將軍甘興霸也。」興霸，甘寧字。

【集評】

查慎行曰：「氣色」兩字下得壯健。（《瀛奎律髓彙評》卷四）

何焯曰：筆力千鈞。「三千三百」，破盡「沿流」。中四句皆「沿流」也。景物雖佳，何如立功立事？落句所以慨然於廟食者。（同前）

紀昀曰：入手陡健。三、四言閒適自如則有漁父，迅利來往則有商人，言外寓不閒居又不得志之感。結慨儒冠流落，即飛卿「欲將書劍學從軍」、昭諫「擬脱儒冠從校尉」之意，而託之古跡，其詞較爲藴藉。（同前）

許印芳曰：此評亦妙，全從言外悟出，與他人就詩論詩、死於句下者迥然不同。如此解説，乃知三、四句及七、八句皆是藏過自己一面，從對面著筆也。（同前）

望洞庭〔一〕

湖光秋月兩相和，潭面無風鏡未磨。遥望洞庭山水翠，〔二〕白銀盤裏一青螺。〔三〕

【校注】

〔一〕詩長慶四年秋赴和州道經洞庭湖作。

〔二〕水翠：劉本作「翠水」，《叢刊》本作「翠小」，《全唐詩》校「一作翠色」。

〔三〕青螺：喻君山。《大清一統志》卷三五九「岳州府」：「君山在巴陵縣西南洞庭湖中，……狀如十二螺髻。」

【集評】

何光遠曰：劉禹錫尚書有《望洞庭》之句，雍使君陶有《詠君山》之詩，其如作者之才往往暗合。……雍《詠君山》詩曰：「煙波不動影沈沈，碧色全無翠色深。疑是水仙梳洗罷，一螺青髻鑒中心。」（《鑒誡録》卷八）

葛立方曰：詩家有换骨法，謂用古人意而點化之，使加工也。……劉禹錫云：「遥望洞庭湖翠水，白銀盤裏一青螺。」山谷點化之云：「可惜不當湖水面，銀山堆裏看青山。」（《韻語陽秋》卷二。按：葛氏所引爲黄庭堅《雨中登岳陽樓望君山二首》其二中句，據黄罃注，黄庭堅於崇寧元年二月初一「行二十里螺蚌中」至君山，正值枯水季節，故興「可惜」之嘆。）

謝榛曰：意巧則淺，若劉禹錫「遥望洞庭湖水面，白銀盤裏一青螺」是也。（《四溟詩話》卷二）

武昌老人説笛歌〔一〕

武昌老將七十餘，〔二〕手把庾令相問書。〔三〕自言少小學吹笛，〔四〕早事曹王曾賞激。〔五〕往年鎮戍到蘄州，〔六〕楚山蕭蕭笛竹秋。〔七〕當時買材恣搜索，〔八〕典卻身上烏貂裘。〔九〕古苔蒼蒼封老節，石上孤生飽風雪。〔一〇〕商聲五音隨指發，〔一一〕水中龍應行雲絶。〔一二〕曾將黄鶴樓上吹，〔一三〕一聲占盡秋江月。如今老去語猶遲，〔一四〕音韻高低耳不知。氣力已無心尚在，〔一五〕時時一曲夢中吹。

【校注】

〔一〕詩長慶四年秋赴和州途經武昌作。武昌：鄂州屬縣名，治所在今湖北省鄂城縣。

〔二〕將：《唐文粹》、《全唐詩》作「人」。

〔三〕庾令：晉庾亮，與司徒王導受遺詔輔幼主，加給事中，徙中書令，陶侃薨，移鎮武昌。見《晉書》本傳。此疑借指當時鄂岳觀察使。

〔四〕少小：《唐文粹》作「年少」。

〔五〕曹王：指嗣曹王李皋，字子蘭，曹王明玄孫，嗣曹王李戢子，天寶十一載嗣封。德宗朝，歷湖南觀察使，江西、荆南節度使。見《舊唐書》本傳。

〔六〕鎮戍：《唐文粹》作「征鎮」。何焯曰：「曹成王皋帥江西，討李希烈，取沔、蘄、安、黄，作『征鎮』爲是。」蘄州：州治在今湖北省蘄春縣蘄州鎮西北。德宗建中中，李希烈反，李皋遷江南西道節度使，曾率兵進拔蘄州。見《舊唐書》本傳。

〔七〕笛竹：可製笛的竹子。韓愈《鄭群贈簟》：「蘄州笛竹天下知。」白居易《寄李蘄州》自注：「蘄州出好笛及薤葉簟。」

〔八〕材：原作「林」，據劉本改。

〔九〕典卻：當掉。烏貂裘：黑貂皮袍。

〔一〇〕上：《叢刊》本作「山」。

〔一一〕商聲：宫、商、角、徵、羽五聲之一，此泛指樂聲。《文選》馬融《長笛賦》：「近世雙笛從羌起，羌人伐竹未及已。龍鳴水中不見已，截竹吹之聲相似。……易京君明識音律，故本四孔加以一。君明所加孔後出，是謂商聲五音畢。」李善注：「笛本四孔，京加一孔於下，爲商聲，故謂五音畢。」

〔一二〕行雲絶：即響遏行雲。

〔一三〕黄鶴樓：在武昌，見前《出鄂州界懷表臣》注。

〔一四〕語：《文苑英華》作「與」。

〔一五〕無：《全唐詩》作「微」。

【集評】

蔡居厚曰：昔蘇子美言：樂天《琵琶行》中云「夜深忽夢少年事，覺來粉淚紅闌干」。此聯有佳句。余謂夢得《武昌老人吹笛歌》云：「如今老去語猶遲，音韻高低耳不知。氣力已無心尚在，時時一曲夢中吹。」不減樂天。（《詩話總龜》前集卷六引《詩史》）

吴沆曰：琴詩當讀韓、柳《琴操》，笛詩當看《武昌老人說笛歌》，琵琶詩當看《琵琶行》及歐陽公、王介甫《明妃曲》。卻雖用事時不犯正位，不隨古人言語走。（《環溪詩話》卷下）

曾季貍曰：唐人樂府，惟張籍、王建古質，劉夢得《武昌老人説笛歌》宛轉有思致。（《艇齋詩話》）

何汶曰：《漫齋語録》云：劉禹錫長於歌行並絶句，如《武昌老人説笛歌》，山谷云：「使宋玉、馬融復生，亦當許之。」（《竹莊詩話》卷二〇）

賀裳曰：劉夢得……七言古大致多可觀，其《武昌老人説笛歌》娓娓不休，極肖過時人追憶盛年不禁技癢之態。至曰「氣力已微心尚在，時時一曲夢中吹」，不意筆舌之妙一至於此。（《載酒園詩話又編》）

西塞山懷古〔一〕

西晉樓船下益州，〔二〕金陵王氣漠然收。〔三〕千尋鐵鎖沈江底，〔四〕一片降幡出石頭。〔五〕人

世幾回傷往事，〔六〕山形依舊枕寒流。今逢四海爲家日，〔七〕故壘蕭蕭蘆荻秋。〔八〕

【校注】

〔一〕詩長慶四年秋赴和州途經西塞山作。西塞山：在今湖北省大冶市東長江邊。《元和郡縣圖志》卷二七「鄂州武昌縣」：「西塞山，在縣東八十五里，竦峭臨江。」《唐音癸籤》卷一六：「有兩西塞山。『西塞山前白鷺飛』，此吴興之西塞也。『勢從千里奔，直入江中斷。嵐横秋塞雄，地東江流滿。』此韋江州所詠武昌之西塞也。」劉禹錫所詠乃武昌之西塞。又或以爲西塞乃指荆門，長江出峽處。何焯曰：「按西塞即荆門。《水經》：『江水又東流逕荆門、虎牙之間。』注云：『此二山，楚之西塞也。』《後漢書》注：荆門在今峽州夷都縣西北，岑彭破田戎、任滿於此，蓋吴蜀之咽喉也。夷陵在吴爲西陵，《陸抗傳》詳其事。」鐵鎖横江，究在何地，未詳。《鑒誡録》卷七：「長慶中，元微之、劉夢得、韋楚客同會白樂天之居，論南朝興廢之事。樂天曰：『古者言之不足，故嗟嘆之，嗟嘆之不足，故詠歌之。今群公畢集，不可徒然，請各賦《金陵懷古》一篇，韻則任意擇用。』時夢得方在郎署，元公已在翰林，劉騁其俊才，略無遜讓，滿斟一巨杯，請爲首唱。飲訖，不勞思忖，一筆而成。白公覽詩曰：『四人探驪，吾子先獲其珠，所餘鱗甲何用？』三公於是罷唱，但取劉詩吟味竟日，沈醉而散。劉詩曰：『王濬樓船下益州，金陵王氣黯然收。千尋鐵鎖沈江底，一片降幡出石頭。荒苑至今生茂草，古城依舊枕寒流。如今四海歸皇化，兩岸蕭蕭蘆荻秋。』」文中原有注云：「此篇元在《詩本事》中叙説甚詳，今何光遠重取論次，更加改易，非也。」《唐詩紀事》卷三九、《全唐詩話》卷三亦載此事。按：長慶中劉禹錫未至長安。永貞中，劉在郎署，次年元、白方應制舉。大和二年，劉、白同在長安，而元稹遠在浙東。大和三年，劉、元同在長安，白又以太子賓客分司洛陽，故四人實不可能「同會樂天之居」。何光遠改「人世」、「山形」爲「荒苑」、「古城」，顯爲牽合《金陵懷古》之詩題，誤。

〔二〕西晉：《全唐詩》校「一作王濬」。樓船：多層的大船，多爲戰船。益州：西晉時轄境大體相當於今四川省及雲、貴兩省北部，治所在今成都。《晉書·武帝紀》：「（咸寧五年）十一月，大舉伐吴，遣鎮軍將軍、琅邪王伷出塗中，建威將軍王戎出武昌，平南將軍胡奮出夏口，鎮南大將軍杜預出江陵，龍驤將軍王濬、廣武將軍唐彬率巴蜀之卒浮江而下，東西凡二十餘萬。」同書《王濬傳》：「重拜益州刺史。武帝謀伐吴，詔濬修舟艦。濬乃作大船連舫，方百二十步，受二千餘人。以木爲城，起樓櫓，開四出門，其上皆得馳馬來往。又畫鷁首怪獸於船首，以懼江神。舟楫之盛，自古未有。」

〔三〕金陵：三國吴都，今南京市。王氣：舊説帝王出現之處，上有祥瑞之氣。《初學記》卷六引孫盛《晉陽秋》：「秦始皇東游，望氣者云，五百年後，金陵有天子氣。」庾信《哀江南賦·序》：「將非江表王氣，終於三百年乎！」漠然：無光貌；《文苑英華》校，《唐宋類詩》作「黯然」。

〔四〕尋：長度單位，八尺曰尋。鐵鎖：《晉書·王濬傳》，王濬率水師沿江東下，「吴人於江險磧要害之處，並以鐵鎖横截之，又作鐵椎長丈餘，暗置江中，以逆距船。先是，羊祜獲吴間諜，具知情狀。濬乃作大筏數十，亦方百餘步，縛草爲人，被甲持杖，令善水者以筏先行，筏遇鐵椎，錐輒著筏去。又作火炬，長十餘丈，大數十圍，灌以麻油，在船前，遇鎖，然炬燒之，須臾，融液斷絶，於是船無所礙」。

〔五〕石頭：石頭城，故址在今南京市。《元和郡縣圖志》卷二五「潤州上元縣」：「石頭城，在縣西四里，即楚之金陵城也，吴改爲石頭城，建安十六年，吴大帝修築，以貯財寶軍器，有戍。《吴都賦》云『戎車盈於石城』，是也。諸葛亮云『鍾山龍盤，石城虎踞』，言其形之險固也。」《晉書・王濬傳》：「濬自發蜀，兵不血刃，攻無堅城，夏口、武昌，無相支抗，於是順流鼓棹，徑造三山……（吴主孫）皓乃備亡國之禮，素車白馬，肉袒面縛，銜璧牽羊，大夫衰服，士輿櫬，率其僞太子瑾、瑾弟魯王虔等二十一人造於壘門。濬躬解其縛，受璧焚櫬，送於京師。」

〔六〕幾回：總括東晉、宋、齊、梁、陳諸朝而言。句：《文苑英華》校，《唐宋類詩》作「荒苑至今生茂草」。

〔七〕四海爲家：《史記・高祖本紀》：「天子以四海爲家。」此指元和後基本上統一的局面，參見卷四《平齊行》注。句：《文苑英華》校，《唐宋類詩》作「而今四海歸皇化」。

〔八〕壘：營壘。《禮記・曲禮上》：「四郊多壘，此卿大夫之辱也。」故壘，《文苑英華》校，《唐宋類詩》作「兩岸」。

【集評】

張表臣曰：劉禹錫作《金陵》詩云：「千尋鐵鎖沈江底，一片降旗出石頭。」當時號爲絶倡。（《珊

瑚鈎詩話》卷一）

顧璘曰：結欠開闊。（《批點唐音》）

陸時雍曰：三、四似少琢煉，五、六憑弔，正是中唐體格。（《唐詩鏡》卷三六）

邢昉曰：詠古之什，悲惋空淡，高於許渾。（《唐風定》卷一七）

周珽曰：弔古之什，有異氣，能自爲局。與《荆門道》一篇運調俱佳，但略加深厚，便覺味長耳。（《唐詩選脈會通評林》）

金聖嘆曰：〔首句〕只加「樓船」二字，便覺聲勢之甚。所以寫王濬必要聲勢之盛者，政欲反襯金陵慘阻之甚也。從來甲子興亡，必有如此相形，正是眼看不得。〔金陵句〕「收」字妙，更不必多費筆墨，而當時面縛出降，更無半策，氣色如畫。〔三、四句〕此即詳寫「黯然收」三字也。看他又加「千尋」字，「一片」字，寫昨日鎖江，鎖得盡情，此日降晉，又降得盡情，以爲一笑也。〔人世聯〕看他如此轉筆，於律詩中真爲象王回身，非驢所擬。而又隨手插得「幾回」二字，便見此後興亡，亦不止孫皓一番，直將六朝紛紛，曾不足當其一嘆也。〔末聯〕結用無數衰颯字，如「故壘」，如「蕭蕭」，如「蘆荻」，如「秋」，寫當今四海爲家，此又一奇也。（《貫華堂選批唐才子詩》甲集七言律卷五下）

沈德潛曰：〔一、二〕起手如黄鵠高舉，見天地方員。〔三、四〕流走，見地利不足恃。〔末聯〕別於三分割據。（《唐詩別裁》卷一五）

方世舉曰：七律章法，宜田（方觀承字）尤善言之。只就一首如劉夢得《西塞山懷古》，白香山所讓能，其妙安在？ 宜田曰：「前半專叙孫吴，五句以七字總括東晉、宋、齊、梁、陳五代，局陣開拓，乃不緊迫。六句始落到西塞山，『依舊』二字有高峰墮石之捷速。七句落到懷古，『今逢』二字有居安思危之遥深。八句『蘆荻』是即時景，仍用『故壘』，終不脱題。此摶結一片之法也。至於前半一氣呵成，具有山川形勢，制勝謀略，因前驗後，興廢皆然，下只以『幾回』二字輕輕兜滿，何其神妙！」（《蘭叢詩話》）

張謙宜曰：劉禹錫《西塞山懷古》，「王濬樓船下益州，金陵王氣黯然收」，興衰之感宛然。「千尋鐵鎖沈江底」，雖有天險可據；「一片降幡出石頭」，其如人事不修。「人世幾回傷往事」，局外議論如此；「山形依舊枕寒流」，那管人間争鬥。「今逢四海爲家日，故壘蕭蕭蘆荻秋」，太平既久，向之霸業雄心消磨已盡。此方是懷古勝場。七律如此做自好，且看他不費力氣處。（《絸齋詩談》卷八）

吴喬曰：起聯如李遠之「有客新從趙地回，自言曾上古叢臺」，太傷平淺。劉禹錫之「王濬樓船下益州，金陵王氣黯然收」，稍勝。（《圍爐詩話》卷一）

查慎行曰：專舉吴亡一事，而南渡、五代以第五句含蓄之，見解既高，格局亦開展動宕。（《瀛奎律髓彙評》卷三）

何焯曰：氣勢筆力，匹敵崔顥《黄鶴樓》詩，真千載絶作。「江底」、「石頭」，天然自工。「西晉」與「今」字對，不必作王濬。「下益州」，兵自西來也。落句收住「塞」字。四海爲家，則無東西之可間，又與「西」字反對，詩律之密如此。前半櫽括史事，形勝在目。健筆雄才，誠難匹敵。若專賦金陵往事，不惟意味淺短，且不應只説孫氏也。他本題作《金陵懷古》，非。〔西晉句〕上游。〔金陵句〕下流。〔千尋聯〕無對屬之跡。（卞孝萱《劉禹錫詩何焯批語考訂》）

紀昀曰：第四句但説得吴，第五句七字括過六朝，是爲簡練。第六句一筆折到西塞山，是爲圓熟。（《瀛奎律髓彙評》卷三）

汪師韓曰：劉夢得《金陵懷古》詩，當時白香山謂其「已探驪珠，所餘鱗角何用」。以今觀之，「王濬樓船」所詠才一事耳，而多至四句，前則疑於偏枯；山城水國，蘆荻之鄉，觸目盡爾，後則嫌其空衍也。抑何元、白閣筆易易耶？余竊有説焉。金陵之盛，至吴而始著，至孫皓而西藩既摧，北軍飛渡，興亡之感始盛。假使感古者取三國、六代事衍爲長律，便使一句一事，包舉無遺，豈成體制？夢得之專詠晉事也，尊題也。下接云「人世幾回傷往事」，若有上下千年、縱横萬里在其筆底者。山形枕水之情景，不涉其境，不悉其妙。至於蘆荻蕭蕭，履清時而依故壘，含藴正靡窮矣。所謂驪珠之得，或在於斯者歟？（《詩學纂聞》）

薛雪曰：劉賓客《西塞山懷古》，似議非議，有論無論，筆著紙上，神來天際，氣魄法律，無不精到，洵是此老一生傑作，自然壓倒元、白。（《一瓢詩話》）

翁方綱曰：「劉賓客《西塞山懷古》之作，極爲白公所賞，至於爲之罷唱。起四句洵是傑作，後四則不振矣。此中唐以後所以氣力衰颯也。固無八句皆緊之理，然必鬆處正是緊處，方有意味。如此作結，毋乃飲滿時思滑之過耶？《荆州道懷古》一詩，實勝此作。（《石洲詩話》卷二）

王壽昌曰：弔古之詩，須褒貶森嚴，具有《春秋》之義，使善者足以動後人之景仰，惡者足以垂千秋之炯戒……至若劉夢得「王濬樓船下益州……」，讀前半篇暨義山（《南朝》）「敵國軍營」二句，令人凛然知憂來之無方，禍至之無日，而思患預防之心，不可不日加惕也。吁，至矣！（《小清華園詩談》卷下）

方東樹曰：此詩昔人皆入選，然按以杜公《詠懷古跡》，則此詩無甚奇警勝妙。大約夢得才人，一直説去，不見艱難吃力，是其勝於諸家處；然少頓挫沈鬱，又無自己在詩内，所以不及杜公。愚以爲此無可學處，不及樂天有面目格調，猶足爲後人取法也。後來王荆公七律似夢得，然荆公卻造句，苦思有力，有足取法處。柳子厚才又大於夢得，然境地得失，與夢得相似；至其五言，則妙絶古今，非劉所及矣。（《昭昧詹言》卷一八）

施補華曰：「王濬樓船」四語，雖少陵動筆，不過如是，宜香山之縮手。五、六「人世幾回」二句，平弱不稱，收亦無完固之力，此所以成晚唐也。（《峴傭説詩》）

登清輝樓〔一〕

□□□□□□□，□□□□□□□。□□□□□□□，□□□□□□□。潯陽江色潮添滿，〔二〕彭蠡秋聲雁送來。〔三〕南望廬山千萬仞，〔四〕共誇新出棟梁材。〔五〕

【校注】

〔一〕詩長慶四年秋赴和州任經江州作。題下原校：「逸前四句。在江州。」清輝樓：在江州（今江西九江市），李渤爲江州刺史時所建。陳舜俞《廬山記》卷三：「白鹿洞，貞元中李渤字濬之與仲兄偕隱居焉。後徙少室，以右拾遺召，不拜……太（大）和間仕至太子賓客。先是，寶曆（當作長慶）中嘗爲江州刺史，……劉夢得有《登清輝館》詩云：『潯陽江色……』清輝館在江州，亦渤所創，故禹錫美之。」嘉靖《九江府志》卷三：「九疊樓在府治後一百二十餘步，唐長慶間李渤爲刺史時建……今廢。清輝樓在府治後，今廢。」

〔二〕潯陽江：長江流經今九江市附近的一段。《元和郡縣圖志》卷二八「江州潯陽縣」：「本漢舊縣，……以在潯水之陽，故曰潯陽。」

〔三〕彭蠡：即鄱陽湖。《史記·夏本紀》正義引《括地志》：「彭蠡湖在江州潯陽縣東南五十二里。」王勃《滕王閣序》：「漁舟唱晚，響窮彭蠡之濱；雁陣驚寒，聲斷衡陽之浦。」

〔四〕仞：古代長度單位，或云七尺，或云八尺。《太平寰宇記》卷一一一「江州德化縣」：「廬山，在州南，高二千三百六十丈，周回二百五十里。其山九疊，川亦九派。」按，廬山最高峰漢陽峰海拔僅一千四百七十四米，地處鄱陽湖平原，故特爲高峻。

〔五〕棟梁材：《晉書·庾敳傳》：「敳有重名，爲縉紳所推，而聚斂積實，談者譏之。都官從事温嶠奏之，敳更器嶠，目嶠森森如千丈松，雖礧砢多節，施之大厦，有棟梁之用。」此稱頌李渤。《新唐書・李渤傳》：「遷江州刺史。……入爲職方郎中，進諫議大夫。……時政移近幸，紀律盪然，渤勁正不顧患，通章封無闕日，……擢給事中。」參見前《李賈二大諫拜命後寄楊八壽州》注。

經檀道濟故壘〔一〕

萬里長城壞，〔二〕荒營野草秋。秣陵多士女，〔三〕猶唱《白符鳩》。〔四〕史云：當時人歌曰：「可憐《白符鳩》，枉殺檀江州。」

【校注】

〔一〕詩長慶四年秋赴和州任經江州作。檀道濟：高平金鄉人，劉宋初官至征南大將軍、開府儀同三司、江州刺史。《宋書》本傳：「道濟立功前朝，威名甚重。左右腹心，並經百戰，諸子又有才氣，朝廷疑畏之。太祖寢疾累年，屢經危殆，彭城王義康慮宮車晏駕，道濟不可復制。（元嘉）十二年，上疾篤，會索虜爲邊寇，召道濟入朝。既至，上間。十三年春，將遣道濟還鎮，已下船矣，會上疾動，召入祖道，收付廷尉……於是收道濟及其子給事黄門侍郎植、司徒從事中郎粲、太子舍人隰、征北主簿承伯、秘書郎遵等八人，並於廷尉伏誅。」《輿地紀勝》卷三〇江州古跡有「檀道濟故壘」。嘉靖《九江府志》卷三：「檀道濟壘，在府境。」按，《元和郡縣圖志》卷六「虢州閿鄉縣」：「曹公故壘，在縣西二十五里。……宋武之入長安，檀道濟、王鎮惡濱河帶險，大小七營皆此處。」此詩寫作時地難以確切考知，姑附此。

〔二〕萬里長城：《宋書·檀道濟傳》：「道濟見收，脱幘投地，曰：『乃復壞汝萬里之長城！』」

〔三〕秣陵：即金陵，參見卷六《金陵五題》注。

〔四〕白符鳩：舞曲名。《晉書·樂志》引楊泓《拂舞序》：「自到江南，見白符舞，或言白凫鳩舞，云有此來數十年。察其詞旨，乃是吴人患孫皓虐政，思屬晉也。」《南史·檀道濟傳》：「（道濟）及其子……八人並誅，時人歌曰：『可憐《白浮鳩》，枉殺檀江州。』」

【集評】

葛立方曰：宋彭城王義康忌檀道濟之功，會文帝疾動，乃矯詔送廷尉誅之。故時人歌云：「可憐白浮鳩，枉殺檀江州。」當時人痛之蓋如此……劉夢得嘗過其墓而悲之曰……蓋傷痛之深，雖歷三百年而猶不泯也。（《韻語陽秋》卷八）

周珽曰：傷痛之深，歷三百年而猶不泯，道濟雖死猶生矣。（《唐詩選脈會通評林》）

夜聞商人船中筝〔一〕

大艑高船一百尺，〔二〕新聲促柱十三絃。〔三〕揚州市裏商人女，〔四〕來占西江明月天。〔五〕

【校注】

〔一〕詩長慶四年赴和州途中泊舟西江作。西江往來航船多賈客，故禹錫《自江陵沿流道中》云：

「風天氣色屬商人。」

〔二〕艑：船。釋寶月《估客樂》：「大艑珂峨頭，何處發揚州。」

〔三〕新聲：新曲。柱：筝上調節音高的碼子。柱促則絃急而調高。十三絃：《事物紀原》卷二引《風俗通》：「筝，秦聲也，而五絃。今十三絃，不知誰作。」

〔四〕揚州：今屬江蘇，唐代爲最繁華的商業都會。市里：劉本作「布粟」。《唐國史補》卷下：「洪、鄂之水居頗多，與邑殆相半。凡大船必爲富商所有，奏商聲樂，從奴婢，以據柂樓之下。」

〔五〕西江：長江中游的别稱，見前《自江陵沿流道中》注。

秋江晚泊〔一〕

長泊起秋色，〔二〕空江涵霽暉。暮霞千萬狀，賓鴻次第飛。〔三〕古戍見旗迥，荒村聞犬稀。軻峨艑上客，〔四〕勸酒夜相依。

【校注】

〔一〕詩長慶四年秋赴和州途中作。

〔二〕長：何焯曰「疑當作『旅』」。

〔三〕賓鴻：鴻雁。《禮記·月令·季秋之月》：「鴻雁來賓。」鄭注：「來賓，言其客止未去也。」次第：有次序。

〔四〕軻峨：高貌。參見前詩。

【集評】

黄徹曰：坡云：「賓鴻社燕巧相逢。」《月令》「來賓」事，嘗疑人未曾用。及觀夢得《秋江晚泊》云：「暮霞千萬狀，賓鴻次第飛。」顧況云：「安得凌風翰，肅肅賓天京。」老杜：「别浦雁賓秋。」（《䂬溪詩話》卷八）

何焯曰：文章事業，既不能收之桑榆，又爲人排笮，末由量移北歸。次聯皆比也。脱化之極，仍無一字不切。此篇編雜體中，亦齊梁格也。落句從淒清中能出情趣，又是活景，妙絶。〔勸酒句〕收足「晚」字。（卞孝萱《劉禹錫詩何焯批語考訂》）

王壽昌曰：唐人有詩雖佳而不免有病，初學者不可不知者……劉夢得「暮霞千萬狀，賓鴻次第飛」及「酒對青山月，琴韻白蘋風」，皆不論平仄。……如此之倫，皆白璧之瑕，明珠之纇也。（《小清華園詩談》卷下）

九華山歌〔一〕并引

九華山在池州青陽縣西南，〔二〕九峰競秀，神采奇異。昔予仰太華，以爲此外無奇；愛女几、荆山，以爲此外無秀。〔三〕及今見九華，始悼前言之容易也。惜其地偏且遠，不爲世所稱，故歌以大之。

奇峯一見驚魂魄，意想洪鑪始開闢。〔四〕疑是九龍夭矯欲攀天，〔五〕忽逢霹靂一聲化爲石。不然何至今，悠悠億萬年，氣勢不死如騰宂〔六〕音鶱，輕舉貌。雲含幽兮月添冷，日凝輝兮江漾影。結根不得要路津，〔七〕迥秀長在無人境。〔八〕軒皇封禪登云亭，〔九〕大禹會計臨東溟。〔一〇〕乘樏力追反，山行貌。不來廣樂絶，〔一一〕獨與猿鳥愁青熒。〔一二〕君不見敬亭之山黄索漠，〔一三〕兀如斷岸無稜角。〔一四〕宣城謝守一首詩，〔一五〕遂使聲名齊五岳。九華山，九華山，自是造化一尤物，〔一六〕焉能籍甚乎人間？〔一七〕

【校注】

〔一〕詩長慶四年秋赴和州任道經池州作。九華山：在今安徽省青陽縣。《太平寰宇記》卷一〇五「池州青陽縣」：「九華山，在縣南二十里，舊名九子山……顧野王《輿地志》云：『其山上有九峯，千仞壁立，周回二百里，高一千丈。』」李白《改九子山爲九華山聯句序》：「青陽縣南有九子山，山高數千丈，上有九峯如蓮華。按圖徵名，無所依據。……予乃削其舊號，加以九華之目。」柳宗元《鈷鉧潭西小丘記》：「噫！以兹丘之勝，致之灃、鎬、鄠、杜，則貴游之士争買者，日增千金而愈不可得。今棄是州也，農夫漁父過而陋之。」劉詩慨嘆九華山「迥秀長在無人境」，「獨與猿鳥愁青熒」，與柳文命意相同。

〔二〕池州：州治在今安徽省貴池縣。《元和郡縣圖志》卷二八「池州」：「青陽縣，本漢涇縣地，天寶元年洪州都督徐輝奏，於吴所立臨城縣南置，屬宣州，在青山之陽，爲名。永泰二年隸池州。」

〔三〕太華：即華山。女几：山名，在今河南省宜陽縣西南，見卷七《三鄉驛樓伏覩玄宗望女几山詩（略）》注。荆山，在今河南省宜陽縣南。《元和郡縣圖志》卷六「虢州湖城縣」：「荆山，在縣南，即黄帝鑄鼎之處。」

〔四〕洪罏：喻指天地，參見卷一《華山歌》注。

〔五〕夭矯：蜿蜒飛騰貌。郭璞《江賦》：「吸翠霞而夭矯。」陸游《入蜀記》：「過陽山磯，始見九華山。九華本名九子，李太白爲易名。太白與劉夢得皆有詩，而劉至，以爲可兼太華、女几之奇秀……王文公詩云：『盤根雖巨壯，其末乃修纖。』最極形容之妙。大抵此山之奇在修纖耳，然無含蓄敦大氣象，與廬阜、天台異矣。」

〔六〕騰佡：騰躍飛舉。

〔七〕要路津：交通要道上的渡口。《古詩十九首》：「何不策高足，先據要路津。」

〔八〕迥：特異。

〔九〕軒皇：黄帝軒轅氏。封禪：見卷四《平齊行》注。云、亭：泰山下小山。《史記・封禪書》：「炎帝封泰山，禪云云；黄帝封泰山，禪亭亭。」正義引《括地志》：「云云山在兖州博城縣西南三十里也。」又云：「亭亭山在兖州博城縣西南三十里也。」

〔一〇〕會計：會諸侯計功。東溟：東海。此指今浙江省紹興市會稽山，靠近東海。《史記・夏本紀》：「帝禹東巡狩，至於會稽而崩。」同書《封禪書》：「禹封泰山，禪會稽。」索隱：「《吴越春秋》云：『禹巡天下，登茅山，群臣乃大會計，更名茅山爲會稽。』亦曰苗山也。」

〔一一〕欙：同欙，禹治水時登山用具。《書·益稷》：「予乘四載，隨山刊木。」傳：「謂水乘舟，陸乘車，泥乘輴，山乘欙。」廣樂：天帝之樂。《史記·趙世家》：「趙簡子疾，五日不知人……寤，語大夫曰：『我之帝所甚樂，與百神游於鈞天，廣樂九奏萬舞，不類三代之樂，其聲動人心。』」

〔一二〕青熒：青而有光澤貌，指天空。裴迪《欹湖》：「空闊湖水廣，青熒天色同。」李白《蜀道難》：「黄鶴之飛尚不得過，猿猱欲度愁攀援。」

〔一三〕敬亭：山名，在今安徽省宣州市北。《元和郡縣圖志》卷二八「宣州宣城縣」：「敬亭山，在州北十二里，即謝朓賦詩之所。」索漠：暗淡無生氣。

〔一四〕兀：高而上平。斷岸：鮑照《蕪城賦》：「崒若斷岸，矗似長雲。」

〔一五〕謝守：南齊謝朓，曾爲宣城太守，其《游敬亭山》詩云：「兹山亘百里，合沓與雲齊。」又《祀敬亭山廟》詩，讚敬亭山「翦削兼太華，峥嶸跨玄圃」。金元好問《天涯山》：「敬亭不著謝宣城，斷岸何緣比天姥。」即化用劉禹錫詩句。

〔一六〕尤物：異物，美好的事物。《左傳·昭公二十一年》：「天有尤物，足以移人。」杜預注：「尤，異也。」

〔一七〕籍甚：聲名盛貌。《漢書·陸賈傳》：「賈以此游漢廷公卿間，名聲籍甚。」孟康曰：「言狼籍甚盛。」

【集評】

胡仔曰：東坡……以湖口李正臣所蓄石，九峰玲瓏，宛轉若窗櫺然，名之曰壺中九華。後歸自嶺南，欲買此石與仇池爲偶，已爲好事者取去，賦詩有「尤物已隨清夢斷」之句。蓋用劉夢得《九華山歌》云「九華山，自是造化一尤物，焉能籍甚乎人間」。（《苕溪漁隱叢話》後集卷一二）

何焯曰：此詩擬太白，然不離本色。（卞孝萱《劉禹錫詩何焯批語考訂》）

吴震方曰：與《華山歌》各極其妙。（《放膽詩》）

黄周星曰：此山自太白改「九子」爲「九華」，更加夢得一詩，至今薄海内外無不知有九華矣。然蚩蚩之群，豈知山之奇秀哉！此造化尤物，故當爲造化悶之耳。（《唐詩快》）

謝宣州崔相公賜馬〔一〕

浮雲金絡腦，〔二〕昨日别朱輪。〔三〕銜草如懷戀，〔四〕嘶風尚意頻。曾將比君子，〔五〕不是換佳人。〔六〕從此西歸路，應容躡後塵。〔七〕

【校注】

〔一〕詩長慶四年秋赴和州任經宣州時作。宣州：時爲宣歙觀察使治所，今屬安徽省。崔相公：崔群，字敦詩，清河武城人，年十九登進士第，又制策登科，授秘書省校書郎，累遷右補闕。元和初，召爲翰林學士，歷中書舍人，以讜言正論聞於時。十二年，拜中書侍郎，同中書門下平章事。出爲湖南觀察使。穆宗即位，徵拜吏部侍郎。出爲武寧軍節度使，改華州刺史，復授宣州刺史、歙池等州都團練觀察等使。見《舊唐書》本傳。禹錫赴任和州，應崔群之邀，繞道宣城。事見卷六《歷陽書事七十四韻・引》。

〔二〕浮雲：形容馬鞍轡上裝飾的花紋。虞世南《結客少年場行》：「緑沈明月弦，金絡浮雲轡。」絡腦：馬籠頭。司空曙《送王使君赴太原拜節度副使》：「絡腦青絲騎，盤囊錦帶鉤。」

〔三〕朱輪：漢太守二千石以上乘朱輪，屢見前注。此代指崔群車駕。

〔四〕懷戀：懷戀主之情。

〔五〕比君子：《風俗通義・怪神》：「叔堅云：『犬馬喻君子。』」《太平御覽》卷八九七引《風俗通》：「馬一匹。俗説馬比君子，與人相匹。」

〔六〕换佳人：以馬换妓，見卷四《夔州竇員外使君見示悼妓詩（略）》注。

〔七〕躡後塵：追隨其後。數年後，大和元年正月，崔群入朝爲吏部尚書。次年春，禹錫亦得入朝爲主客郎中。

晚泊牛渚〔一〕

蘆葦晚風起，秋江鱗甲生。〔二〕殘霞忽改色，〔三〕遠雁有餘聲。〔四〕戍鼓音響絶，〔五〕漁家燈火明。無人能詠史，〔六〕獨自月中行。

【校注】

〔一〕詩長慶四年秋赴和州途中作。牛渚：山名，在今安徽省當塗縣西北長江南岸。《太平寰宇記》卷一〇五「太平州當塗縣」：「牛渚山，在縣北三十五里，突出江中，謂爲牛渚圻，古津渡處也。」禹錫離宣州赴和州經此。

〔二〕鱗甲：謂波浪。杜甫《秋興》：「石鯨鱗甲動秋風。」陸游《入蜀記》：「采石，一名牛渚，與和州對岸，江面比瓜洲爲狹，故隋韓擒虎平陳，及本朝曹彬下江南，皆自此渡。然微風輒浪作，不可行。劉賓客云『蘆葦晚風起，秋江鱗甲生』，王文公云『一風微吹萬舟阻』，皆謂此磯也。」

〔三〕改：劉本、《全唐詩》作「變」。

〔四〕遠：明本、劉本、《全唐詩》作「游」。

〔五〕戍鼓：軍中晚間擊鼓以戒行者。杜甫《月夜憶舍弟》：「戍鼓斷人行。」《太平寰宇記》卷一〇五「太平州當塗縣」：「采石，戍名也，在縣西北牛渚山上……貞觀初於此置戍。」

〔六〕詠史：用謝尚月夜於牛渚聞袁宏吟詠史詩事。參見卷一《奉和中書崔舍人八月十五日夜玩月二十韻》注。

【集評】

方回曰：意盡晚景。尾句用袁宏詠史事，尤切於牛渚也。按楊誠齋晚景一聯，亦曰「暮天無定

色，過雁有歸聲」。（《瀛奎律髓》卷一五）

何焯曰：落句正自嘆所處不如謝尚耳，又恰收足「晚」字。（《瀛奎律髓彙評》卷一五）

紀昀曰：三、四寫晚景有神。結處同一用事，而不及太白「余亦能高詠，斯人不可聞」句之玲瓏生動矣。（同前）

送惟良上人〔一〕并引

以貌窺天者曰：乾然健，暈于然而高。〔二〕以數迎天者曰：其用四十有九。〔三〕天果以有形而不能脱乎數，立象以推筴，既成而遺之，古所謂神交造物者，非空言耳。〔四〕軒皇受天命，其佐皆聖人，故得之。〔五〕惟唐繼天，德如黄帝，有外臣一行，亦聖之徒與，刊曆考元，書成化去。〔六〕今丹徒人惟良，生而能知，非自外求，以乾坤之筴，當十期之數，凝神運指，上感躔次，視玄黄溟涬，無倪有常，絶機泯知，獨以神會。〔七〕數起于復之初九，音生乎黄鍾之宫，積微本隱，言與化合。〔八〕夫天人之數，極而含變，變而靡不通，〔九〕神趨鬼懾，不足駭也。惟良得一行之道，故亦慕其爲外臣，謬謂余爲世間聰明，孑孑來訪，初以説合，至于不言。〔一〇〕言息而理冥，復申之以嗟嘆，曰：「師其庶幾乎！信神與之而不能測神之所以付，信術通之而不能知術之所以

至。〔一一〕淺哉余聞乎，曾井蛙醯鷄之不若也〔一二〕！」長慶四年冬十一月甲子，語至夜艾，遂爲詩以志焉。〔一三〕

高齋灑寒水，〔一四〕是夕山僧至。玄牝無關鎖，〔一五〕瓊書捨文字。〔一六〕鐙明香滿室，月午霜凝地。語到不言時，〔一七〕世間人盡睡。

【校注】

〔一〕詩長慶四年十一月在和州作。惟良：據詩引，爲潤州丹徒僧人。《全唐詩》卷二八五李端有《送惟良上人歸潤州》詩，或即其人。

〔二〕貌：外形。窺：觀察。乾然：健貌。《易·乾》：「天行健，君子以自强不息。」疏：「《説卦》云：『乾，健也。』言天體以乾爲用，應化無窮。」《釋名》卷一：「天，《易》謂之乾。乾，健也，健行不息也。」單于然：廣大貌。《漢書·匈奴傳》：「單于者，廣大之貌也，言其象天單于然也。」

〔三〕以數迎天：以數學推算天體的運行。《史記·五帝本紀》：「迎日推策。」正義：「迎，逆也。」索隱：「推算曆數，於是逆知節氣日辰之將來。」迎：《叢刊》本作「逆」。四十有九：《易·繫辭上》：「大衍之數五十，其用四十有九。」疏：「京房云：五十者，謂十日、十二辰、二十八宿也，凡五十；其一不用者，天之生氣，將欲以虚來實，故用四十九焉。」

〔四〕脱乎數：此「數」指事物間某種聯繫或規律。劉禹錫《天論》：「天形恒圓而色恒青，周迴可以度得，晝夜可以表候，非數之存乎？」又云：「（天）所謂無形，蓋無常形耳，必因物而後見耳，烏能逃乎數耶?」象:易象。筴:同策,算籌。遺:拋棄。《易·繫辭下》:「易者,象也。」又曰:「古者包犧氏之王天下也,仰則觀象於天,俯則觀法於地,觀鳥獸之文與地之宜,近取諸身,遠取諸物,於是始作八卦。」《繫辭上》王弼注:「夫非忘象者,則無以制象;非遺數者,無以極數。至精者,無籌策而不可亂;至變者,體一而無不周;至神者,寂然無不應。斯蓋功用之母,象數所由立。」神交造物者:謂能制定曆法,與天象契合的人。

〔五〕軒皇:黄帝軒轅氏。相傳我國古代有曆法,自黄帝始。《史記·曆書》:「黄帝考定星曆,建立五行,起消息,正閏餘。」索隱:「按《系本》及《律曆志》,黄帝使羲和占日,常儀占月,臾區占星氣,伶倫造律吕,大橈作甲子,隸首作算數,容成綜此六術而著《調曆》也。」

〔六〕外臣:指僧人。僧人不敬王者,不禮父母,故稱爲外臣。一行:俗姓張,名遂,魏州昌樂人,少聰敏,博覽經史,尤精曆象陰陽五行之學。武三思慕其學行,請與結交,遂逃匿,出家爲僧,隱居嵩山,後居荆州,開元五年,玄宗徵召至京。《舊唐書》本傳:「一行尤明著述,撰《大衍論》三卷,《攝調伏藏》十卷,《天一太一經》及《太一局遁甲經》、《釋氏系録》各一卷。時《麟德曆經》推步漸疏,敕一行考前代諸家曆法,改撰新曆,又令率府長史梁令瓚等與工人創造黄道游儀,以考七曜行度,互相證明。於是一行推《周易》大衍之數,立衍以應之,改撰《開元大衍曆經》。至十五年卒……道士邢和璞嘗謂尹愔曰:『一行其聖人乎?漢之洛下閎造曆,云:『後八百歲當差一日,必有聖人正之。』今年期畢矣,而一行造《大衍》正其差謬,則洛下閎之言信矣,非聖人而何？』」《新唐書・曆志》：「開元九年，麟德曆署日蝕比不效，詔僧一行作新曆……十五年，草成而一行卒。」刊曆考元：改訂曆法，考訂始年。

〔七〕丹徒：潤州屬縣，今屬江蘇省。乾坤之筴：《周易》乾、坤兩卦的策數。十期：十年。《易・繫辭上》：「乾之策二百十有六，坤之策一百四十有四，凡三百有六十，當期之日。」運指：運指計算。躔次：行星運行所歷的坐標。《説文解字》二：「躔，踐也。」徐鍇曰：「星之躔次，星所履行也。」玄黃：指天地。《易・坤》：「天玄而地黃。」溟涬：宇宙清静寂寞的狀態，此指宇宙。張衡《靈憲》：「太素之前，幽清玄静，寂寞冥默，不可爲象……斯謂溟涬。」無倪：無端倪，無邊際。有常：有一定規律。「絶機」二句：謂惟良摒棄一切人爲的機巧智慧，精神卻與天象相合。

〔八〕復：《周易》卦名。復之初九：復卦(䷗)最下面的陽爻。復卦是陰極陽生的象徵。古人造曆，必先確定冬至的時間。冬至一陽生，此後日漸長夜漸短，符合復卦卦象。《易・復》朱熹本義：「復，陽復生於下也。剥盡則爲純坤十月之卦。而陽氣已生於下矣，積之逾月，然後一陽之體始成而來復，故十有一月，其卦爲復。」黃鍾：十二樂律之首。蔡邕《月令章句》：「黃鍾之管長九寸，孔徑三分，圍九分。」其餘十一律管長度均可據黃鍾管長確定，如黃鍾管長減三分之一爲林鍾管長，林鍾管長增三分之一爲太簇管長，等等，詳見《禮記・月令》鄭注。宮：宮、商、角、徵、羽五聲音階的第一級音。黃鍾宮，即以黃鍾律管所定的宮音。《漢書・律曆志一上》：

「黄帝使泠綸，自大夏之西，崑崙之陰，取竹之解谷生，其竅厚均者，斷兩節間而吹之，以爲黄鍾之宫。製十二筩以聽鳳之鳴，其雄鳴爲六，雌鳴亦六，比黄鍾之宫，而皆可以生之，是爲律本。」又云：「五聲之本，生於黄鍾之律，九寸爲宫，或損或益，以定商、角、徵、羽。」積微本隱：謂積微知著，本隱使顯。

〔九〕變、通：指制曆法、置閏朔等。《易·繫辭上》：「凡天地之數五十有五，此所以成變化而行鬼神也。」又《繫辭下》：「易窮則變，變則通，通則久。」《漢書·律曆志》：「易窮則變，故爲閏法。」

〔一〇〕世間聰明：蓋劉禹錫對《易》及天人關係研究有素，參見集中《辯易九六論》、《天論》等。孑孑：孤單貌。

〔一一〕庶幾：接近，指賢者。與：參與。《易·繫辭》：「子曰：『顏氏之子，其殆庶幾乎？有不善未嘗不知，知之未嘗復行也。』」又云：「易，無思也，無爲也，寂然不動，感而遂通天下之故，非天下之至神，其孰能與於此！」所以至：「至」字原無，據《叢刊》本增。

〔一二〕井蛙：井底之蛙。醯鷄：一種小蟲，古人以爲酒上白霉所變。二者均以喻見識褊淺者。《莊子·秋水》：「井蛙不可以語於海者，拘於虚也。」同書《田子方》：「（孔）丘之於道也，其猶醯鷄與。」

〔一三〕甲子：長慶四年十一月丙午朔，甲子爲十九日。夜艾：夜盡。

〔一四〕寒水：寒雨。

〔一五〕玄牝：此指天地萬物變化的奧秘。《老子》上篇：「谷神不死，是謂玄牝。玄牝之門，是謂天地根。」舊注或以玄牝爲陰陽，或以爲天地。關鎖：猶關鍵。無關鎖，即無障礙。王簡棲《頭陀寺碑》：「玄關幽鍵，感而遂通。」

〔一六〕瓊書：寶書，指佛經。《維摩詰所説經·入不二法門品》：「文殊師利問維摩詰：『我等各自説已，仁者當説何等是菩薩入不二法門。』時維摩詰默然無言，文殊師利嘆曰：『善哉善哉。乃至無有文字語言，是真入不二法門。』」

〔一七〕不言：神交心會，不須語言。《晉書·阮修傳》：「意有所思，卒爾褰裳，不避晨夕，至或無言，但欣然相對。」

劉禹錫全集編年校注卷六　詩

寶曆

歷陽書事七十四韻〔一〕并引

長慶四年八月，余自夔州轉歷陽，浮岷江，觀洞庭，歷夏口，涉潯陽而東。〔二〕友人崔敦詩罷丞相，鎮宛陵，緘書來抵曰：「必我覿而之藩，不十日飲，不置子。」〔三〕故余自池州道宛陵，如其素。〔四〕敦詩出祖于敬亭祠下，由姑孰西度江，乃吾圉也。〔五〕至則考圖經，參見事，爲之詩，俟采風之夜諷者。〔六〕

一夕爲湖地，〔七〕千年列郡名。〔八〕霸王迷路處，〔九〕亞父所封城。〔一〇〕漢置東南尉，〔一一〕梁分肘腋兵。〔一二〕本吴風俗剽，〔一三〕兼楚語音傖。〔一四〕沸井今無湧，〔一五〕烏江舊有名。〔一六〕土臺游柱史，〔一七〕石室隱彭鏗。〔一八〕老君適楚，有臺存焉。彭祖石室，在含山縣。曹操祠猶在，〔一九〕濡須塢未平。〔二〇〕海潮隨月大，〔二一〕江水應春生。〔二二〕一昨深山裏，〔二三〕終朝看火耕。〔二四〕魚書來北闕，〔二五〕鷁首下南荆。〔二六〕雲雨巫山暗，〔二七〕蕙蘭湘水清。〔二八〕章華樹已失，〔二九〕鄂渚草來迎。〔三〇〕廬阜香爐出，〔三一〕湓城粉堞明。〔三二〕雁飛彭蠡暮，〔三三〕鴉噪大雷晴。〔三四〕平野分風使，恬和趁夜程。貴池登陸峻,〔三五〕春穀渡橋鳴。〔三六〕絡繹主人問,〔三七〕悲歡故舊情。〔三八〕幾年方一面,卜晝便三更。〔三九〕助喜杯盤盛,忘機笑語訇。〔四〇〕管清疑警鶴,〔四一〕絃巧似嬌鶯。熾炭烘蹲獸,〔四二〕華茵織鬥鯨。〔四三〕回裾飄霧雨,〔四四〕急節墮瓊英。〔四五〕斂黛疑愁色,〔四六〕安鈿耀翠晶。容華本南國,〔四七〕妝梳學西京。〔四八〕日落方收鼓,〔四九〕天寒更炙笙。〔五〇〕促筵交履舄,〔五一〕痛飲倒簪纓。謔浪容優孟,〔五二〕嬌矜許智瓊。〔五三〕蔽明添翠帟,〔五四〕命燭柱金莖。坐久羅衣皺,杯頻粉面騂。〔五五〕興來從請曲,意墮即飛觥。〔五六〕令急重須改,〔五七〕歡馮醉盡呈。〔五八〕詰朝還選勝,〔五九〕來日又尋盟。〔六〇〕道別殷勤惜,邀筵次第爭。唯聞嗟短景,〔六一〕不復有餘酲。衆散扃朱户,相攜話素誠。晤言猶亹亹,〔六二〕殘漏自丁丁。〔六三〕出祖千夫擁,行廚五孰烹。〔六四〕離亭臨野水,別思入哀箏。〔六五〕接境人情洽,方冬饌具精。〔六六〕中流爲界道,〔六七〕隔岸數飛甍。〔六八〕沙浦王渾鎮,〔六九〕滄洲謝朓城。〔七〇〕望夫人化石,〔七一〕夢帝日環營。〔七二〕半渡趨津吏,〔七三〕緣堤簇郡甿。埸黄堆晚稻,籬碧見冬菁。〔七四〕里社争來獻,〔七五〕壺漿各自擎。〔七六〕鴟夷傾底寫,〔七七〕粔籹鬥文成。〔七八〕采石風傳柝,〔七九〕新林暮擊鉦。〔八〇〕藺綸牽撥刺,〔八一〕犀焰照澄泓。〔八二〕露冕觀原野,〔八三〕前驅抗旆旌。〔八四〕分庭展賓主,望闕拜恩榮。〔八五〕比屋惸嫠輩,〔八六〕連年水旱并。〔八七〕退思常後己,下令必先庚。〔八八〕遠岫低屏列,〔八九〕支流曲帶縈。湖魚香勝肉,官酒重於餳。〔九〇〕憶昔泉源變,斯須地軸傾。〔九一〕鷄籠爲石顆,〔九二〕龜眼入泥坑。〔九三〕事繫人風重，〔九四〕官從物論輕。〔九五〕江春俄澹蕩，〔九六〕樓月幾虧盈。柳長千絲宛，〔九七〕田塍一綫絣。〔九八〕游魚將婢從，〔九九〕野雉見媒驚。〔一〇〇〕波浄攢鳧鵠，〔一〇一〕洲香發杜蘅。〔一〇二〕一鍾菰葑米，〔一〇三〕千里水葵羹。〔一〇四〕受譴時方久，〔一〇五〕分憂政未成。〔一〇六〕比瓊雖碌碌，〔一〇七〕於鐵尚錚錚。〔一〇八〕早忝登三署，〔一〇九〕曾聞奏六英。〔一一〇〕無能甘負弩，〔一一一〕不慎在騎衡。〔一一二〕口語成中遘，〔一一三〕毛衣阻上征。〔一一四〕時聞關利鈍，〔一一五〕智亦有聾盲。〔一一六〕昔愧山東妙，〔一一七〕今慚海内兄。〔一一八〕後來登甲乙，〔一一九〕早已在蓬瀛。〔一二〇〕心託秦明鏡，〔一二一〕才非楚白珩。〔一二二〕齒衰親藥物，〔一二三〕宦薄傲公卿。〔一二四〕捧日皆元老，〔一二五〕宣風盡大彭。〔一二六〕好令朝集使，〔一二七〕結束赴新正。〔一二八〕

【校注】

〔一〕詩云「江春俄澹蕩」，當寶曆元年春在和州作。歷陽：郡名，即和州。《新唐書·地理志五》「淮南道」：「和州歷陽郡。」《輿地碑記目》卷二「和州碑記」：「唐劉禹錫《和州》詩，在設廳東。」當即此詩。七十四：原作「七十」，按詩實爲七十四韻，據增「四」字。并引：二字原無，據《叢刊》本增。

〔二〕岷江：此指長江。岷江爲長江東源，古人誤以爲長江正源。岷，原作「泯」，據劉本、《全唐詩》改。夏口：鄂州州治所在，今湖北省武昌市。《元和郡縣圖志》卷二七「鄂州」：「自後漢末，謂之夏口。」潯陽：郡名，即江州。《新唐書·地理志五》：「江州潯陽郡。」

〔三〕敦詩：崔群字。宛陵：漢縣名，即唐宣城縣，爲宣州治所。《元和郡縣圖志》卷二八「宣州」：「秦爲鄣郡，漢武帝改爲丹陽郡，領縣十七，理宛陵，即今理是也。」緘：封。抵：《全唐詩》作「招」。覿：會見。藩：指地方州郡，約相當於漢之藩國。十日飲：痛飲。《史記·范雎蔡澤列傳》：「君幸過寡人，寡人願與君爲十日之飲。」置：放過。崔群罷相爲宣州刺史，見卷五《謝宣州崔相公賜馬》注。

〔四〕池州：州治在今安徽省貴池縣，禹錫由此登陸赴宣州。素：本心。

〔五〕祖：餞行。敬亭祠：在宣州北敬亭山。《太平寰宇記》卷一〇三「宣州宣城縣」：「敬亭山，《郡國志》及宋《永初山川記》云，宛陵北有敬亭山，山有神祠，即謝朓賽神賦詩之所。其神云梓華府君，頗有靈驗。」姑孰：即今安徽省當塗縣，隔江與和州相對。《太平寰宇記》卷一〇五「太平州當塗縣」：「姑熟溪，在縣南二里，姑熟即縣名，此水經縣市中過。」圉：邊界。《左傳·隱公十一年》：「亦聊以固吾圉也。」

〔六〕圖經：古代地方志，記載一地沿革、山川、物産、風俗、人物等，附有地圖。見：通現。采風：即采詩。夜諷：夜誦，避順宗李誦諱改。《漢書·禮樂志》：「至武帝定郊祀之禮……乃立樂府，采詩夜誦，有趙、代、秦、楚之謳。」師古曰：「采詩，依古遒人徇路，采取百姓謳謡，以知政教得失也。夜誦者，其言辭或秘不可宣露，故於夜中歌誦也。」「風」字原無，據《全唐詩》增。

〔七〕一夕爲湖：《淮南子·俶真》：「夫歷陽之都，一夕反而爲湖。」高誘注：「歷陽，淮南國之縣名，今屬江都。昔有老嫗，常行仁義，有二諸生過之，謂曰：『此國當没爲湖。』謂嫗：『視東城門閫上有血，便走上北山，勿顧也。』自此嫗便往視門閫，閽者問之，嫗對曰如是。其暮，門吏故殺鷄，血塗門閫。明旦，老嫗早往視門，見血，便上北山，國没爲湖。與門吏言其事，適一宿耳，一夕，旦而爲湖也。」

〔八〕千年：按《太平寰宇記》卷一二四「和州」：「秦屬九江郡，漢爲歷陽縣，屬郡……東晉改爲歷陽郡。」自漢高祖元年（前二〇六）至此已一〇三一年，若自東晉元帝大興元年（三一八）計，則僅得五〇七年。

〔九〕霸王：西楚霸王項羽。《史記·項羽本紀》：「項王至陰陵，迷失道，問一田父，田父紿曰『左』。左，乃陷大澤中，以故漢追及之。」《方輿勝覽》卷四九「和州」：「陰陵山，在烏江西北四十五里，即項羽迷失道處。」按：據《史記》正義引《括地志》及《述異記》卷下等，項羽迷路之陰陵縣故城在濠州定遠縣西，不在和州。

〔一〇〕亞父：猶叔父，指范增。《史記·項羽本紀》：「亞父者，范增也。」集解引如淳曰：「亞，次也。尊敬之次父，猶管仲爲仲父。」范增封歷陽侯，亦見《項羽本紀》。

〔一一〕尉：都尉。漢代邊遠州郡除置太守外別置都尉一人，掌管軍事。揚雄《解嘲》：「東南一尉，西北一候。」《漢書·地理志上》「九江郡」：「歷陽，都尉治。」

〔一二〕肘腋：手肘與腋下，喻至近之地。《晉書·江統傳》：「寇發心腹，害起肘腋。」《晉書·地理志》：「武帝泰始元年，封諸王，以郡爲國。……大國……兵五千人，……次國……兵三千人，……小國……兵千五百人。」但晉代「王不之國，官於京師」，梁時分封宗室子弟爲王，方兼地方行政長官並領兵。

〔一三〕本吴：劉禹錫《和州刺史廳壁記》：「歷陽……在春秋實句吴之封，後爲楚所取。」剽：剽悍好鬥。《史記·淮南衡山列傳》：「荆楚僄勇輕悍，好作亂。」

〔一四〕兼楚：歷陽後爲楚所取，故云。傖：粗俗鄙陋。《梁書·鍾嶸傳》：「僑雜傖楚。」

〔一五〕沸井：井水沸騰，是一種地熱現象。《輿地紀勝》卷四八「和州」：「沸井，古《圖經》云：和州舊有沸井，在郡西一百步古城内。晉元帝時，郭璞筮云：『郡縣有陽名者，井當沸（其中興之應）。』已而，歷陽縣中井沸。今失其處。」秦觀《游湯泉記》則以烏江惠濟院湯泉爲沸井。

〔一六〕烏江：縣名，縣治在今安徽省和縣東北四十里，因項羽自刎於此而出名。《太平寰宇記》卷一二四「和州烏江縣」：「本秦烏江亭……項羽敗於垓下，東走至烏江，亭長艤船待羽處也。」

〔一七〕柱史：指老子李耳。《史記·張丞相列傳》索隱：「周、秦皆有柱下史，謂御史也，所掌及侍立恒在殿柱之下。故老子爲周柱下史。」《輿地紀勝》卷四八「和州」：「東華山，在烏江縣東北五十里，有老君臺，云老君煉丹之所。」

〔一八〕彭鏗：即彭祖，相傳爲殷大夫，姓籛名鏗，壽八百餘，後昇仙而去。歷陽有其仙室，前世禱請風雨，莫不輒應（見《列仙傳》卷上）。《太平寰宇記》卷一二四「和州含山縣」：「禱應山，本名白石山，在縣西南八十里……山下有洞，洞口初俯僂而入，約十步，乃漸高廣，莫知遠近……即彭祖所居之室。」

〔一九〕曹操祠：《太平寰宇記》卷一二四「和州含山縣」：「魏武帝祠，在縣西南九十里。按《魏志》，建安十八年，曹操侵吴，樓船東泛巢湖，將逼歷陽，至濡須口，登東關以望江山，後人因立祠焉。」

〔二〇〕濡須塢：三國吴建。塢，土堡一類的防禦工事。《太平寰宇記》卷一二四「和州歷陽縣」：「濡須塢，在縣西南一百八十里，南臨須水，狀如偃月，漢建安十七年，吴聞曹操將來，因築此塢。」

〔二一〕海潮：潮汐是海水因日月吸力產生的定期漲落現象，月距地球爲近，故對潮汐影響也大。特别在每月朔望時，日月引力方向相同，潮最大。

〔二二〕江：長江。《太平寰宇記》卷一二四「和州烏江縣」：「江水，經州城北，下五里，與上元縣分中流爲界。」以上記述和州制置沿革、風俗、古跡等。

〔二三〕一：《全唐詩》作「憶」。

〔二四〕火耕：指畬田。參見卷五《畬田行》注。

〔二五〕魚書：刺史符信，參見卷二《早春對雪奉寄澧州元郎中》注。北闕：指朝廷。《史記·高祖本紀》：「蕭丞相營作未央宮，立東闕、北闕。」

〔二六〕鷁首：借指船。鷁，水鳥，王濬曾畫鷁首怪獸於樓船之上，參見卷五《西塞山懷古》注。南荆：

即南楚。歷陽，漢時屬九江郡，古爲南楚，見《史記·貨殖列傳》。

〔二七〕雲雨巫山：用巫山神女事，見卷四《竇夔州見寄寒食日憶故姬小紅吹笙因和之》注。

〔二八〕湘水：此指洞庭湖，湘水注入洞庭湖。

〔二九〕章華：臺名，故址在今湖北省江陵市，參見卷二《送韋秀才道沖赴制舉》注。

〔三〇〕鄂渚：指今湖北武昌，見卷五《鄂渚留別李二十六表臣大夫》注。

〔三一〕廬阜：即廬山。香爐：廬山之一峰。慧遠《廬山記略》：「東南有香爐山，孤峰秀起，游氣籠其上，則氤氳若香煙；白雪映其外，則炳然與衆峰殊別。」

〔三二〕湓城：即江州州城，參見卷二《酬竇員外使君寒食日途次松滋渡（略）》注。粉堞：城上白色小牆。

〔三三〕彭蠡：湖名，見卷五《登清輝樓》注。

〔三四〕大雷：在今安徽省望江縣。《太平寰宇記》卷一二五「舒州望江縣」：「大雷池，水西自宿松縣界流入。自發源入縣界，東南積而爲池，謂之雷池。又東流經縣南，去縣百里，又東入於海。江行百里爲大雷口，又有小雷口。」鮑照《登大雷岸與妹書》：「陂池潛演，湖脈通連。……棲波之鳥，水化之蟲，……號噪驚聒，紛乎其中。」

〔三五〕貴池：水名，在池州。《元和郡縣圖志》卷二八「池州秋浦縣」：「貴池水，在縣西七里。」登陸：劉禹錫取陸路赴宣城，故自池州登陸。

〔三六〕春穀：鳥名，又漢縣名，此語意雙關。白居易《秋寄微之十二韻》：「飢啼春穀鳥，寒怨絡絲蟲。」《元和郡縣圖志》卷二八「宣州宣城縣」：「春穀故城，在縣西一百五十里。」以上記述自夔州赴宣州行程。

〔三七〕絡繹：絡繹不絶，指在道中時主人遣來迎候的使者。

〔三八〕故舊：劉禹錫貞元十九年爲監察御史，即有《舉崔監察群自代狀》。

〔三九〕卜晝：白天飲宴。《左傳·莊公二十二年》載，陳公子完奔齊，「使爲工正，飲桓公酒，樂。公曰：『以火繼之。』辭曰：『臣卜其晝，未卜其夜，不敢。』」

〔四〇〕忘機：無世俗機詐之心。訇：大聲。

〔四一〕管：笙、笛之類管樂器。警鶴：見卷一《奉和中書崔舍人八月十五日夜玩月二十韻》注。

〔四二〕蹲獸：狀如蹲獸的炭。《太平御覽》卷八七一引《語林》：「洛下少林木，炭止如粟狀。羊琇驕豪，乃擣小炭爲屑，以物和之作獸形。後何君之徒共集，乃以温酒，火熱既猛，獸皆開口向人，赫赫然。」

〔四三〕茵：毯、褥之類。杜甫《太子張舍人遺織成褥段》：「開緘風濤涌，中有掉尾鯨。」

〔四四〕回裾：舞者迴旋的衣袖。曹植《洛神賦》：「飄颻兮若流風之回雪。」裾：劉本作「襜」。

〔四五〕瓊英：指舞者頭上的玉飾。

〔四六〕斂黛：颦眉。黛，畫眉用青黑色顔料。疑：通凝，劉本、《全唐詩》作「凝」。《後漢書·五行志一》：「桓帝元嘉中，京都婦女作愁眉、啼妝、墮馬髻、折要步、齲齒笑。所謂愁眉者，細而曲折。」何遜《日夕望江山寄魚司馬》：「歌黛慘如愁。」

〔四七〕南國：南方。曹植《雜詩》：「南國有佳人，容華若桃李。」

〔四八〕梳：原作「掠」，《全唐詩》作「束」，據劉本、《叢刊》本改。西京：長安。《後漢書·馬廖傳》：「長安語曰：『城中好高髻，四方高一尺。城中好廣眉，四方且半額。城中好大袖，四方全匹帛。』」

〔四九〕收鼓：即罷舞，舞者以鼓爲節。

〔五〇〕炙笙：烘烤笙的簧片。庾信《夢入堂内》：「笙簧火炙調。」《齊東野語》卷一七：「笙簧必用高麗銅爲之，艶以緑臘。簧暖則字正而聲清越，故必用焙而後可。」

〔五一〕促筵：猶促坐，將座席移近，及下「倒簪纓」均形容酒酣時不拘形跡。《史記·滑稽列傳》：「日暮酒闌，合尊促坐，男女同席，履舄交錯。」

〔五二〕謔浪：戲謔放浪。優孟：楚國伶人。《史記·滑稽列傳》：「優孟，故楚之樂人也。長八尺，多辯，常以談笑諷諫。」索隱：「優者，倡優也。孟，字也。」其事跡參見卷四《送周魯儒赴舉》注。

〔五三〕矜：劉本、《叢刊》本、《全唐詩》作「憐」。智瓊：成公智瓊，仙女名，此指侍女，參見卷四《夔州竇員外使君見示悼妓詩(略)》注。

〔五四〕蔽明：遮蔽陽光。帟：帳幕。

〔五五〕頳：劉本作「傾」。騂：赤色。

〔五六〕墮：通惰，懈怠厭倦。觥：獸角製的酒器。

〔五七〕令：酒令。

〔五八〕馮：憑本字。

〔五九〕詰朝：明朝。選勝：選擇勝地（以安排游宴）。

〔六〇〕尋盟：重申或履行約言，如崔群所云「不十日飲不置子」之類。

〔六一〕短景：白晝太短。杜甫《閣夜》：「歲暮陰陽催短景。」

〔六二〕亹亹：不倦貌。

〔六三〕丁丁：象聲詞，此象刻漏中滴水聲。

〔六四〕祖：餞行。行廚：外出時臨時性的廚房。五孰：即五熟，各種美味。《三國志・魏書・鍾繇傳》：「文帝在東宫，賜繇五熟釜。」注引《魏略》：「釜成，太子與繇書曰：『昔有黄三鼎，周之九寶，咸以一體，使調一味。豈若斯釜，五味時芳。』」

〔六五〕離亭：當指敬亭山之謝公亭。《方輿勝覽》卷一五「寧國府」：「謝公亭，在宣城縣北二里，舊經云，謝玄暉送范雲零陵内史之地。」以上記述與崔群在宣州歡聚及離别。

〔六六〕方冬：據劉禹錫《和州謝上表》，禹錫於長慶四年十月末到達和州。饌具：食品與食器。

〔六七〕中流：指長江。宣、和二州以長江爲界，隔江相對。

〔六八〕飛甍：高舉的屋脊。謝朓《晚登三山還望京邑》：「白日麗飛甍，參差皆可見。」

〔六九〕王渾：晉人，武帝時，官征虜將軍、監豫州諸軍事，持節，領豫州刺史。渾與吴接境，宣布威信，前後降者甚多。及晉大舉伐吴，渾率師出横江。見《晉書》本傳。王渾鎮：指龍口，在和州歷陽縣東南。《古今圖書集成·方輿彙編·職方典》卷八三九「和州府」：「出東郭五里曰龍口，又十里曰沙河。劉夢得詩云『沙浦王渾鎮』，張文昌詩『送客特過沙口堰』，是也。」

〔七〇〕謝朓城：指宣州，朓曾爲宣城太守。三字《叢刊》本作「謝傅塋」，謝傅當指謝安，卒贈太傅。《元和郡縣圖志》卷二五「潤州上元縣」：「謝安墓，在縣東南十里石子崗北。」上元即今江蘇南京市。

〔七一〕望夫：指望夫山，在宣州當塗縣，參見後《望夫石》詩注。

〔七二〕夢帝：《晉書·明帝紀》：「(王)敦將舉兵内向，帝密知之，乃乘巴滇駿馬微行，至于湖，陰察敦營壘而出。有軍士疑帝非常人，又敦正晝寢，夢日環其城，驚起曰：『此必黄鬚鮮卑奴來也。』帝母荀氏，燕代人，帝狀類外氏，鬚黄，敦故謂帝云。」據《資治通鑑》卷九二及胡三省注，時王敦屯駐於姑蘇之于湖，故城在宣州當塗縣南。

〔七三〕津吏：渡口掌舟梁的小吏，諸津各有津吏五人，見《新唐書·百官志三》。《太平寰宇記》卷一二四「和州歷陽縣」：「横江浦，在縣東南二十六里……對江南岸之采石往來濟處。」李白《横江詞》：「横江館前津吏迎。」

〔七四〕菁：韭菜花。《文選》張衡《南都賦》：「秋韭冬菁。」李善注：「韭，其華謂之菁。」

〔七五〕里：唐代以百户爲一里，設里正一人。社：祭土地神之所。

〔七六〕漿：水、酒等飲料。《孟子·梁惠王上》：「簞食壺漿，以迎王師。」

〔七七〕鴟夷：盛酒皮袋。《漢書·揚雄傳》：「自用如此，不如鴟夷。」師古曰：「盛酒者也。」鴟，原作「鷄」，據劉本、《叢刊》本、《全唐詩》改。寫：同瀉。

〔七八〕粔籹：一種環狀食品，以秫稻米粉和蜜搓成細條，捏合兩端油炸而成。《楚辭·招魂》：「粔籹蜜餌。」文成：原作「成文」，劉本作「成□」。馮浩云：「何焯補『文』字，出韻。」按：「成」字入韻，且與「寫」相對，今乙。

〔七九〕采石：見卷五《晚泊牛渚》注。柝：軍中敲擊以警夜的梆子。

〔八〇〕新林：新林浦。謝脁有《之宣城出新林浦向板橋》詩。鉦：軍中樂器名，狀如銅盤。和州有水軍五百，沿江戍守，見劉禹錫《和州刺史廳壁記》。

〔八一〕繭綸：蠶繭抽出的絲。撥剌：繅絲輪子旋轉的聲音。

〔八二〕犀焰：燃犀的光焰。《晉書·温嶠傳》：「至牛渚磯，水深不可測，世云其下多怪物，嶠遂毀犀角而照之。須臾，見水族覆火，奇形異狀，或乘馬車著赤衣者。」澄泓：水清深貌。

〔八三〕露冕：揭起車帷，露出容服。《後漢書·郭賀傳》：「拜荆州刺史，……顯宗巡狩到南陽，特見嗟嘆，賜以三公之服、黼黻冕旒，敕行部去襜帷，使百姓見其容服，以章有德。」李瀚《蒙求》：

「郭賀露冕。」

〔八四〕前驅：處於刺史隊伍前列的吏卒。抗：高舉。

〔八五〕以上記述自宣州至和州途中聞見。

〔八六〕比屋：家家户户。比，連屬。惸嫠輩：孤苦無告的人。無兄弟曰惸，無夫曰嫠。

〔八七〕水旱并：《舊唐書·穆宗紀》：長慶二年閏十月，「詔：江淮諸州，旱損頗多，所在米價不免踴貴……（十二月）淮南奏：和州饑，烏江百姓殺縣令以取官米」。禹錫至和州，正值旱災之後，見其《和州謝上表》。

〔八八〕庚：此指農事。《左傳·哀公十三年》：「庚癸乎，則諾。」注：「庚，西方，主穀。」

〔八九〕岫：山峰。屏：屏風。謝朓《郡内高齋閒坐答吕法曹》：「窗中列遠岫，庭際俯喬林。」

〔九〇〕餳：麥芽糖一類的糖。《苕溪漁隱叢話》前集卷一三引《三山老人語録》：「唐人好飲甜酒，殆不可曉。子美云：『人生幾何春已夏，不放香醪如蜜甜。』退之云：『一樽春酒甘若飴，丈人此樂無人知。』」

〔九一〕地軸傾：地震等自然界災難性巨變，指歷陽陷爲湖事。《博物志》卷一：「地有三千六百軸，犬牙相舉。」

〔九二〕鷄籠：和州山名。顆：通堁，土塊。《太平寰宇記》卷一二四「和州歷陽縣」：「鷄籠山，在縣西北三十五里。《淮南子》云，麻湖初陷之時，有一老母提鷄籠以登此山，乃化爲石。今山有石，狀如鷄籠，因名之。」

〔九三〕 黿眼：指城門石黿。《述異記》卷上：「和州歷陽淪爲湖。昔有書生，遇一老姥，姥待之厚。生謂姥曰：『此縣門石黿眼血出，此地當陷爲湖。』姥後數往視之。門吏問姥，姥具答之。吏以朱點黿眼，姥見，遂走上北山。顧，城遂陷焉。」此與《淮南子》高誘注所云異，當是同一傳説之分化。

〔九四〕 人風：即民風，避唐太宗李世民諱改。

〔九五〕 物論：朝中輿論。刺史是親民官，本重；但禹錫任和州，仍帶有貶謫性質，故輕。

〔九六〕 澹蕩：水摇動貌。

〔九七〕 菀：通菀，盛貌。《詩·小雅·小弁》：「菀彼斯柳。」又《菀柳》：「有菀者柳。」

〔九八〕 絣：連屬。

〔九九〕 婢：魚婢，小魚。《爾雅·釋魚》：「鱊鮬鱖鯞。」郭璞注：「小魚也，似鮒子而黑，俗呼爲魚婢，江東呼爲妾魚。」《述異記》卷上：「和州歷陽淪爲湖……今湖中有明府魚、奴魚、婢魚。」則是一種人化爲魚的傳説。

〔一〇〇〕 雉：野鷄。媒：獵者用以誘使野雉落網入彀的雉。潘岳《射雉賦》：「野聞聲而應媒。」

〔一〇一〕 攢：聚集。鳧鵠：兩種水鳥。

〔一〇二〕 杜蘅：草名，葉似葵而香。《楚辭·九歌·湘君》：「採芳洲兮杜若。」又《山鬼》：「披石蘭兮帶杜蘅。」

〔一〇三〕鍾：量器，容六斛四斗。菰葑米：即菰米，茭白所結的實，歉年可以用來充飢。葑，茭白的根。

〔一〇四〕水葵羹：即蒓羹。《膳夫經手録》：「水葵，本蒓菜也，避順宗諱改。」參見卷四《送周魯儒赴舉》注。以上記述和州民情風物。

〔一〇五〕受譴：指己被貶事。禹錫自永貞元年被貶，至此已二十一年。

〔一〇六〕分憂：爲地方官，替皇帝分憂。孟浩然《同獨孤使君東齋作》：「郎官舊華省，天子命分憂。」

〔一〇七〕瓊：美玉。碌碌：玉貌。《文心雕龍·總術》：「落落之玉，或亂乎石；碌碌之石，時似乎玉。」

〔一〇八〕錚錚：金屬發出的聲音。《後漢書·劉盆子傳》：「（光武）帝曰：『卿所謂鐵中錚錚，傭中佼佼者也。』」李賢注：「《説文》曰：『錚錚，金也。』鐵之錚錚，言微有剛利也。」

〔一〇九〕忝：自謙之詞。三署：漢宫廷宿衛諸郎分隸五官中郎將及左、右中郎將，統稱三署。禹錫早年爲尚書省郎官，故云。

〔一一〇〕六英：相傳爲帝嚳之樂，此指宫中朝會時所奏音樂。

〔一一一〕負弩：背負弓箭，效忠爲前驅。參見卷四《平蔡州》注。

〔一一二〕騎衡：喻處危地。《漢書·爰盎傳》：「百金之子不騎衡。」如淳曰：「騎，倚也。衡，樓殿邊欄楯也。」師古曰：「騎，謂跨之耳。」

〔一一三〕口語：流言。楊惲《報孫會宗書》：「遭遇變故，横被口語。」中遘：宫中所遘成。遘，通冓。

《詩·鄘風·牆有茨》：「中冓之言，不可道也。」小序謂此詩是揭露宫廷内部醜惡的諷刺詩。

〔二四〕毛衣：鳥的羽毛。上征：向上飛行。《搜神記》卷一四：「豫章新喻縣男子，見田中有六七女，皆衣毛衣，不知是鳥，匍匐往，得其一女所解毛衣，取藏之。……諸鳥各飛去，一鳥獨不得去。」

〔二五〕利鈍：利與不利。諸葛亮《出師表》：「至於成敗利鈍，非臣之明所能逆覩也。」

〔二六〕有聾盲：指有考慮不周之處。《莊子·逍遥游》：「瞽者無以與乎文章之觀，聾者無以與乎鍾鼓之聲。豈唯形骸有聾盲哉？夫知亦有之。」

〔二七〕山東妙：潘岳《西征賦》：「終童山東之英妙。」

〔二八〕海内兄：劉峻《廣絶交論》：「樂安任昉，海内髦傑。」此與前「山東妙」均當指崔群。

〔二九〕登甲乙：登第，參見卷二《武陵書懷五十韻》注。崔群貞元八年進士，禹錫於貞元九年及第，故云「後來」。

〔三〇〕蓬瀛：海中仙山蓬萊、瀛洲，喻指翰林、中書等近密之地。李肇《翰林志》：「唐興，太宗始於秦王府開文學館，擢房玄齡、杜如晦一十八人，皆以本官兼學士，給五品珍膳，分爲三番，更直宿於閣下，討論墳典，時人謂之登瀛洲。」崔群於元和二年以左補闕充翰林學士，見丁居晦《重修承旨學士壁記》。

〔三一〕秦明鏡：相傳秦宫有鏡，可照見人心膽。參見卷十二《昏鏡詞》。此以喻崔群。

〔三二〕白珩：楚國寶玉。《國語·楚語下》：「王孫圉聘於晉，定公饗之，趙簡子鳴玉以相，問於王孫圉曰：『楚之白珩猶在乎？』對曰：『然。』簡子曰：『其爲寶也，幾何矣？』」韋昭注：「珩，佩上之横者。」

〔三三〕齒衰：年老。

〔三四〕宦薄：宦情澹薄。

〔三五〕捧日：喻大臣輔佐皇帝。《三國志·魏書·程昱傳》注引《魏書》：「昱少時常夢上泰山，兩手捧日，昱私異之，以語荀彧。及兗州反，賴昱得完三城，於是彧以昱夢白太祖，太祖曰：『卿當終爲吾腹心。』」

〔三六〕宣風：猶宣化，傳布德政。大彭：傳説中商代諸侯。《國語·鄭語》韋昭注：「彭祖，大彭也，爲商伯。」此指當時的節度觀察等使。時裴度鎮興元，令狐楚鎮宣武，牛僧孺鎮鄂岳，李絳鎮東川，崔群觀察宣歙，元稹觀察浙東，諸人均曾爲相；此外，王播鎮淮南，李德裕觀察浙西，都與劉禹錫有較深交誼。

〔三七〕朝集使：每年年末入京朝見的地方官吏。《唐六典》卷三：「凡天下朝集使，皆令都督、刺史及上佐更爲之。……皆以十月二十五日至於京都。……元日，陳其貢篚於殿庭。」

〔三八〕結束：收拾行裝。新正：新年元旦。唐制，元日大陳設，百官及諸道朝正使朝賀。

【集評】

吕本中曰：蘇子由晚年多令人學劉禹錫詩，以爲用意深遠有曲折處。後因見夢得歷陽詩云：

「一夕爲湖地，千年列郡名。霸王迷路處，亞父所封城。」皆歷陽事，語意雄健，後殆難繼也。（《苕溪漁隱叢話》前集卷二〇引《吕氏童蒙訓》）

葛立方曰：劉禹錫《嘉話録》云：「作詩押韻，須要有出處。近欲押一『餳』字，六經中無此字，惟《周禮》吹簫處注有此一字，終不敢押。」余按禹錫《歷陽書事》詩云：「湖魚香勝肉，官酒重於餳。」則何嘗按六經所出邪？（《韻語陽秋》卷五。按，此條《苕溪漁隱叢話》後集卷二四引作《碧溪詩話》，又禹錫所不敢押者乃「糕」字，並非「餳」字，見《嘉話録》。）

管世銘曰：柳子厚《同劉二十八述舊言情八十韻》，韻愈險而詞愈工，氣愈勝，最爲長律中奇作，稱柳詩者未有及之者。劉夢得《歷陽書事七十韻》，亦足旗鼓相當。（《讀雪山房唐詩序例》）

客有話汴州新政書事寄令狐相公〔一〕

天下咽喉今大寧，〔二〕軍城喜氣徹青冥。〔三〕庭前劍戟朝迎日，筆底文章夜應星。〔四〕三省壁中題姓字，〔五〕萬人頭上見儀形。〔六〕汴州忽復承平事，正月看燈户不扃。〔七〕

【校注】

〔一〕詩寶曆元年春在和州作。汴州：時爲宣武軍節度使治所，州治在今河南省開封市。令狐相公：令狐楚，字殼士，弱冠應進士，貞元七年登第。李説、鄭儋、嚴綬相繼鎮太原，皆辟爲從事。元和初入朝，九年，爲翰林學士，遷職方郎中、中書舍人，皆居内職。十四年七月，授中書侍郎、同平章事。憲宗崩，以楚爲山陵使，會有告楚親吏贓污事發，出爲宣歙觀察使，再貶衡州刺史。敬宗即位，召爲河南尹。其年九月，檢校禮部尚書、宣武軍節度使。見《舊唐書》本傳。劉禹錫與令狐楚唱和詩曾編爲《彭陽唱和集》三卷，今劉集《外集》卷三中詩五十二首即宋敏求自《彭陽唱和集》中輯出者。二人唱和，首見於此。令狐楚原詩已佚。

〔二〕咽喉：喻交通要地。《戰國策·秦策四》：「韓，天下之咽喉。」《元和郡縣圖志》卷七「汴州」：「漢陳留之浚儀縣也。酈生説漢高曰：『陳留天下之衝，四通五達之郊。』」隋開大運河，汴水成爲運河的一段，西通河洛，南達江淮，汴州成爲南北交通樞紐。

〔三〕軍城：指汴州，汴州刺史原僅領廉察使，德宗時城汴州，置節度使，後常發生軍亂。《舊唐書·德宗紀上》：「（建中二年三月）築汴州城……詔分汴、宋、滑爲三節度，移京西防秋兵九萬二千人以鎮關東。」據《舊紀》記載，貞元九年，宣武軍亂，逐節度使劉士寧；十二年又逐李迺；十五年兵亂，殺節度使陸長源及判官孟叔度、丘穎，臠而食之；長慶二年，逐節度使李愿。

〔四〕應星：上應星宿。《新唐書·令狐楚傳》：「其爲文，於箋奏制令尤善，每一篇成，人皆傳諷。」

〔五〕三省：指唐中央尚書、中書、門下三省。令狐楚曾官禮部、刑部、職方員外郎、職方郎中，屬尚書省；又官中書舍人、中書侍郎，屬中書省；又官門下侍郎，屬門下省。題姓字：謂題姓名於官署廳壁，參見卷四《和楊侍郎初至郴州（略）》注。

〔六〕儀形：儀容。《舊唐書·令狐楚傳》：「楚風儀嚴重，若不可犯。」

〔七〕扃：上鎖。不扃，謂社會秩序安定。《舊唐書·令狐楚傳》：「汴軍素驕，累逐主帥，前後韓弘兄弟率以峻法繩之，人皆偷生，未能革志。楚長於撫理……及莅汴州，解其酷法，以仁惠爲治，去其太甚，軍民咸悦，翕然從化，後竟爲善地。」

和州送錢侍御自宣州幕拜官便於華州覲省〔一〕

五綵繡衣裳，〔二〕當年正相稱。〔三〕春風舊關路，〔四〕歸去真多興。蘭陔行可採，〔五〕蓮府猶回瞪。〔六〕楊家紺幰迎，〔七〕侍御即王相公貴婿。謝守瑶華贈。〔八〕宣州崔相公有詩贈行。御街草泛灔，〔九〕臺柏煙含凝。〔一〇〕曾是平昔游，無因理歸乘。〔一一〕

【校注】

〔一〕詩寶曆元年春在和州作。侍御：唐人對監察御史及殿中侍御史的通稱。錢侍御：據詩題及詩中自注，當是華州刺史錢徽之子，時自宣州崔群幕入朝爲監察御史，疑爲錢可復。錢徽，詩人錢起之子，寶曆中爲華州刺史，文宗即位，徽拜尚書右丞。子可復、可及，皆登進士第。可復官至禮部郎中，大和九年，爲鄭注鳳翔節度副使，甘露之變，鄭注被誅，可復亦爲鳳翔監軍使所害。事見《舊唐書·錢徽傳》。《全唐詩》卷五四六錢可復存《鶯出谷》詩，爲元和十一年省試詩，知可復爲該年進士，七八年後固可昇遷至監察御史。

〔二〕繡衣：御史官服。《漢書·百官公卿表上》：「侍御史有繡衣直指，出討姦猾，治大獄。」師古曰：「衣以繡者，尊寵之也。」

〔三〕當年：猶言少年。

〔四〕關路：入關之路。自汴州赴長安及華州，經潼關。

〔五〕蘭陔句：謂即將赴華州觀省父母。參見卷五《聞韓賓擢第歸覲以詩美之（略）》注。

〔六〕蓮府：幕府美稱。參見卷五《和東川王相公（略）》注。此指崔群宣州幕府。回瞪：回望。

〔七〕楊家：岳家。潘岳《楊仲武誄》：「子之姑，余之伉儷焉。」後遂以聯姻爲結潘楊之好，而以潘郎指婿，楊家指岳家。紺幰：施以天青色帷幔的車。注中「王相公」疑是王涯，曾相憲宗，時在朝官禮部尚書。大和九年，錢可復被選任爲鳳翔節度副使，遇甘露之變，與王涯同被害，恐和他是王涯貴婿有關。

〔八〕謝守：此指崔群。瑶華：美玉，美稱詩篇。南齊謝脁曾爲宣城太守，其《郡内高齋閒坐答吕法曹》：「惠而能好我，問以瑶華音。」

〔九〕御街：京師街道。泛灧：光彩浮動貌。江淹《雜體詩·休上人》：「露彩方泛灧，月華始徘徊。」

〔一〇〕臺柏：御史臺中柏樹。參見卷一《和武中丞秋日寄懷簡諸僚故》注。

〔一一〕歸乘：歸去的車馬。

春日書懷寄東洛白二十二楊八二庶子〔一〕

曾向空門學坐禪，〔二〕如今萬事盡忘筌。〔三〕眼前名利同春夢，〔四〕醉裏風情敵少年。〔五〕野草芳菲紅錦地，〔六〕游絲撩亂碧羅天。〔七〕心知洛下閑才子，〔八〕不作詩魔即酒顛。〔九〕

【校注】

〔一〕詩寶曆元年春在和州作。東洛：東都洛陽。庶子：太子東宫官名，正四品，分左、右，分隸左、右春坊，掌侍從贊相，駁正啟奏，見《新唐書·百官志四上》。白二十二：白居易。《舊唐書》本傳：「（長慶）二年七月，除杭州刺史。……秩滿，除太子左庶子，分司東都。」楊八：楊歸厚。李虞仲《授楊歸厚太子右庶子制》：「前東都留守判官、朝議郎、檢校太子右庶子、兼侍御史、上柱國、賜緋魚袋楊歸厚，詞場英華，諫省勤舊。及典列郡，政聲必聞……可守太子右庶子分司東都，散官勛賜如故。」楊歸厚前爲拾遺及唐、壽等州刺史，參見卷二《寄楊八拾遺》、卷五《寄楊八壽州》等詩注。《白居易集》卷二三有《欲到東洛得楊使君書因以此報》、《贈楊使君》等詩，均在洛陽與楊歸厚贈答之作。

〔二〕空門：指佛教。禹錫自云貶朗州後「事佛而佞」。

〔三〕忘筌：事後忘記或不去考察其原因。筌，魚笱，捕魚工具。《莊子·外物》：「筌者所以在魚，得魚而忘筌。」

〔四〕春夢：喻事物飄忽易逝。白居易《花非花》：「來如春夢不多時，去似朝雲無覓處。」

〔五〕風情：風度情致。孔稚珪《北山移文》：「風情張日。」

〔六〕紅錦：紅錦地毯，供舞者用。

〔七〕游絲：空中飄颺的絲，多爲昆蟲所吐。碧羅：輕軟而有疏孔的碧緑色絲織品，舞妓常著碧羅裙。

〔八〕才子：指楊、白二人。潘岳《西征賦》：「賈生洛陽之才子。」

〔九〕詩魔：吟詩成癖，有如着魔。酒顛：酒狂。白居易《與元九書》：「今年春游城南時，與足下馬上相戲，因各誦新艷小律，……不絶聲音二十里餘。……知我者以爲詩仙，不知我者以爲詩魔。何則？勞心靈，役聲氣，連朝接夕，不自知其苦，非魔而何？」又《醉吟》：「酒狂又引詩魔發，日午悲吟到日西。」

【集評】

楊慎曰：「野草芳菲紅錦地，游絲撩亂碧羅天」……宛有六朝風致，尤可喜也。（《升庵詩話箋證》卷十）

和令狐相公郡齋對紫薇花〔一〕

明麗碧天霞，丰茸紫綬花。〔二〕香聞荀令宅，〔三〕艷入孝王家。〔四〕幾歲自榮樂，高情方嘆

嗟。有人移上苑，猶足占年華。〔五〕

【校注】

〔一〕詩寶曆元年夏秋間在和州作。令狐相公，令狐楚，時爲汴州刺史、宣武軍節度使，已見前注。紫薇花：見卷四《和郴州楊侍郎（略）》注。令狐楚原詩已佚。

〔二〕丰茸：繁茂貌。紫綬：紫色絲帶。《廣群芳譜》卷三八「紫薇」：「花攢枝杪，若翦輕縠，盛開時，爛漫如火。」

〔三〕荀令：荀彧，曾官尚書令，人稱「荀令君」，見《三國志·魏書》本傳及注。《太平御覽》卷三〇七引習鑿齒《襄陽記》：「劉季和曰：『荀令君至人家，坐處三日香。』」

〔四〕孝王：西漢梁孝王劉武，好文，賓客如鄒陽、枚乘、司馬相如等，均善辭賦，《漢書》有傳。令狐楚曾爲相，時節度汴州（即戰國魏都大梁），故以荀令、梁孝王比之。

〔五〕上苑：皇帝游賞射獵的園林。年華：一年中的好時節。兩句隱喻令狐楚如果能再次被皇帝重用，仍然能發揮其才幹。

張郎中籍遠寄長句開緘之日已及新秋因舉目前仰酬高韻〔一〕

南宫詞客寄新篇，〔二〕清似湘靈促柱絃。〔三〕京邑舊游勞夢想，〔四〕歷陽秋色正澄鮮。〔五〕雲

銜日腳成山雨，〔六〕風駕潮頭入渚田。〔七〕對此獨吟還獨酌，〔八〕知音不見思蒼然。〔九〕

【校注】

〔一〕詩寶曆元年七月在和州作。張籍：字文昌，和州烏江人，登進士第，爲太常寺太祝。久次，遷秘書郎。韓愈薦爲國子博士。歷水部員外郎、主客郎中，官終國子司業。事見《舊唐書》本傳。張籍自水部員外郎遷主客郎中約在長慶三年秋。長句：七言詩。《新唐書·張籍傳》：「籍爲詩，長於樂府，多警句。」

〔二〕南宫：指尚書省。

〔三〕湘靈：湘水女神。湘靈鼓瑟，見卷二《武陵書懷五十韻》注。

〔四〕舊游：張籍貞元末、元和初在京爲太常寺太祝，又與韓愈友善，當與劉禹錫爲舊識。孟浩然《夏日南亭懷辛大》：「感此懷故人，中宵勞夢想。」

〔五〕歷陽：即和州。澄鮮：清澈鮮明。謝靈運《登江中孤嶼》：「雲日相輝映，空水共澄鮮。」

〔六〕日腳：雲隙中投下的日光。

〔七〕渚田：江中小洲上田。

〔八〕獨酌：陳後主《獨酌謠》：「獨酌且獨謠。」

〔九〕蒼然：《全唐詩》作「愴然」。

【附録】

寄和州劉使君　　張籍

別離已久猶爲郡，閑向春風倒酒瓶。送客特過沙口堰，看花多上水心亭。曉來江氣連城白，雨後山光滿郭青。到此詩情應更遠，醉中高詠有誰聽？（《全唐詩》卷三八五）

蘇州白舍人寄新詩有嘆早白無兒之句因以贈之〔一〕

莫嗟華髮與無兒，卻是人間久遠期。雪裏高山頭白早，〔二〕海中仙果子生遲。〔三〕于公必有高門慶，〔四〕謝守何煩曉鏡悲。〔五〕幸免如新分非淺，〔六〕祝君長詠夢熊詩。〔七〕高山本高，于門，使之高，二義殊，古之詩流曉此。

【校注】

〔一〕詩寶曆元年夏秋間在和州作。白舍人：白居易，元和末，曾爲中書舍人。《舊唐書》本傳：「寶曆中，復出爲蘇州刺史。」白居易於寶曆元年五月到蘇州任後作《自詠》：「形容瘦薄詩情苦，豈是人間有相人。只合一生眠白屋，何因三度擁朱輪？金章未佩雖非貴，銀榼常攜亦不貧。唯是無兒頭早白，被天磨折恰平均。」又有《吟前篇因寄微之》云：「君顏貴茂不清羸，君句雄華不苦悲。何事遣君還似我，髭鬚早白亦無兒？」當即寄劉之「新詩」。

〔二〕高山頭白：謂山頂積雪不化。《元和郡縣圖志》卷三二「松州嘉誠縣」：「雪山，在縣東八十里，春夏常有積雪。」

〔三〕海中仙果：《十洲記》：東海之東有碧海，扶桑在碧海之中，地方萬里，「有椹樹，長者數千丈，大二千餘圍，樹兩兩同根偶生，更相依倚，是名扶桑。仙人食其椹，而一體皆作金光色……但椹稀而色赤，九千歲一生實耳」。

〔四〕于公：于定國。參見卷四《湖南觀察使故相國袁公挽歌》注。

〔五〕謝守：宣城太守謝朓，借指白居易。謝朓《冬緒羈懷示蕭諮議虞田曹劉江二常侍》云：「寒燈耿宵夢，清鏡悲曉髮。」

〔六〕如新：如新交。《漢書·鄒陽傳》：「語曰：『有白頭如新，傾蓋如故。』」孟康曰：「初相識至白頭不相知。」句謂己與白交往已久，相知甚深。

〔七〕夢熊：生男之兆。參見卷四《答前篇》注。

【集評】

白居易曰：文之神妙，莫先於詩。若妙與神，則吾豈敢。如夢得「雪裏高山頭白早，海中仙果子生遲」，「沉舟側畔千帆過，病樹前頭萬木春」之句之類，真謂神妙，在在處處，應當有靈物護之。（《白居易集》卷六九《劉白唱和集解》）

《三山老人語録》：白樂天寄劉夢得詩有嘆「早白無兒」之句，劉贈詩……注云：「高山本高，高門，使之高，二義有殊，古之詩流曉此。」唐人忌重疊用字如此。今人詩疊用字者甚多。東坡一詩猶

兩耳字韻，亦曰義不同。（《苕溪漁隱叢話》前集卷一七引）

魏泰曰：白居易殊不善評詩，其稱徐凝《瀑布》詩云：「千古長如白練飛，一條界破青山色。」又稱劉禹錫「雪裏高山頭白早，海中仙果子生遲」，「沉舟側畔千帆過，病樹前頭萬木春」，此皆常語也。禹錫自有可稱之句甚多，顧不能知之爾。（《臨漢隱居詩話》）

王世貞曰：白極重劉「雪裏高山頭白早，海中仙果子生遲」，「沉舟側畔千帆過，病樹前頭萬木春」，以爲有神助。此不過學究之小有致者。（《全唐詩説》）

謝榛曰：劉禹錫贈白樂天兩聯用兩「高」字，……自注曰：「高山本高，高門，使之高，二義不同。」自恕如此。兩聯最忌重字，或犯首尾可矣。（《四溟詩話》卷二）

梁章鉅曰：作近體詩前後複字須避，即古體詩亦不宜重疊用之。劉夢得贈白樂天詩：「雪裏高山頭白早。」又：「于公必有高門慶。」自注云：「高山本高，高門，使之高，二字爲義不同。」觀唐人之忌複字如此，我輩又焉得不檢點乎？（《退庵隨筆》）

王士禛曰：樂天作《劉白倡和集解》，獨舉夢得「雪裏高山頭白早，海中仙果子生遲」，「沉舟側畔千帆過，病樹前頭萬木春」，以爲神妙。且云此等語「在在處處應有靈物護之」，殊不可曉。宜元、白於盛唐諸家興會超詣之妙，全未夢見。（《池北偶談》卷一四）

白舍人見酬拙詩因以寄謝〔一〕

雖陪三品散班中，資歷從來事不同。〔二〕名姓也曾鎸石柱，〔三〕詩篇未得上屏風。〔四〕甘陵舊黨凋零盡，〔五〕魏闕新知禮數崇。〔六〕煙水五湖如有伴，〔七〕猶應堪作釣魚翁。

【校注】

〔一〕詩寶曆元年秋在和州作。白舍人：白居易，已見前詩。白居易所作《答劉和州》詩，有「歷陽湖上又秋風」之語，依白集編次，寶曆元年作，參見附録白詩。

〔二〕三品：《新唐書·百官志四下》：「上州，刺史一人，從三品。」言「陪」、「散班」，均有自謙之意。唐代官員服色據階官品級，白居易前此曾爲翰林學士、中書舍人，居近密之地，得皇帝信任，又曾加五品「賜緋」；而劉禹錫一直遭貶在外，且階官亦未至五品（至大和二年方叙朝散服緋，見卷七《酬嚴給事賀加五品（略）》注），僅在任刺史時「借緋」，故「事不同」。

〔三〕鎸：刻。唐代尚書省有石柱，鎸刻郎中、員外郎題名於其上。《關中金石記》卷四：「郎官題名柱，大中十二年十一月立，不題書人姓名，在西安府學。」今存尚書省左司郎官題名石柱，初刻於開元二十九年，再刻於貞元中，大中中所刻爲三刻。劉、白均曾爲郎官，故詩云。

〔四〕詩篇句：言己詩不如白詩流播之廣。白居易《題詩屏風絶句·序》：「（元和）十二年冬，微之猶滯通州，予亦未離湓上，相去萬里，不見三年，鬱鬱相念，多以吟詠自解。前後辱微之寄示之什，殆數百篇。雖藏于篋中，永以爲好，不若置之座右，如見所思。由是掇律句中短小麗絶者凡一百首，題録合爲一屏風。」又《與元九書》：「自長安抵江西，三四千里，凡鄉校、佛寺、逆旅、行舟之中，往往有題僕詩者。」

〔五〕甘陵：漢縣名，今河北清河縣。甘陵舊黨，東漢黨人，此借指永貞革新人物。《後漢書·黨錮列傳》：「初，桓帝爲蠡吾侯，受學於甘陵周福，及即帝位，擢福爲尚書。時同郡河南尹房植有名當朝……二家賓客，互相譏揣，遂各樹朋徒，漸成尤隙。由是甘陵有南北部。黨人之議，自此始矣……時河内張成善説風角，推占當赦，遂教子殺人。李膺爲河南尹，督促收捕，既而逢宥獲免，膺愈懷憤疾，竟案殺之……成弟子牢脩因上書誣告膺等養太學游士，交結諸郡生徒，更相驅馳，共爲部黨，誹訕朝廷，疑亂風俗。於是天子震怒，班下郡國，逮捕黨人，布告天下，使同忿疾，遂收執膺等，其辭所連及陳寔之徒二百餘人，或有逃遁不獲，皆懸金購募。使者四出，相望於道。明年，尚書霍諝、城門校尉竇武，並表爲請，帝意稍解，乃皆赦歸田里，禁錮終身。而黨人之名，猶書王府。」此以黨錮之禍比喻參與永貞革新的二王、八司馬等所受到的迫害。時二王、八司馬僅存劉禹錫與韓泰二人。

〔六〕魏闕：皇宫門外的闕門，爲懸布法令的地方，此代指朝廷。《淮南子·俶真》高誘注：「魏闕，王者門外闕，所以懸教象之書於象魏也，巍巍高大，故曰魏闕。」按，時相有裴度、李程、竇易直等，均與劉、白要好，參見卷十七《謝裴相公啟》、《謝竇相公啟》等。

〔七〕五湖：太湖别名。《太平寰宇記》卷九四「湖州烏程縣」：「具區藪，太湖也……又名五湖。韋昭《三吴郡國志》云：『太湖邊有游湖、莫湖、胥湖、貢湖，就太湖爲五湖。』又云：『胥湖、蠡湖、洮湖、滆湖，就太湖爲五也。』」《國語·越語下》：「反至五湖，范蠡辭於王曰……遂乘輕舟以浮於五湖，莫知其所終極。」

【附録】

答劉和州禹錫　　白居易

換印雖頻命未通，歷陽湖上又秋風。不教才展休明代，爲罰詩争造化功。我亦思歸田舍下，君應厭卧郡齋中。好相收拾爲閑伴，年齒官班約略同。（《白居易集》卷二四）

令狐相公見示河中楊少尹贈答兼命繼聲〔一〕

兩首新詩百字餘，朱絃玉磬韻難如。〔二〕漢家丞相重徵後，〔三〕梁苑仁風一變初。〔四〕四面諸侯瞻節制，〔五〕八方通貨溢河渠。〔六〕自從郤縠爲元帥，〔七〕大將歸來盡把書。

【校注】

〔一〕據劉集編次，詩寶曆元年秋冬間在和州作。令狐相公：令狐楚，屢見前注。河中：府名，府治在今山西省永濟市，唐時爲河中節度使治所。少尹：河中府的副長官，「從四品下，掌貳府州之事，歲終則更次入計」。楊少尹：楊巨源，長慶末爲河中少尹。韓愈《送楊少尹序》：「國子司業楊君巨源，方以能詩訓後進，一旦以年滿七十，亦白丞相，去歸其鄉。……然吾聞楊侯之去，丞相有愛而惜之者，白以爲其都少尹，不絶其禄。」舊注：「此序長慶四年作也。」令狐楚、楊巨源唱和詩均佚。

〔二〕朱紘：紅色絲紘，指琴瑟。《禮記・樂記》：「清廟之瑟，朱紘而疏越，壹倡而三嘆，有遺音者矣。」

〔三〕漢家丞相：用漢黄霸被徵事，見卷四《再授連州至衡州酬柳柳州贈别》注。令狐楚前自宰相貶宣、衡二州，後被漸次起用，與黄霸相似，參見前《客有話汴州新政（略）》注。

〔四〕梁苑：梁孝王苑。《史記・梁孝王世家》：「孝王築東苑，方三百餘里。」正義引《括地志》：「兔苑在宋州宋城縣東南十里。葛洪《西京雜記》云：『梁孝王苑中有落猿巖、棲龍岫、雁池、鶴洲、鳧島，諸宮觀相連，奇果佳樹，瑰禽異獸，靡不畢備。』」令狐楚在汴州有「新政」，參見前《客有話汴州新政（略）》注。

〔五〕諸侯：指州刺史，汴州宣武軍節度使時轄宋、亳、潁等州。瞻：尊仰。節制：指揮管轄。

〔六〕通貨：流通的貨物。《潛夫論・務本》：「商賈者，以通貨爲本，以鬻奇爲末。」河渠：指汴水，參見前《客有話汴州新政（略）》注。

〔七〕郤縠：春秋晉人。《國語・晉語四》：「文公問元帥於趙衰，對曰：『郤縠可。行年五十矣，守學彌惇。』」《左傳・僖公二十七年》：「謀元帥，趙衰曰：『郤縠可，臣亟聞其言矣，説禮樂而敦《詩》《書》。』」

和浙西李大夫霜夜對月聽小童吹觱篥歌依本韻〔一〕

海門雙青暮煙歇，〔二〕萬頃金波踴明月。侯家小兒能觱篥，對此清光天性發。長江凝練樹無風，〔三〕瀏慄一聲霄漢中。〔四〕涵胡畫角怨邊草，〔五〕蕭瑟清蟬吟野叢。〔六〕沖融頓挫心使指，雄吼如風轉如水。〔七〕思婦多情珠淚垂，仙禽欲舞雙翅起。〔八〕郡人寂聽衣滿霜，江城月斜樓影長。才驚指下繁韻息，已見樹杪明星光。〔九〕謝公高齋吟激楚，〔一〇〕戀闕心同在羈旅。一奏荆人《白雪歌》，〔一一〕如聞雒客扶風鄔。〔一二〕吴門水驛接山陰，〔一三〕文字殷勤寄意深。欲識陽陶能絶處，〔一四〕少年榮貴道傷心。〔一五〕

【校注】

〔一〕詩寶曆元年秋在和州作。浙西：浙江西道，唐方鎮名，管潤、常、蘇、杭、湖、睦六州，治所在潤州，今江蘇省鎮江市。李大夫：李德裕，字文饒，宰相李吉甫之子，恥從鄉賦，不喜科試。元和初，累辟使府從事。穆宗即位，召入翰林爲學士，歷屯田員外郎、考功郎中知制誥、中書舍人。爲李逢吉所排，罷學士，爲御史中丞，出爲浙西觀察使。見《舊唐書》本傳。《舊唐書·穆宗紀》：「（長慶二年九月）以御史中丞李德裕爲潤州刺史、兼御史大夫、浙江西道都團練觀察處置等使。」小童：樂童薛陽陶，時年十二。觱篥：一種吹奏樂器。《樂府雜録》：「觱篥者，本龜兹國樂也，亦曰悲栗，有類於笳。」白居易同和詩云：「剪削乾蘆插寒竹，九孔漏聲五音足。」當爲九孔，今則爲八孔，上七下一。《桂苑叢談》：「咸通中，丞相姑臧公（李蔚）……移鎮淮海……一旦聞浙右小校薛陽陶監押度支運米入城，公喜其姓同曩日朱崖（即李德裕）左右者，遂令詢之，果是其人矣……公召陶同游，問及往日蘆管之事。陶因獻朱崖、陸暢（暢）、元、白所撰歌一曲，公亦喜之。即於兹亭奏之。其管絶微，每於一觱篥管中常容三管也。聲如天際自然而來，情思寬閑，公大佳賞之，亦贈其詩。不記終篇，其發端云：『虚心纖質雁御（銜）餘，鳳吹龍吟定不如。』」羅隱《薛陽陶觱篥歌》：「平泉上相東征日，曾爲陽陶歌觱篥。烏江太守會稽侯，相次三篇皆俊逸……」烏江太守即指和州刺史劉禹錫，會稽侯指浙東觀察使元稹。今李德裕詩及元稹和詩僅存殘句，白居易亦有和詩，均見附録。劉禹錫與李德裕唱和詩曾結集爲《吴蜀集》，此詩即宋敏求自《吴蜀集》中輯出。劉、李唱和詩集中始見於此。

〔二〕海門雙青：指潤州長江中象、焦二山。《古今圖書集成·職方典》卷七二五「鎮江府」：「焦山在郡城東九里大江中，與金山並峙，相距十里許……郡之門户在焉。金陵之下流，賴爲鎖鑰，亦稱雙峰。韓維詩：『一帶分江紀，雙峰照海門。』……山之餘支東出分峙於鯨波彌淼中，曰海門山。」

〔三〕練：白色素絹。謝朓《晚登三山還望京邑》：「餘霞散成綺，澄江静如練。」

〔四〕瀏慄：聲音清越。馬融《長笛賦》：「正瀏漂以風洌。」

〔五〕涵胡：即含胡，狀嗚咽的角聲。

〔六〕蕭瑟句：狀樂聲的微細悲涼。《初學記》卷一五引謝偃《聽歌賦》：「其微引也，若秋蟬輕吟而曳緒。」

〔七〕沖融：謂聲音和平流暢。頓挫：謂聲音停頓轉折。心使指：以心運指，隨心所欲。如風轉如水：當指吹奏的變調。李頎《聽安萬善吹觱篥歌》：「世人解聽不解賞，長飆風中自來往。枯桑老柏寒颼颼，九雛鳴鳳亂啾啾。龍吟虎嘯一時發，萬籟百泉相與秋。忽然更作漁陽摻，黄雲蕭條白日暗。變調如聞楊柳春，上林繁花照眼新。」

〔八〕仙禽：指鶴。師曠奏琴使玄鶴來舞，見卷一《韓十八侍御見示岳陽樓别竇司直詩（略）》注。

〔九〕明星：啟明星，即金星，晨現東方。《詩·鄭風·女曰鷄鳴》：「女曰鷄鳴，士曰昧旦。子興視夜，明星有爛。」

〔一〇〕謝公：謝朓，曾爲宣城太守，有《郡内高齋閒坐答吕法曹》詩，此指李德裕。激楚：聲音高昂激越。《楚辭·招魂》：「宫庭震驚，發激楚些。」洪興祖補注：「楚地風既自漂疾，然歌樂者猶復依激結之急風爲節，其樂浞迅哀切也。」

〔一一〕荆人：即郢人。歌《陽春》、《白雪》，見卷二《江陵嚴司空見示（略）》。此指李德裕原詩。

〔一二〕雒客：即洛客。鄔：通塢，土堡、小城，劉本作「塢」。《文選》馬融《長笛賦》：「（融）性好音律。鼓琴吹笛，而爲督郵，無留事，獨卧郿平陽塢中。有雒客，舍逆旅，吹笛爲《氣出》、《精列》相和。

融去京師逾年，暫聞，甚悲而樂之，……作《長笛賦》。」李善注：「《漢書》，右扶風有郿縣。平陽塢，聚邑之名也。」

〔一三〕吴門：蘇州别名。白居易時爲蘇州刺史，有和詩。水驛：水路驛程。唐制，三十里有驛，陸路置官馬，水驛置舟，見《新唐書·百官志一》。山陰：越州屬縣名。元稹時爲越州刺史、浙東觀察使，亦有和詩。

〔一四〕能絶處：技藝超妙處。

〔一五〕少年榮貴：按李德裕年三十八爲浙西觀察使，元稹年四十四拜相，均少年榮貴，仍「道傷心」，可見薛陽陶技藝之高妙。

【附録】

霜夜聽小童薛陽陶吹笛（殘句）　李德裕

君不見秋山寂歷風飆歇，半夜青崖吐明月。寒光乍出松篠間，萬籟蕭蕭從此發。忽聞歌管吟朔風，精魂想在幽巖中。（《全唐詩》卷四七五）

和浙西李大夫聽薛陽陶吹觱篥歌（殘句）　元稹

代馬嘶風猿墳（噴？）霜，輓（轆？）轤緊輥圓復長。千含萬爵（嚼）聲不盡，百鳥欲飛迎曙光。（晏殊《類要》卷二九）

小童薛陽陶吹觱篥歌（原注：和浙西李大夫作。）　白居易剪削乾蘆插寒竹，九孔漏聲五音足。近來吹者誰得名，關璀老死李衮生。衮今又老誰其嗣？薛氏樂童年十二。指點之下師授聲，含嚼之間天與氣。潤州城高霜月明，吟霜思月欲發聲。山頭江底何悄悄，猿聲不喘魚龍聽。翕然聲作疑管裂，詘然聲盡疑刀截。有時婉（一作脆）軟無筋骨，有時頓挫生稜節。急聲圓轉促不斷，轢轢轔轔似珠貫。緩聲展引長有條（一作餘），有（一作條）條直直如筆描。下聲乍墜石沉重，高聲忽舉雲飄蕭。明旦公堂陳宴席，主人命樂娛賓客。碎絲細竹徒紛紛，宮調一聲雄出群。衆音覶縷不落道，有如部伍隨將軍。嗟爾陽陶方稚齒，下手發聲已如此。若教頭白吹不休，但恐聲名壓關李。（《白居易集》卷二一）

浙西李大夫示述夢四十韻并浙東元相公酬和斐然繼聲〔一〕

位是才能取，時因際會遭。〔二〕羽儀呈鸑鷟，〔三〕鋩刃試豪曹。〔四〕洛下推年少，〔五〕山東許地高。〔六〕門承金鉉鼎，〔七〕家有玉璜韜。〔八〕呂伋嗣侯。海浪扶鵬翅，〔九〕天風引驥髦。〔一〇〕便知蓬閣閟，〔一一〕不識魯衣褒。〔一二〕興發春塘草，〔一三〕魂交益部刀。〔一四〕形開猶抱膝，燭盡遽揮毫。〔一五〕昔仕當初筮，〔一六〕逢時詠載櫜。〔一七〕懷鉛辨蟲蠹，〔一八〕染素學鵝毛。〔一九〕車騎方休汝，〔二〇〕歸來欲效陶。大夫罷太原從事歸京師。〔二一〕南臺資謇諤，〔二二〕內署選風騷。〔二三〕羽化如乘鯉，〔二四〕樓居舊冠鼇。〔二五〕美香焚濕麝，〔二六〕名果賜乾萄。〔二七〕議赦蠅棲筆，〔二八〕邀歌蟻泛醪。〔二九〕代言無所戲，〔三〇〕謝表自稱叨。〔三一〕蘭焰凝芳澤，〔三二〕芝泥瑩玉膏。〔三三〕對頻聲價出，〔三四〕直久夢魂勞。〔三五〕草詔令歸馬，〔三六〕批章答獻獒。幽、鎮歸闕，西戎乞盟，事並具前注。〔三七〕銀花懸院牓，〔三八〕翠羽映簾條。〔三九〕諷諫欣然納，〔四〇〕奇觚率爾操。〔四一〕禁中時諤諤，〔四二〕天下免忉忉。〔四三〕左顧龜成印，〔四四〕雙飛鵠織袍。〔四五〕謝賓緣地密，〔四六〕潔己是心豪。〔四七〕五日思歸沐，〔四八〕三春羨衆遨。〔四九〕茶鑪依緑筍，棋局就紅桃。溟海桑潛變，〔五〇〕陰陽炭暗熬。〔五一〕仙成脱屣去，〔五二〕臣戀捧弓號。〔五三〕建節辭烏柏，〔五四〕宣風看鷺濤。〔五五〕土山京口峻，〔五六〕鐵甕郡城牢。舊説潤州城如鐵甕，事見韓琬《南征記》。〔五七〕曲島花千樹，官池水一篙。鶯來和絲管，雁起拂麾旄。宛轉傾羅扇，〔五八〕回旋墮玉搔。〔五九〕罰籌長豎纛，〔六〇〕觥琖樣如舠。〔六一〕山是千重障，江爲四面濠。臥龍曾得雨，浙東。〔六二〕孤鶴尚鳴皋。浙西。〔六三〕劍用雄開匣，二公。〔六四〕弓閑蟄受弢。自謂。〔六五〕鳳姿嘗在竹，二公。〔六六〕鷃羽不離蒿。自謂。〔六七〕吴越分雙鎮，〔六八〕東西接萬艘。今朝比潘陸，〔六九〕江海更滔滔。〔七〇〕

【校注】

〔一〕詩寶曆元年冬在和州作。浙西李大夫，李德裕；浙東元相公，元稹，均已見前。據李德裕原詩自序，李詩寶曆元年冬作，劉詩亦同時作。《范文正公集》卷六《述夢詩序》云：「景祐戊寅歲……得集賢錢綺翁書云：『我從父漢東公嘗求衛公之文於四方，得集外詩賦雜著，共成一編，目云《一品拾遺》……其間有《浙西述夢詩四十韻》。時元微之在浙東，劉夢得在歷陽，並屬和焉。愛其雄富，藏之緒中二十年矣，願刻石以期不泯。』某觀三君子之詩，嗟其才大名高，俱見咎於當世……」即謂李、元、劉三人詩。斐然：有文彩貌，此有謙言己輕率之意。《論語·公冶長》：「子曰：『吾黨之小子狂簡，斐然成章，不知所以裁之。』」繼聲：繼唱。

〔二〕際會：遇合，機遇。

〔三〕羽儀：喻品格儀表可爲人表率。《易·漸》：「鴻漸於陸，其羽可用爲儀。」疏：「其羽可用爲物之儀表，可貴可法也。」鸑鷟：鳳凰別名。

〔四〕豪曹：古寶劍名，與上鸑鷟均稱美李德裕。《博物志》卷六：「寶劍名：鈍鈎、湛盧、豪曹、魚腸、巨闕，五劍皆歐冶子所作。」

〔五〕年少：《漢書·賈誼傳》：「賈誼，雒陽人也。年十八，以能誦詩書屬文稱於郡中。河南守吴公聞其秀材，召置門下，甚幸愛。文帝……徵以爲廷尉。廷尉乃言誼年少，頗通諸家之書，文帝召以爲博士。」

〔六〕山東：華山以東。《舊唐書·高士廉傳》：「太宗曰：『山東崔、盧、李、鄭……我不解人間何爲重之？』」唐代重門第，據《新唐書·宰相世系》，李德裕屬趙郡李氏西祖房，乃山東望族。

〔七〕金鉉鼎：即金鼎。鉉，鼎耳。《易·鼎》：「鼎，黄耳金鉉。」鼎有三足，以喻三公。《文選》潘尼《贈河陽》：「弱冠步鼎鉉。」李善注：「《尚書》注：『鼎，三公象也。』」李德裕父李吉甫相憲宗，卒贈司空，故云。

〔八〕玉璜：一種玉器，半璧爲璜。《竹書紀年》卷七《周武王》：「王至於磻蹊之水，吕尚釣於涯。王下趨拜曰：『望公七年，乃今見光景於斯。』尚立變名答曰：『望釣得玉璜，其文要曰：姬受命，昌來提，撰爾雒鈐報在齊。』」韜：古代兵書有《太公六韜》，相傳爲太公望所作，見《隋書·經籍志三》。武王滅殷後，封太公望於齊，太公卒後百餘年，子丁公吕伋立，見《史記·齊太公世家》。此或指李德裕襲爵事。德裕祖父李栖筠封贊皇縣子，「喜獎善，而樂人攻己短，爲天下士歸重，不敢有所斥，稱贊皇公」，見《新唐書·李栖筠傳》。德裕亦曾封贊皇，見《全唐文》卷七三一賈餗《贊皇公李德裕德政碑》。

〔九〕鵬翅：《莊子·逍遥游》：「北溟有魚，其名爲鯤。……化而爲鳥，其名爲鵬。怒而飛，其翼若垂天之雲。鵬之徙於南溟也，水擊三千里，摶扶摇而上者九萬里。」

〔一〇〕驥：千里馬。髦：馬鬃。

〔一一〕蓬閣：《後漢書·竇章傳》：「學者稱東觀爲老氏臧室，道家蓬萊山。」東觀爲漢代皇家藏書之所，後遂以指秘書省。閟：清静幽深。《新唐書·李德裕傳》：「既冠，卓犖有大節，不喜與諸生試有司，以蔭補校書郎。」校書郎屬秘書省。

〔一二〕魯衣：指儒生的服飾。褒：寬大。《禮記·儒行》：「丘少居魯，衣逢掖之衣；長居宋，冠章甫之冠。」鄭注：「逢猶大也。大掖之衣，大袂襌衣也。」《孔叢子·儒服》：「子高衣長裾，振褒袖，方展巃嵷，見平原君。」句謂李德裕不服儒生之衣，當指其不樂應舉，以父蔭爲官事。

〔一三〕春塘草：謝靈運《登池上樓》有「池塘生春草」句。《南史·謝方明傳》：「子惠連，年十歲能屬文。族兄靈運嘉賞之，云：『每有篇章，對惠連輒得佳語。』嘗於永嘉西堂思詩，竟日不就，忽夢見惠連，即得『池塘生春草』，大以爲工。常云：『此語有神助，非吾語也。』」

〔一四〕魂交：睡覺做夢。《莊子·齊物論》：「其寐也魂交。」益部：即益州，東漢時爲十三刺史部之一。《晉書·王濬傳》：「濬夜夢懸三刀於卧屋梁上，須臾，又益一刀。濬驚覺，意甚惡之。主簿李毅再拜賀曰：『三刀爲州字，又益一者，明府其臨益州乎？』……果遷濬爲益州刺史。」

〔一五〕形開：醒來。《莊子·齊物論》：「其覺也形開。」抱膝：瀟灑自適貌。《三國志·蜀書·諸葛亮傳》注引《魏略》：「（亮）每晨夜從容，常抱膝長嘯。」揮毫：揮筆爲文。杜甫《奉和賈至舍人早朝大明宫》：「詩成珠玉在揮毫。」

〔一六〕初筮：此指年少。筮，以蓍草占卜。《易·蒙》：「童蒙求我，初筮，告。」

〔一七〕載櫜：收藏弓矢於袋中，以示不用。《詩·周頌·時邁》：「載戢干戈，載櫜弓矢。」箋：「王巡守而天下咸服，兵不復用。」

〔一八〕鉛：用以書寫的石墨。《西京雜記》卷三：「揚子雲好事，常懷鉛提槧，從諸計吏，訪殊方絶域之語。」辨蟲蠹：辨識簡牘上蟲蛀模糊的字跡，指爲校書郎任讎校之事。

〔一九〕染素：即書寫。素，白色絲織品。鵝毛：指筆。白居易《渭村退居寄禮部崔侍郎翰林錢舍人》：「對秉鵝毛筆，俱含鷄舌香。」

〔二〇〕休汝：去官。參見卷四《答柳子厚》注。

〔二一〕效陶：效陶潛。潛曾爲彭澤令，自免去職，作《歸去來辭》。《舊唐書·李德裕傳》：「（元和）十一年，張弘靖罷相，鎮太原，辟爲掌書記，由大理評事得殿中侍御史。十四年府罷，從弘靖入朝。」兩句即指此事。以上記述李德裕早年事跡，稱頌其門第、家世、才華。

〔二二〕南臺：御史臺。謇諤：耿直敢言。《舊唐書·李德裕傳》：「入朝，真拜監察御史。」

〔二三〕内署：指翰林院，在大明宫右銀臺門内。風騷：國風與《離騷》，此指文才出衆的人。《舊唐書·李德裕傳》：「穆宗即位，召入翰林充學士。」

〔二四〕羽化：成仙，此指入翰林。乘鯉：《搜神記》卷一：「琴高……行涓、彭之術，浮游冀州、涿郡間二百餘年。後辭入涿水中，取龍子，與諸弟子期之，曰：『明日皆潔齋，候於水旁，設祠屋。』果乘赤鯉出，來坐祠中。」李肇《翰林志》：「時以居翰苑皆謂陵玉清，溯紫霄，豈止於登瀛洲哉。」

〔二五〕樓：指翰林學士院中小樓，參見李德裕原詩自注。冠鼇：爲首，指爲承旨學士。《文選》左思《吴都賦》：「巨鼇贔屓，首冠靈山。」吕向注：「巨鼇，大龜也。……靈山，海中蓬萊山，而大鼇以首戴之。」李肇《翰林志》：「元和已後，院長一人，别敕承旨，或密受顧問，獨召對揚，居北壁之東閤，號爲承旨閣子。」李德裕及其父李吉甫均曾爲翰林承旨學士，故云「舊冠鼇」。

〔二六〕麝：麝香。《山海經·西山經》郭璞注：「麝似獐而小，有香。」

〔二七〕乾蔔：葡萄乾。李肇《翰林志》載，翰林學士常受「時果新茗」之賜，「直日就頒授，下直就第賜之」。

〔二八〕議赦：草擬赦文。《晉書·苻堅載記上》：「初，堅之將爲赦也，與王猛、苻融密議於露堂，悉屏左右。堅親爲赦文，猛、融供進紙墨。有一大蒼蠅入自牖間，鳴聲甚大，集於筆端，驅而復來。俄而長安街巷市里人相告曰：『官今大赦。』有司以聞。堅驚謂融、猛曰：『禁中無耳屬之理，事何從泄也？』於是敕外窮推之，咸言有一小人衣黑衣，大呼於市曰：『官今大赦。』須臾不見。堅嘆曰：『其向蒼蠅乎！』」

〔二九〕蟻：浮蟻，酒上泡沫。醪：濁酒，泛指酒。張衡《南都賦》：「醪敷徑寸，浮蟻若萍。」

〔三〇〕代言：代草王言，代皇帝起草制誥詔令等文件。無所戲：《史記·晉世家》：「史佚曰：『天子無戲言。』」

〔三一〕謝表：據《舊唐書》本傳，李德裕前此曾入翰林，賜金紫，改屯田員外郎，轉中書舍人，每次官職遷轉均需上表謝恩。叨：自謙之詞。

〔三二〕蘭焰：燈燭之光。《文選》宋玉《招魂》：「蘭膏明燭，華燈錯些。」李周翰注：「以蘭漬膏，取其香也。」

〔三三〕芝泥：印泥，封於詔書等公函上，然後加印。

〔三四〕對：回答皇帝的諮詢。元稹《承旨學士壁記》：「大凡大誥令、大廢置、丞相之密畫、内外之密奏、上之所甚注意者，莫不專受專對，他人無得而參。」

〔三五〕直：當值。學士連日值宿，稱爲儤直。

〔三六〕歸馬：學士下直時賜御馬歸。李肇《翰林志》：「（學士）每下直，出門相謔，謂之小三昧；出銀臺乘馬，謂之大三昧。」

〔三七〕獒：大犬。《書·旅獒》：「西旅獻獒。」傳：「西戎遠國貢大犬。犬高四尺曰獒。」注中「鎮」原作「冀」，據李德裕原詩自注改。前注，指李德裕原詩注，蓋詩原出《吴蜀集》，李德裕原詩當在劉禹錫和詩前；原作「注前」，徑改。據《舊唐書·穆宗紀》，元和十五年十月，鎮州成德軍節度使王承宗卒，其弟王承元上表請朝廷命帥；長慶元年二月，幽州節度使劉總請削髮爲僧，又請分割幽州郡縣爲二道。又據《資治通鑑》卷二四二，長慶元年九月，吐蕃遣其禮部尚書論訥羅求盟；十月，命宰相與大臣等十七人與論訥羅盟於城西；又遣劉元鼎入吐蕃，亦與其宰相以下盟。以上即注所謂「幽、鎮歸闕，西戎乞盟」事。

〔三八〕銀花：與下翠羽，均裝飾之物。院牓：翰林院匾額。李肇《翰林志》：「（翰林院）今在銀臺門之北，第一門向口，牓曰『翰林之門』。……入門直西爲學士院，……引鈴於外，惟宣事入。」

〔三九〕簾絛：繫門鈴的絲繩。

〔四〇〕諷諫句：《舊唐書·李德裕傳》：「穆宗不持政道，多所恩貸，戚里諸親，邪謀請謁，傳導中人之旨，與權臣往來，德裕嫉之。長慶元年正月，上疏論之曰……上然之。」

〔四一〕奇觚：奇書，此指觚，木簡。史游《急就篇》：「急就奇觚與衆異。」顔師古注：「觚者，學書之牘，或以記事，削木爲之。蓋簡屬也。」率爾：不假思索貌。陸機《文賦》：「或操觚而率爾，或含毫而邈然。」

〔四二〕禁中：宫中。諤諤：直言貌。《韓詩外傳》卷七：「衆人之唯唯，不若直士之諤諤。」

〔四三〕忉忉：憂慮貌。《詩·陳風·防有鵲巢》：「心焉忉忉。」

〔四四〕左顧龜：見卷二《酬竇員外使君寒食日途次松滋渡先寄示四韻》注。

〔四五〕鵠：天鵝，字疑當作鶻，爲袍服上圖案。《新唐書·車服志》：袍襖之制，「三品以上服綾，以鶻銜瑞草、雁銜綬帶及雙孔雀」。

〔四六〕謝賓：謝絶賓客。李肇《翰林志》：「翰林爲樞機有密之地」，「漏泄之禁爲急。」

〔四七〕潔己：加强自身品德修養。《後漢書·張奂傳》：「奂正身潔己，威化大行。」

〔四八〕沐：洗頭。歸沐，指休假。漢制五日一休沐，唐制十日一休沐。

〔四九〕三春：春季三月。遨：游賞。翰林學士地處近密，無過從聚會之例，又常有緊急公務，故有「思」、「羡」之語，參見附録元稹和詩自注。以上記李德裕在翰林院時情事。

〔五〇〕桑潛變：《神仙傳》：「麻姑自説云：『接侍以來，已見東海三爲桑田。』」

〔五一〕陰陽：陰陽二氣。賈誼《鵩鳥賦》：「天地爲爐兮造化爲工，陰陽爲炭兮萬物爲銅。」

〔五二〕仙成：婉言穆宗之死。《史記·封禪書》載，漢武帝聞黄帝仙去事，曰：「吾誠得如黄帝，吾視去妻子如脱屣耳！」

〔五三〕捧弓號：《史記·封禪書》：「黄帝採首山銅，鑄鼎於荆山下。鼎既成，有龍垂胡髯下迎黄帝。黄帝上騎，群臣後宫從上者七十餘人，龍乃上去。餘小臣不得上，乃悉持龍髯。龍髯拔，墮，墮黄帝之弓。百姓仰望黄帝既上天，乃抱其弓與胡髯號。故後世因名其處曰鼎湖，其弓曰烏號。」按，李德裕長慶二年九月自御史中丞出爲浙西觀察使，實在長慶四年正月穆宗卒前。

〔五四〕建節：樹起節旄。《新唐書·百官志四下》：節度使「辭日，賜雙旌雙節。行則建節，樹六纛」。觀察使亦如之。烏柏：指御史臺。《漢書·朱博傳》：「(御史)府中列柏樹，常有野烏數千棲宿其上，晨去暮來，號曰『朝夕烏』。」句指李德裕自御史中丞出爲浙西觀察使。

〔五五〕鷺濤：指揚州江濤。枚乘《七發》：「將以八月之望，……觀濤乎廣陵之曲江。」又云：濤「其始起也，洪淋淋焉若白鷺之下翔」。浙西觀察使治所潤州與揚州隔江相對，故云。

〔五六〕土山：在潤州西。土，劉本作「玉」。京口：即潤州。《輿地紀勝》卷七「鎮江府」：「土山，在城西，與蒜山相屬，俗呼植土山。劉禹錫詩云：『土山京口峻。』」

〔五七〕鐵甕：潤州城古名。《演繁露》卷一三：「潤州城古號鐵甕，人但知其取喻以堅而已。……予過潤，蔡子平置燕於江亭，亭據郡治前山絶頂，而顧子城，雉堞緣崗，彎環四合，其中州治諸廨在焉，圓深之形，正如卓甕。予始知喻以爲甕者，子城也。」注中「韓琬」原作「韓滉」，《叢刊》本作「歸涴」，按《新唐書·藝文志二》、《通志·藝文略》「地里行役」均著録「韓琬《南征記》十卷」，據改。

〔五八〕宛轉：形容歌聲。

〔五九〕回旋：形容舞姿。玉搔：玉搔頭，即玉簪。《西京雜記》卷二：「武帝過李夫人，就取玉簪搔頭。自此，後宮人搔頭皆用玉，玉價倍貴焉。」

〔六〇〕罰籌：罰酒的籌。韓愈《祭張員外文》：「不存令章，罰籌猬毛。」舊注：「唐人會飲，以籌記罰。」纛：大旗。

〔六一〕舠：小船。《文心雕龍·夸飾》：「論狹則河不容舠。」

〔六二〕卧龍句：卧龍得雲雨方可飛騰變化，喻指元稹曾爲相事，參見卷四《元和甲午歲詔書盡徵江湘逐客（略）》注。

〔六三〕孤鶴：喻指李德裕。皋：沼澤。《詩·小雅·鶴鳴》：「鶴鳴於九皋，聲聞於天。」

〔六四〕劍用句：雄劍與雌劍相感，自匣中跳出，謂李、元二人同聲相應，同氣相求。相傳干將與莫邪爲雄雌二劍。《太平御覽》卷三四三引《雷煥别傳》：煥善星曆占卜。晉司空張華夜見異氣起牛斗，問煥見之乎，煥曰：此謂寶劍氣。華乃以煥爲豐城令。煥至縣，移獄，掘入三十餘尺，得青石函一枚，中有雙劍。乃送一劍與華，自留一劍。華得劍，曰：「此干將也，莫邪何復不至？然天生神物，終當合耳。」及華誅，劍亡，玉匣莫知所在。後煥亡，煥子爽帶劍經延平津，劍無故墮水。令人没水逐覓，見二龍長數丈，盤交。須臾，光彩微發，曜日映川。杜甫《秋日夔府詠懷奉寄鄭監李賓客》：「雄劍鳴開匣。」

〔六五〕 蟄：蟄伏。 弢：弓衣。

〔六六〕 在竹：相傳鳳凰非梧桐不棲，非竹實不食，見《莊子・秋水》。此喻元、李曾居高位。

〔六七〕 鷃：尺鷃，小鳥。參見卷一《百舌吟》注。 蒿：蓬蒿，此喻己長期被貶遠方。

〔六八〕 吴越：指浙江東、西二道，春秋時分别爲越、吴二國之地。《新唐書・方鎮表五》：貞元三年，分浙江東、西爲二道，復置浙江西道都團練觀察使。

〔六九〕 潘陸：西晉文學家潘岳、陸機。《宋書・謝靈運傳論》：「降及元康，潘、陸特秀。」

〔七〇〕 江海句：美喻李、元之文才。鍾嶸《詩品》卷上：「余常言陸（機）才如海，潘（岳）才如江。」

【附録】

述夢詩四十韻（并序）

李德裕

去年七月，溽暑之後，驟降。其夕五鼓未盡，涼風淒然，始覺枕簟微冷。俄而假寐斯熟，忽夢賦詩，懷禁掖舊游，凡四十餘韻。初覺尚憶其半，經時悉已遺忘。今屬歲杪無事，羈懷多感，因綴其所遺，爲《述夢詩》，以寄一二僚友。

賦命誠非薄，良時幸已遭。君當堯舜日，官接鳳皇曹。目睇煙霄闊，心驚羽翼高。（原注：此六句夢中作。）椅梧連鶴禁，壀垷接龍韜。（原注：内署北連春宫，西接羽林軍。）我后憐詞客，（原注：先朝曾宣諭：卿等是我門客。）吾僚並雋髦。著書同陸賈，待詔比王褒。重價連懸璧，英詞淬寶刀。泉流初落澗，

（原注：《文賦》稱：「言泉流於吻齒。」）露滴更濡毫。赤豹欣來獻，彤弓喜暫櫜。（原注：時西戎乞盟，幽、鎮二帥，束身赴闕，海内無事累月。詩稱赤豹黄羆，蓋蠻貊之貢物。）非煙含瑞氣，馴雉潔霜毛。静室便幽獨，虚樓散鬱陶。（原注：學士各有一室，西垣有小樓，時宴語於此。）花光晨艷艷，松韻晚騷騷。畫壁看飛鶴，仙圖見巨鼇。（原注：内署垣壁，皆畫松鶴。先是，西壁畫海中曲龍山，憲宗曾欲臨幸，中使懼而塗焉。）倚檐陰藥樹，落格蔓蒲桃。（原注：此八句悉是内署物色，惟嘗游者，依然可想也。）荷静蓬池鱠，冰寒郢水醪。（原注：每學士初上，賜食皆是蓬萊池魚鱠。夏至後，頒賜冰及燒香酒，以酒味稍濃，每和冰而飲，禁中有郢酒坊也。）荔枝來自遠，盧橘賜仍叨。（原注：先朝初臨御，南方曾獻荔枝，亦蒙頒賜，自後以道遠罷獻也。）麝氣隨蘭澤，霜華入杏膏。恩光唯覺重，攜挈未爲勞。（原注：此八句以述恩賜。每有賜與，常攜挈而歸。）夕閲梨園騎，宵聞禁仗獒。（原注：每梨園獵回，或抵暮夜，院門常見歸騎。）扇回交彩翟，雕起颺銀絛。轡待袁絲攬，書期蜀客操。盡規常謇謇，退食尚忉忉。（原注：此八句述内庭所睹。）龜顧垂金紐，鸞飛曳錦袍。（原注：曾蒙賜錦袍。「曳」者，蓋取詩人「不曳不婁」之義也。）御溝楊柳弱，天廄驌驦豪。（原注：學士皆蒙借飛龍馬。）屢換青春直，閑隨上苑遨。（原注：普濟寺與芙蓉苑相連，常所游眺。芙蓉，亦謂之南苑也。）煙低行殿竹，風拆繞牆桃。（原注：此八句述休澣日游戲。）聚散俄成昔，悲愁益自熬。每懷仙駕遠，更望茂陵號。地接三茅嶺，川迎伍子濤。（原注：代稱海濤是伍子憤氣所作。）花迷瓜步暗，石固蒜山牢。（原注：此兩句又是夢中所作。）蘭野凝香管，梅洲動翠篙。泉魚驚綵妓，溪鳥避干旄。感舊心猶絶，思歸首更搔。無聊燃密（蜜）炬，誰復勸金舠？（原注：余自到此，絶無夜宴。酒器中大者呼爲舠，賓僚顧形跡，未曾以此相勸。）嵐氣朝生

楝，城陰夜入濠。望煙歸海嶠，送雁渡江皋。宛馬嘶寒櫪，吴鈎在錦弢。未能追狡兔，空覺長黄蒿。水國逾千里，風帆過萬艘。閲川終古恨，惟見暮滔滔。（《全唐詩》卷四七五）

奉和浙西李大夫德裕述夢四十韻大夫本題言贈（曾）於夢中詩賦（賦詩）以寄一二僚友故今所和者亦止述翰苑舊游而已（次本韻）

元　稹

聞有池塘什，還因夢寐遭。攀禾工類蔡，詠豆敏過曹。莊蝶玄言秘，羅禽藻思高。（原注：本篇稱六句皆夢中作，三聯亦多徵故事也。）戈矛排筆陣，貔虎讓文韜。彩繢鸞凰頸，權奇驥騄髦。神樞千里應，華衮一言褒。李廣留飛箭，王祥得佩刀。傳乘司隸馬，繼染翰林毫。辨穎□（洵）超脱，詞鋒豈足櫜。金剛錐透玉，鑌鐵劍吹毛。（原注：自「戈矛」而下，皆述大夫刀筆贍盛，文藻秀麗，翰苑謨猷，綸誥褒貶，功多名將，人許三公，世總臺綱，充學士等矣。）顧我曾陪附，思君正鬱陶。近酬新樂録，仍寄續離騷。（原注：近蒙大夫寄《觱篥歌》，酬和才畢，此篇續至。）阿閣偏隨鳳（原注：大夫與稹偏多同直），方壺共跨鼇。借騎銀杏葉（原注：學士初入，例借飛龍馬），横賜錦垂萄（原注：解已具本篇）。冰井分珍果，金瓶貯御醪。獨辭珠有戒，廉取玉非叨。麥紙侵紅點（原注：書詔皆用麥紋紙），蘭燈焰碧高（膏）（原注：麻制例皆通宵勘寫）。代予言不易，承聖旨偏勞。（原注：稹與大夫相代爲翰林承旨。）繞月同棲鵲，驚風比夜獒。吏傳開鎖契（原注：學士院密通銀臺，每旦，常聞門使勘契開鎖，聲甚煩多），神撼引鈴縧。（原注：院有懸鈴以備夜直，警急文書出入，皆引之以代傳呼。每用兵，鈴輒有聲，如人引。聲耗緩急具如之，曾莫之差。）渥澤深難報，危心過自操。犯顔誠懇懇，騰口懼忉忉。佩寵雖緺綬，安貧尚葛袍。賓親多謝絶，延薦必英豪。（原注：自「阿閣」而下皆言稹同在翰林日，居處深秘，與頻繁奉職、勤勞、畏慎、周密等事也。）分阻杯盤會，閑隨寺觀遨。（原注：學士無過從聚會之例，大夫與稹，時時期於寺觀閑行而已矣。）祇園一林杏（原注：慈恩），仙洞萬株桃（原注：玄都）。瀣海滄波減，昆明劫火熬。未陪登鶴駕，已訃墮烏號。痛淚過江浪，冤聲出海濤。尚看恩詔濕，已夢壽宮牢。（原注：本篇言此兩句是夢中作，故言「夢」字。）再造承天寶，新持濟巨篙。猶憐敝簪履，重委舊旌旄。（原注：「渤海」已下，皆言舉感先恩，捧荷新澤等事。）北望心彌苦，西回首屢搔。九霄難就日，兩浙僅容舠。暮竹寒窗影，衰楊古郡濠。魚蝦集橘市，鶴鸛起亭皋。（原注：越州宅窗户間盡見城郭。）朽刃休衝斗（原注：自謂），良弓枉在弢（原注：竊論）。早彎摧虎兕（兕），便鑄墾蓬蒿。漁艇宜孤棹，樓船稱萬艘。量材分用處，終不學滔滔。（《全唐詩》卷四二三）

和浙西李大夫晚下北固山喜徑松成陰悵然懷古偶題臨江亭并浙東元相公所和依本韻〔一〕

一辭温室樹，〔二〕幾見武昌柳。〔三〕荀謝年何少，〔四〕韋平望已久。〔五〕種松夾石道，紆組臨沙皋。〔六〕目覽帝王州，〔七〕心存股肱守。〔八〕葉動驚綵翰，〔九〕波澄見頳首。〔一〇〕晉宋齊梁都，〔一一〕千山萬江口。〔一二〕煙散隋宮出，〔一三〕濤來海門吼。〔一三〕風俗太伯餘，〔一四〕衣冠永嘉後。〔一五〕江長天作限，〔一六〕山固壤無朽。〔一七〕自古稱佳麗，〔一八〕非賢誰奄有。〔一九〕八元邦族盛，〔二〇〕萬石門風厚。〔二一〕天柱揭東溟，〔二二〕文星照北斗。〔二三〕高亭一騁望，舉酒共爲壽。因賦詠懷詩，遠寄同心友。〔二四〕禁中晨夜直，〔二五〕江左東西偶。〔二六〕筆手握兵符，〔二七〕儒腰盤貴綬。〔二八〕頒條風有自，〔二九〕立事言無苟。農野聞讓耕，〔三〇〕軍人不使酒。用材當構厦，〔三一〕知道寧窺牖。〔三二〕誰謂青雲高，鵬飛當背負。〔三三〕

【校注】

〔一〕據劉集編次，詩寶曆元年在和州作。李大夫：李德裕。北固山：在今江蘇省鎮江市。臨江亭：在北固山上，後人因亭構多景樓。儲光羲有《臨江亭五詠》詩。《元和郡縣圖志》卷二五「潤州丹徒縣」：「北固山，在縣北一里，下臨長江。其勢險固，因以爲名。蔡謨、謝安作鎮，並於山上作府庫，儲軍實。」《墨莊漫録》卷四：「鎮江府甘露寺，在北固山上，江山之勝，煙雲顯晦，萃於目前。舊有多景樓，……蓋取李贊皇《題臨江亭》詩，有『多景懸窗牖』之句，以是命名。樓即臨江（亭）故基也。」元相公：元稹。李德裕原詩及元稹和詩均僅存殘句。

〔二〕温室：漢殿名。《三輔黄圖》卷三：「宣室、温室、清涼，皆在未央宫殿北……温室殿，武帝建，冬處之温暖也。」《漢書·孔光傳》：「光周密謹慎……沐日歸休，兄弟妻子燕語，終不及朝省政事。或問光：『温室省中樹皆何木也？』光嘿不應，更答以它語，其不泄如是。」

〔三〕武昌柳：《晉書·陶侃傳》：「頃之，遷龍驤將軍、武昌太守……嘗課諸營種柳，都尉夏施盜官柳植之於己門。侃後見，駐車問曰：『此是武昌西門前柳，何因盜來此種？』施惶怖謝罪。」句謂李觀察浙西已數年。

〔四〕荀謝：指荀羨、謝晦。《晉書·荀羨傳》：「除北中郎將、徐州刺史、監徐兖二州揚州之晉陵諸軍事、假節……時年二十八。中興方伯，未有如羨之少者。」《宋書·謝晦傳》：「初爲荆州，甚有自矜之色。將之鎮，詣從叔光禄大夫澹别。澹問晦年，晦答曰：『三十五。』澹笑曰：『昔荀中郎年二十七爲北府都督，卿比之，已爲老矣。』」李德裕長慶二年出鎮浙西時，年三十八。

〔五〕韋平望：繼其父爲宰相的人望。漢韋賢及其子韋玄成，平當及其子平晏，均父子相繼爲相，見《漢書》本傳。李德裕父李吉甫相憲宗，故詩云。

〔六〕紆：彎曲縈繞。組：組綬，佩印用的絲帶。阜：土山。

〔七〕帝王州：指潤州，屬縣上元縣即今南京市，爲六朝古都。謝朓《入朝曲》：「金陵帝王州。」

〔八〕股肱守：參見卷一《途次敷水驛（略）》注。此指李德裕原詩中提及的前任潤州刺史畢構、陸象先、齊澣等。

〔九〕綵翰：指鳥。翰，鳥羽。

〔一〇〕頳：紅色。頳首，指魚。《詩·周南·汝墳》：「魴魚頳尾。」此爲趁韻改尾爲首。

〔一一〕晉宋齊梁都：儲光羲《臨江亭五詠·序》：「建業爲都舊矣。晉主來此，而禮物盡備，雖云在德，亦云在險，京口其地也。……自晉及陳，五世而滅。」潤州州治即在京口。

〔一二〕烟：指江面上霧氣。隋宫：隋煬帝在揚州所建行宫，參見卷五《酬馮十七舍人宿贈别五韻》注。《輿地紀勝》卷七「鎮江府」：「甘露寺在北固山上，唐李德裕建。下臨大江，晴明，軒檻上見揚州歷歷。」

〔一三〕海門：見前《和浙西李大夫霜夜對月（略）》注。《元和郡縣圖志》卷二五「潤州」：「（長）江今闊一十八里，春秋朔望有奔濤。」

〔一四〕太伯：周文王伯父，春秋吴國的開國君主。《史記·吴太伯世家》：「吴太伯、太伯弟仲雍，皆周太王之子，而王季歷之兄也。季歷賢，而有聖子昌，太王欲立季歷以及昌，於是太伯、仲雍二人乃奔荆蠻，文身斷髮，示不可用，以避季歷……太伯之奔荆蠻，自號句吴。荆蠻義之，從而歸之千餘家，立爲吴太伯。」陸機《吴趨行》：「太伯導仁風，仲雍揚其波。」

〔一五〕衣冠：指世代爲官的世家大族。永嘉：晉懷帝司馬熾的年號（三〇七—三一三）。永嘉五年，劉曜陷洛陽，士民死者三萬餘人，海内大亂，獨江東差安，中國士民避難者多南渡。見《資治通鑑》卷八七。

〔一六〕江長：指長江。《三國志·吴書·吴主傳》注引《吴録》：「魏文帝至廣陵，臨江觀兵……見波濤洶涌，嘆曰：『嗟乎，固天所以隔南北也！』遂歸。」

〔一七〕山固：指北固山。《國語·晉語四》：「山有朽壤而崩，將若何？」韋昭注：「朽，腐也。不言政失所爲而稱朽壤，言遜也。」

〔一八〕佳麗：美好。謝朓《入朝曲》：「江南佳麗地。」

〔一九〕奄：覆蓋。奄有，包而有之。《詩·周頌·執競》：「自彼成康，奄有四方。」

〔二〇〕八元：《史記·五帝本紀》：「昔高陽氏有才子八人，世得其利，謂之八愷；高辛氏有才子八人，世謂之八元。此十六族者，世濟其美，不隕其名。」《舊唐書·李德裕傳》：「祖栖筠，御史大夫。父吉甫，趙國忠懿公，元和初宰相。」

〔二一〕萬石：漢代石奮及其四子俸禄皆二千石，景帝號爲萬石君，其家「以孝謹聞乎郡國，雖齊魯諸儒質行，皆自以爲不及也」。見《史記·萬石傳》。

〔二二〕天柱：相傳天有八柱，見卷二《奉和淮南李相公（略）》注。揭：高聳。東溟：東海。

〔二三〕文星：主文運的星宿。北斗：星名，此指潤州，所在的吴地爲斗宿的分野。

〔二四〕同心友：指元稹。《易·繫辭》：「二人同心，其利斷金。」

〔二五〕禁中：宫中，指李、元二人同爲翰林學士，值宿宫中。《舊唐書·李德裕傳》：「時德裕與李紳、元稹俱在翰林，以學識才名相類，情頗款密。」

〔二六〕江左：江東，長江下游江南地區。偶：相對。

〔二七〕筆手：文人握筆之手。

〔二八〕儒腰：儒者之腰。貴綬：高官所佩長大的綬帶。

〔二九〕頒條：頒佈詔令。

〔三〇〕讓耕：指民風淳厚。《淮南子·原道》：「舜耕於歷山，期年而田者争處墝埆，以封壤肥饒相讓。」

〔三一〕當構厦：喻當爲宰相。江淹《雜體詩·盧中郎》：「大厦須異材，廊廟非庸器。」

〔三二〕牖：窗户。《老子》下篇：「不出户，知天下；不窺牖，見天道。」

〔三三〕鵬飛：《莊子·逍遥游》：「有鳥焉，其名爲鵬，背若泰山，翼若垂天之雲，摶扶摇羊角而上者九萬里，絶雲氣，負青天，然後圖南。」

【附録】

晚下北固山喜徑松成陰悵然懷古偶題臨江亭（殘句）　李德裕

□□□□□，□□□□柳。□□□□□，□□□□久。□□□□□，□□□□阜。自有此山川，於今幾太守。憶昔蔡與謝，兹焉屢回首。（以上《輿地紀勝》卷七）□□□□□，□□□□□。□□□□□，□□□□吼。□□□□□，□□□□後。□□□□□，□□□□朽。□□□□□，□□□□有。近世二千石，畢公宣化厚。丞相量納川，平陽氣衝斗。三賢若時雨，所至躋仁壽。（原注：畢構政事爲開元第一。陸丞相象先、平陽齊澣，三賢皆爲此郡。）（以上《野客叢書》卷一七）凛凛君子風，余將千載友。（《嘉定鎮江志》卷一四）□□□□□，□□□□偶。□□□□□，□□□□綬。□□□□□，□□□□苟。□□□□□，□□□□酒。□□□□□，多景懸窗牖。（《墨莊漫録》卷四）□□□□□，□□□□負。（按，《嘉定鎮江志》卷一二云：「妓堂在城東南。唐李德裕《題北固山》詩云『班劍出妓堂』。」則此句當亦在此詩中，唯無法確定其位置。）

奉和浙西李大夫晚下北固山喜徑松成陰悵然懷古偶題臨江亭（殘句）

元稹

自公鎮南徐，三換營門柳。（以上《嘉定鎮江志》卷一四）□□□□□，□□□□久。栽松北固下，移石西江皐。（以上《輿地紀勝》卷七）□□□□□，□□□□守。□□□□□，□□□□首。□□□□□，□□□□吼。□□□□□，□□□□後。□□□□□，□□□□朽。□□□□□，□□□□有。□□□□□，□□□□厚。□□□□□，□□□□斗。□□□□□，□□□□壽。□□□□□，□□□□友。□□□□□，□□□□偶。□□□□□，□□□□綬。□□□□□，□□□□苟。□□□□□，□□□□酒。□□□□□，□□□□牖。□□□□□，□□□□負。

和浙西李大夫伊川卜居〔一〕

早入八元數，〔二〕嘗承三接恩。〔三〕飛鳴天上路，〔四〕鎮壓海西門。〔五〕清望寰中許，〔六〕高情物外存。〔七〕時來誠不讓，〔八〕歸去每形言。〔九〕洛下思招隱，〔一〇〕江干厭作藩。〔一一〕按經修道具，〔一二〕依樣買山村。馬高唐爲御史大夫，將置宅，命畫工圖其狀，戒所使曰：「依此樣求之。」〔一三〕開鑿隨人化，〔一四〕幽陰爲律暄。〔一五〕遠移難得樹，〔一六〕立變舊荒園。〔一七〕闕塞通潛徑，〔一八〕平泉占上源。〔一九〕煙霞遥在想，簿領益爲繁。〔二〇〕丹禁虚東閤，〔二一〕蒼生望北轅。〔二二〕徒令雙白鶴，五

里自翩翩。〔三〕

【校注】

〔一〕據李德裕原詩題下自注，詩寶曆元年作。伊川：即伊水。《元和郡縣圖志》卷五「河南府河南縣」：「伊水，在縣東南十八里。」《舊唐書·李德裕傳》：「東都於伊闕南置平泉別墅，清流翠篠，樹石幽奇。」《唐語林》卷七：「平泉莊在洛城三十里，卉木臺榭甚佳。有虛檻，引泉水，縈迴穿鑿，像巴峽洞庭十二峰九派，迄於海門……莊周圍十餘里，臺榭百餘所，四方奇花異草與松石，靡不置其後。」

〔二〕八元：高陽氏才子八人，稱「八元」，見前詩注。

〔三〕三接：多次被接見，指得到皇帝寵信。《易·晉》：「康侯用錫馬蕃庶，晝日三接。」疏：「言非惟蒙賜蕃多，又被親寵頻數，一晝之間，三度接見也。」《舊唐書·李德裕傳》：「帝（穆宗）在東宮，素聞吉甫之名，既見德裕，尤重之。禁中書詔大手筆，多詔德裕草之。是月，召對思政殿，賜金紫之服。」

〔四〕天上路：猶言青雲之路，指在朝廷。

〔五〕海西門：指潤州，有海門山，已見前《和浙西李大夫霜夜對月（略）》注。隋煬帝《泛龍舟》：「借問揚州在何處，淮南江北海西頭。」揚、潤二州隔江相對。

〔六〕清望：好聲名。寰中：世間。許：稱贊。

〔七〕物外：猶世外。杜審言《和韋承慶過義陽公主山池》：「野興城中發，朝英物外求。」

〔八〕不讓：當仁不讓。《論語·衛靈公》：「子曰：『當仁不讓於師。』」

〔九〕歸去：指歸隱，用陶潛辭彭澤令時作《歸去來辭》事。形言：形於語言。

〔一〇〕招隱：《文選》左思《招隱詩》李善注引王隱《晉書》：「左思徙居洛城東，著『經始東山廬』詩。」所引即《招隱詩》中句。

〔一一〕江干：江邊。作藩：李德裕時爲觀察使，比於古之諸侯藩國，故云。

〔一二〕經：佛道經典。道具：作法事所用器具。李德裕受道教影響較深，今《會昌一品集·別集》中有《寄茅山孫煉師》、《遥傷茅山縣孫尊師》等詩。德裕妻妾多皈依道門，曾親撰妻徐氏《滑州瑶臺觀女貞徐氏墓誌銘》及妻劉氏《唐茅山燕洞宮大洞煉師彭城劉氏墓誌銘》。文見《李德裕文集校箋·新補李德裕佚文佚詩》。

〔一三〕樣：圖樣。《新唐書·馬周傳》：「帝遇周厚，周頗自負。爲御史時，遣人以圖購宅。衆以其興書生，素無貲，皆竊笑。它日，白有佳宅，直二百萬，周遽以聞，詔有司給直，並賜奴婢什物，由是人乃悟。」按，高宗即位後，追贈馬周高唐縣公，故注中呼爲「馬高唐」。

〔一四〕開鑿：開山鑿池。

〔一五〕律：定音樂管。暄：温暖。《文選》顔延之《秋胡詩》：「寒谷待鳴律。」李善注引劉向《別録》：「鄒衍在燕，有谷寒，不生五穀，鄒子吹律而温，至生黍也。」

〔一六〕難得樹：據李德裕《平泉山居草木記》，平泉莊中「木之奇者有天臺之金松、琪樹，稽山之海棠、榧檜」等數十種，移自番禺、宜春、桂林等二十餘地。

〔一七〕舊荒園：李德裕《平泉山居誡子孫記》：「前守金陵，於龍門之西得喬處士故居。天寶末，避地遠游，歲爲荒榛。……吾乃剪荆莽，驅狐狸，始立班生之宅，漸成應叟之地。」

〔一八〕闕塞：山名，即洛陽龍門。《太平寰宇記》卷三「河南府河南縣」：「闕塞山：《左氏傳》，晉趙鞅納王，使女寬守闕塞。服虔謂『南山伊闕』是也。杜預注：『洛陽西南伊闕口也。』俗名龍門。」「闕」字原空闕，《叢刊》本、劉本、《全唐詩》作「絶」。何焯曰：「《左傳·昭公二十六年》『使汝寬守闕塞』注：『洛陽西南伊闕也。』當是寫者誤作側注，不知者因而空白一字，妄人又以意改『絶塞』耳。」按，闕塞與平泉爲專名的對，何説甚是，今據改。

〔一九〕平泉：李德裕《靈泉賦·序》：「予林居西嶺，平壤出泉，廣不逾尋，而深則盈尺，自東鄰故丞相崔公，至谷口故丞相司徒李公，凡别墅五六，……實發源於此。」

〔二〇〕簿領：官府文書。《文選》劉楨《雜詩》：「沉迷簿領書，回回自昏亂。」李善注：「簿領，謂文簿而記録之。」

〔二一〕丹禁：皇宫，指朝廷。東閤：專爲延引賓客而開的東向小門。《漢書·公孫弘傳》：「（弘）起徒步，數年至宰相封侯，於是起客館，開東閤以延賢士。」師古曰：「閤，小門也。東向開之，避當庭門而引賓客，以别於掾吏官屬也。」此當代指宰相之位。

〔二〕蒼生：百姓。此用謝安事，參見卷二《哭吕衡州（略）》注。北轅：車轅北向，即歸朝。

〔三〕白鶴：李德裕曾寄此詩與元稹，求青田胎化鶴，見李原詩詩題。樂府《艷歌何嘗行》：「飛來雙白鵠，乃從西北來。五里一反顧，六里一徘徊。」兩句謂李必將大用，欲歸隱而不可得。

【附録】

近於伊川卜山居將命者畫圖而至欣然有感聊賦此詩兼寄上浙東元相公大夫使求青田胎化鶴（原注：乙巳歲作。）

李德裕

弱歲弄詞翰，遂叨明主恩。懷章過越邸，建旆守吴門。西圯陰難駐，東皋意尚存。慚逾六百石，愧負五千言。寄世知嬰繳，辭榮類觸藩。欲追綿上隱，況近子平村。邑有桐鄉愛，山餘黍谷暄。既非逃相地，乃是故侯園。野竹多微逕，巖泉豈一源。映池方樹密，傍澗古藤繁。邛杖堪扶老，黄牛已服轅。只應將唳鶴，幽谷自翩翻。（《全唐詩》卷四七五）

和令狐相公謝太原李侍中寄蒲桃〔一〕

珍果出西域，〔二〕移根到北方。昔年隨漢使，〔三〕今日寄梁王。〔四〕上相芳緘至，〔五〕行臺綺席張。〔六〕魚鱗含宿潤，〔七〕馬乳帶殘霜。〔八〕染指鉛粉膩，滿喉甘露香。醞成千日酒，〔九〕味敵五雲漿。〔一〇〕咀嚼停金琖，稱嗟響畫堂。慚非末至客，〔一一〕不得一枝嘗。

【校注】

〔一〕詩寶曆元年秋冬之際在和州作。令狐相公：令狐楚，已見前注。侍中：門下省長官。《新唐書·百官志二》：「門下省，侍中二人，正二品。掌出納帝命，相禮儀。凡國家之務，與中書令參總，而顓判省事。」李侍中：李光顔，本河曲部落稽阿趺之族，從河東軍爲裨將，討李懷光、李惠琳、劉闢，皆有功。元和六年，賜姓李氏，屢遷至陳州刺史、忠武軍節度使，連敗吴元濟之衆，淮西平，加檢校司空。歷義成、邠寧、鳳翔節度使，復爲陳許節度使。敬宗即位，進拜司徒，「遷太原尹、北京留守、河東節度使，進階開府儀同三司，仍於正衘受册司徒兼侍中」，寶曆二年九月卒。見《舊唐書》本傳。令狐楚原詩已佚。

〔二〕珍果：指葡萄。《太平御覽》卷九七二：「魏文帝詔群臣曰：『中國珍果甚多，且復爲説蒲萄。』」西域：漢時對今甘肅敦煌以西諸國的統稱。《漢書·西域傳下》：「大宛左右，以蒲陶爲酒。富人藏酒至萬餘石。」

〔三〕漢使：《漢書·西域傳下》：「(大宛貴人)立毋寡弟蟬封爲王，遣子入侍，質於漢，漢因使使賂賜鎮撫之。又發使十餘輩，抵宛西諸國，求奇物……蟬封與漢約，歲獻天馬二匹。漢使採蒲陶、目蓿種歸。天子以天馬多，又外國使來衆，益種蒲桃、目蓿離宮館旁，極望焉。」

〔四〕梁王：指令狐楚，見前《和令狐相公郡齋對紫薇花》詩注。

〔五〕上相：對宰相的尊稱。李光顔未爲相，但加「同中書門下平章事」衘，以示尊寵，稱「使相」。

《舊唐書·李光顔傳》：「穆宗即位……詔赴闕，賜開化里第，進加同中書門下平章事。穆宗以光顔功冠諸將，故召赴闕，宴賜優給。已而帶平章復鎮，所以報勛臣也。」芳緘：對書信的美稱。

〔六〕行臺：指令狐楚宣武軍節度使府，參見卷二《江陵嚴司空見示（略）》注。綺席：筵席的美稱。張：鋪設。

〔七〕魚鱗：狀一串串葡萄果實層疊如魚鱗。

〔八〕馬乳：一種葡萄品種。《封氏聞見記》卷七：「太宗朝，遠方咸貢珍異草木，今有馬乳蒲萄，一房長二尺餘，葉護國所獻也。」《廣群芳譜》卷五七：「馬乳葡萄，色紫，形大而長，味甘。」

〔九〕千日酒：烈酒。《搜神記》卷一九：「狄希，中山人也，能造千日酒，飲之千日醉。」《博物志》卷五：「西域有蒲萄酒，積年不敗。彼俗云，可十年，飲之彌月乃解。」

〔一〇〕五雲漿：仙藥。《漢武帝内傳》：「其次藥有太清九轉五雲之漿，子得服之，白日昇天。」《太平御覽》卷九七二引魏文帝詔：葡萄「釀以爲酒，甘於麴糵，善醉而易醒」。

〔一一〕末至客：遲到的上客。謝惠連《雪賦》：「歲將暮，時既昏，寒風積，愁雲繁，梁王不悦，游於兔園。乃置旨酒，命賓友，召鄒生，延枚叟。相如末至，居客之右。」此以梁王比令狐楚，遺憾自己不能像司馬相如一樣爲座上客。

和令狐相公送趙常盈煉師與中貴人同拜岳及天台投龍畢卻赴京〔一〕

銀璫謁者引蜺旌，〔二〕霞帔仙官到赤城。〔三〕白鶴迎來天樂動，〔四〕金龍擲下海神驚。〔五〕元君伏奏歸中禁，〔六〕武帝親齋禮上清。〔七〕何事夷門請詩送，〔八〕梁王文字上聲名。〔九〕

【校注】

〔一〕詩寶曆元年秋冬之際在和州作。令狐相公：令狐楚。趙常盈：道士名。煉師：《唐六典》卷四：「道士有三號……其德高思精者謂之煉師。」據權德輿《太清宮三洞法師吴先生碑銘》，趙常盈爲吴善經弟子；又據《舊唐書·白居易傳》，趙常盈長慶中供奉宫中，曾與白居易及僧人澄觀在御前講論。中貴人：宫中宦官，指王士岌。岳：此指東岳泰山。天台：山名，在今浙江省天台縣北。投龍：一種道教迷信活動。《名山洞天福地記》：「國家保安宗社，修金籙齋，設羅天醮，祈恩請福，謝過消災，投金龍玉簡於天下名山洞府。」范鎮《東齋紀事》卷一：「道家有金龍玉簡，學士院撰文，具一歲中齋醮數，投於名山洞府……予嘗於學士院取金龍玉簡視之，金龍以銅製，玉簡以階石製。」徐靈府《天台山記》：「寶曆元年，主上遣中使王士岌、道門威儀趙常盈、太清宫大德阮幽閒、翰林待詔禄通玄，五月十三日到山，於天台觀設醮，許往三井投龍璧也。」趙常盈返京，及令狐楚贈詩，又與劉禹錫詩歌往返，當已在秋末冬初。令狐楚原詩已佚。

〔二〕銀璫謁者：指中官王士岌。銀璫，宦者的冠飾。《後漢書·宦者列傳》：「漢興，仍襲秦制，置中常侍官，然亦引用士人，以參其選，皆銀璫左貂，給事殿省……中興之初，宦官悉用閹人。」蜺旌：旌旗的一種。《史記·司馬相如列傳》：「拖蜺旌，靡雲旗。」正義：「張云：析毛羽，染以五采，綴以縷爲旌，有似虹蜺氣。」蜺，劉本、《叢刊》本、《全唐詩》作「霓」。

〔三〕霞帔：道士服。《舊唐書·司馬承禎傳》：「承禎固辭還山，仍賜寶琴一張及霞紋帔而遣之。」仙官：指道士趙常盈。赤城：山名，在今浙江省天台縣北六里。徐靈府《天台山記》：「自天台觀東行一十五里，有赤城山。山高三百丈，周回七里，即天台南門也。古今即是於國家醮祭之所。其山積石，石色赩然如朝霞，望之如雉堞，故名赤城。」赤城爲道家所云三十六洞天之一，見《名山洞天福地記》。

〔四〕天樂：徐靈府《天台山記》：「天姥峰有石橋與天台相連。……春月醮者聞笳簫鼓之聲。」

〔五〕海神：相傳天台山上有井與海通。徐靈府《天台山記》：「三井，一井今闉塞……二井其深不測，並自然天鑿……或云通海，或云海眼，未可詳也……是國家投龍璧醮祭祈福之所。」

〔六〕元君：仙人，此指趙常盈。道教稱仙人，男曰真人，女曰元君，但劉禹錫詩中似未作嚴格區别。中禁：即禁中，宫中。

〔七〕武帝：漢武帝劉徹，好神仙，此指唐敬宗。上清：仙人所居。《史記·孝武本紀》：「上親祠禮上帝。」《雲笈七籤》卷三：「其三清境者，玉清、上清、太清是也。亦名三天……太清境有九仙，上清境有九真，玉清境有九聖。」敬宗好神仙，寶曆元年七月，道士劉從政説以長生久視之道，請於天下訪求異人，冀獲靈藥，敬宗遂遣使往湖南、江南及天台山采藥。事見《舊唐書》本紀。

〔八〕夷門：戰國魏都大梁東門。此指汴州。《史記·魏公子列傳》：「太史公曰：『吾過大梁之墟，求問其所謂夷門。夷門者，城之東門也。』」《元和郡縣圖志》卷七「汴州」：「戰國魏都。《史記》『魏惠王自安邑徙理大梁』，即今浚儀縣。」

〔九〕梁王：指令狐楚，屢見前注。謝靈運《擬魏太子鄴中集詩·序》：「楚襄王時有宋玉、唐、景，梁孝王時有鄒、枚、嚴、馬，游者美矣，而其主不文。」此則謂令狐楚主持汴州宣武軍軍政大權，好文而且能文。

白舍人曹長寄新詩有游宴之盛因以戲酬〔一〕

蘇州刺史例能詩，西掖今來替左司。〔二〕二八城門開道路，〔三〕五千兵馬引旌旗。〔四〕水通山寺笙歌去，〔五〕騎過虹橋劍戟隨。〔六〕若共吴王鬥百草，〔七〕不如應是欠西施。〔八〕

【校注】

〔一〕詩寶曆二年春在和州作。白舍人：白居易。曹長：《國史補》卷下：「尚書丞郎、郎中相呼曰曹長。」白居易寶曆元年五月到蘇州任，是年秋至次年初有《喚笙歌》、《對酒吟》、《早發赴洞庭舟中作》、《泛太湖書事寄微之》、《西樓喜雪命宴》諸詩，均紀游宴之盛，即題中所稱「新詩」。

〔二〕西掖：中書省，指曾爲中書舍人的白居易。《初學記》卷一一：「前世文士，以中書在右，因謂中書爲右曹，又稱西掖。」《漢書・成帝紀》顏師古注：「掖門在兩旁，言如人臂掖也。」左司：尚書省有左司郎中、員外郎，此指中唐詩人韋應物。拓本丘丹撰《唐故尚書左司郎中蘇州刺史京兆韋君墓誌銘》：「君諱應物，字義博。……徵拜左司郎中，總轄六官，循舉戴魏之法。尋領蘇州刺史，下車周星……遇疾終於官舍。」白居易《與元九書》：「近歲韋蘇州歌行，才麗之外，頗近興諷。其五言詩又高雅閑澹，自成一家之體。今之秉筆者，誰能及之？」

〔三〕二八：即十六，蘇州城門數。《吴郡志》卷三：「闔閭城，吴王闔閭自梅里徙都……築大城，周迴十七里。陸門八，以象天之八風；水門八，以法地之八卦……東面婁、匠二門，西面閶、胥二門，南面盤、蛇二門，北面齊、平二門。唐時，八門悉啟。」

〔四〕五千：唐時蘇州士兵實際人數。白居易《登閶門閑望》：「十萬夫家供課稅，五千子弟守封疆。」

〔五〕山寺：蘇州虎丘山上虎丘寺，前有劍池，硯石山上有靈巖寺，前有采香徑。參見卷九《題報恩寺》、《館娃宫（略）》等詩注。白居易《登閶門閑望》：「雲埋虎寺山藏色，月耀娃宫水放光。」

〔六〕虹橋：蘇州橋名。《吴郡志》卷一七：「虹橋，一在婁門，一在齊門外。」

〔七〕吴王：指春秋吴王夫差。鬥百草：古代一種游戲。《荊楚歲時記》：「五月五日，有鬥百草之戲。」

〔八〕西施：相傳春秋時越國美女。《管子·小稱》：「西施，天下之美人也。」《吴越春秋》卷九：「越王……乃使相者，國中得苧蘿山鬻薪之女曰西施、鄭旦，飾以羅縠，教以容步，習於土城，臨於都巷，三年學服，而獻於吴……吴王大悦。」

【附録】

酬劉和州戲贈　　白居易

錢塘山水接蘇臺，兩地褰帷愧不才。政事素無争學得？風情舊有且將來。雙娥解珮啼相送，五馬鳴珂笑卻回。不似劉郎無景行，長抛春恨在天台。（《白居易集》卷二四）

重答和劉和州（原注：來篇云：「蘇州刺史例能詩，西掖吟來替左司。」又云：「若共吴王鬥百草，不如唯是欠西施。」）　　白居易

分無佳麗敵西施，敢有文章替左司？隨分笙歌聊自樂，等閒篇詠被人知。花邊妓引尋香徑，月下僧留宿劍池。可惜當時好風景，吴王應不解吟詩。（原注：采香徑在館娃宫。）（《白居易集》卷二四）

湖州崔郎中曹長寄三癖詩自言癖在詩與琴酒其詞逸而高吟詠不足昔柳吴興亭皋隴首之句王融書之白團扇故爲四韻以謝之〔一〕

視事畫屏中，〔二〕自稱三癖翁。管絃泛春渚，旌旆拂晴虹。酒對青山月，琴韻白蘋風。〔三〕

會書團扇上，知君文字工。〔四〕

【校注】

〔一〕詩寶曆二年春在和州作。湖州：州治在今浙江省吴興市。崔郎中：崔玄亮。白居易《唐故虢州刺史贈禮部尚書崔公（玄亮）墓誌銘》：「徵拜刑部郎中，謝病不就。俄改湖州刺史，……在湖三歲。」《嘉泰吴興志》卷一四刺史題名：「崔玄亮，長慶三年十一月二十二日自刑部郎中拜，遷秘書少監。」柳吴興：柳惲，字文暢，好學，工尺牘，善琴，曾再爲吴興太守，《梁書》有傳。王融：字元長，少而警惠，博涉有文才，仕齊爲中書郎，下獄死，《南齊書》有傳。《梁書·柳惲傳》：「少工篇什，始爲詩曰：『亭皋木葉下，隴首秋雲飛。』琅琊王元長見而嗟賞，因書齋壁。」二句乃柳惲《搗衣詩》中句，詩見《玉臺新詠》卷五。崔玄亮原詩已佚。

〔二〕畫屏：有圖畫的屏風，喻景色之美。杜甫《寒雨朝行視園樹》：「江上今朝寒雨歇，籬中秀色畫屏舒。」

〔三〕白蘋：水草名，一名田字草。白居易《白蘋洲五亭記》：「湖州城東南二百步，抵霅溪，連汀洲，洲一名白蘋，梁吴興守柳惲於此賦詩云『汀洲採白蘋』，因以爲名也。」

〔四〕文字：此指詩歌。白居易《唐故虢州刺史贈禮部尚書崔公墓誌銘》：「公幼嗜學，長善屬文，……尤工五言、七言詩，警策之篇，多在人口。」今《全唐詩》卷四六六崔玄亮存詩二首。

和汴州令狐相公到鎮改月偶書所懷二十二韻〔一〕

受脈新梁苑，〔二〕和羹舊傅巖。〔三〕援毫動星宿，〔四〕垂釣取韜鈐。〔五〕赫奕三川至，〔六〕歡呼萬姓瞻。〔七〕綠油貔虎擁，〔八〕青紙鳳凰銜。〔九〕外壘曾無警，〔一〇〕中廚亦罷監。〔一一〕推誠人自服，去殺令逾嚴。〔一二〕赳赳容皆飾，〔一三〕幡幡口盡鉗。〔一四〕爲兄憐庾翼，〔一五〕選婿得蕭咸。〔一六〕鬱屈咽喉地，〔一七〕駢闐水陸兼。〔一八〕渡橋鳴紺幰，〔一九〕入肆颺雲帆。〔二〇〕端月當中氣，〔二一〕東風應遠占。〔二二〕管絃喧夜景，燈燭掩寒蟾。〔二三〕酒每傾三雅，〔二四〕書能發百函。〔二五〕詞人羞布鼓，〔二六〕遠客獻貂襜。〔二七〕歌榭白團扇，〔二八〕舞筵金縷衫。〔二九〕旌旗遥一簇，舄履近相攙。〔三〇〕花樹當朱閣，晴河逼翠簾。〔三一〕衣風飄颻𩙪，〔三二〕燭淚滴巉巖。〔三三〕玉斝虚頻易，〔三四〕金鑪暖更添。映鬟窺艷艷，〔三五〕隔袖見纖纖。〔三六〕謝傅何由接，〔三七〕桓伊定不凡。〔三八〕應憐郡齋老，旦夕鑷霜髯。〔三九〕

【校注】

〔一〕詩寶曆二年春在和州作。令狐相公：令狐楚，長慶四年九月授宣武節度使，詩題云「到鎮改月」，令狐楚原詩當作於寶曆元年正月。但白居易和詩自注云「相府領鎮隔年，居易方到」，故白詩當作於寶曆元年夏授蘇州刺史途經汴州時。劉禹錫此詩載於《外集》卷一，蓋宋敏求輯自

《劉白唱和集》而非與令狐楚唱和之《彭陽唱和集》者，依編次當作於寶曆二年春。劉詩當繼白居易和詩而作，故編入《劉白唱和集》。劉、白二詩均追和之作。令狐楚原詩已佚。

〔二〕脤：祭社的肉。受脤爲將帥出行前的一種儀式。《左傳・閔公二年》：「帥師者受命於廟，受脤於社。」梁苑：漢梁孝王苑，故址在今河南省商丘縣東。《元和郡縣圖志》卷七「宋州宋城縣」：「兔園，在縣東南十里，漢梁孝王園。」宋州屬宣武軍。

〔三〕和羹：喻宰相綜理政事，參見卷三《庭梅詠寄人》注。傅巖：此代指相位。《史記・殷本紀》：「武丁夜夢得聖人，名曰説……於是乃使百工營求之野，得説於傅險中。是時，説爲胥靡，築於傅險……舉以爲相，殷國大治。」索隱：「險，亦作『巖』也。」令狐楚曾相憲宗，故云「舊傅巖」。

〔四〕援毫：持筆作文。

〔五〕垂釣：用太公望事。已見前《浙西李大夫示述夢四十韻（略）》注。韜鈐：兵法，此指爲節度使，掌兵符帥印。古代兵書有《六韜》及《玉鈐》。

〔六〕赫奕：盛貌。三川：指河南府。《元和郡縣圖志》卷五「河南府」：「（秦）昭襄王立爲三川郡，漢改爲河南郡。」注：「三川：伊、洛、河也。」令狐楚乃自河南尹授宣武節度使，故云。

〔七〕萬：劉本、《叢刊》本作「百」。

〔八〕緑油：即碧油，指節度使旌節。《石林燕語》卷六：「節度使旌節：門旗二，龍虎旌一，節一，麾槍二，豹尾二，凡八物……旗則綢以紅繒，節及麾槍則綢以碧油，故謂之碧油紅旆。」貔虎：兩種猛獸，比喻勇士。《書·牧誓》：「如虎如貔。」

〔九〕青紙：詔書。《晉書·楚王瑋傳》：「瑋臨死，出其懷中青紙詔。」陸翽《鄴中記》：「石季龍與皇后在觀上，爲詔書，五色紙，著鳳口中。鳳既銜詔，侍人放數百丈緋繩，轆轤迴轉，鳳凰飛下，謂之鳳詔。鳳凰以木作之，五色漆畫，脚皆用金。」

〔一〇〕外壘：郊外營壘。

〔一一〕中廚：府中廚房。曹植《箜篌引》：「中廚辦豐膳，烹羊宰肥牛。」監：監廚。《魏書·刁沖傳》：「於時學制，諸生悉日直監廚。」罷監謂取消監廚之事，對下推誠相見。

〔一二〕去殺：不濫施刑戮。

〔一三〕赳赳：勇武貌，此指武夫。《詩·周南·兔罝》：「赳赳武夫。」

〔一四〕幡幡：輕率貌，此指輕薄之徒。《詩·小雅·賓之初筵》：「曰既醉止，威儀幡幡。」口盡鉗：閉口不言。

〔一五〕庾翼：晉人，有兄庾亮、庾冰，三人《晉書》皆有傳。庾亮、庾冰憐翼事不詳。據《新唐書·宰相世系五下》，令狐楚有弟從，官至檢校膳部郎中；定，官至桂管觀察使。楚爲相時，曾上表乞回授一子官與弟令狐定。元稹《爲令狐相國謝回一子官與弟狀》：「臣弟定蒙恩授京兆府藍田縣尉。」詩即指此事。

〔一六〕蕭咸：漢張禹婿，此指令狐楚婿裴十四。《漢書·張禹傳》：「禹每病，輒以起居聞，車駕自臨問之。上親拜禹牀下，禹頓首謝恩，因歸誠，言：『老臣有四男一女，愛女甚於男，遠嫁爲張掖太守蕭咸妻，不勝父子私情，思與相近。』上即時徙咸爲弘農太守。」李商隱《令狐八拾遺見招送裴十四歸華州》：「蘭亭宴罷方回去，雪夜詩成道韞歸。」馮浩注：「羲之乃方回姊夫，道韞乃羲之之子婦，合爲一聯，似涉嫌疑，豈用古不必太拘哉？朱氏謂裴十四必令狐氏之婿，時攜内歸家，第或更有戚誼，則無由細索耳。」馮氏注補云：「劉賓客和汴州令狐相公詩：『選婿得蕭咸。』以此度之，朱氏之揣是也。」

〔一七〕鬱屈：盤迂曲折。咽喉地：交通要道。

〔一八〕駢闐：車馬聚集連屬。

〔一九〕紺幰：天青色帷幔，此指施以帷幔的車，爲五品以上所乘，見《隋書・禮儀志五》。

〔二〇〕肆：市肆。颺：飛揚。雲帆：如雲彩的風帆。

〔二一〕端月：正月。中氣：古人將二十四節氣分爲十二節氣與十二中氣。《禮記・月令》疏：「漢之時，……驚蟄爲正月中氣。……至前漢之末，以雨水爲正月中。」

〔二二〕占：占候。古以十二律配十二月，以律管候氣。《禮記・月令・孟春之月》：「律中大簇。」疏：「蔡邕云：『以法爲室三，重户閉，塗釁必周密，布緹縵室中，以木爲案，每律各一案，内庳外高，從其方位，加律其上，以葭灰實其端。其月氣至，則灰飛而管通。』」

〔二三〕寒蟾：月。《淮南子・精神》：「月中有蟾蜍。」高誘注：「蟾蜍，蝦蟆也。」

〔二四〕三雅：酒器名。《太平御覽》卷八四五：「劉表有酒爵三：大曰伯雅，次曰仲雅，小曰季雅。」

〔二五〕百函：百封。《宋書·劉穆之傳》：「穆之與朱齡石並便尺牘，嘗於高祖坐與齡石答書。自旦至日中，穆之得百函，齡石得八十函，而穆之應對無廢也。」

〔二六〕布鼓：《漢書·王尊傳》：「毋持布鼓過雷門。」師古曰：「雷門，會稽城門也，有大鼓，越擊此鼓，聲聞洛陽。故尊引之也。布鼓謂以布爲鼓，故無聲。」

〔二七〕襜：衣前襟。貂襜：貂鼠皮袍。

〔二八〕榭：臺上屋。白團扇，歌者所持。

〔二九〕金縷衫：織有金綫的衣衫，舞者所著。

〔三〇〕舄履：鞋子。履舄相攙，形容酒酣時男女混雜的情狀，參見前《歷陽書事七十四韻》注。

〔三一〕晴河：指晴夜的天河。

〔三二〕霎㸈：雲盛貌，此狀舞衣如雲。

〔三三〕巉巖：山高峻貌，此狀燭淚之多。

〔三四〕斝：酒器。易：更换。

〔三五〕鬟：劉本、《全唐詩》作「環」。艷艷：月光。韓愈《喜侯喜至贈張籍張徹》：「敧眠聽新詩，屋角月艷艷。」

〔三六〕纖纖：女子的手。《古詩十九首》：「娥娥紅粉妝，纖纖出素手。」

〔三七〕謝傅：東晉謝安，卒贈太傅，此指令狐楚。

〔三八〕桓伊：晉人，此借指令狐楚幕中的賓客僚佐。桓伊善音樂，盡一時之妙，爲江左第一。時孝武帝嗜酒好内，而謝安功名盛極，遂爲小人構會，嫌隙已成。會帝召伊飲宴，謝安侍坐，帝命伊吹笛，伊請自以箏歌，而召己吹笛奴吹笛，帝許之。奴既吹笛，伊便撫箏而歌《怨詩》曰：「爲君既不易，爲臣良獨難。忠信事不顯，乃有見疑患。周旦佐文武，《金縢》功不刊。推心輔王政，二叔反流言。」聲節慷慨，俯仰可觀，安泣下沾衿，乃越席而就之，捋其鬚曰：「使君於此不凡。」帝甚有愧色。事見《晉書·桓伊傳》。

〔三九〕霜髯：白鬚。「應憐」二句，禹錫自謂。

【集評】

何焯曰：最險之韻。非老手未能如此穩。（卞孝萱《劉禹錫詩何焯批語考訂》）

【附録】

奉和汴州令狐相公二十二韻　白居易

客有東征者，夷門一落帆。二年方得到，五日未爲淹。（原注：相府領鎮，隔年居易方到。既到，陪奉游宴，凡經五日。）在浚旌重葺，游梁館更添。心因好善樂，貌爲禮賢謙。俗阜知敦勸，民安見察廉，仁風扇道路，陰雨膏閭閻。文律操將柄，兵機釣得鈐。碧幢油葉葉，紅旆火襜襜。景象春加麗，威容曉助嚴。槍森赤豹尾，纛吒黑龍髯。門静塵初斂，城昏日半銜。選幽開後院，占勝坐前檐。平展絲頭毯，高褰錦額簾。雷搥柘枝鼓，雪擺胡騰衫。髮滑歌釵墜，妝光舞汗沾。迴燈花簇簇，過酒玉纖纖。饌盛盤心殢，醅濃盞底粘。陸珍熊掌爛，海味蟹螯鹹。福履千夫祝，形儀四座瞻。羊公長在峴，傅説莫歸巖。（原注：蓋祝者詞意也。）眷愛人人遍，風情事事兼。猶嫌客不醉，同賦夜厭厭。（《白居易集》卷二四）

遥和韓睦州元相公二君子〔一〕

玉人紫綬相輝映，〔二〕卻要霜髯一兩莖。〔三〕其奈無成空老去，每臨明鏡若爲情。〔四〕

【校注】

〔一〕詩寶曆中在和州作。睦州：州治在今浙江省建德縣。韓睦州：韓泰，永貞八司馬之一，時爲睦州刺史。《景定嚴州圖經》卷一題名：「韓泰，長慶四年六月二十五日自郴州刺史拜。」元相公：元稹，時爲浙東觀察使，已見前注。睦州屬浙東管轄。元、韓二人唱和詩已佚。

〔二〕玉人：《晉書・裴楷傳》：「楷風神高邁，容儀俊爽，博涉群書，特精理義，時人謂之玉人。」此稱美元稹儀容。白居易《吟前篇因寄微之》：「君顔貴茂不清羸。」紫綬：紫色絲質綬帶。秦漢時，丞相金印紫綬。《舊唐書・輿服志》：「二品、三品紫綬。三彩，紫、黄、赤。純紫質，長一丈六尺，一百八十首，廣八寸。」

〔三〕霜髯：白鬚。白居易《聞行簡恩賜章服喜成長句寄之》：「大抵著緋宜老大，莫嫌秋鬢數莖霜。」與此意同。

〔四〕若爲情：何以爲情。王維《送秘書晁監還日本國》：「别離方異域，音信若爲通。」此二句自指。

奉酬湖州崔郎中見寄五韻〔一〕

山陽昔相遇，〔二〕灼灼晨葩鮮。〔三〕同游翰墨場，〔四〕和樂塤篪然。〔五〕一落名宦途，〔六〕浩如乘風船。〔七〕行當衰暮日，卧理淮海壖。〔八〕猶期謝病後，共樂桑榆年。〔九〕

【校注】

〔一〕詩云「猶期謝病後」，當作於寶曆二年秋罷和州刺史前不久。崔郎中：崔玄亮，時爲湖州刺史，已見前《湖州崔郎中曹長寄三癖詩（略）》注。崔玄亮原詩已佚。

〔二〕山陽：楚州屬縣名，今江蘇省淮安縣。劉禹錫與崔玄亮相遇於山陽，當在貞元八年左右自江南入京應試時。

〔三〕灼灼：鮮明貌。晨葩：清晨的花朵，喻青春年少。

〔四〕翰墨場：指科舉考場。崔玄亮貞元十一年進士，二人同游翰墨場，當在貞元九至十一年間。

〔五〕塤篪：古代兩種樂器。《爾雅·釋樂》郭璞注：「塤，燒土爲之，大如鵝子，鋭上平底，形如秤錘，六孔。」又：「篪，以竹爲之，長尺四寸，圍三寸，一孔上出，寸三分，名翹，横吹之。」《詩·小雅·何人斯》：「伯氏吹塤，仲氏吹篪。」箋：「伯仲，喻兄弟也。我與女恩如兄弟，其相應和如塤篪。」相尋：相繼，相應和。

〔六〕名宦途：仕途，官場。

〔七〕如乘風船：謂身不由己。

〔八〕壖：水邊地。《書·禹貢》：「淮海惟揚州。」和州屬揚州刺史、淮南節度使管轄，故云「淮海壖」。

〔九〕桑榆年：晚年。曹植《贈白馬王彪》：「年在桑榆間，影響不能追。」

酬湖州崔郎中見寄〔一〕

風箏吟秋空，〔二〕不肖指爪聲。〔三〕高人靈府間，〔四〕律吕伴咸英。〔五〕昔年與兄游，文似馬長卿。〔六〕今來寄新詩，乃類陶淵明。〔七〕磨礱老益智，〔八〕吟詠閑彌精。豈非山水鄉，蕩漾神機清。渚煙蕙蘭動，溪雨虹霓生。馮君虛上舍，〔九〕待余乘興行。〔一〇〕

【校注】

〔一〕崔郎中：崔玄亮，已見前詩注。詩云「待余乘興行」，當作於寶曆二年秋行將罷和州刺史任時。崔玄亮原詩佚。

〔二〕風箏：《詢芻録》：「五代漢李鄴於宫中作紙鳶，引綫乘風爲戲。後於鳶首以竹爲笛，使風入作聲如箏鳴，俗呼風箏。」高駢《風箏》：「夜静絃聲響碧空，宮商信任往來風。」

〔三〕不肖：不類。肖，原作「有」，據劉本改。指爪：彈箏用的骨爪。指爪聲，指樂工彈奏的音樂。此聯謂崔詩純任自然，有如天籟。

〔四〕靈府：心。《莊子·德充符》：「不可入於靈府。」郭象注：「靈府者，精神之宅也。」

〔五〕律呂：六律與六吕，古代定音高的樂管。咸英：相傳黄帝之樂《咸池》及顓頊之樂《六英》，參見卷二《送李策秀才（略）》注。

〔六〕馬長卿：即司馬相如，字長卿。《漢書·揚雄傳》：「蜀有司馬相如，作賦甚弘麗温雅，雄心壯之，每作賦，常擬之以爲式。」又：「孝成帝時，客有薦雄文似相如者。」《西京雜記》卷三：「司馬長卿賦，時人皆稱典而麗。」句謂崔早年文辭富艷。

〔七〕陶淵明：東晉著名詩人陶潛。鍾嶸《詩品》卷中：「陶潛，文體省淨，殆無長語；篤意高古，詞意婉愜，……古今隱逸詩人之宗也。」句謂崔晚年詩作轉向平淡閒適。

〔八〕磨礱：練磨。

〔九〕馮：通憑。上舍：上等館舍。

〔一〇〕乘輿行：用王子猷雪夜乘興訪戴安道事，見卷一《奉和中書崔舍人八月十五日夜玩月二十韻》注。

望夫石〔一〕

正對和州郡樓。

終日望夫夫不歸，化爲孤石苦相思。望來已是幾千載，只似當時初望時。〔二〕

【校注】

〔一〕詩寶曆中在和州作。望夫石：在宣州當塗縣。《太平寰宇記》卷一〇五「太平州當塗縣」：「望夫山，在縣西四十七里。昔人往楚，累歲不還，其妻登此山望夫，乃化爲石。周迴五十里，高一百丈，臨江。」石：《叢刊》本、《文苑英華》作「山」。

〔二〕似當時：《文苑英華》作「是當年」。

【集評】

陳師道曰：望夫石，在處有之，古今詩人，承用一律。唯劉夢得云，「望來已是幾千歲，只是當時初望時」，語雖拙而意工。黄叔度，魯直之弟也，以顧況爲第一，云：「『山頭日日風和雨，行人歸來石應語』，語意皆工。」（《後山居士詩話》，按「山頭」云云，乃王建詩，非顧況作，《艇齋詩話》、《辨誤録》卷上、《優古堂詩話》均已言之。）

謝榛曰：《鶴林玉露》曰：「詩惟拙句最難。至於拙，則渾然天成，工巧不足言矣。」若子美「雷聲忽送千峰雨，花氣渾如百合香」之類，語平意奇，何以言拙？劉禹錫《望夫石》詩「望來已是幾千載，只是當年初望時」，陳後山謂「辭拙意工」，是也。（《四溟詩話》卷一）

何焯曰：自比久棄於外，不得君也。（卞孝萱《劉禹錫詩何焯批語考訂》）

金陵五題〔一〕并引

余少爲江南客，而未游秣陵，〔二〕嘗有遺恨。後爲歷陽守，跂而望之。〔三〕適有客以《金陵五題》相示，逌爾生思，欻然有得。〔四〕它日，友人白樂天掉頭苦吟，嘆賞良久，且曰：「《石頭》詩云『潮打空城寂寞回』，吾知後之詩人不復措詞矣！」餘四韻雖不及此，亦不孤樂天之言爾。

石頭城〔五〕

山圍故國周遭在，〔六〕潮打空城寂寞回。淮水東邊舊時月，〔七〕夜深還過女牆來。〔八〕

【校注】

〔一〕據詩引，詩寶曆中在和州作，引則爲後來追記。題注中「引」原作「序」，禹錫父名緒，故集中「序」或諱作「引」，或諱作「紀」，今依例改。

〔二〕秣陵：即金陵，今江蘇省南京市。《元和郡縣圖志》卷二五「潤州上元縣」：「本金陵地，秦始皇時望氣者云：『五百年後，金陵有都邑之氣。』故始皇東游以厭之，改其地曰秣陵。」劉禹錫少年時代在嘉興度過，故云「江南客」，參見卷五《送裴處士應制舉》。

〔三〕跂：通企，踮腳。《詩・衛風・河廣》：「誰謂宋遠，跂予望之。」

〔四〕逌爾：舒暢自得貌。欻然：忽然，迅疾貌。

〔五〕石頭城：在今南京市，參見卷五《西塞山懷古》注。

〔六〕周遭：周圍。李白《金陵》：「苑方秦地少，山似洛陽多。」王琦注引《景定建康志》：「洛陽四山圍，伊、洛、瀍、澗在中；建康亦四山圍，秦淮、直瀆在中。」《吴船録》卷下：「轉至伏龜樓基，徘徊四望，金陵山本止三面，至此則形勢迴互，江南諸山與淮山團欒應接，無復空闕。唐人詩所謂『山圍故國周遭在』者，惟此處所見爲然。」

〔七〕淮水：即秦淮河。《初學記》卷六引孫盛《晉陽秋》：「秦始皇東游，望氣者云，五百年後，金陵有天子氣，於是始皇於方山掘流，西入江，亦曰淮，今在潤州江寧縣，土俗亦號曰秦淮。」

〔八〕女牆：城上矮牆。

【集評】

葉夢得曰：讀古人詩多，意有所喜處，誦憶之久，往往不覺誤用爲己語……如蘇子瞻「山圍故國城空在，潮打西陵意未平」，此非誤用，直是取舊句，縱横役使，莫彼我爲辨耳。（《石林詩話》卷中）

洪邁曰：韋應物在滁州，以酒寄全椒山中道士，作詩曰：「今朝郡齋冷……」東坡在惠州，依其韻作詩寄羅浮鄧道士曰：「一杯羅浮春……」劉夢得「山圍故國周遭在，潮打空城寂寞回」之句，白樂天以爲後之詩人無復措詞，坡公仿之曰：「山圍故國城空在，潮打西陵意未平。」坡公天才，出語驚

世，如追和陶詩，直與之齊驅，獨此二者，比之韋、劉爲不侔，豈非絶唱寡和，理自應爾耶？（《容齋隨筆》卷一四）

吴曾曰：劉長卿《登餘干古縣城》：「官舍已空秋草緑，女牆猶在夜烏啼。」劉禹錫詩「夜深還過女牆來」，此學長卿也。（《能改齋漫録》卷七）

李治曰：東坡先生才大氣壯，語太峻快，故中間時有少隉杌者。如……《次韻秦少章》云：「山圍故國城空在，潮打西陵意未平。」此則全用劉禹錫《石頭城》詩，但改其下三五字耳，亦是太峻快也。（《敬齋古今黈》卷八）

謝曰：山無異東晉之山，潮無異東晉之潮，月無異東晉之月也。求東晉之宗廟宫室，英雄豪傑，俱不可見矣。意在言外，寄有於無。（《唐詩品匯》卷五一）

焦竑曰：劉禹錫詩「山圍故國周遭在，潮打空城寂寞回」，樂天嘆爲警絶。子瞻云，「山圍故國城空在，潮打西陵意未平」，則又以己意斡旋用之，然終不及劉。大率詩中翻案，須點鐵爲金手，令我詩出而前語可廢始得。（《焦氏筆乘》卷四）

何孟春曰：滕王閣僧晦幾詩：「檻外長江去不回，檻前楊柳後人栽。當時惟有西山在，曾見滕王歌舞來。」《胡頤庵集》記虞伯生最愛此詩，至累登斯閣，不敢留題。一日，爲諸生所强，乃即席賦三律並一絶。其絶句云：「豫章城上滕王閣，不見鳴鑾珮玉聲。惟有當時簾外月，夜深依舊照江城。」或謂此劉夢得《石頭城》語，春以爲只是要翻晦幾意耳。（《餘冬詩話》卷下）

賀裳曰：偷法一事，名家不免。如劉夢得「山圍故國周遭在……」，杜牧之「煙籠寒水月籠沙……」韋端己「江雨霏霏江草齊……」三詩雖各詠一事，意調實則相同。愚意偷法一事，誠不能不犯，但當爲韓信之背水，不則爲虞詡之增竈，慎毋爲邵青之火牛可耳。若霍去病不知學古兵法，究亦非是。（《載酒園詩話》卷一）

吴旦生曰：張表臣自述其自矜云：「余雖不及，然亦不辜樂天之賞。」則禹錫亦不復許後人措詞矣。觀東坡詩「山圍故國城空在，潮打西陵意未平」，薩天錫《登鳳凰臺》詩「千古江山圍故國，幾番風雨入空城」，皆落牙後，正爲浪措辭也。而天錫《招隱首山》又有「千古江山圍故國，五更風雨入空城」，奈何復自拾其瀋耶？（《歷代詩話》卷四九）

沈德潛曰：只寫山水明月，而六代繁華俱歸烏有，令人於言外思之。（《唐詩别裁》卷二〇）

又：李滄溟推王昌齡「秦時明月」爲壓卷，王鳳洲推王翰「葡萄美酒」爲壓卷。本朝王阮亭則云：必求壓卷，王維之「渭城」，李白之「白帝」，王昌齡之「奉帚平明」，王之涣之「黄河遠上」其庶幾乎？而終唐之世，無出四章之右者矣。滄溟、鳳洲主氣，阮亭主神，各自有見。愚謂李益之「回樂峰前」，柳宗元之「破額山前」，劉禹錫之「山圍故國」，杜牧之之「煙籠寒水」，……氣象稍殊，亦堪接武。（《説詩晬語》卷上）

李慈銘曰：二十八字中，有無限蒼涼，無限沈著，古今興廢，形勝盛衰，皆已括盡，而絶不見感慨憑弔字面，真高作也。（《越縵堂讀書簡端記·唐人萬首絶句選》）

烏衣巷〔一〕

朱雀橋邊野草花，〔二〕烏衣巷口夕陽斜。舊來王謝堂前燕，〔三〕飛入尋常百姓家。

【校注】

〔一〕烏衣巷：《六朝事跡編類》卷下：「烏衣巷，《圖經》云，在縣東南四里。」《輿地紀勝》卷一七「建康府」：「烏衣巷，在秦淮南，去朱雀橋不遠。《晉書》云：紀瞻立宅烏衣巷。《晉志》云：王導自卜烏衣宅。宋時諸謝烏衣之聚，並此巷也。」《能改齋漫録》卷四：「《世説》：諸王諸謝，世居烏衣巷。《丹陽記》曰：『烏衣之起，吴時烏衣營處所也。江左初立，琅琊諸王所居。』審此，則名營以烏衣，蓋軍兵所衣之服，因此得名。」

〔二〕朱雀橋：《六朝事跡編類》卷上：「晉咸康二年，作朱雀門，新立朱雀浮航，在縣城東南四里，對朱雀門，南渡淮水，亦名朱雀橋。」

〔三〕王謝：指王導、謝安及其後裔，是東晉以來南朝最顯赫的世家大族。《南史·謝弘微傳》：「（叔父）混風格高峻，少所交納，惟與族子靈運、瞻、晦、曜、弘微以文義賞會，常共宴處。居在烏衣巷，故謂之烏衣之游。混詩所言『昔爲烏衣游，戚戚皆親姓』者也。」按《青瑣高議》別集卷四載王謝事，《詩話總龜》前集卷四八引其大略云：「王謝，金陵人，世以航海爲業。一日於海中失舟，泛一板登岸，見一翁一嫗，皆衣皂，引謝至所居，乃烏衣國也，以女妻之。既久，謝思歸，復乘雲軒泛海，至其家，有二燕棲於梁間，謝以手招之，即飛來臂上。取片紙，書小詩，繫於燕尾，曰：『誤到華胥國裏來，玉人終日苦憐才。雲軒飄去無消息，灑淚臨風幾日回。』來春燕回，徑飛來謝衣上，燕尾有一詩云：『昔日相逢冥數合，如今睽遠是生離。來春縱有相思字，三月天南無雁飛。』至來歲，燕竟不至，因目謝所居爲烏衣巷。劉禹錫有詩曰……」蓋就劉詩以演爲小説。《苕溪漁隱叢話》後集卷一二引《藝苑雌黄》：「朱雀橋、烏衣巷皆金陵故事……王氏、謝氏乃江左衣冠之盛者，故杜甫詩云：『王謝風流遠。』又云：『從來王謝郎。』比觀劉斧《摭遺》載《烏衣傳》，乃以王謝爲一人姓名，其言既怪誕，遂託名錢希白，終篇又取夢得之詩以實其事。希白不應如此謬，是直劉斧之妄言耳。大抵小説所載，事多不足信，而《青瑣摭遺》，誕妄尤多。」按《能改齋漫録》卷四、《野客叢書》卷二六、吴旦生《歷代詩話》卷四九均闢《摭遺》之妄，兹不備録。

【集評】

謝枋得曰：世異時殊，人更物换……其高門甲第，百無一存，變爲尋常百姓之家……朱雀橋邊之花草如舊時之花草，烏衣巷口之夕陽如舊時之夕陽，惟功臣王謝之第宅今皆變爲尋常百姓之室廬矣。乃云「舊時王謝堂前燕，飛入尋常百姓家」，此風人遺韻。兩詩（指《石頭城》及此詩）皆用「舊時」二字，絶妙。（《注解章泉澗泉二先生選唐詩》卷一）

謝榛曰：作詩有三等語：堂上語，堂下語，階下語。凡下官見上官，所言殊有條理，不免局促之狀。若劉禹錫「舊時王謝堂前燕，飛入尋常百姓家」，此堂下語也。（《四溟詩話》卷四）

桂天祥曰：有感慨，有風刺，味之自當淚下。（《批點唐詩正聲》）

周敬曰：緣物寓意，弔古高手。（《唐詩選脈會通評林》）

唐汝詢曰：不言王謝堂爲百姓家，而借言於燕，正詩人託興玄妙處。後人以小説荒唐之言解之，便索然無味矣。（《唐詩解》卷二九）

沈德潛曰：言王、謝家成民居耳，用筆巧妙，此唐人三昧也。（《唐詩别裁》卷二十）

施補華曰：《烏衣巷》詩：「舊時王謝堂前燕，飛入尋常百姓家。」若作燕子他去，便呆。蓋燕子仍入此堂，王、謝零落，已化作尋常百姓矣。如此則感慨無窮，用筆極曲。（《峴傭説詩》）

楊際昌曰：金陵詩託興於王、謝、燕子者，自劉夢得後頗多。康熙間，秀水布衣王价人一絶，爲時所稱：「水滿秦淮長緑蘋，千秋王謝已灰塵。春風燕子家家入，無復當時舊主人。」視夢得意露，而詞則更淒惋。（《國朝詩話》卷一）

何文焕曰：劉禹錫詩曰：「舊時王謝堂前燕，飛入尋常百姓家。」……四溟云：「或有易之者曰：『王謝堂前燕，今飛百姓家。』點金成鐵矣。」謝公又擬之曰：「王謝豪華春草裏，堂前燕子落誰家？」尤屬惡劣。（《歷代詩話考索》）

臺城〔一〕

臺城六代競豪華，〔二〕結綺臨春事最奢。〔三〕萬户千門成野草，〔四〕只緣一曲後庭花。〔五〕

【校注】

〔一〕臺城：即六朝宫城，故址在今江蘇南京玄武湖畔。《容齋續筆》卷五：「晉、宋間，謂朝廷禁省爲臺。故稱禁城爲臺城。」《輿地紀勝》卷一七「建康府」：「臺城，一曰苑城，即古建康宫城也。本吴後苑城，晉安帝咸和五年作新宫於此，其城唐末尚存。」又云：「故臺城，在上元縣北五里。」

〔二〕六代：指吴、東晉、宋、齊、梁、陳六朝，均建都於建康。

〔三〕結綺、臨春：陳後主爲張麗華等所建閣名。陳後主張貴妃，名麗華。後主爲太子時，以選入宫，即位後，册爲貴妃。性聰慧，甚被寵遇。《南史·張貴妃傳》：「至德二年，乃於光昭殿前起臨春、結綺、望仙三閣，高數十丈，並數十間。其窗牖、壁帶、縣楣、欄檻之類，皆以沉檀香爲之，又飾以金玉，間以珠翠，外施珠簾，内有寶牀寶帳，其服玩之屬，瑰麗皆近古未有。每微風暫至，香聞數里；朝日初開，光映後庭。其下積石爲山，引水爲池，植以奇樹，雜以花藥。後主自居臨春閣，張貴妃居結綺閣，龔、孔二貴嬪居望仙閣，並複道交相往來。」

〔四〕萬户千門：指宫殿。《史記·封禪書》：「作建章宫，度爲千門萬户。」

〔五〕後庭花：歌曲名。《南史·張貴妃傳》：「後主每引賓客，對貴妃等游宴，則使諸貴人及女學士與狎客共賦新詩，互相贈答，採其尤艷麗者，以爲曲調，被以新聲。選宫女有容色者以千百數，令習而歌之，分部迭進，持以相樂。其曲有《玉樹後庭花》、《臨春樂》等。其略云：『壁月夜夜滿，瓊樹朝朝新。』大抵所歸，皆美張貴妃、孔貴嬪之容色。」

生公講堂〔一〕

生公説法鬼神聽，〔二〕身後空堂夜不扃。高座寂寥塵漠漠，〔三〕一方明月可中庭。〔四〕

【校注】

〔一〕生公：東晉僧人竺道生。俗姓魏，鉅鹿人，幼從竺法汰出家，後游學長安，從鳩摩羅什受業。南還都，止青園寺。宋太祖甚重之。後至虎丘，又投跡廬山，元嘉十一年卒。《高僧傳》卷七有傳。講堂：講經之所。《方輿勝覽》卷一四「建康府」：「高座寺，名永寧寺，在城南門外。或云晉朝法師竺道生所居，因號高座寺。《四蕃志》云：『道生講經於此，人無信者，乃聚石爲徒，與講至理，石皆點頭。』」

〔二〕鬼神聽：《蓮社高賢傳》：「（竺道生）南還，入虎丘山，聚石爲徒，講《涅槃經》，至闡提處，則説有佛性，且曰：『如我所説，契佛心否？』群石皆爲點頭。」今蘇州虎丘山有生公點頭石，相傳即生公説法處。《方輿勝覽》云在建康高座寺，當同一傳説之分化。

〔三〕高座：僧人説法時之講座。高座，韓國存李齊賢《櫟翁詩語》卷十引作「猊座」。猊，狻猊，即獅子。釋家稱佛座爲師子座或猊坐，後亦指高僧之座。《五燈會元》卷一五：「諸佛出世，利濟群生。猊座師登，將何拯濟？」

〔四〕可：當，對着。

【集評】

洪芻曰：山谷至廬山一寺，與群僧圍爐，因舉《生公講堂》詩，末云「一方明月可中庭」。一僧率爾曰：「何不曰『一方明月滿中庭』？」山谷笑去。（《苕溪漁隱叢話》前集卷二〇引《洪駒父詩話》）

陳師道曰：黄詞云：「斷送一生唯有，破除萬事無過。」蓋韓詩有云「斷送一生唯有酒」，「破除萬事無過酒」。才去一字，遂爲切對，而語益峻。又云：「杯行到手更留殘，不道月明人散。」謂思相離之憂，則不得不盡。而俗士改爲「留連」，遂使兩句相失。正如論詩云「一方明月可中庭」「可」不如「滿」也。（《後山詩話》）

范晞文曰：劉禹錫「一方明月可中庭」，老杜有「清池可方舟」……乃知老杜無所不有。（《對牀夜語》卷三）

朱翌曰：劉夢得《生師講堂》云「一方明月可中庭」，張籍《秋山》詩云「秋山無雲可無風」。兩「可」字義不同，然皆新而不怪。（《猗覺寮雜記》卷上）

謝枋得曰：此詩乃笑生公也。「生公説法鬼神聽」，言其生前佛法有神通也。「身後空堂夜不扃，高座寂寥塵漠漠」，更不灑掃，惟有一方明月可以周遍於中庭。生前聽法二千人，今安在哉？可見生公略無靈聖，寺僧無一人有恭敬之心也。（《注解章泉澗泉二先生選唐詩》卷一）

楊慎曰：劉禹錫《生公講堂》詩：「高座寂寥塵漠漠，一方明月可中庭。」山谷、須溪皆稱其「可」字之妙。按《佛祖統紀》載：「宋文帝大會沙門，親御地筵。食至良久，衆疑日過中，僧律不當食。帝曰：『始可中耳。』生公乃曰：『白日麗天，天言可中，何得非中？』遂舉箸而食。」禹錫用「可中」，字本此，蓋即以生公事詠生公堂，非杜撰也。彼言白日可中，變言「明月可中」，尤見其妙。（《升庵詩話新箋证》卷一〇）

潘德輿曰：劉夢得《生師講堂》云：「一方明月可中庭。」張籍《秋山》云：「秋山無雲可無風。」朱新仲云：「兩『可』字義不同，皆新而不怪。」此宋人講字法之魔障也。放翁「山可一窗青」，亦此類耶？（《養一齋詩話》卷三）

江令宅〔一〕

南朝詞臣北朝客，〔二〕歸來唯見秦淮碧。〔三〕池臺竹樹三畝餘，至今人道江家宅。

【校注】

〔一〕江令：江總，字總持，仕陳爲陳後主狎客，官至尚書令，陳亡，入隋，爲上開府。《陳書》有傳。《六朝事跡編類》卷七：「江令宅，陳尚書令江總宅也。《建康實録》及楊脩之詩注云：南朝鼎族，多夾清溪，江令宅尤占勝地。後主嘗幸其宅，呼爲狎客。……今城東段大夫約之宅，正臨清溪，即其地也。故王荊公詩云：『昔時江令宅，今日段侯家。』」

〔二〕南朝詞臣：《陳書·江總傳》：「總當權宰，不持政務，但日與後主游宴後庭，共陳暄、孔範、王瑗等十餘人，當時謂之狎客。」又云：「（總）好學，能屬文，於五言、七言尤善，然傷於浮艷，故爲後主所愛幸。」

〔三〕歸來：梁太清三年，臺城陷，總年三十一，流離於外十四五年，至陳天嘉四年方還朝，時年四十五，作有《南還尋草市宅》詩，時官尚未至尚書令。故杜甫《晚行口號》云：「遠愧梁江總，還家尚黑頭。」禎明三年，陳亡，江總入隋，時年已七十一。《陳書·江總傳》云：「開皇十四年，卒於江都，時年七十六。」總入隋後並無還家的記載，恐劉禹錫誤將其梁亡後還家事誤當作陳亡後還家事。參見《日知録》卷二七。

【集評】

何焯曰：但知保其一畝之宮，不顧市朝遥變，諷刺深而不訐露。（卞孝萱《劉禹錫詩何焯批語考訂》）

秋江早發〔一〕

輕陰迎曉日，霞霽秋江明。草樹含遠思，襟懷有餘清。凝睇萬象起，〔二〕朗吟孤憤平。〔三〕渚鴻未矯翼，〔四〕而我已遐征。〔五〕因思市朝人，〔六〕方聽晨鷄鳴。昏昏戀衾枕，〔七〕安見元氣英。〔八〕納爽耳目變，〔九〕玩奇筋骨輕。滄洲有奇趣，〔一〇〕浩盪吾將行。〔一一〕

【校注】

〔一〕詩云：「滄洲有奇趣，浩盪吾將行。」當寶曆二年秋作。禹錫時罷和州刺史，經潤、揚、楚諸州北歸洛陽。以下諸詩均作於北歸途中。

〔二〕凝睇：凝視。

〔三〕孤憤：《韓非子》篇名。《史記·太史公自序》：「韓非囚秦，《説難》、《孤憤》。」

〔四〕渚鴻：水澤中大雁。《詩·豳風·九罭》：「鴻飛遵渚。」矯翼：舉翅飛翔。鮑照《擬古八首》：「河畔草未黄，胡雁已矯翼。」

〔五〕遐征：遠行。

〔六〕市朝人：汲汲於名利的人。《戰國策·秦策一》：「臣聞争名者於朝，争利者於市。」

〔七〕衾：被子。衾枕，劉本作「枕衾」。

〔八〕元氣：古人認爲物質存在的一種狀態，天地由元氣所生。元氣英：指天地之精華。元氣，劉本作「天地」。

〔九〕爽：爽氣，新鮮空氣。

〔一〇〕滄洲：濱水處，此指隱士所居。阮籍《爲鄭沖勸晉王箋》：「臨滄洲而謝支伯，登箕山以揖許由。」謝朓《之宣城郡出新林浦向板橋》：「既歡懷禄情，復協滄洲趣。」

〔一一〕浩盪：水大貌，兼指自己的襟懷。杜甫《奉贈韋左丞丈二十二韻》：「白鷗没浩盪，萬里誰能馴？」儲光羲《田家雜興》：「我情既浩盪，所樂在畋漁。」

【集評】

何焯曰：是秋曉語。〔滄洲二句〕收足「發」字。（卞孝萱《劉禹錫詩何焯批語考訂》）

罷和州游建康〔一〕

秋水清無力，寒山暮多思。官閑不計程，〔二〕遍上南朝寺。〔三〕

【校注】

〔一〕詩寶曆二年秋北歸途中在金陵作。建康：即金陵。《元和郡縣圖志》卷二五「潤州上元縣」：「建康故城，在縣南三里。建安中，改秣陵爲建業。晉復爲秣陵。孝武帝又分秣陵水北爲建業。避愍帝諱，改名建康。」

〔二〕程：期限。

〔三〕南朝寺：南北朝是佛教在中國大發展的時期，據《六朝事跡編類·寺院門》記載，宋代金陵尚存南朝時所建同泰、瓦官等名寺十餘所。

臺城懷古〔一〕

清江悠悠王氣沈，〔二〕六朝遺事何處尋？宫牆隱嶙圍野澤，〔三〕鸛鶂夜鳴秋色深。〔四〕

【校注】

〔一〕詩寶曆二年秋北歸途中經金陵時作。臺城：見前《金陵五題·臺城》注。

〔二〕王氣：見卷五《西塞山懷古》詩注。

〔三〕隱嶙：一作隱轔，高低不平貌。《漢書·司馬相如傳》「隱轔鬱壘，登降施靡。」注引郭璞曰：「堆壟不平貌。」

〔四〕鸛鴉：兩種水鳥。鸛鳴，是將雨的朕兆。《詩·豳風·東山》：「鸛鳴於垤，婦嘆於室。」箋：「鸛，水鳥也，將陰雨則鳴。」

金陵懷古〔一〕

潮滿冶城渚，〔二〕日斜征虜亭。〔三〕蔡洲新草緑，〔四〕幕府舊煙青。〔五〕興廢由人事，山川空地形。後庭花一曲，〔六〕幽怨不堪聽。

【校注】

〔一〕金陵：今江蘇南京市。寶曆二年秋，劉禹錫曾游金陵，詩可能作於其時。但詩云「蔡洲新草緑」，時令不合。詩首四句概括金陵形勝，道里阻隔，疑其與《金陵五題》同爲揣想之詞。

〔二〕冶城：故址在今南京朝天宫一帶，梁紹泰元年，陳霸先曾於此用兵。《世説新語·言語》：「王右軍與謝太傅共登冶城。」注引《揚州記》：「冶城，吴時鼓鑄之所，吴平，猶不廢。」《輿地紀勝》卷一七「建康府」：「冶城，本吴冶鑄之所，今在宫西天慶觀。」

〔三〕征虜亭：故址在今南京方山南。《世説新語·雅量》注引《丹陽記》：「太安中，征虜將軍謝安立此亭，因以爲名。」

〔四〕蔡洲：在今江蘇江寧縣西南長江中。《元和郡縣圖志》卷二五「潤州上元縣」：「蔡洲，在縣西十二里江中。晉盧循作亂，戰士十餘萬，舟艦數百里，連旗而下。宋高祖登石頭以望循軍。初，循引向新亭，公顧左右，失色。既而回泊蔡洲，公曰：『此成擒耳。』俄而，循大敗而走。」

〔五〕幕府：山名，在今南京市北。《輿地紀勝》卷一七「建康府」：「幕府山，在郡西二十五里。晉琅琊王初過江，丞相王導建幕府於其上，因以爲名。」

〔六〕後庭花：陳後主所造歌曲名，見前《金陵五題·臺城》注。

【集評】

方回曰：每讀劉賓客詩，似乎百十選一以傳諸世者，言言精確。前四句用四地名，而以潮、日、草、煙附之。第五句乃一篇之斷案也，然後應之曰「山川空地形」，而末句乃寓悲愴，其妙如此。（《瀛奎律髓》卷三）

馮舒曰：「新草」、「舊煙」，只四字逼出「懷古」。五、六斤兩起結，俱金陵。絲縷儼然，卻自無縫。（《瀛奎律髓彙評》卷三）

馮班曰：起句千鈞。（同前）

何焯曰：此等詩何必老杜？才識俱空千古。「潮落」、「日斜」、「草緑」、「煙青」，畫出「廢」字。落日即陳亡，具五國之意。第五起後二句，第六收前四句，變化不測。前四句借地形點化人事。第

三句，將；第四句，相。（同前）

紀昀曰：疊用四地名，妙在安於前四句，如四峰相矗，特有奇氣。若安於中二聯，即重複礙格。五、六筋節，施於金陵尤宜，是龍盤虎踞，帝王之都。末《後庭》一曲，乃推江南亡國之由，申明五、六。虚谷以爲但寓悲愴，未盡其意。起四句似乎平對，實則以三句「新草」，剔出四句「舊煙」，即從四句轉出下半首。運法最密，毫無起承轉合之痕。（同前）

白太守行〔一〕

聞有白太守，抛官歸舊溪。〔二〕蘇州十萬户，〔三〕盡作嬰兒啼。太守駐行舟，閶門草萋萋。〔四〕揮袂謝啼者，依然兩眉低。朱户非不崇，〔五〕我心如重狴。〔六〕華池非不清，〔七〕意在寥廓棲。〔八〕夸者竊所怪，〔九〕賢者默思齊。〔一〇〕我爲太守行，題在隱起珪。〔一一〕

【校注】

〔一〕詩寶曆二年秋末冬初作。白太守：白居易。《新唐書》本傳：「復拜蘇州刺史，病免。」白居易罷蘇州刺史後作《河亭晴望》：「郡静官初罷，鄉遥信未回。」題下自注：「九月八日。」劉、白二人罷官後，會於揚州揚子津，「半月悠悠在廣陵，何樓何塔不同登」（白居易《與夢得同登棲靈塔》），遂同歸洛陽。但尋繹此詩首句，時二人尚未會面。

〔二〕抛：原作「地」，劉本作「棄」，據《全唐詩》改。舊溪：猶舊山，指故鄉。白居易在蘇州刺史請病假百日，有《百日假滿》詩云：「心中久有歸田計，身上都無濟世才。長告初從百日滿，故鄉元約一年回。」

〔三〕十萬：蘇州户口約數。《元和郡縣圖志》卷二五「蘇州」：「元和户十萬八百八。」白居易蘇州作《自詠五首》：「一郡十萬户。」

〔四〕閶門：蘇州西門。萋萋：草盛貌。

〔五〕朱户：漆成朱紅色的大門，指官署。

〔六〕狴：監獄。《世説新語·言語》：「竺法深在簡文坐，劉尹問：『道人何以游朱門？』答曰：『君自見其朱門，貧道如游蓬户。』」

〔七〕華池：池的美稱。《楚辭·七諫》：「蛙黽游乎華池。」王逸注：「芳華之池也。」

〔八〕寥廓：指天空。

〔九〕夸者：愛慕虛名的人。賈誼《鵩鳥賦》：「貪夫徇財兮，烈士徇名；夸者死權兮，品庶馮生。」

〔一〇〕思齊：想與之齊等。《論語·里仁》：「見賢思齊焉。」

〔一一〕隱起珪：未詳。疑指書信。荀昶《擬青青河邊草》：「客從北方來，遺我端弋綈。命僕開弋綈，中有隱起珪。長跪讀隱珪，辭苦聲亦淒。上言各努力，下言長相懷。」

【附録】

答劉禹錫《白太守行》　白居易

吏滿六百石，昔賢輒去之。秩登二千石，今我方罷歸。我秩訝已多，我歸慚已遲。猶勝塵土下，終老無休期。臥乞百日告，起吟五篇詩。（原注：謂將罷官《自詠五首》。）朝與府吏别，暮與州民辭。去年到郡時，麥穗黄離離。今年去郡日，稻花白霏霏。爲郡已周歲，半歲罹旱饑。襦袴無一片，甘棠無一枝。何乃老與幼，泣别盡沾衣？下慚蘇人淚，上愧劉君辭。（《白居易集》卷二一）

酬樂天揚州初逢席上見贈〔一〕

巴山楚水淒涼地，〔二〕二十三年棄置身。〔三〕懷舊空吟聞笛賦，〔四〕到鄉翻似爛柯人。〔五〕沈舟側畔千帆過，病樹前頭萬木春。今日聽君歌一曲，暫憑杯酒長精神。

【校注】

〔一〕詩寶曆二年北歸洛陽途中秋末冬初在揚州作。劉禹錫《鶴嘆二首·引》：「友人白樂天去年罷吴郡，挈雙鶴雛以歸，余相遇於揚子津。」劉、白二人前此唱和甚多，但未謀面，故云「初逢」。

〔二〕巴山楚水：概括自己的貶謫經歷。前此劉禹錫所莅朗、和二州爲古楚地，夔州則爲古巴子國地。

〔三〕二十三年：劉禹錫自永貞元年被貶，至此首尾僅二十二年。因白居易原詩有二十三年之語，又拘於平仄，故易「二」爲「三」。

〔四〕聞笛賦：指向秀《思舊賦》，見卷五《傷愚溪三首》注。句謂向日友人凋零殆盡。

〔五〕柯：斧柄。爛柯事見卷二《衢州徐員外使君遺以縞紵兼竹書箱（略）》注。句謂自己經長期遷貶而歸，恍如隔世。

【集評】

白居易曰：「沈舟側畔千帆過，病樹前頭萬木春」之句之類，真謂神妙，在在處處，應當有神物護之。（《劉白唱和集解》）

魏泰曰：「沈舟側畔千帆過，病樹前頭萬木春」，此皆常語也。禹錫自有可稱之句甚多，顧不能知之尔。（《臨漢隱居詩話》）

王世貞曰：白極重劉……「沈舟側畔千帆過，病樹前頭萬木春」，以爲有神助。此不過學究之小有致者。（《藝苑卮言》卷四）

胡震亨曰：劉夢得……爲詩有云：「沈舟側畔千帆過，病樹前頭萬木春。」若不勝宦途遲速榮悴之感，曲爲之擬者。（《唐音癸籤》卷二六）

何焯曰：聲淚俱下。（卞孝萱《劉禹錫詩何焯批語考訂》）

沈德潛曰：「沈舟」二語，見人事不齊，造化亦無如之何。悟得此旨，終身無不平之心矣。（《唐詩

別裁》卷一五）

趙執信曰：詩人貴知學，尤貴知道。東坡論少陵詩外尚有事在，是也。劉賓客詩云：「沈舟側畔千帆過，病樹前頭萬木春。」有道之言也，白傅極推之。（《談龍録》）

王壽昌曰：以句求韻而尚妥適者……劉夢得之「沈舟側畔千帆過，病樹前頭萬木春」……之類是也。（《小清華園詩談》卷下）

【附録】

醉贈劉二十八使君　白居易

爲我引杯添酒飲，與君把箸擊盤歌。詩稱國手徒爲爾，命壓人頭不奈何。舉眼風光長寂寞，滿朝官職獨蹉跎。亦知合被才名折，二十三年折太多！（《白居易集》卷二五）

同樂天登棲靈寺塔〔一〕

步步相攜不覺難，九層雲外倚欄干。忽然語笑半天上，〔二〕無限游人舉眼看。

【校注】

〔一〕詩寶曆二年冬北歸途中在揚州作。棲靈寺塔：即西靈塔，在揚州棲靈寺。《揚州府志》卷二八：「敕賜法浄寺，……古之棲靈寺也，又曰西寺。……舊有塔，……後塔毁。」《太平廣記》卷九八：「揚州西靈塔，中國之尤峻峙者，唐武宗末，拆寺之前一年，……天火焚塔俱盡。」按此塔，李白、高適、劉長卿等均有詩詠之。

〔二〕語笑：《全唐詩》作「笑語」。

【附録】

與夢得同登棲靈塔　白居易

半月悠悠在廣陵，何樓何塔不同登？共憐筋力猶堪在，上到棲靈第九層。（《白居易集》卷二四）

謝寺雙檜〔一〕

揚州法雲寺謝鎮西宅，古檜存焉。

雙檜蒼然古貌奇，含煙吐霧鬱參差。晚依禪客當金殿，〔二〕初對將軍映畫旗。龍象界中成寶蓋，〔三〕鴛鴦瓦上出高枝。〔四〕長明燈是前朝焰，〔五〕曾照青青年少時。〔六〕

【校注】

〔一〕詩寶曆二年冬北歸途中在揚州作。謝寺：揚州法雲寺。《輿地紀勝》卷三七「揚州」：「法雲寺，晉謝安宅，劉禹錫有《謝寺雙檜》詩。」清吴綺《揚州鼓吹詞序》：「謝安宅在新城内，今法雲寺也，按謝安鎮廣陵時居此。」據詩題下原注，則法雲寺似當是謝尚宅。《墨莊漫録》卷六：「揚州吕吉甫觀文宅，乃晉鎮西將軍謝仁祖宅也，在唐爲法雲寺，有雙檜存焉，猶當時物也。劉禹錫有詩云……吉甫家居時，檜尚依然。李之儀端叔用夢得詩韻云：『故跡悲涼古木奇，勢分庭下蔚相差。霜根半露出林虎，畫影全舒破賊旗。寶界曾回鋪地色，節旄遠映插雲枝。劉郎風韻知誰敵，儒帥端能表異時。』建炎兵火，樹遂亡矣。」謝尚字仁祖，建元二年，爲南中郎將、都督揚州之六郡諸軍事，進號鎮西將軍，見《晉書》本傳。

〔二〕禪客：僧徒。

〔三〕龍象界：指佛寺。《翻譯名義集》卷二：「摩訶那伽，《大論》云：那伽，或名龍，或名象，是五千阿羅漢諸羅漢中最大力，以是故言如龍如象。水行中龍力最大，陸行中象力最大。」蓋：傘蓋。

〔四〕鴛鴦瓦：成對的瓦。吴均《答蕭新浦》：「肘懸辟邪印，屋曜鴛鴦瓦。」

〔五〕長明燈：佛前供奉的長燃不滅的燈。《隋唐嘉話》卷下：「江寧縣寺有晉長明燈，歲久，火色變青而不熱。隋文帝平陳，已訝其古，至今猶存。」前朝：指晉朝，亦雙關德宗貞元朝。

〔六〕青青年少：指檜樹，亦雙關自己。禹錫貞元中佐杜佑徐泗、揚州二幕，「會出師淮上，恒磨墨於楯鼻」，可説「初對將軍映畫旗」時猶是「青青年少」，今舊地重游，年已五十餘，故感慨繫之。

【集評】

何焯曰：〔雙檜句〕貞元朝士，衣冠儼如古人，此詩蓋自況也。〔龍象聯〕對得變。（卞孝萱《劉禹錫詩何焯批語考訂》）

楚州開元寺北院枸杞臨井繁茂可觀群賢賦詩因以繼和〔一〕

僧房藥樹依寒井，井有香泉樹有靈。〔二〕翠黛葉生籠石甃，〔三〕殷紅子熟照銅瓶。〔四〕枝繁

本是仙人杖，〔五〕根老新成瑞犬形。〔六〕上品功能甘露味，〔七〕還知一勺可延齡。〔八〕

【校注】

〔一〕詩寶曆二年冬北歸途中經楚州作。楚州：州治在今江蘇省淮安縣。開元寺：唐兩京及各州均有之。《唐會要》卷四八：天授元年，詔兩京及天下諸州各置大雲寺一所，至開元二十六年，詔並改爲開元寺。枸杞：植物名，果實入藥。《政和證類本草》卷一二：「枸杞，春生苗，葉如石榴葉而軟薄堪食，其莖長三五尺作叢。六月七月生小紅紫花，隨便結實，形微長如棗核。」群賢：指白居易及楚州刺史郭行餘等。白居易有《和郭使君題枸杞》詩：「山陽太守政嚴明，吏靜人安無犬驚。不知靈藥根成狗，怪得時聞吠夜聲。」詩中郭使君即郭行餘，參後詩注。

〔二〕井有句：《政和證類本草》卷一二：「潤州州寺大井，旁生枸杞，亦歲久，故上人目爲枸杞井，云飲其水甚益人。」

〔三〕石甃：石砌的井壁，指井。籠，原作「櫳」，據《叢刊》本、劉本、《文苑英華》、《全唐詩》改。

〔四〕孰：同熟。銅瓶：汲水工具。

〔五〕仙人杖：枸杞别名。《抱朴子·仙藥》：「象柴，一名托盧是也，或云仙人杖，或云西王母杖，或名天精，或名却老，……或名苟杞也。」

〔六〕瑞犬：《雲笈七籤》卷一一三引《續仙傳·朱孺子傳》：「一日就溪濯蔬，見岸側二小花犬。孺子異之，乃尋逐，入枸杞叢下……尋掘，乃得二枸杞根，形狀如花犬，堅若石。洗挈歸以煮之，而孺子益薪看火三日，晝夜不離竈側，試嘗汁味，取吃不已……忽飛昇在前峰上。」

〔七〕上品：藥中上品。在《唐新修本草》、《政和證類本草》中，枸杞均屬木部上品。

〔八〕延齡：延年益壽。《政和證類本草》卷一二：「枸杞，久服堅筋骨，輕身不老。《藥性論》云：『明目安神，令人長壽。若渴，可煮作飲，代茶飲之。』」還，劉本作「遠」。

和樂天鸜鵒〔一〕

養來鸜鵒觜初紅，宜在朱樓繡户中。頻學喚人緣性慧，〔二〕偏能識主爲情通。斂毛睡足難銷日，嚲翅愁時願見風。〔三〕誰遣聰明好顔色？事須安置入深籠。〔四〕

【校注】

〔一〕據劉、白二集編次，此詩寶曆二年冬北歸洛陽途中作。樂天：白居易字，原詩見附録。鸜鵒：鳥名。《山海經·西山經》：「（黄山）有鳥焉，其狀如鴞，青羽赤喙，人舌能言，名曰鸜鵒。」

〔二〕性慧：禰衡《鸚鵡賦》：「性辯慧而能言兮，才聰明以識機。」

〔三〕嚲：下垂。

〔四〕誰遣二句：禰衡《鸚鵡賦》：「閉以雕籠，翦其翅羽。」傅咸《鸚鵡賦》：「謂崇峻之可固，然以慧而入籠。」籠：原作「櫳」，據《叢刊》本、劉本、《全唐詩》改。

【附録】

鸚鵡　白居易

隴西鸚鵡到江東，養得經年觜漸紅。常恐思歸先剪翅，每因餵食暫開籠。人憐巧語情雖重，鳥憶高飛意不同。應似朱門歌舞妓，深藏牢閉後房中。（《白居易集》卷二四）

罷郡歸洛途次山陽留辭郭中丞使君〔一〕

自到山陽不許辭，高齋日夜有佳期。〔二〕管絃正合看書院，語笑方酣各詠詩。銀漢雪晴褰翠幕，清淮月影落金卮。〔三〕洛陽歸客明朝去，〔四〕容趁城東花發時。〔五〕

【校注】

〔一〕詩寶曆二年冬北歸洛陽途中在楚州作。山陽：楚州屬縣名，今江蘇省淮安縣。《新唐書·地理志五》「楚州淮陰郡」：「本江都郡之山陽、安宜縣地。」郭中丞：郭行餘。《舊唐書》本傳：「大和初，累官至楚州刺史。」白居易有《贈楚州郭使君》詩，即同時作。中丞：御史中丞，郭行餘任楚州刺史時所帶憲銜。

〔二〕佳期：美好期約，此指宴會。謝朓《在郡卧病呈沈尚書》：「良辰竟何許，夙昔夢佳期。」

〔三〕清淮：淮水。楚州濱淮水。《太平寰宇記》卷一二四「楚州山陽縣」：「淮水，酈道元注《水經》

云『淮泗之會』，即角城也。左右兩川，翼夾二水入之，即謂泗口也。」何遜《與胡興安夜別》：「露濕寒塘草，月映清淮流。」巵：酒器。

〔四〕洛陽歸客：禹錫自謂。

〔五〕趁：趕上。花發時：春時。宋子侯《董嬌嬈》：「洛陽城東路，桃李生路旁。花花自相對，葉葉自相當。」

韓信廟〔一〕

將略兵機命世雄，〔二〕蒼黄鍾室嘆良弓。〔三〕遂令後代登壇者，〔四〕每一尋思怕立功。

【校注】

〔一〕詩寶曆二年冬北歸洛陽途中在楚州作。韓信廟：在楚州山陽縣。李紳有《卻過淮陰弔韓信廟》詩。《史記·淮陰侯列傳》：「淮陰侯韓信者，淮陰人也。」信善用兵，楚漢相争時，佐劉邦，有大功，封楚王，及天下平，被殺。參見下注。《太平寰宇記》卷一二四「楚州山陽縣」：「淮陰縣故城，《水經注》云，淮水又東經淮陰縣故城北，臨淮水。《漢書》，高帝六年封韓信爲淮陰侯。昔韓信去下邳而釣於此處，今城東二冢，西冢，漂母墓也，……東冢即信母墓也。」《古今圖書集成·職方典》卷七四八「淮安府」：「淮陰侯祠，在郡治東南，祀韓信。」又「清河縣」：「淮陰侯廟。按宋蘇軾有《淮陰侯廟銘》曰：『宅臨舊楚，廟枕清淮。』則廟當近淮陰故城淮水之岸。今舊廟無考。」

〔二〕命世：名盛稱於當世。韓信爲劉邦大將，屢建奇功：擊魏，虜魏王豹；破代，擒夏説閼與；破趙，擒趙王歇；大破楚將龍且兵於濰水上；平齊，立爲齊王；將兵與劉邦會於垓下，共破楚，項羽敗死。太史公曰：「假令韓信學道謙讓，不伐己功，不矜其能，……於漢家勛可比周、召、太公之徒，後世血食矣。」見《史記·淮陰侯列傳》。

〔三〕蒼黄：同倉皇。鍾室：懸放樂器編鍾的房舍。《史記·淮陰侯列傳》：「漢十年，陳豨果反，上自將而往。信病不從，陰使人至豨所，曰：『弟舉兵，吾從此助公。』信乃謀與家臣夜詐詔赦諸官徒奴，欲發以襲吕后、太子。部署已定，待豨報。其舍人得罪於信，信囚，欲殺之。舍人弟上變，告信欲反狀於吕后。吕后……與蕭相國謀，詐令人從上所來，言豨已得死，列侯群臣皆賀。相國紿信曰：『雖疾，强入賀。』信入，吕后使武士縛信，斬之長樂鍾室。信方斬，曰：『吾悔不用蒯通之計，乃爲兒女子所詐，豈非天哉！』遂夷信三族。」《三輔黄圖》卷六：「鍾室，在長樂宫，高祖縛韓信置鍾室中。」嘆良弓：慨嘆鳥盡弓藏。《史記·淮陰侯列傳》：「漢六年，人有上書告楚王信反。高帝以陳平計，天子巡狩會諸侯，南方有雲夢，發使告諸侯會陳：『吾將游雲夢。』實欲襲信。信弗知……謁高祖於陳。上令武士縛信，載後車。信曰：『果若人言：狡兔死，良狗烹；高鳥盡，良弓藏；敵國破，謀臣亡。天下已定，我固當亨（烹）！』上曰：『人告公反。』遂械繫信，至洛陽，赦信罪，以爲淮陰侯……」韓信被殺於鍾室與嘆良弓，本非一時之事，此合用之。

〔四〕登壇者：指將軍。《史記·淮陰侯列傳》載，劉邦將以韓信爲大將，欲召拜之，蕭何曰：「王素慢無禮，今拜大將如呼小兒耳，此乃信所以去也。王必欲拜之，擇良日，齋戒，設壇場，具禮，乃可耳。」劉邦許之，諸將皆喜，人人各自以爲得大將。至拜大將，乃韓信也，一軍皆驚。

歲杪將發楚州呈樂天〔一〕

楚澤雪初霽，〔二〕楚城春欲歸。清淮變寒色，遠樹含清暉。原野已多思，風霜潛減威。與君同旅雁，北向刷毛衣。〔三〕

【校注】

〔一〕白居易和詩題爲《除日答夢得同發楚州》，知詩爲寶曆二年除日離楚州歸洛陽時作。

〔二〕楚澤：司馬相如《子虚賦》：「楚有七澤。」楚州，戰國時爲楚地。

〔三〕毛衣：羽毛。沈約《詠湖中雁》：「白水滿春塘，旅雁每迴翔。……刷羽同摇漾，一舉還故鄉。」此用其意。

【附録】

除日答夢得同發楚州　白居易

共作千里伴，俱爲一郡回。歲陰中路盡，鄉思先春來。山雪晚猶在，淮冰晴欲開。歸歟吟可作，休戀主人杯。（《白居易集》卷二一）

劉禹錫全集編年校注卷七　詩　大和上

令狐相公俯贈篇章斐然仰謝〔一〕

鄂渚臨流别，〔二〕梁園衝雪來。〔三〕旅愁隨凍釋，〔四〕歡意待花開。城曉烏頻起，池春雁欲回。飲和心自醉，〔五〕何必管絃催？

【校注】

〔一〕詩大和元年正月北歸洛陽途中在汴州作。令狐相公：令狐楚，時爲汴州刺史、宣武軍節度使，見卷六《客有話汴州新政（略）》等詩注。令狐楚原詩佚。

〔二〕鄂渚：在今湖北省武昌長江中，見卷五《鄂渚留别李二十六表臣大夫》注。據《舊唐書·令狐楚傳》，元和十五年，楚坐親吏臟罪貶宣歙觀察使，再貶衡州刺史。長慶元年四月，量移郢州刺史，遷太子賓客分司東都。其年冬，楚自郢州北返，劉禹錫則自洛陽赴夔州刺史任，兩人會於鄂渚。

〔三〕梁園：漢梁孝王園，代指汴州，見卷六《令狐相公見示（略）》詩注。衝雪：冒雪。

〔四〕釋：融化，解散。

〔五〕飲和：享受到和樂。《莊子·則陽》：「故或不言而飲人以和。」郭象注：「人各自得，斯飲和矣，豈待言哉。」心自醉：《莊子·應帝王》：「鄭有神巫曰季咸，……列子見之而心醉。」

酬令狐相公贈别〔一〕

越聲長苦有誰聞？〔二〕老向湘山與楚雲。海嶠新辭永嘉守，〔三〕夷門重見信陵君。〔四〕田園松菊今迷路，〔五〕霄漢鴛鴻久絶群。〔六〕幸遇甘泉尚詞賦，〔七〕不知何客薦雄文〔八〕！

【校注】

〔一〕詩大和元年正月北歸洛陽途中在汴州作。令狐楚原詩佚。

〔二〕越聲：用莊舄事，見卷二《聞道士彈思歸引》注。

〔三〕海嶠：海邊山。《文選》謝靈運有《登臨海嶠與從弟惠連》詩，張銑注：「臨海，郡名。嶠，山頂也。」永嘉：晉郡名，今浙江省温州市。謝靈運曾爲永嘉太守，此借指白居易。時白因病辭蘇州刺史，與劉禹錫同游汴州。後來令狐楚作《節度宣武酬樂天夢得》詩云：「蓬萊仙監客曹郎，曾枉高車客大梁。」即指此事。

〔四〕夷門：戰國魏都大梁東門，指汴州，見卷六《和令狐相公送趙常盈煉師（略）》注。信陵君：戰國魏國公子。《史記·魏公子列傳》：「魏公子無忌者，魏昭王少子而魏安釐王異母弟也。昭王蕘，安釐王即位，封公子爲信陵君。……公子爲人仁而下士，士無賢不肖皆謙而禮交之……士以此方數千里爭往歸之。」此以喻指令狐楚。白居易赴任蘇州時，曾於汴州會見令狐楚，其《奉和汴州令狐相公二十二韻》自注：「相府領鎮，隔年居易方到，既到，陪奉游宴，凡經五日。」禹錫亦曾晤楚於鄂渚，故云「重見」。

〔五〕田園松菊：指故居。陶潛《歸去來辭》：「歸去來兮，田園將蕪胡不歸？」又：「三徑就荒，松菊猶存。」

〔六〕霄漢：天空，指朝廷。鴛鴻：猶鵷鸞，指朝官班行。絶群：猶離群，別離。

〔七〕甘泉：漢宮名，在今陝西省淳化縣西北甘泉山上，此代指皇宮。新即位的唐文宗李昂好文學。《資治通鑑》卷二四六《文宗紀》：「上好文。」

〔八〕雄文：揚雄之文，此以自喻。揚雄《甘泉賦》：「孝成帝時，客有薦雄文似相如者。上方郊祀甘泉泰畤、汾陰后土，以求繼嗣，召雄待詔承明之庭。正月，從上甘泉，還奏《甘泉賦》以風。」

故洛城古牆〔一〕

粉落椒飛知幾春，〔二〕風吹雨灑旋成塵。莫言一片危基在，猶過無窮來往人。〔三〕

【校注】

〔一〕詩大和元年春返洛陽後作。故洛城：西周時召公所營城。《元和郡縣圖志》卷五「河南府」：

「周成王定鼎於郟鄏，使召公先相宅，乃卜澗水東，瀍水西，是爲東都，今苑内故王城是也。又卜瀍水東，召公往營之，是爲成周，今河南府東故洛城是也。」

〔二〕椒：花椒，宫中以椒粉和泥塗壁。《三輔黄圖》卷三：「椒房殿在未央宫，以椒和泥塗，取其温而芬芳也。」

〔三〕猶過句：故洛城臨大道，故云。杜牧《故洛陽城有感》：「一片宫牆當道危，行人爲爾去遲遲。」

罷郡歸洛陽閒居〔一〕

十年江外守，〔二〕旦夕有歸心。及此西還日，空成《東武吟》。〔三〕花間數盞酒，月下一張琴。聞説功名事，依前惜寸陰。〔四〕

【校注】

〔一〕詩大和元年春初歸洛陽時作。

〔二〕江外：江南。禹錫元和十年爲連州刺史，在連州五年；長慶二年至寶曆二年任夔、和二州刺史，又得五年。

〔三〕東武吟：樂府相和歌辭楚調曲名，鮑照《代東武吟》記述一兵士窮老還家之事，參見卷二《和董庶中古散調詞贈尹果毅》注。

〔四〕寸陰：短暫光陰。《淮南子·原道》：「聖人不貴尺之璧而重寸之陰，時難得而易失也。」《晉書·陶侃傳》："常語人曰：'大禹聖者，乃惜寸陰；至於衆人，當惜分陰。豈可逸游荒醉，生無益於時，死無聞於後，是自棄也。'"

罷郡歸洛陽寄友人〔一〕

遠謫年猶少，初歸鬢已衰。〔二〕門閑故吏去，室静老僧期。不見蜘蛛集，〔三〕頻爲傻句欺。〔四〕穎微囊未出，〔五〕寒甚谷難吹。〔六〕濩落唯心在，〔七〕平生有己知。〔八〕商歌夜深後，〔九〕聽者竟爲誰？

【校注】

〔一〕詩大和元年春初歸洛陽時作。

〔二〕年猶少：劉禹錫永貞元年初貶時，年三十四。衰：鬢髮稀落變白。本年劉禹錫年已五十六。

〔三〕蜘蛛集：古代民俗以爲蜘蛛集則有喜事。《爾雅·釋蟲》："蟰蛸長踦，小蜘蛛長腳者，俗呼爲喜子。"《西京雜記》卷三："蜘蛛集而百事喜。"元稹《酬樂天東南行一百韻》："賨數集蜘蛛。"自注："賨七頻改官銜，屢有蜘蛛之喜。"

〔四〕傻句：地名，産龜，因以代稱龜，此指占卜。《左傳·昭公二十五年》："初，臧昭伯如晉，臧會竊其寶龜傻句。"句謂多次占卜都不應驗。

〔五〕穎：禾穗末端，喻指才能。《史記・平原君列傳》載，秦圍邯鄲，趙使平原君求救，合從於楚，約與食客門下有勇力文武備具者二十人偕。得十九人，餘無可取者，毛遂請行。平原君曰：「夫賢士之處世也，譬若錐之處囊中，其末立見。今先生處勝之門下三年於此矣，左右未有所稱誦，勝未有所聞，是先生無所有也，先生不能，先生留。」毛遂曰：「臣乃今日請處囊中耳。使遂得蚤處囊中，乃穎脱而出，非特其末見而已。」

〔六〕寒甚句：用鄒衍吹律寒谷轉暖事，見卷六《和浙西李大夫伊川卜居》注。

〔七〕濩落：空廓無用貌。

〔八〕己知：即題中「友人」。時裴度、韋處厚在相位，李絳等亦在朝，均禹錫知己。

〔九〕商歌：寧戚商歌以自達於齊桓公，見卷三《游桃源一百韻》注。

【集評】

何焯曰：〔濩落一聯〕對法高妙。（卞孝萱《劉禹錫詩何焯批語考訂》）

城東閒游〔一〕

借問池臺主，多居要路津。〔二〕千金買絶境，永日屬閒人。竹徑縈紆入，花林委曲巡。〔三〕斜陽衆客散，空鎖一園春。

【校注】

〔一〕詩大和元年春初歸洛陽時作。《洛陽名園記》：「唐貞觀、開元之間，公卿貴戚開館列第於東都者，號千有餘邸。」中唐時亦然。白居易《題洛中第宅》：「試問池臺主，多爲將相官。終身不曾到，唯展畫圖看。」

〔二〕要路津：位處交通要道的渡口，喻指朝廷高位。《古詩十九首》：「何不策高足，先據要路津。」

〔三〕委曲：曲折延伸。

敬宗睿武昭愍孝皇帝挽歌三首〔一〕

寶曆方無限，〔二〕仙期忽有涯。〔三〕事親崇漢禮，〔四〕傳聖法殷家。〔五〕晚出芙蓉闕，〔六〕春歸棠棣華。〔七〕玉輪今日動，〔八〕不是畫雲車。〔九〕

【校注】

〔一〕詩大和元年七月在洛陽作。敬宗：李湛，穆宗長子，長慶四年正月即位，在位僅三年。《舊唐書·敬宗紀》：「（寶曆二年十二月）辛丑，帝夜獵還宫，與中官劉克明、田務成、許文端打毬，軍將蘇佐明、王嘉憲、石定寬等二十八人飲酒。帝方酣，入室更衣，殿上燭忽滅，劉克明等同謀害帝，即時殂於室内，時年十八。群臣上謚曰睿武昭愍孝皇帝，廟號敬宗。大和元年七月十三日，葬於莊陵。」

蓋劉禹錫時已授主客郎中分司東都，故爲作挽歌，諷及其游獵求仙事，有微婉之旨。

〔二〕寶曆：敬宗年號，雙關皇帝享國年月。敬宗即位時年僅十六，故云「無限」。

〔三〕仙期：此指壽數。有涯：《莊子·養生主》：「吾生也有涯。」敬宗暴死於宦官、軍將之手，故云。

〔四〕崇漢禮：《史記·高祖本紀》：「高祖乃尊太公爲太上皇。」此指敬宗册其祖母憲宗懿安皇后郭氏爲太皇太后事。《舊唐書·敬宗紀》：長慶四年二月「册大行皇帝（穆宗）皇太后爲太皇太后」。

〔五〕傳聖：傳帝位。殷家：殷朝。殷制，兄終弟及。《史記·殷本紀》：「湯崩，太子太丁未立而卒，於是乃立太丁之弟外丙，是爲帝外丙。帝外丙即位三年，崩，立外丙之弟中壬，是爲帝中壬。」敬宗死後，文宗李昂立，文宗乃穆宗第二子，敬宗之弟，故云。

〔六〕芙蓉闕：對宫闕的美稱。庾信《陪駕幸終南山和宇文内史》：「長虹雙瀑布，圓闕兩芙蓉。」王維《敕賜百官櫻桃》：「芙蓉闕下會千官。」唐長安大明宫前有翔鸞、棲鳳二闕。

〔七〕棠棣華：興慶宫中有花萼樓，此代指宫中。《詩·小雅·常棣》：「常棣之華，鄂不韡韡。凡今之人，莫如兄弟。」《唐六典》卷七：興慶宫有花萼樓，「樓西即寧王第，故取詩人《棠棣》之義以名樓焉」。按寧王李憲即唐玄宗之兄。《資治通鑑》卷二四三《敬宗紀》：「上游幸無常，昵比群小。」「晚出」一聯實寓譏刺。

〔八〕玉輪：車的美稱，此指出殯時的車駕。

〔九〕晝雲車：晝雲爲飾的車，皇帝所乘。梁元帝《車名詩》：「繞砌縈流水，邊梁圖晝雲。」陳羽《步虚詞》：「内官扶上晝雲車。」

二

任賢勞夢寐，〔一〕登位富春秋。〔二〕欲遂東人幸，〔三〕寧虞杞國憂。〔四〕長楊收羽騎，〔五〕太液泊龍舟。〔六〕唯有衣冠在，〔七〕年年愴月游。〔八〕

【校注】

〔一〕勞夢寐：暗用殷高宗夢得傅説事。參見卷六《和汴州令狐相公到鎮改月（略）》注。賢：當指裴度，前爲李逢吉所排，出爲山南西道節度使。至寶曆二年二月，以裴度守司空、同平章事，復知政事。見《舊唐書·敬宗紀》及度本傳。

〔二〕富春秋：年少。《史記·魏其武安侯列傳》：「上初即位，富於春秋。」

〔三〕遂：順從。東人：東方之人，此指東都百姓。幸：願望。《詩·小雅·大東》：「東人之子，職勞不來。西人之子，粲粲衣服。」《資治通鑑》卷二四三：「上（敬宗）自即位以來，欲幸東都，宰相及朝臣諫者甚衆，上皆不聽，決意必行。已令度支員外郎盧貞按視，修東都宫闕及道中行宫。裴度從容言於上……會朱克融、王庭湊皆請以兵匠助修東都，……罷之。」敬宗好游幸，此謂其「遂東人幸」，是因不便直接指斥皇帝。

〔四〕虞：料到。杞：春秋國名，在今河南省杞縣。《列子·天瑞》：「杞國有人憂天地崩墜，身亡所寄，廢寢食者。」此以天墜喻敬宗之死。

〔五〕長楊：漢宮名。羽騎：背負羽箭的騎兵。《三輔黄圖》卷一：「長楊宫，在今盩厔縣東南三十里，本秦舊宫，至漢修飾之，以備行幸。宫中有垂楊數畝，因爲宫名……秦、漢游獵之所。」揚雄《長楊賦》：「明年，上將大誇胡人以多禽獸，秋，命右扶風發民入南山……捕熊羆豪猪，虎豹狖玃，狐兔麋鹿……輸長楊射熊館……令胡人手搏之，自取其獲，上親臨觀焉。」揚雄《羽獵賦》：「羽騎營營。」韋昭曰：「騎負羽也。」敬宗好田獵，「深夜自捕狐狸，宫中謂之『打夜狐』，中官許振遂、李少端、魚弘志以侍從不及削職」，見《舊唐書》本紀。

〔六〕太液：唐長安宫中池名。《唐兩京城坊考》卷一：西京大明宫蓬萊殿北有太液池。龍舟：競渡的龍船。《資治通鑑》卷二四三：「（寶曆元年七月）詔王播造競渡船二十艘，運材於京師造之，計用轉運半年之費。諫議大夫張仲方等力諫，乃減其半。」胡三省注：「自唐以來，治競渡船，務爲輕駛。前建龍頭，後竪龍尾，船之兩旁，刻爲龍鱗而綵繪之，謂之龍舟。」敬宗曾屢幸魚藻宫觀競渡，見《舊唐書》本紀。

〔七〕衣冠：指陵墓。《史記·孝武本紀》：「還祭黄帝冢橋山。……上曰：『吾聞黄帝不死，今有冢，何也？』或對曰：『黄帝已仙上天，群臣葬其衣冠。』」

〔八〕愴：悲悼。月游：游於月宫，婉言死。

【集評】

何焯曰：「『長楊』一聯，生前荒亡，自見言外。」（卞孝萱《劉禹錫詩何焯批語考訂》）

三

講學金華殿，〔一〕親耕鈎盾田。〔二〕侍臣容諫獵，〔三〕方士信求仙。〔四〕虹影俄侵日，〔五〕龍髯不上天。〔六〕空餘水銀海，〔七〕長照夜燈前。

【校注】

〔一〕金華殿：漢未央宮中殿名。《漢書·叙傳上》：「上方鄉（向）學，鄭寬中、張禹朝夕入説《尚書》、《論語》於金華殿中。」《舊唐書·李程傳》：「敬宗即位之五月，以本官同平章事。……奏請置侍講學士，數陳經義。」但敬宗耽於游樂，此官形同虚設。《唐會要》卷五七：長慶四年十月，「侍講學士中書舍人崔郾……奏：『陛下授臣職以侍講，已八個月，未嘗召問經義，臣内慚尸禄，外愧群僚。』」

〔二〕鈎盾田：宫苑中地。漢有鈎盾令丞，屬少府，典宫苑附近游觀之處，見《漢書·百官公卿表上》及顔師古注。《漢書·昭帝紀》：「上耕於鈎盾弄田。」應劭曰：「時帝年九歲，未能親耕帝籍。鈎盾，宦者近署，故往試耕，爲戲弄也。」

〔三〕諫獵：司馬相如有《諫獵書》。《舊唐書·韋處厚傳》：「處厚正拜兵部侍郎，謝恩於思政殿，時昭愍狂恣，屢出畋游，每月坐朝不三四日，處厚因謝從容奏曰：『臣有大罪，伏乞面首。』帝曰：

『何也？』處厚對曰：『臣前爲諫官，不能先朝死諫，縱先聖好畋及色，以至不壽，臣合當誅。然所以不死諫者，亦爲陛下此時在春宮，年已十五。今則陛下皇子始一歲矣，臣安得更避死亡之誅？』上深感悟其意，賜錦彩一百匹、銀器四事。」《唐語林》卷六：「寶曆中，敬宗皇帝欲幸驪山，時諫者至多，上意不決。拾遺張權輿伏紫宸殿下，叩頭諫曰：『昔周幽王幸驪山，爲戎所殺。秦始皇葬驪山，國亡。明皇帝宮驪山而禄山亂，先皇帝幸驪山而享年不長。』帝曰：『驪山若此之兇耶？我宜往以驗彼言。』後數日，自驪山回，語親幸曰：『叩頭者之言，安足信哉！』」

〔四〕方士：神仙方術之士。敬宗好神仙，已見卷六《和令狐相公送趙常盈煉師（略）》注。

〔五〕虹影侵日：日爲君象，虹影侵日是皇帝受到威脅的朕兆，此指敬宗死於宦官之手。《晉書·天文志》：「凡白虹者，百殃之本，衆亂所基。……晝霧白虹見，君有憂。」馮浩云：「直叙被弑，唐時無諱避。」

〔六〕龍髯：用黄帝仙去事，已見卷六《浙西李大夫示述夢四十韻（略）》注。

〔七〕水銀海：墳墓中放置水銀，用來防腐。秦始皇治墓驪山，墓中「以水銀爲百川江河大海，機相灌輸，上具天文，下具地理。以人魚膏爲燭，度不滅者久之」。事見《史記·秦始皇本紀》。

洛中逢韓七中丞之吴興口號五首〔一〕

昔年意氣結群英，〔二〕幾度朝回一字行。〔三〕海北天南零落盡，〔四〕兩人相見洛陽城。

【校注】

〔一〕詩大和元年六月在洛陽作。韓七中丞：韓泰。吴興：即湖州。《新唐書・地理志五》：「湖州吴興郡。」《嘉泰吴興志》卷一四：「韓泰，大和元年七月三日，自睦州刺史拜，遷常州刺史。」

〔二〕昔年：指永貞元年。群英：指參與革新的八司馬等。

〔三〕一字行：如雁行一字排開。

〔四〕零落：亡故。孔融《論盛孝章書》：「海内知識，零落殆盡。」時二王八司馬中，存者唯劉禹錫、韓泰二人。

二

自從雲散各東西，每日歡娱卻慘悽。離别苦多相見少，一生心事在書題。〔一〕

【校注】

〔一〕書題：書信。《南史・紀僧真傳》：「事齊高帝，隨從在淮陰。以閑書題，令答遠近書疏。」

三

今朝無意訴離杯，〔一〕何況清絃急管催。〔二〕本欲醉中輕遠别，不知翻引酒悲來。

【校注】

〔一〕離杯：庾信《對宴齊使》：「酒正離杯促，歌工别曲悽。」

〔三〕清絃急管：鮑照《代白紵曲》：「催絃急管爲君舞。」

四

駱駝橋上蘋風起，〔一〕鸂鶒杯中箬下春。〔二〕水碧山青知好處，開顔一笑向何人？

【校注】

〔一〕駱駝橋：在湖州。《太平寰宇記》卷九四「湖州烏程縣」：「駱駝橋，唐垂拱元年造，以橋形似駱駝之背，故名之……在霅溪上。」蘋風：即風。宋玉《風賦》：「夫風生於地，起於青蘋之末。」此兼用吳興太守柳惲「汀洲採白蘋」詩句事，參見卷四《送僧方及南謁柳員外》注。

〔二〕鸂鶒杯：《嶺表録異》卷下：「鸂鶒螺，旋尖處屈而朱，如鸂鶒嘴，故以此名。殼上青緑斑文，大者可受三升。殼内光瑩如雲母，裝爲酒杯，奇而可玩。」箬下春：湖州所産酒名。《太平寰宇記》卷九四「湖州長興縣」：「箬溪，在縣南五十步，一名顧渚口……顧野王《輿地志》云：『夾溪悉生箭箬，南岸曰上箬，北岸曰下箬。』二箬皆村名，村人取下箬水釀酒，醇美勝於雲陽，俗稱箬下酒。」《東坡志林》卷五：「唐人名酒多以『春』。」

五

溪中士女出芭籬，〔一〕溪上鴛鴦避畫旗。〔二〕何處人間似仙境？春山攜妓採茶時。〔三〕

【校注】

〔一〕芭籬：籬笆。

〔二〕畫旗：有綵繪的旗幡，刺史出行以爲前導，故士女出觀，鴛鴦驚避。杜牧在湖州作《入茶山下題水口草市絶句》：「驚起鴛鴦豈無恨，一雙飛去卻回頭。」

〔三〕攜妓採茶：湖州産貢茶，刺史常監采選。白居易《夜聞賈常州崔湖州茶山境會想羨歡宴因寄此詩》：「遥聞境會茶山夜，珠翠歌鍾俱繞身。」杜牧《茶山下作》：「把酒坐芳草，亦有佳人攜。」參見卷六《湖州崔郎中曹長寄三癖詩（略）》注。

酬楊八庶子喜韓吴興與予同遷見贈〔一〕依本韻次用

早遇聖明朝，雁行登九霄。〔二〕吴興與余中外兄弟。文輕傅武仲，〔三〕酒逼蓋寬饒。〔四〕捨矢同瞻鵠，〔五〕當筵共賽梟。〔六〕吴興與余同年判入等第。琢磨三益重，〔七〕唱和五音調。〔八〕臺柏煙常起，〔九〕池荷香暗飄。吴興與余同爲御史，臺門外有蓮池也。星文辭北極，〔一〇〕旗影度東遼。〔一一〕吴興自度支郎中出爲行軍司馬，所從即范僕射。昔范明友爲度遼將軍。直道由來黜，〔一二〕浮名豈敢要？〔一三〕三湘與百越，〔一四〕雨散又雲摇。遠守慚侯籍，〔一五〕徵還荷詔條。〔一六〕頽容唯舌在，别恨幾魂銷。〔一七〕滿眼悲陳事，逢人少舊僚。煙霞爲老伴，蒲柳任先凋。〔一八〕虎綬懸新印，〔一九〕龍艉理去橈。〔二〇〕斷腸天北郡，攜手洛陽橋。〔二一〕幢蓋今雖貴，〔二二〕弓旌會見招。〔二三〕其如草玄客，〔二四〕空宇久寥寥。〔二五〕

【校注】

〔一〕詩大和元年六月在洛陽作。楊八庶子：楊歸厚，見卷六《春日書懷寄東洛（略）》注。韓吴興：韓泰，見前詩。劉禹錫《舉姜補闕倫自代狀》：「臣蒙恩授尚書主客郎中，分司東都……大和元年六月十四日。」時韓泰亦被起用爲湖州刺史，故云「同遷」。楊歸厚原詩佚。

〔二〕雁行：《禮記·王制》：「兄弟之齒雁行。」九霄：天最高處，喻朝廷。

〔三〕傅武仲：東漢傅毅，字武仲，少博學；建初中，肅宗召爲蘭臺令史，與班固等共典校書，文雅顯於朝廷，見《後漢書》本傳。班固《與弟超書》：「傅武仲以能屬文爲蘭臺令史，下筆不能自休。」曹丕《典論·論文》：「傅毅之於班固，伯仲之間耳，而固小之。」

〔四〕蓋寬饒：字次公，西漢人，宣帝時官司隸校尉。《漢書》本傳：「平恩侯許伯入第，丞相、御史、將軍、中二千石皆賀，寬饒不行。許伯請之，乃往，從西階上，東鄉特坐。許伯自酌曰：『蓋君後至。』寬饒曰：『無多酌我，我乃酒狂。』丞相魏侯笑曰：『次公醒而狂，何必酒也！』」

〔五〕捨矢：放箭。鵠：箭靶。《詩·小雅·車攻》：「舍矢如破。」此以射箭喻科舉考試。據《登科記考》卷一四，韓泰貞元十一年進士，二人同登吏部取士科當在此年。

〔六〕梟：古代博戲樗蒲的勝采名。《韓非子·外儲説左下》：「博者貴梟，勝者必殺梟。殺梟者，是殺所貴也。」唐人常以樗蒲行酒令。李白《梁園吟》：「連呼五白行六博，分曹賭酒酣馳暉。」

〔七〕琢磨：研討學問。《詩·衛風·淇奥》：「如切如磋，如琢如磨。」三益：指友人。《論語·季氏》：「益者三友：友直，友諒，友多聞。」

〔八〕五音：宫、商、角、徵、羽。劉、韓早年唱和詩已佚。

〔九〕臺：指御史臺。柳宗元貞元二十年五月作《祭李中丞文》，列名有「故吏」承奉郎、守監察御史韓泰，文林郎、守監察御史劉禹錫。

〔一〇〕星文：星象，古人以爲郎官上應列宿，韓泰永貞元年任度支郎中，故云。北極：星名，代指朝廷。《晉書·天文志》：「北極五星、鈎陳六星皆在紫宫之中。北極，北辰最尊者也。」參見卷一《許給事見示（略）》注。

〔一一〕東遼：水名，遼河一支，在今吉林省境。《漢書·昭帝紀》：「以中郎將范明友爲度遼將軍。」此指韓泰從將軍范希朝。韓愈《順宗實録》卷三：「（永貞元年五月）辛未，以右金吾大將軍范希朝爲檢校右僕射，兼右神策京西諸城鎮行營兵馬節度使。叔文欲專兵柄，借希朝年老舊將，故用爲將帥，使主其名，而尋以其黨韓泰爲行軍司馬，專其事。甲戌，以度支郎中韓泰守兵部郎中、兼中丞，充左右神策、京西都栅行營兵馬節度行軍司馬，賜紫。」

〔一二〕黜：罷退貶斥。《論語·微子》：「直道而事人，焉往而不三黜？」

〔一三〕浮名：虚名。要：通徼，求取。

〔一四〕三湘：指今湖南之地。百越：古代越人的總稱，居於今浙、閩、桂、粤等省地。《資治通鑑》卷二三六：永貞元年十一月，貶中書侍郎韋執誼爲崖州（今海南省崖州市）司馬，韓泰虔州（今江西省贛州市）司馬，韓曄饒州（今江西省波陽縣）司馬，柳宗元永州（今湖南省零陵市）司馬，劉禹錫朗州（今湖南省常德市）司馬，陳諫台州（今浙江省臨海縣）司馬，凌準連州（今廣東省連縣）司馬，均三湘、百越之地。

〔一五〕侯籍：封侯者的名籍，唐代刺史相當於古之諸侯。句謂己遠守連、夔、和三州，忝爲刺史。

〔一六〕「徵還」句：言己歸洛陽後被起用爲主客郎中分司東都。

〔一七〕顇容：容顔憔悴。舌在：《史記·張儀列傳》：「嘗從楚相飲，已而楚相亡璧，門下意張儀，曰：『儀貧無行，必此盜相君之璧。』共執張儀，掠笞數百，不服，釋之。其妻曰：『嘻！子毋讀書游説，安得此辱乎！』張儀謂其妻曰：『視吾舌尚在不？』其妻笑曰：『舌在也。』儀曰：『足矣。』」魂銷：江淹《别賦》：「黯然銷魂者，唯别而已矣。」

〔一八〕蒲柳：比喻自己，謂體質很差。《世説新語·言語》：「顧悦與簡文同年，而髮蚤白。簡文曰：『卿何以先白？』對曰：『蒲柳之姿，望秋而落；松柏之質，經霜彌茂。』」

〔一九〕綬：繫印絲帶。劉禹錫《同樂天和微之深春二十首》：「綬結虎頭花。」

〔二〇〕舼：同「舤」，小船。字原作「舺」，當爲「舤」之形誤。《全唐詩》作「舼」，據改。

〔二一〕洛陽橋：即天津橋。《元和郡縣圖志》卷五「河南府河南縣」：「天津橋，在縣北四里，隋煬帝大業元年初造此橋，以架洛水，用大纜維舟，皆以鐵鎖鈎連之……然洛水溢，浮橋輒壞。貞觀十四年，更令石工累方石爲腳。《爾雅》曰：箕、斗之間爲天漢之津。故取名焉。」

〔三〕幢蓋：旌幢傘蓋。《文選》潘岳《馬汧督誄》：「進以顯秩，殊以幢蓋之制。」李善注：「將軍、刺史之儀也。」

〔三〕弓旌：古代徵聘所用物。《文選》潘岳《西征賦》：「納旌弓於鉉台。」李善注：「孟子曰：『夫招士以旍，大夫以旌。』」兩句謂韓泰將被詔歸朝。

〔四〕草玄客：西漢揚雄，此指楊歸厚，參見卷二《和董庶中古散調詞贈尹果毅》注。

〔五〕寥寥：寂寞。盧照鄰《長安古意》：「寂寂寥寥楊子居，年年歲歲一牀書。」

爲郎分司寄上都同舍〔一〕

籍通金馬門，〔二〕身在銅駝陌。〔三〕省闥晝無塵，〔四〕宫樹遠凝碧。荒街淺深轍，古渡潺湲石。唯有嵩丘雲，〔五〕堪誇早朝客。

【校注】

〔一〕詩大和元年秋在洛陽作。分司：唐代尚書省及御史臺等中央官署在洛陽設置的派出機構稱留省或留臺，其官員稱分司官。劉禹錫爲尚書主客郎中分司東都事已見前詩。上都同舍：在長安尚書省同時爲郎官者。時張籍在長安爲主客郎中。

〔二〕籍：門籍。金馬門：漢長安宦者署門。均見卷二《酬元九院長自江陵見寄》注。

〔三〕銅駝陌：在洛陽，見卷二《泰娘歌》注。

〔四〕省闥：東都留省官署門。

〔五〕嵩丘：即嵩山。《元和郡縣圖志》卷五「河南府登封縣」：「嵩高山，在縣北八里，……東曰太室，西曰少室，嵩高總名，即中岳也。山高二十里，周迴一百三十里。」宋之問《緑竹引》：「妙年秉願逃俗紛，歸卧嵩丘弄白雲。」

【集評】

何焯曰：落句正寫冷局無聊，卻同灑落。（卞孝萱《劉禹錫詩何焯批語考訂》）

酬令狐相公寄賀遷拜之什〔一〕

邅回二紀重爲郎，〔二〕洛下遥分列宿光。〔三〕不見當關呼早起，〔四〕曾無侍史與焚香。〔五〕三花秀色通書幌，〔六〕十字清波遶宅牆。〔七〕白髮青衫誰比數，〔八〕相憐只是有梁王。〔九〕相公昔曾以大寮分司，故有同病相憐之句。

【校注】

〔一〕詩大和元年秋在洛陽作。令狐相公：令狐楚。遷拜：指授主客郎中分司東都事。令狐楚原詩佚。

〔二〕邅回：行難進貌。二紀：二十四年。自永貞元年禹錫自屯田員外郎貶，至重入尚書爲主客郎中，首尾二十三年。

〔三〕列宿：尚書省郎官上應列宿，禹錫雖爲郎中但分司在洛，故云「遥分」，參見卷二《早春對雪奉寄澧州元郎中》注。

〔四〕當關：門吏。嵇康《與山巨源絶交書》：「卧喜晚起，而當關呼之不置，一不堪也。」句謂分司官不必早朝。

〔五〕侍史：官府奴婢。《後漢書·鍾離意傳》：「自此詔太官賜尚書以下朝夕餐，給帷被皂袍及侍史二人。」注引蔡質《漢官儀》：「女侍史絜被服，執香爐燒熏，從入臺中，給使護衣服也。」句謂分司官不必值宿。

〔六〕三花：即三秀，一年三次開花。指嵩山。《嵩陽石刻集記》卷上陸長源《嵩山會善寺戒壇記》：「嵩高，得天下之中也。……漢、晉間高僧植貝多子于西峰，一年三花，因爲浮圖，遂爲寰中之真境。」洛陽晴日可見嵩山。劉禹錫《尉遲郎中見示自南遷牽復却至洛城東舊居之作因以和之》：「郊園依舊看嵩山。」書幌：書齋帷幔。李賀《南園》：「窗含遠色通書幌。」

〔七〕十字：洛陽水名。白居易洛陽作《二月二日》：「十字津頭一字行。」李商隱亦有《十字水期韋潘侍御同年不至（略）》詩。

〔八〕青衫：謂品秩低下。時劉禹錫階官未至五品，仍是緑衣，參見後《酬嚴給事賀加五品（略）》注。比數：比較計算。司馬遷《報任少卿書》：「刑餘之人，無所比數。」高適《行路難》：「昔時貧賤誰比數。」

〔九〕相憐：《吴越春秋》卷二：「子不聞河上歌乎？『同病相憐，同憂相救。』」梁王：指令狐楚，屢見前注。楚前被貶後曾以太子賓客分司東都，參見卷一九《唐故相國贈司空令狐公集紀》。

早秋送臺院楊侍御歸朝〔一〕兄弟四人遍歷諸科，二人同在省

仙署棣華春，〔二〕當時已絶倫。今朝丹闕下，〔三〕更入白眉人。〔四〕重振高陽族，〔五〕分居要路津。〔六〕一門科第足，〔七〕五府辟書頻。〔八〕鷙鳥得秋氣，〔九〕法星懸火旻。〔一〇〕聖朝寰海静，所至不埋輪。〔一一〕

【校注】

〔一〕詩大和元年七月在洛陽作。臺院：御史臺侍御史院。《因話録》卷五：「御史臺三院：一曰臺院，其僚曰侍御史……二曰殿院，其僚曰殿中侍御史，衆呼爲侍御……三曰察院，其僚曰監察御史，衆呼亦曰侍御。」楊侍御：楊漢公。《唐代墓誌彙編續集》咸通〇〇八《楊漢公墓誌銘》：「……轉殿中侍御史，賜緋魚袋……署華州防禦判官。李公入拜大兵部，故相國崔公群替守華下，……又署舊職。府移宣城，以禮部員外郎副團練使。……徵侍御史，轉起居舍人。」《舊唐書·楊虞卿傳》：「虞卿，元和五年進士擢第，又應博學宏詞科……長慶四年八月，改吏部員外郎……弟漢公……大（元之誤）和八年擢進士第，又書判拔萃……虞卿從兄汝士，元和四年進士

擢第，又登博學宏詞科，累辟使府。長慶元年爲右補闕，坐弟殷士貢舉覆落，貶開江令。入爲户部員外郎，再遷職方郎中。大和三年七月，以本官知制誥……汝士弟魯士……本名殷士，長慶元年進士擢第，……覆落，因改名魯士，復登制科。」《唐會要》卷七六：寶曆元年，楊魯士登賢良方正能直言極諫科。《千唐誌齋藏誌》錢徽撰《楊寧墓誌銘》：「有子四人：汝士、虞卿、漢公，咸著名實；幼曰殷士，已階造秀。」知四人實均爲楊寧所出。大和元年，漢公兄弟四人已「徧歷諸科」，「二人同在省」者，虞卿、汝士也。

〔二〕仙署：指尚書省。棣華：棠棣之花，喻兄弟，見前《敬宗睿武昭愍孝皇帝挽歌三首》注。句指楊虞卿、汝士二人同在尚書省爲郎。

〔三〕丹闕：紅色宫門，代指朝廷。

〔四〕白眉人：《三國志·蜀書·馬良傳》：「（良）兄弟五人，並有才名，鄉里爲之諺曰：『馬氏五常，白眉最良。』良眉中有白毛，故以稱之。」

〔五〕高陽族：高陽氏有才子八人，稱八元，見卷六《和浙西李大夫晚下北固山（略）》注。

〔六〕要路津：交通要道的津渡，喻高位。

〔七〕科第足：漢公兄弟均舉進士，復登制科。

〔八〕五府：《後漢書·張楷傳》：「五府連辟。」李賢注：「五府，太傅、太尉、司徒、司空、大將軍也。」據《楊漢公墓誌》，前此，楊漢公曾佐裴武鄜坊、華州、荆南三幕府，又佐鄭絪、李絳東都留守幕，又佐李絳華州幕，又佐崔群華州、宣歙二幕。

〔九〕鷙鳥：猛禽，鷹隼之類。《春秋感精符》：「霜，殺伐之表。季秋霜始降，鷹隼擊。」

〔一〇〕法星：執法之星。《文選》劉峻《辨命論》：「宋公一言，法星三徙。」李善注：「熒惑謂之罰星，或謂之執法。」熒惑，火星别名。火旻：秋空。御史職司彈劾，故有此二句。

〔一一〕埋輪：《後漢書·張綱傳》：「漢安元年，選遣八使，徇行風俗，皆耆儒知名，多歷顯位，唯綱年少，官次最微。餘人受命之部，而綱獨埋其車輪於洛陽都亭，曰：『豺狼當道，安問狐狸！』遂奏劾大將軍梁冀等，京師震悚。

酬令狐相公早秋見寄〔一〕

公來第四秋，〔二〕樂國號無愁。〔三〕軍士游書肆，商人占酒樓。熊羆交黑矟，〔四〕賓客滿青油。〔五〕今日文章主，梁王不姓劉。〔六〕

【校注】

〔一〕詩大和元年七月在洛陽作。令狐楚原詩已佚。

〔二〕四秋：猶四年。令狐楚長慶四年秋出鎮汴州，至大和元年首尾已四年。

〔三〕樂國：《詩·魏風·碩鼠》：「碩鼠碩鼠，無食我麥。三歲貫女，莫我肯德。逝將去女，適彼樂國。」

〔四〕熊羆：猛獸，比喻武士。矟：同槊，長一丈八尺的矛。交槊，猶交戟，謂備宿衛。《漢書·劉向傳》：「今佞邪與賢臣並在交戟之内。」師古曰：「交戟，謂宿衛者。」

〔五〕青油：青油帳幕，此指汴州賓幕，參見卷二《覽董評事思歸之什（略）》注。青，原作「清」，據劉本、《全唐詩》改。

〔六〕梁王：西漢梁孝王劉武，此指令狐楚，參見卷六《和令狐相公送趙常盈煉師（略）》注。

秋夜安國觀聞笙〔一〕

織女分明銀漢秋，〔二〕桂枝梧葉共颼飀。〔三〕月露滿庭人寂寂，霓裳一曲在高樓。〔四〕

【校注】

〔一〕詩大和元年秋在洛陽作。安國觀：在洛陽定鼎門東第二街從南第二坊正平坊。《唐會要》卷五〇：「安國觀，正平坊，本太平公主宅。長安元年，睿宗在藩國，公主奉焉。至景雲元年，置道士觀，仍以本衔爲名。（開元）十年，玉真公主居之，改爲女冠觀。」

〔二〕織女：星名。銀漢：天河。

〔三〕颼飀：風聲。

〔四〕霓裳：霓裳羽衣曲。《新唐書·禮樂志十二》：「河西節度使楊敬忠獻《霓裳羽衣曲》十二遍，凡曲終必遽，唯《霓裳羽衣曲》將畢，引聲益緩。」參見後《三鄉驛樓伏睹玄宗題女几山詩

（略）》注。

和令狐相公玩白菊〔一〕

家家菊盡黄，梁國獨如霜。〔二〕瑩静真琪樹，〔三〕分明對玉堂。〔四〕仙人披雪氅，〔五〕素女不紅妝。〔六〕粉蝶來難見，麻衣拂更香。〔七〕向風摇羽扇，〔八〕含露滴瓊漿。〔九〕高艷遮銀井，〔一〇〕繁枝覆象牀。〔一一〕桂叢慚並發，梅援妒先芳。〔一二〕一入瑶華詠，〔一三〕從兹播樂章。〔一四〕

【校注】

〔一〕依劉集篇次，詩大和元年秋在洛陽作。令狐楚原詩已佚。

〔二〕梁國：指汴州。屢見前注。

〔三〕瑩静：即瑩浄，光潔。琪樹：玉樹。

〔四〕玉堂：堂的美稱，指令狐楚廨宅。樂府《相逢行》：「黄金爲君門，白玉爲君堂。」

〔五〕雪氅：白色鶴氅，參見後《酬令狐相公雪中游玄都觀見憶》注。

〔六〕素女：猶素娥。嫦娥竊藥奔月，月色白，故稱素娥。謝莊《月賦》：「集素娥於後庭。」

〔七〕麻衣：古代諸侯、士大夫家居所穿衣，色白。《詩·曹風·蜉蝣》：「麻衣如雪。」

〔八〕羽扇：白羽扇，喻白菊花。

〔九〕瓊漿：美酒，此指菊上露水。《楚辭·招魂》：「華酌既陳，有瓊漿些。」

〔一〇〕銀井：猶銀牀，井欄的美稱。

〔一一〕象牀：象牙牀。

〔一二〕梅援：即梅花。援，通楥，護花的籬笆。徐鍇《説文繫傳》：「又籬楥多作援……援即籬落之柱也。」元稹《生春》：「何處生春早？春生梅援中。」援，劉本作「蕊」。

〔一三〕瑶華詠：美稱令狐楚原詩。謝朓《郡内高齋閒坐答吕法曹》：「惠而能好我，問以瑶華音。」

〔一四〕播樂章：作爲歌詞傳播。

【集評】

何焯曰：初看以爲平平，再讀覺字字穩切。樂天而外，皆非其敵也。（卞孝萱《劉禹錫詩何焯批語考訂》）

【附録】

和汴州令狐相公白菊　楊巨源

兔園春欲盡，別有一叢芳。直似窮陰雪，全輕向曉霜。凝暉侵桂魄，晶彩奪螢光。素萼迎風舞，銀房泫露香。水晶簾不隔，雲母扇韜鋩。紈袖呈瑶瑟，冰容啟玉堂。今來碧油下，知自白雲鄉。留此非吾土，須移鳳沼傍。（《全唐詩》卷八八三）

送李二十九兄員外赴邠寧使幕〔一〕

家襲韋平身業文，〔二〕素風清白至今貧。〔三〕南宫通籍新郎吏，〔四〕西候從戎舊主人。〔五〕城外草黄秋有雪，烽頭煙静虜無塵。鼎門爲别霜天晚，〔六〕賸把離觴三五巡。〔七〕

【校注】

〔一〕李二十九兄員外：名未詳。邠寧：唐方鎮名，治邠州，今陝西彬縣，領邠、寧、慶、涇、原、鄜、坊、丹、延等九州。詩云「鼎門爲别」，當作於洛陽。劉禹錫呼李某爲兄，開成中劉在洛陽，年已六十餘，李某則年近七十，不可能遠佐軍幕。故詩當大和元年秋爲主客郎中分司洛陽時作。《舊唐書·文宗紀上》：「（大和元年八月）辛丑，邠寧節度使高承簡卒。壬寅，以刑部尚書柳公綽檢校左僕射，充邠寧節度使。」疑李某即赴柳公綽幕。

〔二〕韋平：西漢韋賢、韋玄成，平當、平晏父子均相繼爲相，見卷六《和浙西李大夫晚下北固山（略）》注。此言李某爲相門子。

〔三〕素風：清白家風。

〔四〕南宫：指尚書省。通籍：指爲朝官，列門籍於宫門，得出入宫禁，參見卷二《酬元九院長自江陵見寄》注。李某當新授員外郎，故云。

〔五〕西候：西部要塞。候，險阻處守望監視敵情之所。揚雄《解嘲》：「東南一尉，西北一候。」舊主人：疑指柳公綽，前此曾官湖南、鄂岳二觀察使，山南東道節度使。

〔六〕鼎門：定鼎門。《唐兩京城坊考》卷五：東都有定鼎門，「當皇城端門之南，渡天津橋，至定鼎門」。《文選》謝朓《暫使下都夜發新林至京邑贈西府同僚》：「驅車鼎門外。」李善注引《帝王世紀》：「春秋，成王定鼎於郟鄏，其南門名定鼎門，蓋九鼎所從入也。」

〔七〕剩：多。巡：飲酒一遍爲一巡。

洛下初冬拜表有懷上京故人〔一〕

鳳樓南面控三條，〔二〕拜表郎官早渡橋。〔三〕清洛曉光鋪碧簟，〔四〕上陽霜葉剪紅綃。〔五〕省門簪組初成列，〔六〕雲路鴛鸞想退朝。〔七〕寄謝殷勤九天侶，〔八〕搶榆水擊各逍遥。〔九〕

【校注】

〔一〕詩大和元年十月在洛陽作。拜表：拜上起居表，向皇帝請安，是東都留司官員一月一度的例行公事。《唐會要》卷二六「箋表例」：「（開元）十一年七月五日敕：『三都留守，兩京每月一起居，北都每季一起居，並遣使。』」白居易爲太子賓客分司時作《拜表早出贈皇甫賓客》：「一月一回同拜表，莫辭侵早過中橋。」時姚合以監察御史分司東都，有和作。

〔二〕鳳樓：五鳳樓，在洛陽宫城中。《新唐書·元德秀傳》：「玄宗在東都，酺五鳳樓下。」三條：泛指京師大道。班固《西都賦》：「披三條之廣路，立十二之通門。」

〔三〕橋：指天津橋，唐代洛陽宫室官署在洛水北，坊市在洛水南。《全唐詩》卷五二六杜牧有《中秋日拜起居表晨渡天津橋即事十六韻（略）》詩（按，詩實爲許渾大中中分司東都所作），餘見前《洛中逢韓七中丞（略）》注。

〔四〕簟：竹席。

〔五〕上陽：上陽宫。《新唐書·地理志二》「東都」：「上陽宫在禁苑之東，東接皇城之西南隅，上元中置，高宗之季常居以聽政。」

〔六〕省：指東都留省。簪組：冠簪與綬帶，代指官員。

〔七〕雲路：天上，指長安宫闕。鴛鸞：喻指朝官班行。想退朝：想已退朝。

〔八〕殷勤：情意深厚。九天：天極高處。九天侶，指上京故人。

〔九〕搶：衝，撞。搶榆，指「搶榆枋」的斥鷃一類小鳥，自喻。水擊：指「水擊三千里，搏扶摇而上者九萬里」的鯤鵬，喻朝中故人。語出《莊子·逍遥游》，參見卷二《武陵書懷五十韻》注。

【附録】

和劉禹錫主客冬初拜表懷上都故人　　姚　合

九陌喧喧騎吏催，百官拜表禁城開。林疏曉日明紅葉，塵静寒霜覆緑苔。玉珮聲微班始定，金函光動按初來。此時共想朝天客，謝食方從閤裏回。（《全唐詩》卷五〇一）

鶴嘆二首〔一〕并引

友人白樂天去年罷吴郡，〔二〕挈雙鶴雛以歸。余相遇于揚子津，閒玩終日，翔舞調態，一符相書，信華亭之尤物也。〔三〕今年春，樂天爲秘書監，不以鶴隨，置之洛陽第。〔四〕一旦予入門問訊其家人，鶴軒然來睨，如記相識，裴回俯仰，似含情顧慕填膺而不能言者。〔五〕因以作《鶴嘆》，以贈樂天。

寂寞一雙鶴，主人在西京。故巢吴苑樹，〔六〕深院洛陽城。徐引竹間步，遠含雲外情。誰憐好風月，鄰舍夜吹笙。〔七〕東鄰即王家。

【校注】

〔一〕詩大和元年在洛陽作。題下注「引」，原作「序」，禹錫父名緒，故集中「序」或諱作「引」，或諱作「紀」，今依例改。

〔二〕吴郡：即蘇州。白居易罷蘇州刺史任，携挈「一雙華亭鶴，數片太湖石」而歸，見其《寄庾侍郎》詩。餘見卷六《酬樂天揚州初逢席上見贈》注。

〔三〕相書：指《相鶴經》。《舊唐書·經籍志下》：「《相鶴經》一卷，浮丘公撰。」華亭：蘇州屬縣名，有鶴，見卷一《飛鳶操》注。尤物：異物。

〔四〕秘書監：秘書省長官。《新唐書·百官志二》「秘書省」：「監一人，從三品……掌經籍圖書之事，領著作局。」《舊唐書·文宗紀上》：「（大和元年三月）戊寅，以前蘇州刺史白居易爲秘書監，仍賜金紫。」洛陽第：指白居易履道坊宅。《舊唐書·白居易傳》：「居易罷杭州歸洛陽，於履道里得故散騎常侍楊憑宅，竹木池館，有林泉之致。」履道里，在洛陽長夏門東第四街從南第二坊，見《唐兩京城坊考》卷五。

〔五〕軒然：高昂貌。睨：斜視。

〔六〕吴苑：指蘇州，有長洲苑。《吴郡志》卷八：「長洲，在姑蘇南，太湖北岸，闔閭所游獵處也。」又：「長洲苑，舊經云在縣西南七十里……枚乘説吴王濞云：『漢修治上林，雜以離宫，佳麗玩好，圈守禽獸，不如長洲之苑。』則知劉濞時嗣葺吴苑，其盛尚如此。」

〔七〕吹笙：用王子喬事，借指白居易東鄰王正雅家。《列仙傳》卷上：「王子喬者，周靈王太子晉也，好吹笙，作鳳凰鳴。游伊洛之間，道士浮丘公接以上嵩高山。」白居易有《贈東鄰王十三》詩，又《聞樂感鄰》詩自注：「東鄰王大理去冬云亡，南鄰崔尚書今秋薨逝。」王大理即指王正雅，正雅爲大理卿，大和五年十一月卒，見《舊唐書》本傳。

【集評】

陳巖肖曰：衆禽中唯鶴標致高逸……後之人形於賦詠者不少，而規規然只及羽毛飛鳴之間……此皆格卑無遠韻也……劉禹錫云：「徐引竹間步，遠含雲外情。」此乃奇語也。（《庚溪詩話》卷下）

吴喬曰：劉禹錫詠鶴云：「徐引竹間步，遠含雲外情。」脱盡粘滯。（《圍爐詩話》卷三）

《唐詩矩》：第二句預先安下「主人在西京」五字，於本題是撇開一筆，於本意正是主客雙提，兩兩相對。以後語語嘆鶴，便語語是贈樂天，深得反客爲主之妙。結句若徒言本宅寂寞，意便淺率。此卻反説鄰舍吹笙，便含意外之意，味外之味。借彼形此之法，其妙如此。

二

丹頂宜承日，霜翎不染泥。愛池能久立，看月未成棲。一院春草長，三山歸路迷。〔一〕主人朝謁早，貪養汝南鷄。〔二〕

【校注】

〔一〕三山：傳説東海中仙山。《史記·秦始皇本紀》：「齊人徐市等上書，言海中有三神山，名曰蓬萊、方丈、瀛洲，仙人居之。」

〔二〕主人：指白居易。汝南鷄：報曉之鷄。徐陵《烏棲曲》：「唯憎無賴汝南鷄，天河未落猶争啼。」餘見卷四《平蔡州》注。

【附録】

有雙鶴留在洛中忽見劉郎中依然鳴顧劉因爲鶴嘆二篇寄予予以二絶句答之　白居易

辭鄉遠隔華亭水，逐我來棲緱嶺雲。慚愧稻粱長不飽，未曾回眼向鷄群。

荒草院中池水畔，銜恩不去又經春。見君驚喜雙回顧，應爲吟聲似主人。（《白居易集》卷二五）

河南王少尹宅宴張常侍二十六兄白舍人大監兼呈盧郎中李員外二副使〔一〕

時充册弔烏司徒使至洛中。

將星夜落使星來，〔二〕三省清臣到外臺。〔三〕事重各銜天子詔，禮成同把故人杯。〔四〕卷簾松竹雪初霽，〔五〕滿院池塘春欲回。第一林亭迎好客，殷勤莫惜玉山頹。〔六〕

【校注】

〔一〕詩大和元年冬在洛陽作。少尹：河南府副長官。常侍：散騎常侍。《新唐書·百官志》東都：「少尹二人，從四品下。掌貳府州之事，歲終則更次入計。」又門下省：「左散騎常侍二人，正三品下，掌規諷過失，侍從顧問。」王少尹，名未詳。張常侍：張賈。《唐代墓誌彙編》大和〇一一《國子祭酒致仕包府君（陳）墓誌銘并序》，「銀青光禄大夫、守左散騎常侍、上柱國張賈撰」，大和二年二月十六日葬。賈長於禹錫，故呼爲兄，參見卷一《答張侍御賈喜再登科（略）》注。白舍人：白居易，前曾爲中書舍人，時官秘書監，見前詩。盧郎中：疑爲盧簡辭。《舊唐書》本傳：「寶曆中……尋轉考功員外郎，轉郎中。」李員外：名未詳。題中「二十六兄」、「大監」六字及題下注原無，據《文苑英華》卷二一六與卷二一八補。

〔二〕將星夜落：指大將烏承胤之死。《三國志·蜀書·諸葛亮傳》注引《晉陽秋》：「有星赤而芒角，自東北西南流，投於亮營，三投再還，往大還小，俄而亮卒。」《舊唐書·文宗紀上》：「（大和元年十一月）天平横海等軍節度使、守司徒、同中書門下平章事烏重胤卒。」使星：指使者，見卷五《酬馮十七舍人宿贈别》注。

〔三〕三省：指中書、門下、尚書三省。左散騎常侍屬門下，舍人屬中書，員外郎、郎中屬尚書。清臣：清資官。《舊唐書·職官志一》：「職事官資，則清濁區分，以次補授。」唐代以三品以上官爲清望官，中書舍人、尚書諸司郎中、員外郎等爲清資官。

〔四〕禮成：指弔祭之禮成。故人杯：謝朓《離夜》：「山川不可夢，況乃故人杯。」

〔五〕簾：原作「櫳」，據《叢刊》本、劉本、《文苑英華》、《全唐詩》改。

〔六〕玉山頽：形容醉態，見卷一《揚州春夜（略）》注。

洛中逢白監同話游梁之樂因寄宣武令狐相公〔一〕

曾經謝病客游梁，〔二〕今日相逢憶孝王。〔三〕少有一身兼將相，更能四面占文章。開顔坐内催飛盞，回首庭中看舞槍。〔四〕借問風前兼月下，〔五〕不知何客對胡牀？〔六〕

【校注】

〔一〕詩大和二年早春在洛陽作。白監：白居易，時以秘書監奉使至洛陽，見前詩。令狐相公：令狐楚，時爲宣武軍節度使，屢見前注。大和元年初，劉、白同游汴州，見前《令狐相公俯贈篇章斐然仰謝》注。白居易同作詩、令狐楚答詩均存。

〔二〕客，原作「各」，據《唐詩紀事》卷四二改。游梁：《史記·司馬相如列傳》：「以貲爲郎，事孝景帝，爲武騎常侍，非其好也。會景帝不好辭賦，是時梁孝王來朝，從游説之士齊人鄒陽、淮陰枚乘、吴莊忌夫子之徒，相如見而説之，因病免，客游梁。」

〔三〕孝王：梁孝王劉武，此處借指令狐楚。

〔四〕首：原作「手」，據《叢刊》本、劉本、《全唐詩》改。

〔五〕風前月下：《世説新語·言語》：「劉尹云：『清風朗月，輒思玄度。』」

〔六〕胡牀：即交牀，一種可摺疊的坐具。《資治通鑑》卷二四二注：「《演繁露》曰：『今之交牀，制本自虜來，始名胡牀。』按交牀以木交午爲足，足前後皆施横木，平其底，使錯之地而安。足之上端，共前後亦施横木而平其上，横木列竅以穿繩絛，使之可坐。足交午處復爲圓穿，貫之以鐵，斂之可挾，放之可坐，以其足交，故曰交牀。」「對胡牀」用庾亮事，見卷二《送李策秀才（略）》注。

【附録】

早春同劉郎中寄宣武令狐相公　　白居易

梁園不到一年强，遥想清吟對緑觴。更有何人能飲酌，新添幾卷好篇章？馬頭拂柳時回轡，豹尾穿花暫亞槍。誰引相公開口笑，不逢白監與劉郎？（《白居易集》卷二五）

節度宣武酬樂天夢得　令狐楚

蓬萊仙監(原注：樂天)客曹郎(原注：劉爲主客)，曾枉高車客大梁。見擁旌旄治軍旅，知親筆硯事文章。愁看柳色懸離恨，憶遞花枝助酒狂。洛下相逢肯相寄，南金璀錯玉淒涼。(《全唐詩》卷三三四)

有所嗟二首〔一〕

庾令樓中初見時，〔二〕武昌春柳似腰肢。〔三〕相逢相失盡如夢，〔四〕爲雨爲雲今不知。〔五〕

【校注】

〔一〕據劉、白二集編次，詩大和元年冬或二年早春在洛陽作。有所嗟：有所嘆息，詩爲傷悼一鄂州籍歌姬而作，故題旨稍晦。按，時白居易亦有和詩《和劉郎中傷鄂姬》。《全唐詩》卷四二一重收此詩爲元稹《所思二首》，誤。

〔二〕庾令樓：即晉庾亮所登武昌南樓，見卷二《送李策秀才(略)》注。

〔三〕似：劉本作「鬥」。

〔四〕失：劉本、《叢刊》本、《全唐詩》作「笑」。

〔五〕爲雨爲云：用巫山神女「旦爲行雲，暮爲行雨」事，見卷四《竇夔州見寄(略)》注。

二

鄂渚濛濛煙雨微，〔一〕女郎魂逐暮雲歸。只應長在漢陽渡，〔二〕化作鴛鴦一隻飛。〔三〕

【校注】

〔一〕鄂渚：在湖北武昌附近長江中，見卷五《鄂渚留别李二十六表臣大夫》注。

〔二〕漢陽渡：在今湖北省武漢市漢陽。《大清一統志》卷三三八「漢陽府」：「漢陽渡，在漢陽縣東。」李白《贈漢陽輔録事》：「鸚鵡洲横漢陽渡。」

〔三〕鴛鴦：《中華古今注》卷下：「鴛鴦，鳧類也。雌雄未嘗相離，人得其一，則其一思而死，故謂之匹鳥也。」

【附録】

和劉郎中傷鄂姬　　白居易

不獨君嗟我亦嗟，西風北雪殺南花。不知月夜魂歸處，鸚鵡洲頭第幾家？（原注：姬，鄂人也。）

（《白居易集》卷二五）

答樂天臨都驛見贈〔一〕

北固山邊波浪，〔二〕東都城裏風塵。世事不同心事，新人何似故人？〔三〕

【校注】

〔一〕詩大和二年早春在洛陽送白居易歸長安作。臨都驛：在洛陽城西。白居易《臨都驛送崔十八》：「勿言臨都五六里，扶病出城相送來。莫道長安一步地，馬頭西去幾時回？」據後劉禹錫

《再贈樂天》及白居易《臨都驛答夢得六言二首》，此詩題當作《臨都驛贈樂天》。

〔二〕北固山：在潤州。前此，劉、白相逢於揚州揚子津，與北固山隔江相對。參見卷六《和浙西李大夫晚下北固山（略）》、《酬樂天揚州初逢席上見贈》注。

〔三〕新人句：樂府《上山採蘼蕪》：「將縑來比素，新人不如故。」

再贈樂天〔一〕

一政政官軋軋，〔二〕一年年老鬖鬖。〔三〕身外名何足算，〔四〕別來詩且同吟。

【校注】

〔一〕本詩與前詩同時作。

〔二〕一政：猶一任。《太平廣記》卷三〇三引《廣異記》：「劉君明年當進士及第，歷官七政。」軋軋：難進貌。《文選》陸機《文賦》：「思乙乙其若抽。」李善注：「乙，難出之貌。……乙，音軋。」

〔三〕鬖鬖：疾行貌。《詩·小雅·四牡》：「載驟鬖鬖。」傳：「鬖鬖，驟貌。」

〔四〕身外名：《晉書·張翰傳》：「翰任心自適，不求當世。或謂之曰：『卿乃可縱適一時，獨不爲身後名耶？』答曰：『使我有身後名，不如即時一杯酒。』時人貴其曠達。」

【附録】

臨都驛答夢得六言二首　　白居易

揚子津頭月下，臨都驛裏燈前。昨日老於前日，去年春似今年。

謝守歸爲秘監，馮公老作郎官。前事不須問著，新詩且更吟看。（《白居易集》卷二五）

洛中寺北樓見賀監草書題詩〔一〕

高樓賀監昔曾登，壁上筆蹤龍虎騰。〔二〕中國書流讓皇象，〔三〕北朝文士重徐陵。〔四〕偶因獨見空驚目，恨不同時便伏膺。〔五〕唯恐塵埃轉磨滅，再三珍重囑山僧。

【校注】

〔一〕詩大和初在洛陽作。賀監：賀知章，會稽永興人，少以文章知名，舉進士，玄宗開元中官秘書監。《舊唐書》本傳：「（開元）十三年，遷禮部侍郎，加集賢院學士……改授工部侍郎，兼秘書監同正員，依舊充集賢院學士。俄遷太子賓客、銀青光禄大夫，兼正授秘書監。知章性放曠，善談笑……晚年尤加縱誕，無復規檢，自號『四明狂客』，又稱『秘書外監』，遨游里巷，醉後屬詞，動成卷軸，文不加點，咸有可觀。又善草隸書，好事者供其箋翰，每紙不過數十字，共傳寶之。」

〔二〕龍虎騰：龍騰虎躍，形容草書筆勢。《法書要録》卷二引吴昂《古今書評》：「蕭思話書，走墨連綿，字勢屈强，若龍跳天門，虎卧鳳闕。」李白《醉後贈王歷陽》：「筆蹤起龍虎。」

〔三〕中國：指中原。皇象：三國吴書法家。《三國志·吴書·趙達傳》注引《吴録》：「皇象字休明，廣陵江都人，幼工書。時有張子並、陳梁甫能書，甫恨逋，並恨峻，象斟酌其間，甚得其妙，中國善書者不能及也。」張懷瓘《書斷》：「吴皇象，字休明，廣陵江都人也。官至侍中，工章草……世謂沈著痛快。《抱朴》云，書聖者皇象……章草入神，八分入妙，小篆入能。」

〔四〕徐陵：南朝陳文學家，字孝穆，八歲屬文，十三通《莊》、《老》義。及長，博涉史籍，縱横有口辯，爲一代文宗。《南史》本傳：「文、宣之時，國家有大手筆，必命陵草之。其文頗變舊體，緝裁巧密，多有新意。每一文出，好事者已傳寫成誦，遂傳於周、齊，家有其本。」李昶《答徐陵書》：「足下泰山竹箭，浙水明珠，海内風流，江南獨步。」賀知章越人，故以皇象、徐陵相比。

〔五〕恨不同時：《史記·司馬相如列傳》：「上（漢武帝）讀《子虚賦》而善之，曰：『朕獨不得與此人同時哉！』」伏膺：牢記在心。《晉書·孫綽傳》：「綽與（許）詢一時名流。……沙門支遁試問綽：『君何如許？』答曰：『高情遠致，弟子早已伏膺。然一詠一吟，許將北面矣。』」

尉遲郎中見示自南遷牽復卻至洛城東舊居之作因以和之〔一〕

曾遭飛語十年謫，〔二〕新受恩光萬里還。朝服不妨游洛浦，〔三〕郊園依舊看嵩山。竹含天籟清商樂，〔四〕水繞庭臺碧玉環。留作功成退身地，〔五〕如今只是暫時閑。

【校注】

〔一〕詩大和初在洛陽作。尉遲郎中：疑爲尉遲汾，貞元十八年進士（見《容齋四筆》卷五），元和九年爲太常博士，議李吉甫謚（見《舊唐書·張仲方傳》），大和三年爲衛尉少卿、河南少尹，有《狀嵩高靈勝》詩，見《金石録補》卷二〇。姚合有《寄題尉遲少卿郊居》詩，云其「卿仕在關東」，又云「蓮池伊水入」，即寄尉遲汾。白居易在洛陽有《答尉遲少尹問所須》、《城東閑行因題尉遲司業水閣》、《答尉遲少監水閣重宴》詩，均爲與尉遲汾唱和之作。牽復：貶降官員被重新擢用。《易·小畜》：「牽復，吉。」

〔二〕十年謫：尉遲汾元和十四年爲洛陽令（見《寰宇訪碑録》卷四《洛陽令尉遲汾題名》），其謫官疑即在元和末，至大和元年，首尾八九年，十年蓋舉成數。

〔三〕洛浦：洛水濱。孔稚珪《北山移文》：「聞鳳吹於洛浦。」

〔四〕天籟：自然的音響。清商樂：《樂府詩集》卷四四：「清商樂，一曰清樂。清樂者，九代之遺聲，其始即相和三調是也。……自晉朝播遷，其音分散……後魏孝文討淮漢，宣武定壽春，收其聲伎，得江左所傳中原舊曲……及江南吴歌、荆楚西聲，總謂之清商樂。」

〔五〕功成退身：《老子》上篇：「功遂身退，天之道。」

秘書崔少監見示墜馬長句因而和之〔一〕

麟臺少監舊仙郎，〔二〕洛水橋邊墮馬傷。〔三〕塵污腰間青盭綬，〔四〕風飄掌上紫游韁。〔五〕上車著作應來問，〔六〕折臂三公定送方。〔七〕猶賴德全如醉者，〔八〕不妨吟詠入篇章。

【校注】

〔一〕詩大和初在洛陽作。秘書少監：秘書省副長官。崔少監：崔玄亮。白居易《唐故虢州刺史（略）崔公（玄亮）墓誌銘》：「改湖州刺史……入爲秘書少監。」《嘉泰吴興志》卷一四刺史題名：「崔玄亮，長慶三年十一月二十二日自刑部郎中拜，遷秘書少監分司東都。」據《吴興志》，崔玄亮繼任湖州刺史獨孤邁，寶曆二年九月到任，知大和元年崔玄亮爲秘書少監分司洛陽。

〔二〕麟臺：即秘書省。《舊唐書·職官志二》「秘書省」：「龍朔改爲蘭臺，光宅改爲麟臺，神龍復爲秘書省。」仙郎：指尚書郎。崔玄亮曾爲刑部郎中，已見卷六《湖州崔郎中曹長寄三癖詩（略）》注。

〔三〕洛水橋：即洛陽天津橋。見前《酬楊八庶子（略）》注。

〔四〕青盭綬：盭草染成的緑色綬帶。《漢書·百官公卿表上》：「諸侯王金璽盭綬。」晉灼曰：「盭，草名，出琅琊平昌縣，似艾，可染緑，因以爲綬名也。」

〔五〕紫游韁：紫色馬韁。《晉書·五行志》：「太和中，百姓歌曰：『青青御路楊，白馬紫游韁。』」

〔六〕著作：秘書省著作郎，爲少監的下級。《舊唐書・職官志二》「秘書省著作局」：「著作郎二人，從五品上。」《顏氏家訓・勉學》：「梁朝全盛之時，貴游子弟，多無學術，至於諺曰：『上車不落則著作，體中何如則秘書。』」

〔七〕三公：唐以太尉、司徒、司空爲三公，正一品。《晉書・羊祜傳》：「有善相墓者，言祜祖墓所有帝王氣，若鑿之，則無後。祜遂鑿之。相者見曰：『猶出折臂三公。』而祜竟墮馬折臂，位至公而無子。」

〔八〕德全：《莊子・達生》：「夫醉者之墜車，雖疾不死。骨節與人同，而犯害與人異，其神全也。乘亦不知也，墜亦不知也，死生驚懼不入乎其胸中，是物遻物而不慴。彼得全於酒而猶若是，而況得全於天乎！」得，通德。句謂崔雖墮馬而并未受傷。

洛中酬福建陳判官見贈〔一〕

潦倒聲名擁腫材，〔二〕一生多故苦邅迴。〔三〕南宮舊籍遥相管，〔四〕東洛閑門晝未開。〔五〕静對道流論藥石，〔六〕偶逢詞客與瓊瑰。〔七〕怪君近日文鋒利，新向延平看劍來。〔八〕

【校注】

〔一〕詩大和初在洛陽作。福建：唐方鎮名，治所在福州，轄今福建省地。判官：節度、觀察使屬官。陳判官：名未詳。

〔二〕潦倒：不得志貌。擁腫材：無用之材。《莊子·逍遥游》：「吾有大樹，人謂之樗，其大本擁腫而不中繩墨，其小枝拳曲而不中規矩。」

〔三〕邅迴：行難進貌。

〔四〕南宫：尚書省。劉禹錫前曾爲尚書省屯田員外郎，今復爲尚書主客郎中，但又分司在洛陽，故籍雖舊但爲遥管。

〔五〕晝未開：陶潛《歸去來辭》：「門雖設而常關。」

〔六〕道流：道教徒。孔稚珪《北山移文》：「核玄玄於道流。」藥石：藥物與針砭，泛指醫術藥方。

〔七〕瓊瑰：美玉，美稱詩歌。《詩·秦風·渭陽》：「何以贈之，瓊瑰玉珮。」

〔八〕延平：延平津，在今福建省南平市東南。《太平寰宇記》卷一〇〇「南劍州」：「按《晉書》云：延平津，昔寶劍化龍之地。」宋南劍州即析唐福建觀察使所轄福、建、汀等州地置。延平劍化龍事，見卷六《浙西李大夫示述夢四十韻（略）》注。

陝州河亭陪韋五大夫雪後眺望因以留别與韋有布衣之舊一别二紀經遷貶而歸〔一〕

雪霽大陽津，〔二〕城池表裹春。〔三〕河流添馬頰，〔四〕原色動龍鱗。〔五〕萬里獨歸客，一杯逢故人。〔六〕因高向西望，關路正飛塵。〔七〕

【校注】

〔一〕詩大和二年三月赴長安途經陝州作。陝州：州治在今河南省三門峽市，唐時爲陝虢觀察使治所。河亭：即大陽亭。《古今圖書集成·職方典》卷四三八「河南府古跡考·陝州」：「太（大）陽亭在州西門外二里，亭臨黄河，唐劉禹錫有詩，今廢。」韋五：韋弘景。《舊唐書·敬宗紀》：寶曆二年三月，「以吏部侍郎韋弘景爲陝虢觀察使」。大夫：御史大夫，當是韋弘景在陝虢任上所帶憲銜。二紀：二十四年。前此，劉、韋當永貞元年在長安分别，至大和二年，恰爲二紀。劉禹錫《子劉子自傳》：「又除主客郎中，分司東都。明年追入，充集賢殿學士。」以下諸詩均作於赴長安途中。

〔二〕大陽津：陝州北黄河津渡名。《太平寰宇記》卷六「陝州陝縣」：「大陽故關，在縣西北四里，後周大象元年置，即茅津也，一名大陽津。」

〔三〕表裏：内外。《左傳·襄公二十八年》：「子犯曰：『表裏山河，必無害也。』」

〔四〕馬頬：《爾雅·釋水》郭璞注：「河勢上廣下狹，狀如馬頬。」

〔五〕龍鱗：狀土地如鱗甲相次。班固《西都賦》：「原隰龍鱗。」

〔六〕因：劉本、《全唐詩》作「登」。

〔七〕關路：自潼關西入長安之路。飛塵：陸機《爲顧彦先贈婦》：「京洛多風塵，素衣化爲緇。」飛：《叢刊》本作「無」。

【集評】

盛傳敏曰：思歸之念，百折千縈，故人偶聚，談心握手，此際襟期，千萬筆寫之不出。此篇三聯以十字合寫，不過加「萬里」、「一杯」四字，使讀之者愴然情在，此所謂手筆獨高處。況起句渾雄，次句浩大，二聯景色恰接「表裏春」來，又復曠遠，而後襯出十字，愈覺淒惻。結句又極含蓄不盡。如此詩者，非唐人特絶乎？（《磧砂唐詩》）

途次華州陪錢大夫登城北樓春望因覩李崔令狐三相國唱和之什翰林舊侶繼踵華城山水清高鸞鳳翔集皆忝夙眷遂題是詩〔一〕

城樓四望出風塵，見盡關西渭北春。〔二〕百二山河雄上國，〔三〕一雙旌旆委名臣。〔四〕壁中今日題詩處，天上同時草詔人。〔五〕莫怪老郎呈濫吹，〔六〕宦途雖別舊情親。

【校注】

〔一〕詩大和二年三月赴長安途經華州作。華州：州治在今陝西省華縣。錢大夫：錢徽，大曆詩人錢起之子，兩《唐書》有傳。《舊唐書·文宗紀上》：大和元年十一月，「以左丞錢徽爲華州刺史」。白居易有《華城西北雉堞最高崔相公首創樓臺錢左丞繼種花果合爲勝境（略）》詩。李、崔、令狐相國：指李絳、崔群、令狐楚，均曾相憲宗。李絳元和二年十月及長慶二年八月再爲華州刺史，崔群約長慶三年繼李絳爲華州刺史，令狐楚元和十三年三月爲華州刺史，均見《舊唐書》有關紀傳。鸞鳳翔集：傅咸《申懷賦》：「穆穆清禁，濟濟群英，鸞翔鳳集，羽儀上京。」夙眷：平日的眷顧。李、崔、令狐唱和詩已佚。

〔二〕關西渭北：指長安所在的關中平原，在潼關之西，渭水流域。岑參《宿關西客舍寄東山嚴許二山人》：「雲送關西雨，風傳渭北秋。」

〔三〕百二山河：形容秦地形勢的險要，參見卷四《平齊行》注。

〔四〕旌旆：華州刺史兼華州潼關防禦鎮國軍使，賜旌甲，事見《舊唐書·吕元膺傳》。

〔五〕天上：指朝廷。草詔：指爲翰林學士。李絳、錢徽、崔群曾同時在翰林，令狐楚稍後亦入翰林。據丁居晦《重修承旨學士壁記》，李絳元和二年四月自監察御史充翰林學士，六年二月出院；崔群元和二年十一月自左補闕充翰林學士，九年六月出院；錢徽元和三年八月自祠部員外郎充翰林學士，十年十一月出院；令狐楚元和九年七月自職方員外郎充翰林學士，十二年八月出院。

〔六〕老郎：禹錫自謂。《史記·馮唐列傳》：「事文帝，文帝輦過，問唐曰：『父老何自爲郎？』」《文選》張衡《思玄賦》李善注引《漢武故事》：「顔駟，不知何許人，漢文帝時爲郎，至武帝，嘗輦過郎署，見駟尨眉皓髮，上問曰：『叟何時爲郎？何其老也？』答曰：『臣文帝時爲郎。文帝好文，而臣好武。至景帝，好美，而臣貌醜。陛下即位，好少，而臣已老。是以三世不遇，故老於郎署。』上遂感其言，擢拜會稽都尉。」禹錫永貞元年爲屯田員外郎時年僅三十三，大和二年，年已五十八，仍爲主客郎中。濫吹：謙言己詩濫竽充數。《韓非子·内儲説上》：「齊宣王使人吹竽，必三百人。南郭處士請爲王吹竽，宣王説之，廩食以數百人。宣王死，湣王立，好一一聽之，處士逃。」江淹《雜體詩·盧郎中諶》：「更以畏友朋，濫吹乖名實。」

途中早發〔一〕

中庭望啟明，〔二〕促促事晨征。寒樹鳥初動，霜橋人未行。水流白煙起，日上彩霞生。隱士應高枕，無人問姓名。〔三〕

【校注】

〔一〕劉集中此詩次《陝州河亭陪五大夫（略）》詩後、《初至長安》詩前，故酌編於此。

〔二〕啟明：金星。《爾雅·釋天》：「明星謂之啟明。」郭璞注：「太白星也，晨見東方爲啟明，昏見西方爲太白。」

〔三〕問姓名：《高士傳》卷上：「披裘公者，吴人也。延陵季子出游，見道中有遺金，顧披裘公曰：『取彼金。』公投鐮瞋目拂手而言曰：『何子處之高而視人之卑！五月披裘而負薪，豈取金者哉？』季子大驚，既謝而問姓名，公曰：『吾子皮相之士，何足語姓名也。』」人問，《叢刊》本作「由知」。

【集評】

方回曰：劉賓客，詩中精也。自頷聯以下，無一句不佳，且是尾句不放過。（《瀛奎律髓》卷一四）

馮班曰：「高樹鳥已去，古原人尚耕」，不知其出於此。唐山人又云：「沙上鳥猶睡，渡頭人未行。」（《瀛奎律髓彙評》卷十四。按「高樹」聯爲崔塗《夕次洛陽道中》句，「沙上」聯爲唐求《曉發》中句。）

查慎行曰：較「人跡板橋霜」，覺此首第四句勝。學者於此理會，思過半矣。（同前）

紀昀曰：五句拙，六句俗，結入習徑滑調，殊非佳作。虛谷好矯語高尚，故曲取尾句耳。（同前）

三鄉驛樓伏睹玄宗望女几山詩小臣斐然有感〔一〕

開元天子萬事足，〔二〕唯惜當時光景促。三鄉陌上望仙山，〔三〕歸作霓裳羽衣曲。〔四〕仙心從此在瑶池，〔五〕三清八景相追隨。〔六〕天上忽乘白雲去，〔七〕世間空有秋風詞。〔八〕

【校注】

〔一〕此詩在集中次于《途次華州陪錢大夫（略）》詩後，酌編於此。三鄉驛、女几山：均在河南府福昌縣，即今河南省宜陽縣。《元和郡縣圖志》卷五「河南府福昌縣」：「女几山，在縣西南三十四里。」玄宗望女几山詩已佚。張九齡有《奉和御製早發三鄉山行詩》，所和或即其女几山詩。

〔二〕開元：唐玄宗李隆基第二個年號（七一三—七四一）。開元號稱盛世，玄宗享國五十二年，又是一個恣意享受的風流天子，詩作了委婉的諷刺。

〔三〕仙山：指女几山。《神仙傳》：「葛仙翁於女几山學道數十年，登仙，化爲白鹿，一足，時出山上。」

〔四〕霓裳羽衣曲：見前《秋夜安國觀聞笙》注。樂史《楊太真外傳》卷上：「《霓裳羽衣曲》者，是玄宗登三鄉望女几山所作也，故劉禹錫詩云：……」《夢溪筆談》卷五：「劉禹錫詩云：『三鄉陌上望仙山，歸作《霓裳羽衣曲》。』又王建詩云：『聽風聽水作《霓裳》。』白樂天詩注云：『開元中，西涼府節度使楊敬述造。』鄭嵎《津陽門詩》注云：『葉法善嘗引上入月宮，聞仙樂，及上歸，但記其半，遂於笛中寫之。會西涼府都督楊敬述進《婆羅門曲》，與其聲調相符，遂以月中所聞爲散序，用敬述所進爲其腔，而名《霓裳羽衣曲》。』諸説各不同。今蒲中逍遥樓楣上有唐人横書，類梵字，相傳是《霓裳》譜，字訓不通，莫知是非。或謂今燕部有《獻仙音》曲，乃其遺聲。然《霓裳》本謂之道調法曲，今《獻仙音》乃小石調耳，未知孰是。」

〔五〕瑶池：相傳神話中西王母所居。此指楊貴妃，常居華清宫。《穆天子傳》卷三：「天子觴西王母於瑶池之上。」杜甫《同郭給事湯東靈湫作》：「至尊顧之笑，王母不遺收。」錢謙益箋：「唐人多以王母比貴妃，劉禹錫詩『三清八景相追隨』，王建詩『武皇目送西王母，新换霓裳月色裙』，公詩亦云『惜哉瑶池飲』，又曰『落日留王母』。」

〔六〕三清八景：均神仙所居。道家云天上有上清、太清、玉清，合稱三清。《真靈位業圖》有八景城。唐《太清宫樂章》：「一奏三清樂，長回八景輿。」

〔七〕乘白雲去：仙去，婉言死。《莊子·天地》：「乘彼白雲，至於帝鄉。」

〔八〕秋風詞：漢武帝所作，此指玄宗詩。《文選》漢武帝《秋風辭》：「上行幸河東，祠后土，顧視帝京欣然。中流與群臣飲燕，上歡甚，乃自作《秋風辭》曰：『秋風起兮白雲飛，草木黄落兮雁南歸……歡樂極兮哀情多，少壯幾時兮奈老何。』」

初至長安〔一〕

時自外郡再授郎官。

左遷凡二紀，〔二〕重見帝城春。老大歸朝客，平安出嶺人。〔三〕每行經舊處，卻想似前身。〔四〕不改南山色，〔五〕其餘事事新。

【校注】

〔一〕詩大和二年三月初歸長安作。

〔二〕左遷：貶官。《漢書·趙堯傳》顔師古注：「是時尊右而卑左，故謂貶秩位爲左遷。」

〔三〕出嶺：禹錫曾至嶺南連州，有《度桂陽嶺歌》。

〔四〕似前身：恍如隔世，參見卷一《答張侍御賈喜再登科（略）》注。

〔五〕南山：終南山别名。

【集評】

王壽昌曰：韋孟之《諷諫詩》，辭嚴義正……至「左遷凡二紀……」，則似痛詆矣。（《小清華園詩談》卷下）

杏園花下酬樂天見贈〔一〕

二十餘年作逐臣，歸來還見曲江春。〔二〕游人莫笑白頭醉，老醉花間有幾人？

【校注】

〔一〕詩大和二年三月初歸長安作。杏園：唐長安名勝。《類編長安志》卷四：「杏園：《城南記》：『杏園在慈恩寺正南，唐進士宴集於此。』」

〔二〕曲江：唐長安東南名勝。《劇談録》卷下：「曲江池，本秦世隑洲，開元中疏鑿，遂爲勝境。其南有紫雲樓、芙蓉苑，其西有杏園、慈恩寺。花卉環周，煙水明媚。都人游玩，盛於中和、上巳之節。彩幄翠幬，匝於堤岸；鮮車健馬，比肩擊轂。」

【附録】

杏園花下贈劉郎中　白居易

怪君把酒偏惆悵，曾是貞元花下人。自别花來多少事？東風二十四回春。（《白居易集》卷二五）

同白侍郎杏園贈劉郎中　張　籍

一去瀟湘頭已白，今朝始見杏花春。從來遷客應無數，重到花前有幾人？（《全唐詩》卷三八六）

酬白樂天杏花園　元　稹

劉郎不用閑惆悵，且作花間共醉人。算得貞元舊朝士，幾員同見太（大）和春？（《元稹集》卷二一六。按：時元稹觀察浙東，詩爲遥和之作，題似當作《和樂天杏園花下贈劉郎中》。）

陪崔大尚書及諸閣老宴杏園〔一〕

更將何面上春臺？〔二〕百事無成老又催。唯有落花無俗態，不嫌顦顇滿頭來。

【校注】

〔一〕詩大和二年三月初歸長安作。崔大尚書：崔群。《舊唐書·文宗紀上》：「（大和元年正月）以前户部侍郎于敖爲宣歙觀察使，代崔群，以群爲兵部尚書。」閣老：《國史補》卷下：「兩省相呼曰閣老。」這裏當指白居易、庾承宣、楊嗣復、張籍等同游者，參見後諸聯句詩。

〔二〕春臺：春日高臺。《老子》上篇：「衆人熙熙，如享太牢，如登春臺。」王弼注：「如春登臺也。」

杏園聯句〔一〕

杏園千樹欲隨風，〔二〕一醉同人此暫同。群上司空。〔三〕老態忽忘絲管裏，衰顔頓解酒杯中。〔四〕絳上白二十二。曲江日暮殘紅在，翰苑年深舊事空。〔五〕居易上主客。二十四年流落者，故人相引到花叢。禹錫。

【校注】

〔一〕詩大和二年三月初歸長安作。參加聯句者有崔群、李絳、白居易、劉禹錫。

〔二〕欲隨風：謂花將落。

〔三〕司空：指李絳。《舊唐書·文宗紀上》：「（大和元年二月）以太子少師、分司東都李絳檢校司空，兼太常卿。」

〔四〕衰顔：衰老容顔。尹式《别宋常侍》：「秋鬢含霜白，衰顔倚酒紅。」《列子·黄帝》：「夫子始一解顔而笑。」

〔五〕曲江：見前《杏園花下酬樂天見贈》注。翰苑：翰林院，崔、李、白三人均曾爲翰林學士，參見前《途次華州陪錢大夫（略）》注。

花下醉中聯句〔一〕

共醉風光地，花飛落酒杯。絳送劉二十八。殘春猶可賞，晚景莫相催。禹錫送白侍郎。〔二〕酒幸年年有，花應歲歲開。居易送兵部相公。〔三〕且當金韻擲，〔四〕莫遣玉山頽。〔五〕群送庾閣長。〔六〕高會彌堪惜，良時不易陪。承宣送主客。〔七〕誰能拉花住？争换得春回？禹錫送吏部。〔八〕我輩尋常有，佳人早晚來。嗣復送白侍郎。〔九〕寄言三相府，〔一〇〕欲散且裴回。居易。時户部相公同會。〔一一〕

【校注】

〔一〕詩大和二年三月初歸長安作。參加聯句者有李絳、劉禹錫、白居易、崔群、庾承宣、楊嗣復。

〔二〕白侍郎：白居易。《舊唐書》本傳：「大和二年正月，轉刑部侍郎，封晉陽縣男，食邑三百户。」

〔三〕兵部相公：崔群，見前詩注。

〔四〕金韻：音韻鏗鏘的詩篇。《晉書·孫綽傳》：「嘗作《天台山賦》，辭致甚工。初成，以示友人范榮期，云：『卿試擲地，當作金石聲也。』」

〔五〕玉山頹：醉倒，參見卷一《揚州春夜（略）》注。

〔六〕庾閣長：庾承宣。據《舊唐書·文宗紀上》，承宣大和元年二月爲京兆尹兼御史大夫，二年春當不再任此二職，方得與此會，然所任何職未詳。

〔七〕主客：主客郎中，指劉禹錫，大和二年入朝後仍爲主客郎中，參見下詩引。

〔八〕吏部：疑爲户部之誤。《舊唐書·楊嗣復傳》：「文宗即位，拜户部侍郎。」《新唐書》本傳同。

〔九〕白侍郎：原作「兵部」，按白居易時爲刑部侍郎，故據《全唐詩》改。

〔一〇〕三相府：指李絳、崔群及注中所云「户部相公」。

〔一一〕户部相公：指崔植，曾相穆宗。《舊唐書·文宗紀上》：「（大和元年二月）以前廣州節度使崔植爲户部尚書。」

再游玄都觀絶句〔一〕并引

余貞元二十一年爲屯田員外郎，時此觀中未有花木。〔二〕是歲，出牧連州，尋貶朗州司馬。〔三〕居十年，召至京師，人人皆言有道士手植仙桃，滿觀如爍晨霞，遂有前篇，以志一時之事。〔四〕旋又出牧，於今十有四年，〔五〕復爲主客郎中，重游玄都，蕩然無復一樹，唯兔葵燕麥動揺於春風耳。〔六〕因再題二十八字，以俟後游。時大和二年三月。

百畝中庭半是苔，桃花淨盡菜花開。種桃道士歸何處？前度劉郎今獨來。〔七〕

【校注】

〔一〕詩大和二年三月初歸長安作。《舊唐書·劉禹錫傳》：「太（大）和二年，自和州刺史徵還，禹錫銜前事未已，復作《游玄都觀》詩，《序》曰……人嘉其才而薄其行。……（裴）度在中書，欲令知制誥，執政又聞詩序，滋不悦。累轉禮部郎中、集賢院學士。度罷知政事，禹錫求分司東都。終以恃才褊心，不得久處朝列。」《新唐書·劉禹錫傳》：「由和州刺史入爲主客郎，復作《游玄都》詩，……以詆權近，聞者益薄其行。俄分司東都。宰相裴度兼集賢殿大學士，雅知禹錫，薦爲禮部郎中、集賢直學士。」《十駕齋養新録》卷六：「以禹錫集考之，《再游玄都》絶句在大和二年三月，……而自和州刺史除主客郎中分司東都，則在大和元年六月，是分司在前，題詩在後也。……次年，以裴度薦，起元官直集賢院，方得還都，《玄都》詩正在此時。集中又有《蒙恩轉儀曹郎依前充集賢學士舉湖州自代》詩，可見初入集賢猶是主客郎中，後乃轉禮部也。史云以薦爲禮部郎中、集賢直學士，猶未甚核。至《玄都》詩，雖含譏刺，亦詞人感慨今昔之常情，何致遂薄其行？史家不考年月，誤仞分司與主客爲兩任，疑由題詩獲咎，遂甚其詞耳。」其説甚是。

〔二〕貞元二十一年：即永貞元年，其年八月改元。屯田員外郎：尚書省工部屯田一曹的副長官。《新唐書·百官志一》「尚書省工部」：「屯田郎中、員外郎各一人，掌天下屯田及京文武職田、諸司公廨田，以品給焉。」中、木：二字原無，據《叢刊》本、《舊唐書·劉禹錫傳》補。

〔三〕尋：原無，據劉本、《叢刊》本、《全唐詩》、《舊唐書·劉禹錫傳》補。

〔四〕爍晨霞：原作「紅霞」，據《叢刊》本、《舊唐書·劉禹錫傳》改。前篇：指《元和十年自朗州承召至京（略）》，見卷四。

〔五〕於：原無，據《叢刊》本、《舊唐書·劉禹錫傳》補。

〔六〕主客郎中：尚書省禮部主客一曹的長官。《新唐書·百官志一》「尚書省禮部」：「主客郎中、員外郎各一人，掌二王后，諸蕃朝見之事。」兔葵、燕麥：均爲野生草本植物。《容齋三筆》卷三：「劉禹錫《再游玄都觀·詩序》云：『唯兔葵燕麥，動摇春風耳。』今人多引用之。予讀《北史·邢邵傳》載邵一書云：『國子雖有學官之名，而無教授之實，何異兔絲燕麥、南箕北斗哉！』然則此語由來久矣。《爾雅》曰：『莃，兔葵。蘥，雀麥。』郭璞注曰：『頗似葵而葉小，狀如藜。雀麥即燕麥，有毛。』……古歌曰：『田中菟絲，何嘗可絡？道邊燕麥，何嘗可獲？』」

〔七〕劉郎：禹錫自謂。此兼用劉、阮入天台故事，謂己重返長安，有隔世之感。《法苑珠林》卷四一引《幽明録》載，漢永平五年，剡縣劉晨、阮肇共入天台山，迷不得返。經十三日，糧乏盡，飢餒殆死，遥望山上有一桃樹，大有子實，上，各啖數枚，而飢止體充。復下山飲水，見蕪青葉從山腹間流出，復有一杯流出，便共没水，逆流行二三里，得度山。出一大溪邊，溪邊有二女子，姿質妙絶，見二人持杯出，便笑曰：「劉、阮二郎，捉向所失流杯來。」乃相見，而悉問來何晚，因邀還家。遂停半年，求歸。既出，親舊零落，邑屋改異，無相識。問訊，得七世孫。獨來：劉本、《全唐詩》作「又來」。

【集評】

謝榛曰：夫平仄以成句，抑揚以合調。……抑揚相稱，歌則爲中和調矣。……劉禹錫《再過玄都觀》詩：「種桃道士歸何處，前度劉郎今又來。」上句四去聲相接，揚之又揚，歌則太硬，下句平穩。此一絶二十六字皆揚，唯「百畝」二字是抑。又觀《竹枝詞》所序，以知音自負，何獨忽於此耶？（《四溟詩話》卷三）

吴喬曰：問曰：「措詞如何？」答曰：「詩人措詞，頗似禪家下語。禪家問曰：如何是佛？非問佛，探其迷悟也。以三身四智對，謂之韓盧逐兔，吃棒有分。雲門對曰：『乾屎橛。』作家語也。劉禹錫之《玄都觀》二詩，是作家語。崔珏《鴛鴦》、鄭谷《鷓鴣》，死説二物，全無自己。韓盧逐兔，吃棒

有分者也。禹錫詩，前人説破，見者易識。未説破者，當以此意求之，乃不受瞞。（《圍爐詩話》卷一）
唐汝詢曰：文宗之朝，互爲朋黨，一相去位，朝士盡易，正猶道士去而桃不復存，是以執政者復惡其輕薄。（《唐詩選脈會通評林》）

唐郎中宅與諸公同飲酒看牡丹〔一〕

今日花前飲，甘心醉數杯。但愁花有語，不爲老人開。

【校注】

〔一〕詩大和二年春初至長安作。唐郎中：唐扶。《舊唐書》本傳：「大和初，入朝爲屯田郎中。」唐扶與劉禹錫爲舊交，參見卷五《唐侍御寄游道林岳麓二寺詩（略）》。

賞牡丹〔一〕

庭前芍藥妖無格，〔二〕池上芙蕖浄少情。〔三〕唯有牡丹真國色，〔四〕花開時節動京城。

【校注】

〔一〕詩用李正封「國色」之語，當作於大和二至五年春在長安時。李正封元和十二年以司勳員外郎從裴度討淮西吴元濟，見《舊唐書·憲宗紀下》，大和初當可官至中書舍人。今以類相從，次於此。

〔二〕妖：妖艷。無格：標格不高。

〔三〕芙蕖：荷花。

〔四〕國色：傾國之色。《松窗雜録》卷上：「大和、開成中，有程修己者，以善畫得進謁。……會春暮内殿賞牡丹花，上頗好詩，因問修己曰：『今京邑傳唱牡丹花詩，誰爲首出？』修己對曰：『臣嘗聞公卿間多吟中書舍人李正封詩曰：天香夜染衣，國色朝酣酒。』」

和嚴給事聞唐昌觀玉蕊花下有游仙二絶〔一〕

玉女來看玉蕊花，〔二〕異香先引七香車。〔三〕攀枝弄雪時回顧，驚怪人間日易斜。

【校注】

〔一〕詩大和二年在長安作。嚴給事：嚴休復。《舊唐書·楊虞卿傳》：「大和二年，南曹令史李賨等六人，僞出告身籤符，賣鑿空僞官，令赴任者六十五人，取受錢一萬六千七百三十貫。……乃詔給事中嚴休復、中書舍人高鉞、左丞韋景休（弘景）充三司推案。」唐昌觀：據《唐兩京城坊考》卷四，在長安朱雀門街西從北第四坊安業坊。玉蕊花：《容齋隨筆》卷一〇：「長安唐昌觀玉蕊，乃今瑒花，又名米囊，黄魯直易爲山礬者。」白居易《和錢學士白牡丹》：「唐昌玉蕊花，攀玩衆所争。折來比顔色，一種如瑶瓊。」《劇談録》卷下：「上都安業坊唐昌觀有玉蕊花，其花每發，若瑶林玉樹。元和中春物方盛，車馬尋玩者相繼。忽一日，有女子年可十七八，衣緑繡衣，乘馬，峨髻雙環，無簪珥之飾，容色婉約，迴出於衆，從以二女冠、三小僕，直造花所。異香芬馥，聞於數十步之外。佇立良久，令小僕取花數枝而出。將乘馬，回顧黄冠者曰：『曩者玉峰之約，自此可以行矣。』時觀者如堵，咸覺煙霏鶴唳，景物輝焕。舉轡百餘步，有輕風擁塵，隨之而去。須臾塵滅，望之已在半天，方悟神仙之游。餘香不散者經月餘日。時嚴給事休復、元相國、劉賓客、白醉吟均有《聞玉蕊院真人降》詩。」按：文中「元和」當爲「大和」之誤。時張籍、王建在長安，均有詩作；元稹在浙東，有遥和之作。諸人詩均存。

〔二〕玉女：仙女。

〔三〕七香車：曹操《與楊彪書》：「今贈足下四望通幰七香車二乘。」

二

雪蕊瓊絲滿院春，〔一〕衣輕步步不生塵。君平簾下徒相問，〔二〕長伴吹簫別有人。〔三〕

【校注】

〔一〕雪蕊瓊絲：周必大《玉蕊考證》：「唐人甚重玉蕊……予往因親舊自鎮江招隱來，遠致一本，條蔓如荼蘼，種之軒窗，冬凋春茂，柘葉紫莖，再歲始著花。……花苞初甚微，經月漸大，暮春方八出，鬚如冰絲，上綴金粟。花心復有碧筒，狀類膽瓶，其中別抽一英，出衆鬚上，散爲十餘蕊，猶刻玉然。花名玉蕊，乃在於此。」

〔二〕君平：漢成都高士嚴遵，此指嚴休復。《高士傳》卷中：「嚴遵，字君平，蜀人也，隱居不仕。常賣卜於成都市，日得百錢以自給。卜訖，則閉肆下簾，以著書爲事。」

〔三〕吹簫：用弄玉從簫史吹簫後皆仙去事，參見卷三《團扇歌》注。

【附録】

唐昌觀玉蕊花折（拆）有仙人游悵然成二絶　嚴休復

終日齋心禱玉宸，魂銷目斷未逢真。不如滿樹瓊瑶蕊，笑對藏花洞裏人。

羽車潛下玉龜山，塵世何由覩蕣顔。唯有多情枝上雪，好風吹綴緑雲鬟。（《全唐詩》卷四六三）

酬嚴給事（原注：聞玉蕊花下有游仙絶句。）　白居易

瀛女偷乘鳳去時，洞中潛歇弄瓊枝。不緣啼鳥春饒舌，青瑣仙郎可得知？（《白居易集》卷二五）

同嚴給事聞唐昌觀玉蕊近有仙過因成絶句二首　張　籍

千枝花裏玉塵飛，阿母宫中見亦稀。應共諸仙鬥百草，獨來偷得一枝歸。

九色雲中紫鳳車，尋仙來到洞仙家。飛輪迴處無蹤跡，唯有斑斑滿地花。（《全唐詩》卷三八六）

唐昌觀玉蕊花　王　建

一樹籠鬆玉刻成，飄廊點地色輕輕。女冠夜覓香來處，唯見階前碎月明。（《全唐詩》卷三〇一）

和嚴給事聞唐昌觀玉蕊花下有游仙　元　稹

弄玉潛過玉樹時，不教青鳥出花枝。的應未有諸人覺，只是嚴郎不（卜）得知。（《全唐詩》卷四二

三。按元稹時在越州，詩爲遥和之作。）

裴相公大學士見示答張秘書謝馬詩并群公屬和因命追作〔一〕

草玄門户少塵埃，〔二〕丞相并州寄馬來。〔三〕初自塞垣銜苜蓿，〔四〕忽行幽徑破莓苔。尋花緩轡威遲去，〔五〕帶酒垂鞭躞蹀回。〔六〕不與王侯與詞客，知輕富貴重清才。

【校注】

〔一〕詩大和二年初歸長安作。裴相公：裴度，曾相憲、穆、敬、文四朝。大學士：集賢殿大學士。《舊唐書·裴度傳》：「（寶曆二年）屬盗起禁闈，宫車晏駕，度與中貴人密謀，誅劉克明等，迎江王立爲天子，以功加門下侍郎、集賢殿大學士、太清宫使，餘如故。」《新唐書·百官志一》：「宰相事無不統，故不以一職名官。自開元以後，常以領他職。……故時方用兵，則爲節度使；時崇儒學，則爲大學士。」秘書：秘書郎，屬秘書省，從六品上，掌四部圖籍。張秘書：張籍，時已官國子司業。蓋元和十四年張籍爲秘書郎時，裴度爲太原尹、北都留守，曾贈之以馬，張籍作詩酬謝，故裴度答詩稱其爲「張秘書」。當時唱和之作甚多，均見附録。大和二年劉禹錫歸長安，裴度遂命劉追和之。

〔二〕草玄：用揚雄寂寞草《太玄》事，見卷二《和董庶中古散調詞贈尹果毅》注。少塵埃：少有權貴車馬往來。秘書郎官職清而不要，故云。

〔三〕并州：州治在今山西省太原市。《元和郡縣圖志》卷一三「河東道太原府」：「開元十一年，玄宗行幸至此州，以王業所興，又建北都，改并州爲太原府。」《舊唐書·裴度傳》：「(元和)十四年，檢校左僕射、同中書門下平章事、太原尹、北都留守、河東節度使。」

〔四〕塞垣：邊塞。苜蓿：草名。《史記·大宛列傳》：「俗嗜酒，馬嗜苜蓿，漢使取其實來，於是天子始種苜蓿、蒲陶肥饒地。」

〔五〕緩轡：放鬆繮繩。威遲：緩行貌。

〔六〕垂鞭：馬鞭下垂，不加驅策。蹀躞：小步貌。卓文君《白頭吟》：「蹀躞御溝上，溝水東西流。」

【附録】

謝裴司空寄馬　張　籍

騄耳新駒駿得名，司空遠自寄書生。乍離華厩移蹄澀，初到貧家舉眼驚。每被閑人來借問，多尋古寺獨騎行。長思歲旦沙堤上，得從鳴珂傍火城。(《全唐詩》卷三八五)

酬張秘書因寄馬贈詩　裴　度

滿城馳逐皆求馬，古寺閑行獨與君。代步本慚非逸足，緣情何幸枉高文。若逢佳麗從將換，莫共駑駘角出群。飛控著鞭能顧我，當時王粲亦從軍。(《全唐詩》卷三三五)

賀張十八秘書得裴司空馬　韓　愈

司空遠寄養初成，毛色桃花眼鏡明。落日已曾交轡語，春風還擬並鞍行。長令奴僕知飢渴，須

著賢良待性情。旦夕公歸伸拜謝，免勞騎去逐雙旌。（《韓昌黎集》卷一〇）

和張十八秘書謝裴相公寄馬　白居易

齒齊臕足毛頭膩，秘閣張郎叱撥駒。洗了頜花翻假錦，走時蹄汗踏真珠。青衫乍見曾驚否？紅粟難賒得飽無？丞相寄來應有意，遣君騎去上雲衢。（《白居易集》卷一九）

和張秘書因寄馬贈詩　元稹

丞相功高厭武名，牽將戰馬寄儒生。四蹄荀（筍）距藏難盡，六尺鬉頭見尚驚。減粟偷兒憎未飽，騎驢詩客駡先行。勸君還卻司空著，莫遣衙參傍子城。（《元稹集》卷二六）

和裴相國答張秘書贈馬詩　李絳

高才名價欲凌雲，上駟光華遠贈君。念舊露垂丞相簡，感知星動客卿文。縱橫逸氣寧稱力，馳騁長途定出群。伏櫪莫令空度歲，黄金結束取功勳。（《全唐詩》卷三一九）

和裴司空答張秘書贈馬詩　張賈

閣下從容舊客卿，寄來駿馬賞高情。（原注：司空詩云，古寺閑行獨與君。）任追煙景騎仍醉，知有文章倚便成。步步自憐春日影，蕭蕭猶起朔風聲。須知上宰吹噓意，送入天門上路行。（《全唐詩》卷三六六）

和裴相公傍水閑行〔一〕

爲愛逍遥第一篇，〔二〕時時閒步賞風煙。看花臨水心無事，功業成來十二年。〔三〕

【校注】

〔一〕詩大和二年春在長安作，參下注及白居易同和詩。裴相公：裴度，見前詩。

〔二〕逍遥第一篇：指《莊子·逍遥游》，爲《莊子》第一篇，首載鯤鵬、斥鷃寓言，郭象注謂其大旨言：「夫小大雖殊，而放於自得之場，則物任其性，事稱其能，各當其分，逍遥一也。」

〔三〕功業：指元和十二年平淮西事，參見卷四《平蔡州三首》注。十二年：原作「二十年」。按：此詩出劉集外集卷一，此卷中詩全係宋敏求自《劉白唱和集》中輯出，作年無晚於大和三年春者，此詩即次大和二年春諸詩中。時裴度爲相，故題稱「相公」。若字作「二十」，則當作於開成元年，時裴爲東都留守，已進位中書令，當呼之爲「令公」，白居易和詩亦不得云其「早出中書」矣。元和十四年至大和二年正爲十二年，今改。

【附録】

傍水閑行　裴　度

閑餘何處覺身輕？暫脱朝衣傍水行。鷗鳥亦知人意静，故來相近不相驚。（《全唐詩》卷三三五）

和裴相公傍水絶句　白居易

行尋春水坐看山，早出中書晚未還。爲報野僧巖客道，偷閑氣味勝長閑。（《白居易集》外集卷上）

春池泛舟聯句〔一〕

鳳池新雨後，〔二〕池上好風光。上相公。禹錫。取酒愁春盡，留賓喜日長。度送兵部。柳絲迎畫舸，水鏡寫雕梁。群送賈閣長。〔三〕潭洞迷仙府，煙霞認醉鄉。餗送張司業。〔四〕鶯聲隨笑語，〔五〕竹色入壺觴。籍送主客。晚景含澄澈，時芳得艷陽。〔六〕禹錫。飛梟拂輕浪，緑柳暗回塘。度。逸韻追安石，〔七〕高居勝辟彊。〔八〕群。杯停新令舉，詩動綵牋忙。餗。顧謂同來客，歡游不可忘。籍。

【校注】

〔一〕詩稱劉禹錫爲「主客」，爲大和二年春在長安裴度興化里池亭作。與聯句者有劉禹錫、裴度、崔群、賈餗、張籍。

〔二〕鳳池：鳳凰池，本指中書省，此藉以美稱裴度興化里池亭，故度詩有「留賓」之語。參見卷八《宴興化池亭送白二十二東歸聯句》注。

〔三〕寫：通瀉。賈閣長：賈餗，時爲太常少卿。《舊唐書·文宗紀上》：「（大和二年三月）辛巳，上御宣政殿親試制策舉人，以左散騎常侍馮宿、太常少卿賈餗、庫部郎中龐嚴爲考制策官。」唐俗，兩省相呼曰閣長。

〔四〕醉鄉：指醉酒後神志不清的狀態。言醉中別有天地。王績《醉鄉記》：「醉之鄉，去中國不知其幾千里也。其土曠然無涯，……其氣和平，……其俗大同，……其人甚精。……阮嗣宗、陶淵明等十數人，並游於醉鄉，没身不返，死葬其壤，中國以爲酒仙云。嗟乎，醉鄉氏之俗，豈古華胥氏之國乎！其何以淳寂也如是？今予將游焉，故爲之記。」司業：國子司業，國子監副長官。《新唐書・張籍傳》：「仕終國子司業。」

〔五〕笑語：原作「雨語」，據劉本、《全唐詩》改。

〔六〕時芳：疑當作「芳時」，與「晚景」相對，指春天。艷陽：明媚陽光。鮑照《學劉公幹體》：「艷陽桃李節，皎潔不成妍。」

〔七〕安石：謝安字。《晉書・謝安傳》：「寓居會稽，與王羲之及高陽許詢、桑門支遁游處，出則漁弋山水，入則言詠屬文，無處世意。……及登台輔……又於土山營墅，樓館林竹甚盛，每攜中外子姪往來游集，肴饌亦屢費百金，世頗以此譏焉，而安殊不以屑意。」

〔八〕辟彊：顧辟彊，東晉吴人。《晉書・王獻之傳》：「嘗經吴郡，聞顧辟彊有名園，先不相識，乘平肩輿徑入。時辟彊方集賓友，而獻之游歷既畢，傍若無人。」此二句稱頌裴度。

與歌者何戡〔一〕

二十餘年别帝京，重聞天樂不勝情。〔二〕舊人唯有何戡在，更與殷勤唱渭城。〔三〕

【校注】

〔一〕此詩當大和二年初返長安作，酌編於此。何戡：即何勘。《樂府雜録・歌》：「元和、長慶以來，有李貞信、米嘉榮、何勘、陳意奴。」

〔二〕天樂：天上音樂，此指宫中音樂。杜甫《贈花卿》：「此曲只應天上有，人間能得幾回聞？」

〔三〕渭城：地名，亦曲名。《史記·秦始皇本紀》正義引《括地志》：「咸陽故城亦名渭城，在雍州北五里。」《樂府詩集》卷八〇：「《渭城》，一曰《陽關》，王維之所作也。本《送人使安西》詩，後遂被於歌。……白居易《對酒》詩：『相逢且莫推辭醉，聽唱《陽關》第四聲。』陽關第四聲，即『勸君更進一杯酒，西出陽關無故人』也。《渭城》、《陽關》之名，蓋因辭云。」按王維《送元二使安西》首云：「渭城朝雨浥輕塵。」

【集評】

謝枋得曰：「不勝情」三字有味。「舊人唯有何戡在」，見得舊時公卿大夫與己爲仇者，今無一存，惟歌妓何戡尚在。……今日幸而登朝，何戡更與唱昔年送別之曲。回思逆境，豈意生還。仇人怨家，消磨已盡。人生爭名爭利，相傾相陷，果何如哉！（《注解章泉澗泉二先生選唐詩》卷一）

李攀龍曰：宋劉原父《別宮妓》詩：「玳筵銀燭徹宵明，白玉佳人唱渭城。更盡一杯須起舞，關河秋月不勝情。」從此詩翻出。（《唐詩選》卷七）

陸時雍曰：深衷痛語。（《唐詩選脈會通評林》）

胡次焱曰：前二句，頗有戀君之意。因「唱渭城」句推之，乃知幸怨人讎家之無存也。舊人惟有何戡，更與唱曲，欣幸快慰之詞，與「前度劉郎今又來」同意。（《唐詩選脈會通評林》）

唐汝詢曰：夢得爲當政者所忌，居外二十四年而始還都，是以聞天樂而不勝情也。然舊人無遺，惟一樂工在，更爲我唱當年別離之曲，有情哉！（《唐詩解》卷二九）

沈德潛曰：王維《渭城》詩，唐人以爲送别之曲，夢得重來京師，舊人惟一樂工，爲唱《渭城》送别，何以爲情也？（《唐詩别裁》卷二十）

管世銘曰：王阮亭司寇删定洪氏《萬首唐人絶句》，以王維之《渭城》、李白之《白帝》、王昌齡之「奉帚平明」、王之涣之「黄河遠上」爲壓卷，韙於前人之舉「蒲萄美酒」、「秦時明月」者矣。近沈歸愚宗伯，亦效舉數首以續之。今按其所舉，惟杜牧「煙籠寒水」一首爲當。其柳宗元之「破額山前」，劉禹錫之「山圍故國」，李益之「回樂峰前」，詩雖佳而非其至。鄭谷之「揚子江頭」不過稍有風調，尤非數詩之匹也。必欲求之，其張潮之「茨菰葉爛」，張繼之「月落烏啼」，錢起之「瀟湘何事」，韓翃之「春城無處」，李益之「邊霜昨夜」，劉禹錫之「二十餘年」，李商隱之「珠箔輕明」，與杜牧《秦淮》之作，可稱匹美。（《讀雪山房唐詩序例》）

聽舊宫中樂人穆氏唱歌〔一〕

曾隨織女渡天河，〔二〕記得雲間第一歌。休唱貞元供奉曲，當時朝士已無多。〔三〕

【校注】

〔一〕此詩亦不勝今昔之感，當大和二年初返長安作，酌編於此。

〔二〕織女：見卷一二《七夕》注。此以「天河」、「雲間」等喻宫中。

〔三〕貞元：唐德宗第三個年號（七八五—八〇五）。供奉曲：在宫廷中爲皇帝演唱的歌曲。《容齋四筆》卷一四：「劉禹錫《聽舊宮人穆氏唱歌》一詩云：『休唱貞元供奉曲，當時朝士已無多。』劉在貞元任郎官、御史，後二紀方再入朝，故有是語。汪藻始采用之，其《宣州謝上表》云：『新建武之官儀，不圖重見；數貞元之朝士，今已無多。』其用事可謂精切。……邁嘗四用之。」

【集評】

謝枋得曰：前兩句形容宫中之樂如在九霄，後兩句謂德宗貞元間陸宣公爲相，姜公輔、蕭復、陽城、童仲舒諸賢先後立朝，尚多君子，今日與貞元大不侔矣。聞貞元樂曲，思貞元朝士，寧能無傷今懷古之情乎？……《詩》云：「伊誰之思，西方美人。」不言無而言「無多」，此詩人巧處。（《注解章泉澗泉二先生選唐詩》卷二）

桂天祥曰：《穆氏》、《何戡》，二詩同體，然其隱痛極是婉曲。（《批點唐詩正聲》）

唐汝詢曰：此夢得還京之後，傷老成無遺，託此興慨。上述宫人之詞，下爲己告之語，言彼自云曾與天河之會，記得此歌，我想當時朝士無有存者，貞元供奉之曲不必唱也。（《唐詩解》卷二九）

何焯曰：織女渡河，止於一夕。永貞改元，曾未經年，藉穆氏以比立朝不久也。（卞孝萱《劉禹錫詩何焯批語考訂》）

首夏猶清和聯句〔一〕

記得謝家詩，〔二〕清和即此時。居易。餘花數種在，密葉幾重垂。度。芳謝人人惜，陰成處處宜。禹錫。水苹争點綴，梁燕共追隨。行式。亂蝶憐疏蕊，殘鶯戀好枝。籍。草香殊未歇，〔三〕雲勢漸多奇。〔四〕居易。單服初寧體，新篁已出籬。度。與春爲别近，覺日轉行遲。禹錫。遶樹風光少，侵階苔蘚滋。行式。唯思奉歡樂，長得在西池。〔五〕籍。

【校注】

〔一〕詩大和二年四月在長安作。參加聯句者有白居易、裴度、劉禹錫、行式。行式當爲韋行式，乃韋皋之姪，韋聿之子，見兩《唐書·韋皋傳》。參見《文史》第七輯卞孝萱《劉禹錫交游叢考》。

〔二〕謝家：指謝靈運，其《游赤石進帆海》云：「首夏猶清和。」

〔三〕草香：謝靈運《游赤石進帆海》：「芳草亦未歇。」

〔四〕多奇：陶潛（一作顧愷之）《四時》：「夏雲多奇峰。」

〔五〕西池：指裴度長安興化里宅中池。

薔薇花聯句〔一〕

似錦如霞色，〔二〕連春接夏開。〔三〕禹錫。波紅分影入，風好帶香來。度。得地依東閣，〔四〕當階奉上台。〔五〕行式。淺深皆有態，次第暗相催。禹錫。滿地愁英落，緣堤惜棹回。度。芳濃濡雨露，明麗隔塵埃。行式。似著胭脂染，如經巧婦裁。居易。奈花無别計，只有酒殘杯。籍。

【校注】

〔一〕詩大和二年四月在長安作。參加聯句者有劉禹錫、裴度、韋行式、白居易、張籍。

〔二〕似錦：《廣群芳譜》卷四二引《益部方物記》：「俗謂薔薇爲錦被堆。」

〔三〕連春接夏：《廣群芳譜》卷四二：「薔薇開時，連春接夏，清馥可人。」

〔四〕東閣：宰相延接賓客之所，參見卷六《和浙西李大夫伊川卜居》注。

〔五〕上台：三台六星中的二星，指三公。此指裴度，時位至宰相、司空。其興化里園林中多栽薔薇。《唐詩紀事》卷四〇：「晉公度初立第於街西興化里。鑿池種竹，起臺榭。（賈）島方下第，或以爲執政惡之，故不在選，怨憤題詩曰：『破卻千家作一池，不栽桃李種薔薇。薔薇花落秋風起，荆棘滿庭君始知。』」

西池落泉聯句〔一〕

東閤聽泉落，能令野興多。行式。散時猶帶沫，淙處卻跳波。〔二〕度。偏洗磷磷石，〔三〕還驚泛泛鵝。〔四〕籍。色清塵不染，光白月相和。居易。噴雪縈松竹，攢珠濺芰荷。禹錫。對吟時合響，觸樹更摇柯。籍。照圃紅分藥，〔五〕侵階緑浸莎。居易。日斜車馬散，餘韻逐鳴珂。〔六〕

禹錫。

【校注】

〔一〕詩大和二年夏在長安作。西池：裴度興化里宅中池。參加聯句者有韋行式、裴度、張籍、白居易、劉禹錫。

〔二〕淙：水聲。

〔三〕磷磷：猶粼粼，水中見石貌。《詩·唐風·揚之水》：「揚之水，白石粼粼。」

〔四〕泛泛：漂浮貌。《楚辭·卜居》：「將泛泛若水中之鳧乎？」

〔五〕藥：芍藥。謝朓《直中書省》：「紅藥當階翻。」

〔六〕餘韻：餘音。珂：馬籠頭上的裝飾品，以美石或貝爲之，行則有聲。《西京雜記》卷二：「（武帝時）或一馬之飾值百金，皆以南海白蜃爲珂，紫金爲華，以飾其上。」張華《輕薄篇》：「文軒樹羽蓋，乘馬鳴玉珂。」

浙東元相公書嘆梅雨鬱蒸之候因寄七言〔一〕

稽山自與岐山別，〔二〕何事連年鸑鷟飛？〔三〕百辟商量舊相入，〔四〕九天祇候遠臣歸。〔五〕

平湖晚泛窺清鏡，〔六〕高閣晨開掃翠微。〔七〕今日看書最惆悵，爲聞梅雨損朝衣。〔八〕

【校注】

〔一〕詩大和二年或三年夏在長安作。元相公：元稹，時爲越州刺史、浙東觀察使，參見卷五《白舍人自杭州寄新詩（略）》注。梅雨：黄梅時節的雨。元稹與劉禹錫書已佚。

〔二〕稽山：即會稽山，在今浙江省紹興市。《史記·封禪書》正義引《括地志》：「會稽山一名衡山，在越州會稽縣東南一十二里。」岐山：在今陝西省岐山縣。《史記·夏本紀》正義引《括地志》：「岐山在岐州岐山縣東北十里。」

〔三〕鸑鷟：鳳凰别名。《國語·周語》：「周之興也，鸑鷟鳴於岐山。」韋昭注：「鸑鷟，鳳之别名也。」此指元稹，自長慶三年八月爲浙東觀察使，至此已六年。

〔四〕百辟：原指諸侯，此泛指朝中百官。舊相：指元稹，曾相穆宗。

〔五〕九天：天最高處，指朝廷。祗候：恭候。遠臣：二字原闕，《叢刊》本作「謫仙」，《全唐詩》作「老臣」，此據劉本補。

〔六〕平湖：指鏡湖。《元和郡縣圖志》卷二六「越州會稽縣」：鏡湖「在會稽、山陰兩縣界」。

〔七〕翠微：青翠山色。元稹在越州作《以州宅誇於樂天》：「州城迴繞拂雲堆，鏡水稽山滿眼來。四面常時對屏障，一家終日在樓臺。」

〔八〕朝衣：上朝所著官服。元稹《酬翰林白學士代書一百韻》：「度梅衣色漬。」自注：「南方衣服，經夏謂之度梅，顔色盡黦。」

夏日寄宣武令狐相公〔一〕

長憶梁王逸興多，〔二〕西園花盡興如何？近來溽暑侵亭館，〔三〕應覺清談勝綺羅。〔四〕境入篇章高韻發，風穿號令衆心和。承明欲謁先相報，〔五〕願拂朝衣逐曉珂。〔六〕

【校注】

〔一〕詩大和二年夏在長安作。宣武：唐方鎮名，治所在汴州。《新唐書·方鎮表二》：建中二年，置宋亳穎節度使，治宋州，尋號宣武軍節度使；興元元年，宣武軍節度使徙治汴州。令狐楚原詩已佚。

〔二〕梁王：漢梁孝王劉武，指令狐楚，屢見前注。逸興：高逸的興致。李白《送賀賓客歸越》：「狂客歸舟逸興多。」

〔三〕溽暑：盛夏濕熱的氣候。《禮記·月令·季夏之月》：「土潤溽暑，大雨時行。」

〔四〕清談：魏晉士人崇尚老、莊，喜談玄理，稱爲清談。綺羅：絲織品，此代指歌舞。

〔五〕承明：指朝廷。《漢書·嚴助傳》：「君厭承明之廬，勞侍從之事。」張晏曰：「承明廬在石渠閣外。直宿所止曰廬。」曹植《贈白馬王彪》：「謁帝承明廬，逝將歸舊疆。」

〔六〕珂：參見前《西池落泉聯句》注。逐曉珂，謂追隨令狐楚之坐騎早朝。

和宣武令狐相公郡齋對新竹〔一〕

新竹翛翛韻曉風，〔二〕隔窗依砌尚蒙蘢。〔三〕數間素壁初開後，〔四〕一段清光入坐中。欹枕閑看知自適，〔五〕含毫朗詠與誰同？〔六〕此君若欲長相見，〔七〕政事堂東有舊叢。〔八〕

【校注】

〔一〕詩大和二年夏在長安作。

〔二〕翛翛：風吹樹葉聲。岑參《范公叢竹歌》：「盛夏翛翛叢色寒。」

〔三〕砌：臺階。蒙蘢：即朦朧，不分明貌。

〔四〕素壁初開：謂「去齋居之東牆」，事見附録令狐楚原詩。

〔五〕欹：斜倚。

〔六〕含毫：謂提筆賦詩。毫，筆毫。陸機《文賦》：「或含毫而邈然。」

〔七〕此君：指竹。《晉書·王徽之傳》：「嘗寄居空宅中，便令種竹。或問其故，徽之但嘯詠，指竹曰：『何可一日無此君邪！』」

〔八〕政事堂：宰相議事之處。《舊唐書·職官志二》：「舊制，宰相常於門下省議事，謂之政事堂。永淳二年七月，中書令裴炎以中書執政秉筆，遂移政事堂於中書省。」此祝令狐楚重入中書爲相。

【附録】

郡齋左偏栽竹百餘竿炎涼已周青翠不改而爲牆垣所蔽有乖愛賞假日命去齋居之東牆由是俯臨軒階低映帷户日夕相對頗有翛然之趣　令狐楚

齋居栽竹北窗邊，素壁新開映碧鮮。青靄近當行藥處，緑陰深到卧帷前。風驚曉葉如聞雨，月過春枝似帶煙。老子憶山心暫緩，退公閒坐對嬋娟。（《全唐詩》卷三三四）

和汴州令狐相公新於郡内栽竹百竿坼壁開軒旦夕對玩偶題七言五韻　白居易

梁園修竹舊傳名，久廢年深竹不生。千畝荒涼尋未得，百竿青翠種新成。牆開乍見重添興，窗静時聞别有情。煙葉蒙籠侵夜色，風枝蕭颯欲秋聲。更登樓望尤堪重，千萬人家無一莖。（原注：汴州人家並無竹。）（《白居易集》卷二六）

令狐相公見示贈竹二十韻仍命繼和〔一〕

高人必愛竹，寄興良有以。〔二〕峻節可臨戎，〔三〕虚心宜待士。〔四〕衆芳信妍媚，威鳳難棲止。〔五〕遂於鼙鼓間，〔六〕移植東南美。〔七〕封以梁園土，〔八〕澆之浚泉水。〔九〕得地色不移，〔一〇〕陵空勢方起。新青排故葉，餘粉籠疏理。〔一一〕猶復隔牆藩，何因出塵滓？兹辰去前蔽，〔一二〕永日勞瞪視。槭槭林已成，〔一三〕瑩瑩玉相似。規摹起心匠，〔一四〕洗滌在頤指。〔一五〕曲直既瞭然，孤高何卓爾。〔一六〕垂梢覆内屏，迸筍侵前阯。〔一七〕妓席拂雲鬟，賓階蔭珠履。〔一八〕抱琴恣閒玩，執卷堪斜倚。〔一九〕露下懸明璫，風來韻清徵。〔二〇〕堅貞貫四候，〔二一〕標格殊百卉。歲晚當自知，〔二二〕繁華豈云比。〔二三〕古詩無贈竹，高唱從此始。一聽清瑶音，〔二四〕琤然長在耳。〔二五〕

【校注】

〔一〕詩大和二年夏在長安作。此詩亦因令狐楚開壁賞竹而作，前已有和詩，故云「仍命」。令狐楚原詩佚。

〔二〕良有以：確有因由。李白《春夜宴桃李園序》：「古人秉燭夜游，良有以也。」

〔三〕峻節：指竹節，雙關高尚的節操。顏延年《陶徵士誄》：「夷、皓之峻節。」臨戎：統率軍隊。

〔四〕虚心：指竹子中空，雙關謙遜的品質。待：《全唐詩》作「得」。

〔五〕威鳳：《漢書·宣帝紀》：「神爵元年，南郡獲白虎威鳳爲寶。」晉灼注：「鳳之有威儀者。」《舊唐書·長孫無忌傳》：「太宗追思王業艱難，佐命之力，又作《威鳳賦》以賜無忌。」

〔六〕鼙鼓間：軍中。鼙鼓，軍中用小鼓。

〔七〕東南美：指竹。《爾雅·釋地》：「東南之美者，有會稽之竹箭焉。」

〔八〕梁園：梁孝王園苑，在汴州。參見卷六《和汴州令狐相公到鎮改月（略）》注。

〔九〕浚泉：深泉，又雙關浚水。《詩·小雅·小弁》：「莫浚匪泉。」《元和郡縣圖志》卷七「汴州浚儀縣」：「故大梁也。魏惠王自安邑徙此，因浚水爲名。」

〔一〇〕色不移：謂竹移栽後青青如故，雙關人富貴不能淫、貧賤不能移的品質。

〔一一〕疏理：疏朗的文理。

〔一二〕前蔽：指令狐楚齋居的東牆，參見前詩。

〔一三〕槭槭：風吹樹葉作聲。岑參《范公叢竹歌》：「閑宵槭槭葉聲乾。」

〔一四〕規摹：規劃佈局。心匠：即匠心。

〔一五〕頤指：以下巴示意指揮。

〔一六〕卓爾：高超，突出。袁宏《三國名臣贊》：「公瑾卓爾，逸志不群。」

〔一七〕戺：臺階。張衡《西京賦》：「金戺玉階。」

〔一八〕珠履：綴有珍珠的鞋子，指貴客。《史記·春申君列傳》：「春申客三千餘人，其上客皆躡珠履以見趙使。」

〔一九〕抱琴：李白《山中與幽人對酒》：「我醉欲眠卿且去，明朝有意抱琴來。」執卷：手執書卷，讀書。

〔二〇〕璫：耳珠。韻清徵：謂奏出美妙的音樂，參見卷一《韓十八侍御見示岳陽樓別竇司直詩（略）》注。

〔二一〕四候：四時。《禮記·禮器》：「其在人也，如竹箭之有筠也，如松柏之有心也……故貫四時而不改柯易葉。」

〔三〕歲晚：虞世南《賦得臨池竹應制》：「欲識凌冬性，唯有歲寒知。」

〔三〕繁華：衆花。比：原作「此」，據劉本、《叢刊》本改。

〔四〕清瑶音：猶琴音，指令狐楚詩。瑶：美玉，古代以飾琴，稱瑶琴。謝朓《郡内高齋閒坐答吕法曹》：「惠而能好我，問以瑶華音。」

〔五〕琤然：形容玉器撞擊聲。

答白刑部聞新蟬〔一〕

蟬聲未發前，已自感流年。〔二〕一入凄涼耳，如聞斷續絃。晴清依露葉，晚急思霞天。〔三〕何事秋卿詠，〔四〕逢時亦悄然？〔五〕

【校注】

〔一〕詩大和二年秋在長安作。白刑部：白居易，時爲刑部侍郎，參見前注。

〔二〕流年：流逝的年光。

〔三〕思：劉本、《全唐詩》作「畏」。

〔四〕秋卿：此指刑部侍郎白居易。《唐六典》卷六尚書省刑部：刑部尚書，「周之秋官卿也」。唐光宅元年亦曾改刑部爲秋官。

〔五〕亦：劉本作「一」。

【集評】

何焯曰：夢得詩往往空闊有咫尺萬里之勢。〔蟬聲聯〕取「新」字，卻過一步。〔逢時句〕取前四句渾然。（卞孝萱《劉禹錫詩何焯批語考訂》）

【附録】

聞新蟬贈劉二十八　　白居易

蟬發聲一時，梅花帶兩枝。只應催我老，兼遺報君知。白髮生頭速，青雲入手遲。無過一杯酒，相勸數開眉。（《白居易集》卷二六）

早秋集賢院即事〔一〕時爲學士。

金數已三伏，〔二〕火星正西流。〔三〕樹含清露曉，〔四〕閣倚碧天秋。灰琯應新律，〔五〕銅壺添夜籌。〔六〕商飆從朔塞，〔七〕爽氣入神州。〔八〕蕙草香書殿，槐花點御溝。山明真色見，水淨濁煙收。早歲忝華省，〔九〕再來成白頭。幸依群玉府，〔一〇〕有路向瀛洲。〔一一〕

【校注】

〔一〕詩大和二年七月在長安作。集賢院：唐代宮中整理圖書典籍的機構。《舊唐書·玄宗紀上》：「（開元十四年）夏四月丁巳，改集仙殿爲集賢殿，麗正殿書院改集賢殿書院；内五品已上爲學士，六品已下爲直學士。」同書《職官志》：「集賢學士之職，掌刊輯古今之經籍，以辨明邦國之大典。凡天下圖書之遺逸，賢才之隱滯，則承旨而徵求焉。」劉禹錫入集賢院爲學士，在大和二年，參見附録《簡譜》。

〔二〕金數：指秋日。古人以五行配四時，以金配秋。《禮記·月令·孟秋之月》：「其數九。」注：「金，生數四，成數九，但言九者，亦舉其成數。」三伏：此指三伏中的末伏。古以立秋後的第一個庚日起爲末伏。

〔三〕火星：大火，即心宿二。《詩·豳風·七月》：「七月流火。」傳：「火，大火也。流，下也。」

〔四〕清：原作「秋」，據《叢刊》本、《文苑英華》改。

〔五〕灰琯：置放葭莩灰以候節氣的玉製律管。新律：新節候，古人以十二律配十二月。《史記·律書》：「七月也，律中夷則。」餘見卷六《和汴州令狐相公到鎮改月（略）》注。

〔六〕銅壺：古代銅製壺形的計時器。夏至後，日漸短，夜漸長，故「添夜籌」。

〔七〕商飆：秋風。古人以五音中商配秋，故云。朔塞：北方邊塞。

〔八〕爽氣：涼爽之氣。神州：指京師。

〔九〕華省：對尚書省的美稱。永貞元年，劉禹錫初入尚書省，官屯田員外郎。

〔一〇〕群玉府：指集賢院，參見卷二《送韋秀才道沖赴制舉》注。

〔一二〕瀛洲：海中仙山，此喻翰林院、中書省等近密之地。參見卷六《歷陽書事七十四韻》注。《舊唐書·劉禹錫傳》：「大和二年，……拜主客郎中，……（裴）度在中書，欲令知制誥。」白居易《和集賢劉學士早朝作》：「暫留春殿多稱屈，合入綸闈即可知。」綸闈，中書省。「向瀛洲」，指此。

闕下待傳點呈諸同舍〔一〕

禁漏晨鐘聲欲絶，〔二〕旌旗組綬影相交。〔三〕殿含佳氣當龍首，〔四〕閣倚晴天見鳳巢。〔五〕山色葱蘢丹檻外，〔六〕霞光泛灔翠松梢。〔七〕多慚再入金門籍，〔八〕不敢爲文學解嘲。〔九〕

【校注】

〔一〕依劉、白二集編次，詩大和二年在長安作。闕下：指大明宫前。長安大明宫爲皇帝上朝之所，宫前有棲鳳、翔鸞二闕。傳點：敲擊雲板召集百官上朝。《新唐書·儀衛志》：「朝日……從官朱衣傳呼，促百官就班，文武列於兩觀。……平明，傳點畢，内門開，監察御史領百官入，夾階。」王建《宫詞》：「殿前傳點各依班。」同舍：同在尚書省爲郎官者。見卷二《竇朗州見示（略）》詩注。

〔二〕禁漏：宫中夜間計時的漏刻。

〔三〕旌旗：原作「旌旆」，據《叢刊》本、劉本、《全唐詩》改。

〔四〕龍首：龍首山。唐代於大明宫含元殿朝會，殿據龍首山上。《劇談録》卷下：「含元殿國初建造，鑿龍首崗以爲基址，彤墀釦砌，高五十餘尺。左右立棲鳳、翔鸞二闕，龍尾道出於闕前。倚欄下瞰，前山如在諸掌。殿去五門二里。每元朔朝會，禁軍與御杖宿於殿庭，金甲葆戈，雜以綺繡，羅列文武，纓佩序立，蕃夷酋長，仰觀玉座，若在霄漢。」

〔五〕見鳳巢：喻天下太平。皇甫謐《帝王世紀》：「黄帝時，鳳凰巢於阿閣。」孟郊《覆巢行》：「鳳巢阿閣重且深。」

〔六〕山色：指終南山色。丹檻：殿庭的紅色欄杆。《長安志》卷六：「（大明宫）南望終南山如指掌，京師坊市街陌，俯視如在檻内。」

〔七〕泛灔：光彩浮動貌。

〔八〕金門籍：列籍於宫門，指爲朝官，參見卷二《酬元九院長（略）》注。

〔九〕解嘲：揚雄所作文名。《漢書·揚雄傳》：「哀帝時，丁、傅、董賢用事，諸附離之者，或起家至二千石。時雄方草《太玄》，有以自守，泊如也。或嘲以雄『玄』尚白，而雄解之，號曰《解嘲》，其辭曰：『客嘲揚子曰：……今子幸得遭明盛之世，處不諱之朝，與群賢同行，歷金門，上玉堂，有日矣。曾不能畫一奇，出一策，上説人主，下談公卿……顧而作《太玄》五千文。……然而位不過侍郎，擢才給事黄門，意者玄得毋尚白乎？何爲官之拓落也？』」

【附録】

和集賢劉學士早朝作　　白居易

吟君昨日早朝詩，金御爐前喚仗時。煙吐白龍頭宛轉，扇開青雉尾參差。暫留春殿多稱屈，合入綸闈即可知。從此摩霄去非晚，鬢邊未有一莖絲。（《白居易集》卷二六）

題集賢閣〔一〕

鳳池西畔圖書府，〔二〕玉樹玲瓏景氣閑。〔三〕長聽餘風送天樂，〔四〕時登高閣望人寰。青山雲繞欄干外，〔五〕紫殿香來步武間。〔六〕曾是先賢翔集地，〔七〕每看壁記一慚顔。〔八〕

【校注】

〔一〕詩大和二年在長安作。集賢閣：唐長安大明宫集賢院内有四部書閣，見《職官分紀》卷一五。

〔二〕鳳池：指中書省，參見卷一《奉和中書崔舍人八月十五日夜玩月二十韻》注。《唐兩京城坊考》卷一「大明宫」：月華門外爲中書省，省北爲殿中外院及殿中内院，院西爲命婦院，後改爲集賢殿書院。

〔三〕玉樹：樹名，類似槐樹。揚雄《甘泉賦》：「玉樹青葱。」《能改齋漫録》卷三：「《三輔黄圖》云：『甘泉宫有槐，根幹盤峙，即揚雄賦所謂玉樹青葱者。』余按唐劉餗《隋唐嘉話》謂雲陽縣界多漢離宫故地，有似槐而細葉，土人謂之玉樹。」

〔四〕天樂：宫中音樂。

〔五〕雲：原作「雪」，據劉本、《叢刊》本、《全唐詩》改。

〔六〕紫殿：泛指皇城宮殿。步武間：極近之地。《國語·周語下》：「夫目之察度也，不過步武尺寸之間。」韋昭注：「六尺爲步，賈君以半步爲武。」

〔七〕先賢：指開元間名相張説、張九齡等，著名文人徐堅、韋述、王灣等亦曾供職集賢院。

〔八〕壁記：唐代一種記載官署沿革、官員姓名等的文字，多題於官署廳壁，故名。

【附録】

和劉郎中學士題集賢閣　　白居易

朱閣青山高庳齊，與君才子作詩題。傍聞大内笙歌近，下視諸司屋舍低。萬卷圖書天禄上，一條風景月華西。欲知丞相優賢意，百步新廊不踏泥。（《白居易集》卷二六）

和裴相公寄白侍郎求雙鶴〔一〕

皎皎華亭鶴，〔二〕來隨太守船。白君罷吴郡太守，攜鶴雛來。青雲意長在，〔三〕滄海别經年。留滯清洛苑，裴回明月天。〔四〕何如鳳池上，〔五〕雙舞入祥煙？

【校注】

〔一〕依劉、白二集編次，詩大和二年秋在長安作。裴相公：裴度。白侍郎：白居易，大和二年官刑部侍郎。

〔二〕皎皎：白貌。華亭鶴：見前《鶴嘆二首》注。

〔三〕意長在：《文苑英華》作「長在意」。

〔四〕裴回：同徘徊。

〔五〕鳳池：指中書省，雙闕裴度興化里西池。時裴度爲相，故云。

【附録】

白二十二侍郎有雙鶴留在洛下予西園多野水長松可以棲息遂以詩請之　裴　度

聞君有雙鶴，羈旅洛城東。未放歸仙去，何如乞老翁？且將臨野水，莫閉在樊籠。好是長鳴處，西園白露中。（《全唐詩》卷三三五）

和裴司空以詩請刑部白侍郎雙鶴　張　籍

皎皎仙家鶴，遠留閑宅中。徘徊幽樹月，嘹唳小亭風。丞相西園好，池塘野水通。欲將來放此，賞望與賓同。（《全唐詩》卷三八四）

和樂天送鶴上裴相公別鶴之作〔一〕

昨日看成送鶴詩，高籠提出白雲司。〔二〕朱門乍入應迷路，玉樹容棲莫揀枝。雙舞庭中花落處，數聲池上月明時。三山碧海不歸去，〔三〕且向人間呈羽儀。〔四〕

【校注】

〔一〕據劉、白二集編次，詩大和二年秋作。餘見前詩。

〔二〕籠：原作「櫳」，據劉本、《叢刊》本、《全唐詩》改。白雲司：指尚書省刑部。《能改齋漫録》卷七：「《左氏傳》：『郯子曰：黄帝以雲紀，故爲雲師而雲名。』杜注云：『黄帝受命有雲瑞，故以雲紀事。春官爲青雲，夏官爲縉雲，秋官爲白雲，冬官爲黑雲。』故《類要》『刑部』曰：『白雲司職，人命是懸。』」司，原作「詞」，《叢刊》本作「辭」，據劉本、《全唐詩》改。

〔三〕三山：相傳東海中有蓬萊、方丈、瀛洲三仙山。

〔四〕呈羽儀：呈獻其羽毛之美。《易·漸》：「鴻漸於陸，其羽可用爲儀。」疏：「其羽可用爲物之儀表。可貴可法也。」

【附録】

送鶴與裴相臨别贈詩　白居易

司空愛爾爾須知，不信聽吟送（按當作乞）鶴詩。羽翮勢高寧惜别，稻粱恩厚莫愁飢。夜棲少共鷄争樹，曉浴先饒鳳佔池。穩上青雲勿回顧，的應勝在白家時。（《白居易集》卷二六）

秋日書懷寄河南王尹〔一〕

公府想無事，西池秋水清。〔二〕去年爲狎客，〔三〕永日奉高情。況有臺上月，如聞雲外笙。〔四〕不知桑落酒，〔五〕今歲與誰傾？

【校注】

〔一〕詩大和二年秋在長安作。河南王尹：王璠。《舊唐書·王璠傳》：「璠（寶曆）二年七月出爲河南尹。大和二年，以本官權知東都選。十月，轉尚書右丞，敕選畢入朝。」同書《敬宗紀》：寶曆二年八月，「以工部侍郎王播爲河南尹，代王起」；以起爲吏部侍郎」。按《敬宗紀》，寶曆元年十一月，以御史中丞王璠爲工部侍郎；又同書《文宗紀》，大和二年十月，以河南尹王璠爲右丞；而王播時爲淮南節度使，兼領鹽鐵，故《敬宗紀》寶曆二年八月任河南尹之王播，乃王璠之誤。

〔二〕西池：在河南府尹官署西。白居易任河南府尹時曾作《府西池北新葺水齋（略）》詩云：「繚繞府西面，潺湲池北頭。」

〔三〕狎客：親密不拘形跡的賓客。大和元年秋，王璠爲河南尹時，劉禹錫任主客郎中分司東都，故得陪游宴。

〔四〕雲外笙：仙人王子喬吹笙亦河南故實，參見前《鶴嘆二首》注。

〔五〕桑落酒：《水經注·河水》：「民有姓劉名墮者，宿擅工釀，採挹河流，醖成芳酎，懸食同枯枝之年，排於桑落之辰，故酒得其名矣。」《齊民要術》卷七：「造酒法……十月桑落初凍則收水釀者，爲上時春酒。」同書又有「作桑落酒法」。

送王司馬之陝州〔一〕自太常丞授，工爲詩。

暫輟清齋出太常，〔二〕空攜詩卷赴甘棠。〔三〕府公既有朝中舊，〔四〕司馬應容酒後狂。〔五〕案牘來時唯署字，〔六〕風煙入興便成章。兩京大道多游客，〔七〕每遇詞人戰一場。〔八〕

【校注】

〔一〕據劉、白二集編次，詩大和二年在長安作。王司馬：王建，字仲初，元和中，歷渭南尉、昭應縣丞，遷太府丞、秘書丞、太常丞等，大和二年，出爲陝州司馬，工詩，尤擅樂府，與張籍齊名友善，事見《唐才子傳》卷四等。陝州：州治在今河南三門峽市，時爲大都督府。《新唐書·百官志四》：大都督府，司馬二人，從四品下。

〔二〕清齋：祭祀齋戒禮儀之一，謂於祭祀前潔淨身心以示誠敬。《新唐書·禮樂志一》：「凡祭祀之節有六……二曰齋戒，其別有三，曰散齋，曰致齋，曰清齋。」太常：太常寺，掌禮樂、郊廟、社稷之事的官署。《新唐書·百官志三》「太常寺」：「丞二人，從五品下，掌判寺事。」《後漢書·周澤傳》：「爲太常，清絜循行，盡敬宗廟。常卧疾齋宫，其妻哀澤老病，闚問所苦。澤大怒，以妻干犯齋禁，遂收送詔獄謝罪，當世疑其詭激。時人爲之語曰：『生世不諧，作太常妻，一歲三百六十日，三百五十九日齋。』」

〔三〕甘棠：用召伯事，指陝州。《元和郡縣圖志》卷六「陝州」：「周爲二伯分陝之地。《公羊傳》

曰：『自陝以東，周公主之；自陝以西，召公主之。』」餘見卷一《途次敷水驛（略）》注。

〔四〕府公：對陝州刺史、陝虢觀察使的尊稱，時王起任此職。

〔五〕酒後狂：《晉書·謝奕傳》：「與桓温善，温辟爲安西司馬，猶推布衣好。在温坐，岸幘笑詠，無異常日。桓温曰：『我方外司馬。』奕每因酒，無復朝廷禮，嘗逼温飲，温走入南康主門避之。主曰：『君若無狂司馬，我何由得相見？』」酒，《文苑英華》作「醉」。

〔六〕案牘：公文。署字：簽字。唯署字，言其草率。

〔七〕兩京：長安與洛陽。陝州在長安東四百九十里，洛陽西三百三十里，處兩地往來交通要道上。

〔八〕戰：文戰，此指詩歌酬唱争勝。

【附録】

送陝州王司馬建赴任（原注：建，善詩者。）　白居易

陝州司馬去何如？養静資貧兩有餘。公事閑忙同少尹，料錢多少敵尚書。只攜美酒爲行伴，唯作新詩趁下車。自有鐵牛無詠者，料君投刃必應虚。（《白居易集》卷二六）

贈别王侍御赴任陝州司馬　張　籍

京城在處閒人少，唯共君行並馬蹄。更和詩篇名最出，時傾杯酒户常齊。同趨闕下聽鐘漏，獨向軍前聞鼓鼙。今日春明門外别，更無因得到街西。（《全唐詩》卷三八五）

送陝府王建司馬　　　　賈島

司馬雖然聽曉鐘，尚猶高枕恣疏慵。請詩僧過三門水，賣藥人歸五老峰。移舫緑陰深處息，登樓涼夜此時逢。杜陵惆悵臨相（一作岐）餞，未寢月前多屐蹤。（《全唐詩》卷五七四）

秋日題竇員外崇德里新居〔一〕　竇時判度支案。

長愛街西風景閑，到君居處暫開顔。清光門外一渠水，秋色牆頭數點山。疏種碧松通月朗，多栽紅藥待春還。〔二〕莫言堆案無餘地，〔三〕認得詩人在此間。〔四〕

【校注】

〔一〕詩大和二年秋在長安作。竇員外：竇鞏，字友封，竇常、竇群之弟，元和二年進士。《竇氏聯珠集》褚藏言《竇鞏詩序》：「司空薛公平鎮青社，辟公爲掌書記。……後薛公入爲民曹，府君除侍御史，轉司勛員外郎，遷刑部郎中。……故相左轄元公出鎮夏口，固請公副戎。……無何，元公下世，公亦北歸，道途遘疾。迨至輦下，告終於崇德里之私第。」《唐兩京城坊考》卷四：朱雀門大街街西從北第四坊崇德坊，有「司勛員外郎竇鞏宅」。度支屬户部。《竇氏聯珠集》附載令狐楚《鄂州使至竇七副使中丞見示與元相公獻酬之什鄙人任户部尚書時中丞是當司員外郎每示篇章多相唱和今因四韻以寄所懷》詩。令狐楚大和二年九月至三年三月爲户部尚書，時竇鞏以司勛員外郎判度支案，故劉詩當作於大和二年秋。

〔二〕紅藥：芍藥。

〔三〕堆案：謂公文尺牘滿案。嵇康《與山巨源絶交書》：「不喜作書，而人間多事，堆案盈几。」

〔四〕詩人：《舊唐書·竇鞏傳》：「鞏能五言詩，昆仲之間，與牟詩俱爲時所賞重。」

【集評】

王壽昌曰：何謂新？曰：如劉夢得之「長愛街西風景閑……」是也。（《小清華園詩談》卷上）

大和戊申歲大有年詔賜百寮出城觀秋稼謹書盛事以俟采詩者〔一〕

長安銅雀鳴，〔二〕秋稼與雲平。〔三〕玉燭調寒暑，〔四〕金風報順成。〔五〕川原呈上瑞，〔六〕恩澤賜閑行。欲及重城掩，〔七〕猶聞歌吹聲。

【校注】

〔一〕詩大和二年（戊申）秋在長安作。大有年：大豐收。《穀梁傳·桓公三年》：「五穀皆熟爲有年也。五穀大熟爲大有年。」

〔二〕銅雀：銅鳳凰。《三輔黄圖》卷二：「鳳皇闕，漢武帝造。……古歌云：『長安城西有雙闕，上有雙銅雀。一鳴五穀生，再鳴五穀熟。』案銅雀即銅鳳皇也。」

〔三〕與雲平：狀其長勢茂盛。李康《運命論》：「褰裳而涉汶陽之丘，則天下之稼如雲矣。」

〔四〕玉燭：謂四時氣候調和。參見卷一《奉和中書崔舍人八月十五日夜玩月二十韻》注。

〔五〕金風：秋風。順成：謂莊稼豐收。《禮記·郊特牲》：「四方年不順成，八臘不通，以謹民財也。」注：「其方穀不熟，則不通於臘焉。」

〔六〕上瑞：唐代將祥瑞分爲大瑞、上瑞、中瑞、下瑞四等。《新唐書·百官志一》：「白狼、赤兔爲上瑞，其名物三十有八。」此指五穀豐登的景象。

〔七〕重城：九重城，指長安。

【附録】

大和戊申歲大有年詔賜百寮出城觀稼謹書盛事以俟采詩　白居易

清晨承詔命，豐歲閱田閭。膏雨抽苗足，涼風吐穗出。早禾黄錯落，晚稻緑扶疏。好入詩家詠，宜令史館書。散爲萬姓食，堆作九年儲。莫道如雲稼，今秋雲不如。（《白居易集》卷二六）

終南秋雪〔一〕

南嶺見秋雪，千門生早寒。閑時駐馬望，高處卷簾看。霧散瓊枝出，日斜鉛粉殘。偏宜曲江上，〔二〕倒影入清瀾。

【校注】

〔一〕據劉、白二集編次，此及下詩均大和二年秋作。終南：山名，在長安南，參見卷一《春日退朝》注。

〔二〕曲江：見前《杏園花下酬樂天見贈》注。

【集評】

李因培曰：〔尾聯〕意別能出祖詠作外。（《唐詩觀瀾集》下卷二二）

【附録】

和劉郎中望終南山秋雪　白居易

遍覽古今集，都無秋雪詩。陽春先唱後，陰嶺未消時。草訝霜凝重，松疑鶴散遲。清光莫獨占，亦對白雲司。（《白居易集》卷二六）

同白二十二贈王山人〔一〕

愛名之世忘名客，〔二〕多事之時無事身。〔三〕古老相傳見來久，〔四〕歲年雖變貌長新。飛章上達三清路，〔五〕受籙平交五岳神。〔六〕笑聽冬冬朝暮鼓，〔七〕只能催得市朝人。〔八〕

【校注】

〔一〕王山人：未詳。今人或以爲即《本草綱目》卷一一引劉禹錫《傳信方》中之「王山人旻」，然王旻乃玄宗朝人（見顏真卿《玄靖先生碑》及鄭嵎《津陽門詩》注），此王山人別是一人。

〔二〕忘名客：謂高尚之士。《顏氏家訓・名實》：「上士忘名，中士立名，下士竊名。」

〔三〕多事：《説苑・敬慎》引孔子《金人銘》：「無多事，多事多患。」

〔四〕古老：即故老，老人。

〔五〕章：奏章。《隋書・經籍志四》：「（道教）又有諸消災度厄之法。依陰陽五行數術，推人年命，書之，如章表之儀，並具贄幣，燒香陳讀，云奏上天曹，請爲除厄，謂之上章。」三清：神仙所居，見卷三《游桃源一百韻》注。

〔六〕籙：道教的符籙秘文。受籙，入道者履行的一種宗教儀式。《隋書・經籍志四》：「（道教）其受道之法，初受《五千文籙》，次受《三洞籙》，次受《洞玄籙》，次受《上清籙》。籙皆素書，紀諸天曹官屬佐吏之名有多少，又有諸符，錯在其間，文章詭怪，世所不識。受者必先潔齋，然後賫金環一，並諸贄幣，以見於師。師受其贄，以籙授之。仍剖金環，各持其半，云以爲約。弟子得籙，緘而佩之。」

〔七〕朝暮鼓：京師朝暮敲擊作爲啟閉坊市信號的街鼓。《大唐新語》卷一〇：「舊制，京城内金吾曉暝傳呼，以戒行者。馬周獻封章，始置街鼓，俗號鼕鼕，公私便焉。」

〔八〕市朝人：争名逐利之人。

【集評】

方回曰：劉公詩，纔讀即高似他人，渾若天成。（《瀛奎律髓》卷四八）

紀昀曰：此評不錯，而非此詩之謂也。已逗江西一派，五、六鄙甚。（《瀛奎律髓彙評》卷四八）

【附録】

贈王山人　白居易

玉芝觀裏王居士，服氣餐霞善養身。夜後不聞龜喘息，秋來唯長鶴精神。容顏盡怪長如故，名姓多疑不是真。貴重榮華輕壽命，知君悶見世間人。（《白居易集》卷二六）

和樂天早寒〔一〕

雨引苔侵壁，風驅葉擁階。久留閑客話，宿請老僧齋。酒甕新陳接，書籤次第排。翛然自有處，〔二〕摇落不傷懷。〔三〕

【校注】

〔一〕據劉、白二集編次及白詩「迎冬」語，當大和二年九月在長安作。

〔二〕翛然：自得貌。翛，原作「脩」，據劉本、《叢刊》本、《全唐詩》改。

〔三〕摇落：草木黄落。宋玉《九辯》：「悲哉秋之爲氣也，蕭瑟兮草木摇落而變衰。」

【附録】

早寒　白居易

黄葉聚牆角，青苔圍柱根。被經霜後薄，鏡遇雨來昏。半卷寒檐幕，斜開暖閣門。迎冬兼送老，

只仰酒盈樽。（《白居易集》卷二六）

同樂天送河南馮尹學士〔一〕

可憐玉馬風流地，〔二〕暫輟金貂侍從才。〔三〕閣上掩書劉向去，〔四〕門前修刺孔融來。〔五〕崤陵路静寒無雨，〔六〕洛水橋長晝起雷。〔七〕共羨府中棠棣好，〔八〕先於城外百花開。時公伯仲四人並以顯官居洛。〔九〕

【校注】

〔一〕詩大和二年十月在長安作。馮尹：馮宿。《舊唐書》本傳：「敬宗即位，宿常導引乘輿。出爲華州刺史，以父名拜章乞罷。改左散騎常侍，兼集賢殿學士，充考制策官。大和二年，拜河南尹。」同書《文宗紀上》：「（大和二年十月）以左散騎常侍馮宿爲河南尹。」《新唐書・百官志四》：東都府尹一人，從三品。學士：見前《早秋集賢院即事》注。

〔二〕玉馬：未詳，《全唐詩》作「五馬」。繆荃孫《劉賓客文集跋》：「『可憐玉馬風流地』，用庾信詩『還如驅玉馬』，與『金貂』對，他書作『五馬』，誤。」按庾信《郊行值雪》詩云：「還如驅玉馬，暫似獵銀獐。」但狀郊原皆白，以釋劉詩，於義仍未洽。

〔三〕金貂：金蟬貂尾，冠上飾物。《新唐書・車服志》：「侍中、中書令、左右散騎常侍有黄金璫，附蟬，貂尾。侍左者左珥，侍右者右珥。」同書《百官志二》：散騎常侍「掌規諷過失，侍從顧問」。

時馮宿自左散騎常侍出爲河南尹，故云。

〔四〕劉向：西漢人，成帝時，爲光禄大夫，典校圖書，「每一書已，向輒條其篇目，撮其指意，録而奏之」，著爲《别録》，爲我國文獻目録學奠基人。《三輔黄圖》卷六：「天禄閣，藏典籍之所。……蕭何造，以藏秘書、處賢才也。劉向於成帝之末，校書天禄閣。」

〔五〕刺：名帖。修刺，書名於刺以投獻。孔融：東漢末人。《後漢書・孔融傳》：「融幼有異才。年十歲，隨父詣京師。時河南尹李膺以簡重自居，不妄接士賓客。敕外自非當世名人及與通家皆不得白。融欲觀其人，故造膺門，語門者曰：『我是李君通家子弟。』門者言之。膺請融，問曰：『高明祖父嘗與僕有恩舊乎？』融曰：『然，先君孔子與君先人李老君同德比義，而相師友，則融與君累世通家。』」《全唐詩》句末有注云：「馮自館閣出爲河南尹。」此以李膺喻馮宿。

〔六〕崤：山名，在今河南省洛寧縣北，自長安東赴洛陽經此。《左傳・僖公三十二年》：「崤有二陵焉：其南陵，夏后皋之墓也；其北陵，文王之所避風雨也。」

〔七〕洛水橋：指天津橋，見前《酬楊八庶子（略）》注。雷：指水聲。

〔八〕棠棣：木名，喻兄弟，此指馮宿及其弟定、審、寬。《詩・小雅・常棣》：「常棣之花，鄂不韡韡。凡今之人，莫如兄弟。」《舊唐書・馮宿傳》：「宿弟定，字介夫，……寶曆二年，出爲郢州刺史。……尋除國子司業，河南少尹。……宿從弟審、寬。」

〔九〕詩末自注原無，據《文苑英華》卷二七七補。

【集評】

方回曰：自館閣出爲河南尹，故三、四用事如此之精。（《瀛奎律髓彙評》卷二四）

吴喬曰：用古能道意述事則有情。劉禹錫送館閣出尹河南者云：「閣上掩書劉向去，門前修刺孔融來。」是用古述事者也。（《圍爐詩話》卷三）

何焯曰：三、四死事捉對，卻非作者佳處。（卞孝萱《劉禹錫詩何焯批語考訂》）

紀昀曰：後四句不佳。（《瀛奎律髓彙評》卷二四）

【附録】

送河南尹馮學士赴任　　白居易

石渠金谷中間路，軒騎翩翩十日程。清洛飲冰添苦節，碧嵩看雪助高情。謾誇河北操旄鉞，莫羨江西擁旆旌。（原注：時新除二鎮節度。）何似府寮京令外，別教三十六峰迎。（《白居易集》卷二六）

酬白樂天劉夢得　　馮宿

共稱洛邑難其選，何幸天書用不才。遥約和風新草木，且令新雪静塵埃。臨岐有愧傾三省，別酌無辭醉百杯。明歲杏園花下集，須知春色自東來。（原注：每春，嘗接諸公杏園宴會。）（《全唐詩》卷二七五）

和令狐相公入潼關〔一〕

寒光照旌節，關路曉無塵。吏謁前丞相，山迎舊主人。〔二〕東瞻軍府静，〔三〕西望敕書頻。〔四〕心共黄河水，〔五〕同昇天漢津。〔六〕

【校注】

〔一〕詩大和二年十月在長安作。令狐相公：令狐楚。潼關：即今陝西潼關縣治，自河南赴長安經此。《元和郡縣圖志》卷二「華州華陰縣」：「潼關，在縣東北三十九里，古桃林塞也。……關西一里有潼水，因以名關。」《舊唐書·文宗紀上》：「（大和二年十月）以（李）逢吉爲宣武軍節度使，代令狐楚，以楚爲户部尚書。」令狐楚原詩已佚。

〔二〕山：指華山。令狐楚曾相憲宗，又曾爲華州刺史，故稱爲「前丞相」、「舊主人」。

〔三〕軍府：指汴州，時爲宣武軍節度使治所，在潼關東。

〔四〕敕書：皇帝詔書，此指徵召還京的詔書。

〔五〕黄河：在潼關内。《元和郡縣圖志》卷二：華州華陰縣潼關，「河在關内，南流衝激關山，因謂之『衝關』。……上躋高隅，俯視洪流，盤紆峻極，實爲天險」。

〔六〕天漢津：天河，喻指京師。舊説黄河與天河通，參見卷一《逢王二十學士入翰林（略）》注。《三輔黄圖》卷一：「始皇窮極奢侈，築咸陽宫……以則紫宫，象帝居。引渭水灌都，以象天漢，横橋南渡，以法牽牛。」

和令狐相公初歸京國賦詩言懷〔一〕

陵雲羽翮掞天才，〔二〕揚歷中樞與外臺。〔三〕相印昔辭東閣去，〔四〕將星還拱北辰來。〔五〕殿庭捧日彯纓入，〔六〕閣道看山曳履回。〔七〕口不言功心自適，吟詩釀酒待花開。

【校注】

〔一〕依劉、白二集編次，此及下詩均大和二年冬在長安作。令狐相公：令狐楚，見前詩注。楚原詩已佚。

〔二〕陵：通淩。陵雲羽翮，即直上雲霄的翅膀。掞天才：照耀天空的才華。左思《蜀都賦》：「幽思絢道德，摛藻掞天庭。」楊師道《中書寓直詠雨簡褚起居上官學士》：「玉階良史筆，金馬掞天才。」

〔三〕揚歷：仕宦所經歷。《三國志·魏書·管寧傳》：「優賢揚歷，垂聲千載。」中樞：指中書省等中央政務機關。外臺：指節度、觀察使等方鎮。

〔四〕東閣：用公孫弘事。句指令狐楚曾罷宰相出爲宣歙觀察使，參見卷六《和浙西李大夫伊川卜居》注。

〔五〕將星：古人以爲人事上應天象。《史記·天官書》：「斗魁戴匡六星曰文昌宫：一曰上將，二曰次將……」又：「河鼓大星，上將；左，左將；右，右將。」北辰：北極星，代指皇帝，參見卷一

《許給事見示(略)》注。句謂令狐楚自宣武節度使入朝。

〔六〕捧日：輔佐皇帝，參見卷六《歷陽書事七十四韻》注。髟：通飄。纓：冠帶。

〔七〕曳履：用鄭崇事，指令狐楚爲尚書，參見卷二《泰娘歌》注。

【附録】

令狐相公拜尚書後有喜從鎮歸朝之作劉郎中先和因以繼之　白居易

車騎新從梁苑回，履聲珮響入中臺。鳳池望在終重去，龍節功成且納來。金勒最宜乘雪出，玉觴何必待花開。尚書首唱郎中和，不計官資只計才。（《白居易集》卷二六）

和樂天以鏡換杯〔一〕

把取菱花百煉鏡，〔二〕換他竹葉十分杯。〔三〕嚬眉厭老終難去，〔四〕蘸甲須歡便到來。〔五〕妍醜太分迷忌諱，〔六〕松喬俱傲絶嫌猜。〔七〕校量功力相千萬，〔八〕好去從空白玉臺。〔九〕

【校注】

〔一〕依劉、白二集編次，詩大和二年在長安作。杯：原作「酒」，詩云「換他竹葉十分杯」，白居易原詩題亦作《鏡換杯》，據改。

〔二〕菱花百煉鏡：精煉的上有菱花圖案的銅鏡。《趙飛燕外傳》：「趙婕妤上皇后七出菱花鏡一奩。」《埤雅》卷一五：「舊説，鏡謂之菱華，以其面平，光影所成如此。」

〔三〕竹葉：酒名。庾信《春日離合》：「三春竹葉酒，一曲鵾雞絃。」十分杯：滿斟之杯。分，原作「旬」，據劉本改。

〔四〕嚬：通顰，蹙眉貌。難去：難去老態愁容。

〔五〕蘸甲：蘸濕指甲，舉起滿斟之杯。《猗覺寮雜記》卷上：「酒斟滿，捧觴必蘸指甲。牧之云：『爲君蘸甲十分飲。』」白居易《早飲湖州酒寄崔使君》：「十分蘸甲酌，瀲灧滿銀盂。」

〔六〕妍醜太分：指鏡，兼喻人之是非分明。迷忌諱：不知忌諱，因而觸犯他人。

〔七〕松喬：傳説中仙人赤松子、王子喬。《文選》班固《西都賦》：「庶松喬之群類，時游從乎斯庭。」李善注：「《列仙傳》曰：『赤松子者，神農時雨師也，服水玉以教神農。』又曰：『王子喬者，周靈王太子晉也，道人浮丘公，接以上嵩高山。』」傲松喬是飲酒的功用。楊炯《宴族人楊八宅序》：「披雲霧，傲松喬，坐忘樽酒之間，戰勝形骸之外。」絶嫌猜：杜絶嫌疑猜忌。

〔八〕校量：比較。相千萬：謂杯勝鏡千萬倍。

〔九〕白玉臺：白色玉製鏡臺。因鏡遠不如酒，故無人問津。

【附録】

鏡換杯　　白居易

欲將珠匣青銅鏡，換取金樽白玉巵。鏡裏老來無避處，樽前愁至有消時。茶能散悶爲功淺，萱

縱忘憂得力遲。不似杜康神用速，十分一盞便開眉。（《白居易集》卷二六）

酬嚴給事賀加五品兼簡同制水部李郎中〔一〕

九天雨露傳青詔，〔二〕八舍郎官换緑衣。〔三〕初佩銀魚隨仗入，〔四〕宜乘白馬退朝歸。〔五〕雕盤賀喜開瑤席，綵筆題詩出瑣闈。〔六〕聞道水曹偏得意，〔七〕霞朝霧夕有光輝。〔八〕

【校注】

〔一〕詩大和二年在長安作。嚴給事：嚴休復，大和二年爲給事中，見前《和嚴給事聞唐昌觀（略）》注。《舊唐書·文宗紀下》：「（大和四年三月）以中書舍人李虞仲爲華州刺史，代嚴休復，以休復爲右散騎常侍。」據《舊紀》，大和三年正月華州刺史崔植卒，未云除授，嚴休復當於三年正月繼崔植爲華州刺史，故詩必大和二年作。加五品：階官加至朝散大夫，即可服緋。《新唐書·百官志一》：「凡文官九品，有正有從，自正四品以下，有上下，爲三十等。凡文散階二十九：……從五品下曰朝散大夫。」水部李郎中：疑是李仍叔，曾官水部郎中，見《舊唐書·李逢吉傳》。張籍大和初有《同將作韋二少監贈水部李郎中》詩，當是一人。嚴休復原詩佚。

〔二〕九天：天最高處，此指朝廷。青詔：青紙詔書。參見卷二《送襄陽熊判官孺登（略）》注。

〔三〕八舍：指尚書省官署。庾信《周豆盧公神道碑》：「内參常伯，榮高八舍。」緑衣：卑官所服。《舊唐書·輿服志》：「貞觀四年又制：三品已上服紫，五品已下（據《唐會要》卷三一當作「上」）服緋，六品、七品服緑，八品、九品服以青，帶以鍮石。」《野客叢書》卷二七：「唐制：服色不視職事官，而視階官之品。至朝散大夫，方换五品服色，衣銀緋，封贈蔭子。未至朝散，雖職事官高，未許易服色。」

〔四〕銀魚：官員章服。《舊唐書·輿服志》：「高祖武德元年九月，改銀菟符爲銀魚符。高宗永徽二年五月，開府儀同三司及京官文武職事四品、五品，並給隨身魚。咸亨三年五月，五品已上賜新魚袋，並飾以銀。……自武德已來，皆正員帶闕官始佩魚袋。員外、判試、檢校自則天、中宗後始有之，皆不佩魚。雖正員官得佩，亦去任及致仕即解去魚袋。至開元九年，張嘉貞爲中書令，奏諸致仕許終身佩魚，以爲榮寵，以理去任，亦聽佩魚袋。自後恩制賜賞緋紫，例兼魚袋，謂之章服。」仗：指皇帝上朝時的儀仗。

〔五〕白馬：《後漢書·張湛傳》：「五年，拜光禄勳。光武臨朝，或有惰容，湛輒陳諫其失。常乘白馬，帝每見湛，輒言『白馬生且復諫矣』。」杜甫《别唐十五誡因寄禮部賈侍郎》：「南宫吾故人，白馬金盤陀。」仇兆鰲引蔡夢弼注：「賈逵爲禮部侍郎，常乘白馬，故於賈至亦云。」賈逵事未詳。然此二事均不甚合。

〔六〕綵筆：見卷一《和武中丞秋日寄懷簡諸僚故》注。瑣闈：刻有連鎖花紋的門，此指門下省。《後漢書·孝獻帝紀》注引應劭曰：「黄門侍郎，每日暮向青瑣門拜，謂之夕郎。」給事中屬門下省，開元元年曾一度改名黄門省，見《新唐書·百官志二》，故稱。王維《酬郭給事》：「夕奉天書拜瑣闈。」瑣，原作「鎖」，據劉本改。

〔七〕水曹：尚書省水部，此指李郎中。

〔八〕霞朝霧夕：梁何遜曾爲水部郎，其《看伏郎新婚》詩云：「霧夕蓮出水，霞朝日照梁。何如花燭夜，輕扇掩紅妝。」李郎中時當爲其子娶婦，故有此語。

送渾大夫赴豐州〔一〕自大鴻臚拜，家承舊勛。

鳳銜新詔降恩華，〔二〕又見旌旗出渾家。〔三〕故吏來辭辛屬國，〔四〕精兵願逐李輕車。〔五〕氈裘君長迎風懼，〔六〕錦領酋豪蹋雪衙。〔七〕其奈明年好春日，無人唤看牡丹花。〔八〕

【校注】

〔一〕詩大和二年冬在長安作。渾大夫：渾鐬。《舊唐書》本傳：「鐬，瑊第三子，以父蔭起家爲諸衛參軍。歷諸衛將軍。元和初，出爲豐州刺史、天德軍使。坐臟貶袁州司户。憲宗思咸寧之勛，比例從輕。五年，徵爲袁王傳。」按《新唐書》本傳所叙同，但無「元和」二字，又「憲宗」作「文宗」。《舊唐書·文宗紀下》：「（大和四年九月）丁酉，前豐州刺史、天德軍使渾鐬坐臟七千貫，貶袁州司馬。」事又見《册府元龜》卷一三四，知《舊傳》中「元和」乃「大和」之誤，「憲宗」乃「文宗」之誤。據《舊紀》，大和二年六月「以天德軍使李文悦爲靈武節度使」，未云除授，渾鐬出鎮豐州，當代李文悦，詩云「蹋雪」，當作於大和二年冬。豐州：州治九原，在今内蒙古自治區五原縣南，黄河北岸，時置天德軍。《新唐書·方鎮表一》：貞元十二年，「朔方節度罷領豐州及西受降城、天德軍，以振武之東、中二受降城隸天德軍，以天德軍置都團練防禦使，領豐、會二州、三受降城」。

〔二〕鳳銜新詔：見卷六《和汴州令狐相公到鎮改月（略）》注。恩華：恩澤光輝。

〔三〕渾家：渾鐬父渾瑊德宗朝平朱泚亂有大功，爲河中節度使，封咸寧郡王，鐬兄渾鎬元和九年曾爲義成軍節度使，見卷四《傷循州渾尚書》，故云「又見」。渾，《文苑英華》作「漢」。

〔四〕屬國：漢官名。《漢書·百官公卿表上》：「典屬國，秦官名，掌蠻夷降者。武帝元狩三年，昆邪王降，復增屬國。」辛屬國，未詳。《漢書·辛慶忌傳》：父破羌將軍武賢，「顯名前世，有威西夷」，「（慶忌）前在邊郡，數破敵獲虜，外夷莫不聞」。然未歷屬國一官。此疑以辛武賢父子借指渾鐬父子。鐬父渾瑊代宗朝爲單于大都護，率兵防秋，爲吐蕃所畏，今鐬復鎮豐州，故云。

〔五〕李輕車：《史記·李將軍列傳》：「廣之從弟李蔡……以元朔五年爲輕車將軍。」鮑照《代東武吟》：「後逐李輕車，追虜窮塞垣。」

〔六〕氈裘君長：指邊地游牧民族首領。《史記·匈奴列傳》：「自君王以下，咸食畜肉，衣其皮革，披旃裘。」《漢書·司馬遷傳》：「且李陵提步卒不滿五千……與單于連戰十餘日，所殺過當，虜救死扶傷不給，旃裘之君長咸震怖。」

〔七〕領：劉本、《全唐詩》作「帶」。衙：官署，此指衙參，即吏員齊集公署以參見上級，請示公事。

〔八〕牡丹花：長安渾家宅以牡丹花著名，參見卷一《渾侍中宅牡丹》。

【集評】

方回曰：夢得詩句句精絶。其集曾自删選，故多佳者，視樂天之易不侔也。（《瀛奎律髓》卷二四）

馮舒曰：送行之聖。（《瀛奎律髓彙評》卷二四）

紀昀曰：無深味，而爽朗可頌（誦）。（同前）

送太常蕭博士棄官歸養赴東都〔一〕時元兄罷相爲少師，仲兄爲郎官，並分司洛邑。

兄弟盡鴛鸞，〔二〕歸心切問安。貪榮五采服，〔三〕遂掛兩梁冠。〔四〕侍膳曾調鼎，〔五〕循陔更握蘭。〔六〕從今别君後，長向德星看。〔七〕

【校注】

〔一〕詩大和二年末在長安作。太常：太常寺，官署名。博士：太常寺官員。《新唐書·百官志三》「太常寺」：「博士四人，從七品上，掌辨五禮，按王公、三品以上功過善惡爲之謚，大禮則贊卿導引。」蕭博士：蕭俶。歸養：歸侍父母。題注中「元兄」、「仲兄」分别指俶兄蕭俛、蕭傑。俛相穆宗，有弟傑、俶。《舊唐書·蕭俛傳》（附《蕭傑傳》《蕭俶傳》）：「俛家行尤孝。母韋氏，賢明有禮，理家甚嚴。俛雖爲宰相，侍母左右，不異褐衣時。丁母喪，毁瘠逾制。免喪，文宗徵詔，懇以疾辭。既致仕於家，以洛都官屬賓友，避歲時請謁之煩，乃歸濟源别墅。……傑字豪士。元和十二年登進士第。累官侍御史。遷主客員外郎。……俶以蔭授官。大和中，累遷至河南少尹。」《舊唐書·文宗紀》：「大和元年四月，以禮部尚書蕭俛爲太子少師分司。……(五年七月)以太子少師分司、上柱國、襲徐國公蕭俛守左僕射致仕。」據同書《蕭俛傳》，俛授左僕射致仕在其免母喪後徵詔不起時，故其母當卒於大和三年初，劉詩則作於大和二年末。

〔二〕鴛鸞：喻朝官，屢見前注。

〔三〕五采服：用老萊子戲采娱親事，見卷二《送韋秀才道沖赴制舉》注。

〔四〕兩梁冠：太常博士所著禮冠。《新唐書·車服志》：「進賢冠者，文官朝參、三老五更之服也。……三品以上三梁，五品以上兩梁，九品以上及國官一梁。」《通典》卷二五：「太常丞，漢多以博士、議郎爲之，……皆銅印墨綬，進賢兩梁冠。」掛冠，棄官。

〔五〕侍膳：侍奉父母進食。調鼎：調和飲食，兼喻指蕭俛曾相穆宗事，參見卷三《庭梅詠寄人》注。

〔六〕循陔：指孝子奉養父母，參見卷五《聞韓賓擢第歸覲(略)》注。握蘭：應劭《漢官儀》卷上：「尚書郎……握蘭含香，趨走丹墀奏事。」此指以郎官分司洛陽的蕭傑。

〔七〕德星：指賢人。《異苑》卷四：「陳仲弓從諸子姪，造荀季和父子。於時德星聚，太史奏，五百里内有賢人聚。」

【集評】

王壽昌曰：於親當如束廣微之《補南陔》、謝康樂之《述祖德》，暨孟東野之「慈母手中綫……」；近體當如「君此卜行日……」（按：指殷遥《送友人下第歸省》詩）暨劉夢得之「兄弟盡鴛鸞……」。（《小清華園詩談》卷上）

奉和司空裴相公中書即事通簡舊寮之作〔一〕

談笑在巖廊，〔二〕人人盡所長。儀形見山立，〔三〕文字動星光。日運丹青筆，〔四〕時看赤白囊。〔五〕佇聞戎馬息，〔六〕入賀領鴛行。〔七〕

【校注】

〔一〕詩大和二年或三年初在長安作。司空：唐時爲三公之一，正一品。裴相公：裴度。屢見前注。《新唐書·裴度傳》：「穆宗即位，進檢校司空。」中書：中書省，唐代宰相議事之政事堂在中書省。詩中所云「戎馬」指討李同捷事。參見注〔六〕。

〔二〕巖廊：高峻之廊，指朝堂。《漢書·董仲舒傳》：「蓋聞虞舜之時，游於巖郎之上，垂拱無爲而天下太平。」晉灼曰：「堂邊廡。巖郎，謂嚴峻之郎也。」郎，通廊。

〔三〕山立：肅立嚴正如山。《禮記·樂記》：「總干而山立。」

〔四〕丹青筆：繪畫之筆。李白《與韓荆州書》：「筆參造化。」岑參《劉相公中書江山畫障》：「始知丹青筆，能奪造化功。」

〔五〕赤白囊：盛緊急軍事文書的公文袋。《漢書·丙吉傳》：「馭吏邊郡人，習知邊塞發奔命警備事。

嘗出，適見驛騎持赤白囊，邊郡發奔命書馳來至。馭吏因隨驛騎至公車刺取，知虜入雲中、代郡。」

〔六〕戎馬：戰爭。時滄景李同捷反，官軍進討。《舊唐書·裴度傳》：「滄景節度使李全略死，其子同捷竊弄兵柄，以求繼襲。度請行誅伐，踰年而同捷誅。」同書《文宗紀上》：「（大和元年七月）李同捷除兖海，不受詔，結幽、鎮謀叛。……（二年五月）王廷湊出兵侵鄰藩，欲撓王師以援李同捷。昭義劉從諫請出軍討之。……（三年五月）甲申，柏耆斬李同捷於將陵，滄景平。」

〔七〕鴛行：朝官班行。

【附録】

中書即事　　裴　度

有意效承平，無功答聖明。灰心緣忍事，霜鬢爲論兵。道直身還在，恩深命轉輕。鹽梅非擬議，葵藿是平生。白日長懸照，蒼蠅謾發聲。高（《水東日記》卷十作嵩）陽舊田裏，終使謝歸耕。（《全唐詩》卷三三五）

和裴司空即事通簡舊僚　　張　籍

肅肅上台坐，四方皆仰風。當朝奉明政，早日立元功。獨對赤墀下，密宣黄閣中。猶聞動高韻，思與舊僚同。（《全唐詩》卷三八四）

同樂天和微之深春二十首〔一〕同用家花車斜四韻。

何處深春好？春深萬乘家。〔二〕宫門皆映柳，輦路盡穿花。〔三〕池色連天漢，〔四〕城形象帝車。〔五〕旌旗暖風裏，獵獵向西斜。

【校注】

〔一〕詩大和二年在長安作。深春：《白居易集》和詩作「春深」，《叢刊》本「春」下有「好」字。白居易大和二年作《和微之詩二十三首·序》：「微之又以近作四十三首寄來，命僕繼和。其間瘀絮四百字、車斜二十篇者流，皆韻劇辭殫，瓌奇怪譎。……然敵則氣作，急則計生，四十二(三)章，麾掃並畢。」「瘀絮四百字」即白和詩中之《和三月三十日四十韻》，「車斜二十篇」即《深春二十首》，故劉和詩亦當大和二年與白居易同時作。《塵史》卷中：「唐元微之《何處春深好》二十篇，用家花車斜韻，夢得亦和焉，余亦和之。」則元稹原詩南宋時尚存，今佚。今人或以爲元稹原詩即集中之《生春二十韻》，然據詩題注，該詩乃元和十一年丁酉作，又以「中風融叢」爲韻，故非原詩。

〔二〕萬乘家：帝王家。《孟子·梁惠王上》「萬乘之國」趙岐注：「萬乘，兵車萬乘，謂天子也。」

〔三〕輦路：天子車駕行經之路。輦，人力推挽的車。

〔四〕天漢：天河。《三輔黄圖》卷四：「昆明池中有二石人，立牽牛、織女於池之東西，以象天河。」

〔五〕帝車：指北斗星。《漢書·天文志》：「斗爲帝車，運於中央，臨制四海。」漢代長安城稱爲「斗城」，參見卷一《奉和中書崔舍人八月十五日夜玩月二十韻》注。

二

何處深春好？春深阿母家。〔一〕瑶池長不夜，〔二〕珠樹正開花。〔三〕橋峻通星渚，〔四〕樓暄近日車。〔五〕層城十二闕，〔六〕相對玉梯斜。〔七〕

【校注】

〔一〕阿母：西王母，神話中仙人。《山海經·西山經》：「玉山，是西王母所居也。」

〔二〕瑶池：仙境，相傳在崑崙山上。《史記·大宛列傳》：「崑崙其高二千五百餘里，日月所相避隱爲光明也，其上有醴泉瑶池。」《穆天子傳》卷三：「天子觴西王母於瑶池之上。」

〔三〕珠樹：神話中樹。《山海經·海内西經》：崑崙山「開明北有珠樹」。《淮南子·地形》：崑崙山上有「增城九重，珠樹在其西」。

〔四〕星渚：銀河中星團，如水中洲渚。

〔五〕暄：温暖。日車：即指日。《楚辭·離騷》「吾令羲和弭節兮」洪興祖補注引《淮南子》注：「日乘車，駕以六龍，羲和御之。」

〔六〕層城：即增城，崑崙山最高處。《水經注·河水》：「崑崙之山三級……上曰層城，一名天庭，是爲太帝之居。」又云：「（崑崙山）其一角正東，名曰崑崙宫。其處有積金，爲天墉城，面方千里，城上安金臺五所，玉樓十二。」

〔七〕玉梯：階梯的美稱。

三

何處深春好？春深執政家。〔一〕恩光貪捧日，〔二〕貴重不看花。玉饌堂交印，〔三〕沙堤柱礙車。〔四〕多門一已閉，〔五〕直道更無斜。〔六〕

【校注】

〔一〕執政：指宰相。《史記·文帝本紀》：「唯二三執政猶吾股肱。」

〔二〕捧日：翊佐皇帝，參見卷六《歷陽書事七十四韻》注。

〔三〕玉饌：美食。堂：指中書省政事堂，宰相議事之所，並賜食於此。《唐會要》卷五三：「龍朔二年，諸宰臣以政事堂供饌珍美，議減其料。」又卷五一：「舊制：宰相常於門下省議事，謂之政事堂。至永淳二年七月，中書令裴炎以中書執政事筆，其政事堂合在中書，遂移在中書省。至開元十一年，張説奏改政事堂爲中書門下，其政事印亦改爲中書門下之印。至德二載三月，宰相分直主政事筆，每一人知十日。貞元十年五月八日，又分每日一人執筆。」因宰相分日輪值，故需交印。

〔四〕沙堤：專爲宰相修建的道路。《國史補》卷下：「凡拜相，禮絶班行，府縣載沙填路，自私第至子城東街，名曰沙堤。」張籍《沙堤行呈裴相公》：「長安大道沙爲堤，旱風無塵雨無泥。」

〔五〕多門：政出多門。一已閉：謂政令統一。《左傳·昭公十三年》：「晉政多門。」注：「政不出一家。」

〔六〕直道：直的道路，比喻行事或主張正確公平。

四

何處深春好？春深大鎮家。〔一〕前旌光照日，〔二〕後騎蹙成花。〔三〕節院收衙隊，〔四〕毬場簇看車。〔五〕廣筵歌舞散，書號夕陽斜。〔六〕

【校注】

〔一〕大鎮：指藩鎮節度使。

〔二〕前旌：出行時爲前導的旌旗。《新唐書·車服志》：「大將出，賜旌以顓賞，節以顓殺。」

〔三〕後騎：出行時隨行的馬隊。蹙：同蹴，踩踏。

〔四〕節院：節度使官署。節度使有節樓、節堂，設節院使，見《新唐書·百官志四下》。衙隊：上衙時排列兩側的軍士。

〔五〕看車：看毬者所乘車。《封氏聞見記》卷六：「打毬，古之蹴鞠也。……開元、天寶中，玄宗數御樓觀打毬爲事。……馬或奔逸，時致傷斃。……然打毬乃軍中常戲，雖不能廢，時復爲耳。」

〔六〕書號：書寫軍隊號令。

五

何處深春好？春深貴戚家。〔一〕櫪嘶無價馬，庭發有名花。欲進宮人食，〔二〕先薰命婦車。〔三〕晚歸長帶酒，冠蓋任傾斜。

【校注】

〔一〕貴戚：皇帝的内外親族。

〔二〕進宫人食：謂入宫賜食。

〔三〕命婦：得到封誥的婦女，此指外命婦，即官吏的母妻受封號者。《舊唐書·輿服志》：「外命婦、公主、王妃乘厭翟車，駕二馬；自餘一品乘白銅飾犢車，青通幰，朱裹油纁，朱絲絡網，駕以牛；二品已下去油纁、絡網；四品，青偏幰。」

六

何處深春好？春深恩澤家。〔一〕鑪添龍腦炷，〔二〕綬結虎頭花。〔三〕賓客珠成履，〔四〕嬰孩錦縛車。〔五〕畫堂簾幕外，來去燕飛斜。

【校注】

〔一〕恩澤家：指因皇帝戚屬而顯貴的公侯之家。《漢書》有《恩澤侯表》。

〔二〕龍腦：香名。《酉陽雜俎》卷一八：「龍腦香樹，出婆利國，……亦出波斯國。……樹有肥有瘦，瘦者有婆律膏香。一曰瘦者出龍腦香，肥者出婆律膏也。」

〔三〕綬：綬帶，繫印絲帶。

〔四〕珠成履：以珍珠爲履飾。參見前《令狐相公見示贈竹二十韻（略）》注。

〔五〕錦縛車：以錦緞蒙車。

七

何處深春好？春深京兆家。〔一〕人眉新柳葉，〔二〕馬色醉桃花。〔三〕盜息無鳴鼓，〔四〕朝回自走車。能令帝城外，不敢徑由斜。〔五〕

【校注】

〔一〕京兆：京兆尹。長安京兆府，府尹一人，從二品，掌宣德化，歲巡屬縣，觀風俗，録囚，恤鰥寡。見《新唐書·百官志四下》。

〔二〕人眉：《漢書·張敞傳》：「敞爲京兆，朝廷每有大議，引古今，處便宜，公卿皆服，天子數從之。然敞無威儀，時罷朝會，過走馬章臺街，使御吏驅，自以便面拊馬。又爲婦畫眉，長安中傳張京兆眉憮。」

〔三〕桃花：桃花馬。《爾雅·釋畜》：「黄白雜毛，駓。」郭璞注：「今之桃花馬。」

〔四〕鳴鼓：《緯略》卷二：「後魏李崇除襄州刺史，懸鼓捕盜，諸州置樓鼓自崇始。」

〔五〕徑由斜：走斜路小道。句謂人皆行大道，即不敢違法亂紀。

八

何處深春好？春深刺史家。夜闌猶命樂，〔一〕雨甚亦尋花。傲客多憑酒，〔二〕新姬苦上車。

公門吏散後，風擺戟衣斜。〔三〕

【校注】

〔一〕夜闌：夜深。

〔二〕憑酒：謂負酒使氣。

〔三〕戟衣：門戟上的衣幡，參見卷一《春日退朝》注。

九

何處深春好？春深羽客家。〔一〕芝田繞舍色，〔二〕杏樹滿山花。〔三〕雲是淮王宅，〔四〕風爲列子車。〔五〕古壇操簡處，〔六〕一逕入林斜。

【校注】

〔一〕羽客：道士。

〔二〕芝：芝草，傳説中仙草。《十洲記》：「東海祖洲上有不死之草，生瓊田中，或名爲養神芝。」

〔三〕杏樹：董奉居廬山，不種田，日爲人治病，亦不取錢。病重愈者，使栽杏五株，輕者一株。如此數年，計得十萬餘株，鬱然成林。事見《神仙傳》。

〔四〕淮王：西漢淮南王劉安，好神仙。《水經注·肥水》：「淮南王劉安……養方術之徒數十人，皆爲俊異焉，多神仙秘法鴻寶之道。忽有八公，皆鬚眉皓素，詣門希見……王甚敬之。八士並能煉金化丹，出入無間。乃與安登山，埋金於地，白日昇天。餘藥在器，鷄犬舐之者，俱得上昇。」

〔五〕列子：列禦寇，《莊子》寓言中人物。《莊子·逍遥游》：「列子御風而行，泠然善也。」

〔六〕壇：道士設醮祭祀之所。簡：書寫用的竹片，指道士所書章奏符籙之類。

十

何處深春好？春深小隱家。〔一〕芟庭留野菜，〔二〕撼樹去狂花。〔三〕醉酒一千日，〔四〕貯書三十車。〔五〕短衾從露體，〔六〕不敢有餘斜。〔七〕

【校注】

〔一〕小隱：山林隱士。王康琚《反招隱》：「小隱隱陵藪，大隱隱朝市。」

〔二〕芟：除草。

〔三〕狂花：不結果實或早謝的花。《荀子·君道》：「狂生者，不胥時而落。」庾信《小園賦》：「落葉半牀，狂花滿屋。」

〔四〕醉酒千日：見卷六《和令狐相公謝太原李侍中寄蒲桃》注。

〔五〕三十車：《晉書·張華傳》：「雅愛書籍，……嘗徙居，載書三十乘。」

〔六〕短衾：短被。原作「雉衣」，劉本作「推衾」，據《叢刊》本改。

〔七〕有餘斜：斜而有餘。《列女傳》卷二：「魯黔婁先生死，曾子與門人往弔之……見先生之屍在牖下……覆以布被，手足不盡斂，覆頭則足見，覆足則頭見。曾子曰：『斜引其被則斂矣。』妻曰：『斜而有餘，不如正而不足也。先生以不斜之故，能至於此。生時不邪，死而邪之，非先生意也。』」

十一

何處深春好？春深富室家。〔一〕唯多貯金帛，不擬負鶯花。〔二〕國樂呼聯轡，〔三〕行廚載滿車。〔四〕歸來看理曲，〔五〕鐙下寶釵斜。〔六〕

【校注】

〔一〕富室：指商賈。

〔二〕鶯花：大好春光。

〔三〕國樂：皇家音樂。聯轡：並馬而行，謂共賞。

〔四〕行廚：出行在外的庖廚。

〔五〕理曲：温習舊曲，此指歌舞。

〔六〕寶釵斜：因歌舞而首飾凌亂。

十二

何處深春好？春深豪士家。多沽味濃酒，貴買色深花。〔一〕已臂鷹隨馬，連催妓上車。城南蹋青處，村落逐原斜。

【校注】

〔一〕色深花：唐人以色深花爲名貴。白居易《買花》：「一叢深色花，十户中人賦。」

十三

何處深春好？春深貴冑家。〔一〕迎呼偏熟客，揀選最多花。飲饌開華幄，笙歌出鈿車。〔二〕興酣尊易罄，連瀉酒瓶斜。

【校注】

〔一〕貴冑：公子王孫。

〔二〕鈿車：飾以金屬片的車。

十四

何處深春好？春深唱第家。〔一〕名傳一紙榜，〔二〕興管九衢花。〔三〕薦聽諸侯樂，〔四〕來隨計吏車。〔五〕杏園拋曲處，〔六〕揮袖向風斜。

【校注】

〔一〕唱第：宣唱進士及第名單，此指新及第進士。

〔二〕一紙榜：指禮部所放及第進士榜，參見卷五《宣上人遠寄賀禮部王侍郎（略）》注。

〔三〕九衢：四通八達的道路，泛指京師街道。進士放榜多於春天二月，故句云。孟郊《登科後》：「春風得意馬蹄疾，一日看盡長安花。」

〔四〕薦：指進士鄉薦。諸侯：此指州刺史，相當於古之諸侯。《新唐書·禮樂志》：「州貢明經、秀才、進士……行鄉飲酒之禮，皆刺史爲主人。……工鼓《鹿鳴》，……奏《南陔》。……歌《南有嘉魚》，笙《崇丘》，乃合樂《周南·關雎》、《召南·鵲巢》。」

〔五〕隨計吏車：謂入京應試，參見卷二《送李策秀才（略）》注。

〔六〕杏園：長安曲江附近名勝，見前《杏園花下酬樂天見贈》注。《雲麓漫鈔》卷七引《秦中歲時記》：「（進士）杏園初宴，謂之探花宴。便差定先輩二人少俊者，爲兩街探花使。若他人折得花卉，先開牡丹、芍藥來者，即各有罰。」拋曲：此當指表演歌舞。

十五

何處深春好？春深少婦家。能偷新禁曲，〔一〕自剪入時花。〔二〕追逐同游伴，平章貴價車。〔三〕從來不墮馬，〔四〕故遺髻鬟斜。

【校注】

〔一〕禁曲：宫中樂曲。

〔二〕入時花：合乎時俗風尚的花。唐時立春等日，婦女多剪綵繒或紙爲花。

〔三〕平章：評論。

〔四〕墮馬：墜於馬下。《後漢書·梁冀傳》：「冀妻孫壽，色美而善爲妖態，作愁眉啼妝、墮馬髻、折腰步、齲齒笑，以爲媚惑。」注引《風俗通》：「墮馬髻者，側在一邊。」

十六

何處深春好？春深稚女家。雙鬟梳頂髻，〔一〕兩面繡裙花。妝壞頻臨鏡，身輕不占車。秋千争次第，〔二〕牽拽彩繩斜。

【校注】

〔一〕雙鬟：頭髮梳成兩個環形，爲未婚少女的髮式。

〔二〕次第：前後次序。

十七

何處深春好？春深蘭若家。〔一〕當去香收柏葉，〔二〕養蜜近梨花。〔三〕野徑宜行樂，〔四〕游人盡駐車。菜園籬落短，遥見桔槔斜。〔五〕

【校注】

〔一〕蘭若：梵語阿蘭若之省。《翻譯名義集》卷五九：「阿蘭若，《大論》翻遠離處，《薩婆多論》翻閒静處。」佛教謂蘭若爲佛寺。

〔二〕柏葉：柏樹葉，可作香料。《太平廣記》卷六三引《集仙傳》：「黄觀福者……家貧無香，以柏葉、柏子焚之。」《古今圖書集成·草木典》卷三一五香部匯考引高濂《養生八箋》印香方等，原料均有柏葉。

〔三〕養蜜：養蜂釀蜜。《重修政和證類本草》卷二〇：「西京有梨花蜜，色白如凝脂，亦梨花作之。」

〔四〕樂：疑當作「藥」。行藥，服藥後行走使藥力發散。鮑照有《行藥至城東橋》詩。

〔五〕桔槔：一種提水工具。《莊子·天地》：「鑿木爲機，後重前輕，挈水若抽，數如泆湯，其名爲槔。」陸德明音義：「李云：桔槔也。」

十八

何處深春好？春深老宿家。〔一〕小欄圍蕙草，高架引藤花。四字香書印，〔二〕三乘壁畫車。〔三〕遲回聽句偈，〔四〕雙樹晚陰斜。〔五〕

【校注】

〔一〕老宿：指高僧。杜甫《大雲寺贊公房》：「深藏供老宿，取用及吾身。」

〔二〕四字：指佛經，參見卷二《送僧元暠南游》注。香書印：即書印於香，佛寺中香常製成篆字形。温庭筠《訪知玄上人遇暴經因有贈》：「風颺檀煙銷篆印，日移松影過禪牀。」

〔三〕三乘：佛經中以車乘喻佛法，有乘羊車、鹿車、牛車脱離火宅的故事，詳見卷四《馬大夫見示浙西王侍御（略）》注。句謂於佛寺牆壁圖畫三車故事。

〔四〕句偈：佛經中韻語讚詞。此指僧人所作闡明或讚頌佛法的詩句。

〔五〕雙樹：即婆羅雙樹，此泛指寺院中樹木。《文選》王簡棲《頭陀寺碑》：「拂衣雙樹。」李善注引《涅盤經》：「佛在拘尸那國力士生地，阿利羅拔提河邊婆羅雙樹間，爾時世尊臨涅槃。」《翻譯名義集》卷三一：「婆羅，此名堅固。……《西域記》云：『其樹類斛（槲）而皮青白，色甚光潤。四樹特高。』……《大經》云：『……四方各雙，故名雙樹。』」

十九

何處深春好？春深種蒔家。〔一〕分畦十字水，接樹兩般花。〔二〕櫛比栽籬槿，〔三〕咿啞轉井車。〔四〕可憐高處望，棋布不曾斜。〔五〕

【校注】

〔一〕種蒔：指菜農。蒔，移栽。

〔二〕接：指嫁接。兩般：兩樣。

〔三〕櫛比：排列密集如梳篦之齒。王褒《四子講德論》：「嘉禾櫛比。」

〔四〕咿啞：象聲詞。井車：井上汲水轆轤之類。

〔五〕棋布：形容菜畦分佈如棋盤格子。

二十

何處深春好？春深幼子家。〔一〕爭騎一竿竹，〔二〕偷折四鄰花。笑擊羊皮鼓，行牽犢頷

車。〔三〕中庭貪夜戲，不覺玉繩斜。〔四〕

【校注】

〔一〕幼：劉本、《叢刊》本、《全唐詩》作「稚」。

〔二〕竹：兒童游戲騎竹當馬。李白《長干行》：「郎騎竹馬來，繞牀弄青梅。」

〔三〕犢領車：未詳，疑指犢車，即牛車。

〔四〕玉繩斜：夜深。玉繩，星名，北斗七星中位於斗柄的第六星和第七星。《文選》謝朓《暫使下都夜發新林至京邑贈西府同僚》：「金波麗鳷鵲，玉繩低建章。」李善注引《春秋元命包》：「玉衡北兩星爲玉繩星。」

【附録】

和春深二十首　白居易

何處春深好？春深富貴家。馬爲中路鳥，妓作後庭花。羅綺驅論隊，金銀用斷車。眼前何所苦？唯苦日西斜。

何處春深好？春深貧賤家。荒涼三徑草，冷落四鄰花。奴困歸傭力，妻愁出賃車。途窮平路險，舉足劇褒斜。

何處春深好？春深執政家。鳳池添硯水，鷄樹落衣花。詔借當衢宅，恩容上殿車。延英開對久，門與日西斜。

何處春深好？春深方鎮家。通犀排帶胯，瑞鶻勘袍花。飛絮衝毬馬，垂楊拂妓車。戎裝拜春設，左握寶刀斜。

何處春深好？春深刺史家。陰繁棠布葉，歧秀麥分花。五匹鳴珂馬，雙輪畫軾車。和風引行樂，葉葉隼旟斜。

何處春深好？春深學士家。鳳書裁五色，馬鬣剪三花。蠟炬開明火，銀臺賜物車。相逢不敢揖，彼此帽低斜。

何處春深好？春深女學家。慣看温室樹，飽識浴堂花。御印提隨仗，香箋把下車。宋家官樣髻，一片緑雲斜。

何處春深好？春深御史家。絮縈驄馬尾，蝶繞繡衣花。破柱行持斧，埋輪立駐車。入班遥認得，魚貫一行斜。

何處春深好？春深遷客家。一杯寒食酒，萬里故園花。炎瘴蒸如火，光陰走似車。爲憂鵩鳥至，只恐日光斜。

何處春深好？春深經業家。唯求太常第，不管曲江花。折桂名慚郄，收螢志慕車。官場泥鋪處，最怕寸陰斜。

何處春深好？春深隱士家。野衣裁薜葉，山飯曬松花。蘭索紉幽珮，蒲輪駐軟車。林間箕踞坐，白眼向人斜。

何處春深好？春深漁父家。松灣隨棹月，桃浦落船花。投餌移輕楫，牽輪轉小車。蕭蕭蘆葉裏，風起釣絲斜。

何處春深好？春深潮户家。濤翻三月雪，浪噴四時花。曳練馳千馬，驚雷走萬車。餘波落何處？江轉富陽斜。

何處春深好？春深痛飲家。十分杯裏物，五色眼前花。餔歠眠糟甕，流涎見麴車。（原注：杜甫詩云：「路見麴車口流涎。」）中山一沉醉，千度日西斜。

何處春深好？春深上巳家。蘭亭席上酒，曲洛岸邊花。弄水游童棹，湔裾小婦車。齊橈争渡處，一匹錦標斜。

何處春深好？春深寒食家。玲瓏鏤鷄子，宛轉彩毬花。碧草追游騎，紅塵拜掃車。秋千細腰女，摇曳逐風斜。

何處春深好？春深博弈家。一先争破眼，六聚鬥成花。鼓應投壺馬，兵銜象戲車。彈棋局上事，最妙是長斜。

何處春深好？春深嫁女家。紫排襦上雉，黄帖鬢邊花。轉燭初移障，鳴環欲上車。青衣傳氈褥，錦繡一條斜。

何處春深好？春深娶婦家。兩行籠裏燭，一樹扇間花。賓拜登華席，親迎障幰車。催妝詩未了，星斗漸傾斜。

何處春深好？春深妓女家。眉欺楊柳葉，裙妒石榴花。蘭麝熏行被，金銅釘坐車。揚州蘇小小，人道最夭斜。（《白居易集》卷二六）

和令狐相公尋白閣老見留小飲因贈〔一〕

殼士更逢酒，〔二〕樂天仍對花。〔三〕文章管星曆，〔四〕情興占年華。宦達翻思退，〔五〕名高卻不誇。唯存浩然氣，〔六〕相共賞煙霞。

【校注】

〔一〕依劉、白二集編次，詩大和二年十月至三年正月間作。令狐楚原詩佚。

〔二〕殼士：忠慤之士，令狐楚字。

〔三〕樂天：白居易字。

〔四〕星曆：星象曆法。句亦「筆底文章夜應星」之意。

〔五〕思退：時白居易已萌辭官退身之念。大和三年春白居易作《贈夢得》云：「頭垂白髮我思退。」《新唐書·白居易傳》：「大和初，二李黨事興，險利乘之，更相奪移，進退毀譽，若旦暮然。楊虞卿與居易姻家，而善李宗閔。居易惡緣黨人斥，乃移病還東都。」

〔六〕浩然氣：至大至剛的正氣。《孟子·公孫丑上》：「我善養吾浩然之氣。……其爲氣也，至大至剛，以直養而無害，則塞於天地之間。其爲氣也，配義與道，無是，餒也。」

酬令狐相公雪中游玄都觀見憶〔一〕

好雪動高情，心期在玉京。〔二〕人披鶴氅出，〔三〕馬踏象筵行。〔四〕照耀樓臺變，淋漓松桂清。〔五〕玄都留五字，〔六〕使入步虛聲。〔七〕

【校注】

〔一〕依劉、白二集編次，詩大和二年十月至三年正月間作。玄都觀：見卷四《元和十年自朗州承召至京（略）》注。令狐楚原詩佚。

〔二〕玉京：道家以爲神仙所居，此指道觀。葛洪《枕中書》：「玄都玉京七寶山，周圍九萬里，在大羅天之上。」

〔三〕鶴氅：用王恭披鶴氅行雪中事，參見卷一《奉和中書崔舍人八月十五日夜玩月二十韻》注。

〔四〕象筵：象牙席，喻指雪地。

〔五〕淋漓：沾濕貌。

〔六〕五字：五言詩，指令狐楚原詩。

〔七〕步虛聲：道家樂曲。《樂府詩集》卷七八引《樂府解題》：「《步虛詞》，道家曲也，備言衆仙縹渺輕舉之美。」《異苑》卷五：「陳思王游山，忽聞空裏誦經聲，清遠遒亮，解音者則而寫之，爲神仙聲。道士效之，作步虛聲。」此言令狐楚之詩將播於道家樂章。